BASTEI
LÜBBE

Taschenbücher von LINDA LAEL MILLER
im BASTEI-LÜBBE-Programm:

18 100 Wer das Paradies nur finden will
18 101 Wer ein Lächeln des Glücks einfängt
18 102 Wer dem Zauber der Liebe verfällt
18 103 Wer dem Weg des Herzens folgt …
18 104 Wie der Glanz des silbernen Mondes …
18 105 Wie das helle Feuer der Sterne
18 106 Lily und der Major
18 108 Emma und der Rebell
18 110 Caroline und der Bandit
18 112 Bis ans Ende meines Lebens
18 113 Bis die Liebe dich bezwingt …
18 114 Bis du deinem Herzen glaubst
18 115 Eine widerspenstige Geliebte
18 116 Ein sündiger Engel
18 117 Eine ungezähmte Braut
18 119 Verzaubert von deinen Augen
18 123 Goldene Sonne, die dich verbrennt
18 127 Silbernes Mondlicht, das dich streichelt
18 138 Und liebe dich dein ganzes Leben

Linda Lael Miller

Süsse Annie, wildes Herz

Roman

Ins Deutsche übertragen
von Katharina Braun

Bastei Lübbe

BASTEI-LÜBBE-TASCHENBUCH
Band 18 150

Erste Auflage:
Dezember 1995

Originaltitel: Princess Annie
Lektorat: Katharina Woicke
Titelillustration: Elaine Duillo/
Agentur Schlück
Umschlaggestaltung:
Quadro Grafik, Bensberg
Satz: KCS GmbH,
Buchholz/Hamburg
Druck und Verarbeitung:
Brodard & Taupin,
La Flèche, Frankreich
Printed in France

ISBN 3-404-18150-6

1

St. James Keep, Bavia, 1895

»Was zum Teufel macht sie bloß dort oben?« fragte Rafael St. James, Prinz von Bavia, und beugte sich aus seinem Fenster, so weit er konnte, ohne gleich kopfüber in den Burggraben zu stürzen.

Ein leichter Nieselregen fiel an jenem düsteren Abend im späten Mai, aber Rafael sah dennoch alles viel zu klar. Annie Trevarren, ein behendes, barfüßiges Wesen in Rehlederhosen und einem weiten Hemd, das aus seiner eigenen Garderobe hätte stammen können, umklammerte das Gesicht eines Wasserspeiers auf dem zerfallenden Wehrgang des Südturms.

Es versetzte Rafael einen Stich, als er sie dort sah, eine schmerzhafte Empfindung, die aus etwas anderem herrührte als der bloßen Sorge um ihre Sicherheit.

Neben ihm rang Phaedra, seine achtzehnjährige Schwester, bestürzt die Hände. »Annie wollte einen guten Ausblick auf den See«, erklärte sie, als sei dies Grund genug, Leib und Leben zu riskieren. »Sei nicht böse, Rafael, sie kann nichts für ihre wagemutige Natur – Abenteuerlust liegt bei den Trevarrens in der Familie ...«

Rafael verfluchte Miss Annie Trevarren und ihre »wagemutige Natur«, als er sich vom Fenster abwandte und durch den Raum auf die Tür zuhastete, die noch offenstand nach Phaedras überstürztem Eintritt. So schnell es ihre weiten Röcke erlaubten, eilte die Prinzessin ihrem Bruder nach und folgte ihm durch die Halle zu einer Treppe im südlichsten Teil des Burgfrieds.

»Annie ist oft sehr impulsiv – aber später bereut sie es und entschuldigt sich für ihre Irrtümer, und in anderer Beziehung kann sie ungeheuer praktisch sein ...«

Rafael ignorierte die atemlosen Beteuerungen seiner Schwester und lief, so schnell er konnte, in Gedanken schon bei Annie. *Halt durch, du kleine Närrin! Halt dich gut fest, bis ich bei dir bin!*

Sein Leibwächter und Jugendfreund, Edmund Barrett, erreichte die Treppe im gleichen Augenblick wie der Prinz. Dem entsetzten Ausdruck nach zu urteilen, den Barretts sonst eher undurchdringliches Gesicht zur Schau trug, war auch er über Miss Trevarrens kritische Lage informiert oder hatte sie vielleicht sogar selbst auf dem Wehrgang entdeckt.

»Überlaßt das mir, Hoheit ...« begann er und benutzte, wie immer in kritischen Situationen, die formelle Anrede, die dem Prinzen gebührte.

Rafael schüttelte den Kopf und stürmte an Barrett vorbei die Wendeltreppe hinauf. Er war noch immer Herr auf St. James Keep, wie dürftig seine Herrschaft über den Rest des Landes auch sein mochte, und deshalb verantwortlich für die Sicherheit jener, die sich innerhalb der alten Mauern seiner Burg befanden – ganz zu schweigen davon, daß die Eltern des jungen Mädchens, Patrick und Charlotte Trevarren, zu seinen geschätzten Freunden gehörten. Was sollte er ihnen sagen, falls Annie stürzte – daß sie noch vier andere Töchter hatten und deshalb um ihre älteste nicht zu trauern brauchten? Dieser Wildfang war Gast in seinem Haus, und es war *seine* Aufgabe, auf sie aufzupassen.

Die Tür am Ende der Wendeltreppe war offen, und Rafael trat vorsichtig über die Schwelle. Annie stand mehrere Meter entfernt von ihm auf der anderen Seite einer Kluft im Wehrgang und klammerte sich mit beiden Armen an einen Wasserspeier. Ihr rotblondes Haar fiel ihr offen auf den Rücken und kräuselte sich in der feuchten Luft.

»Hab' keine Angst, Annie!« rief Phaedra ihr zu. »Rafael wird dich retten.«

»Sei still und bleib zurück«, befahl dieser, während er besorgt den Zustand des Wehrgangs abschätzte. Der Regen, der nach Staub roch, kühlte seine Haut. Zu Annie sagte er: »Bewegen Sie sich nicht!«

Anscheinend hatte das Schweizer Internat für Höhere Töchter in St. Apasia, wo Annie und Phaedra die letzten Jahre verbracht hatten, um Manieren und Disziplin zu lernen, wenigstens zu einem kleinen Teil seinen Zweck erreicht. Selbst in dieser kritischen Lage – und kritisch *war* sie, denn das Mädchen stand auf losen Steinen – lächelte Annie tapfer und nickte, obwohl sie leichenblaß war und zitterte.

»Bestimmt nicht«, versicherte sie erstaunlich gleichmütig.

Rafael gestattete sich einen Blick nach unten. Der gepflasterte Boden des Hofs schien in der Dämmerung zu verschwimmen, und eine Gruppe von Zuschauern hatte sich versammelt und erhellte mit Fackeln die zunehmende Dunkelheit. Der Prinz schloß für einen Moment die Augen, schickte ein stummes Gebet zu dem Gott, der ihn schon vor langer Zeit im Stich gelassen hatte, und trat vorsichtig auf die Brüstung.

Einige der Steine lösten sich unter seinen Füßen, und er preßte sich an die moosbedeckte Wand und holte einen tiefen Atemzug. *Falls die Kleine das Glück hat, diesen Wahnsinn zu überleben*, schwor er sich, *bringe ich sie eigenhändig um!*

»Seid vorsichtig«, riet Annie, als sei *er* derjenige, der gerettet werden müßte.

Rafael spürte, wie ihm das Blut in den Nacken schoß und

in die Wangen, als er sich ihr sehr langsam und sehr vorsichtig näherte. »Ich hatte nicht vor, hier einen Handstand aufzuführen, Miss Trevarren«, entgegnete er nüchtern, denn es war weder der geeignete Moment noch der geeignete Ort, um die Beherrschung zu verlieren. Wenn beide das Glück hatten, zu überleben, würde er sich diesen Luxus später noch leisten können.

Sobald ich sie drinnen habe, schwor er sich, *wird sie eine Strafpredigt von mir hören, die sie nie vergessen wird.* Und danach warf er sie vielleicht in ein Verlies oder hängte sie an den Daumen auf ...

Diese Gedanken gaben ihm die Kraft, Annie zu erreichen und einen Arm um ihre Taille zu schlingen. »Also gut, Miss Trevarren«, sagte er mit einer Ruhe, die er nicht empfand, »Sie können das Mauerwerk jetzt loslassen. Wir werden zurückgehen – sehr langsam und ohne schnelle Bewegungen natürlich, weil wir sonst beide unten auf dem Hof enden. Ist das klar?«

Er spürte, wie sie sich versteifte. »Glaubt mir, Hoheit«, sagte sie kühl, »Ihr habt Euch deutlich genug ausgedrückt.«

Rafael riskierte einen Schritt, hielt den Atem an und stieß ihn erst wieder aus, als er sah, daß der Mauervorsprung hielt. Indem er etwas murmelte, das sogar für ihn jeden Sinn entbehrte, setzte er zu einem zweiten Schritt an. Mauerwerk bröckelte und stürzte lautlos in die Tiefe; der Regen war stärker geworden, durchnäßte Annies Kleider und ihr Haar, löschte die Fackeln unten im Hof und ließ den moosbedeckten schmalen Wehrgang nun auch noch glitschig werden.

Ein rascher Blick auf Annie verriet Rafael, daß sie die Tränen zurückhielt, und das rührte ihn irgendwie. Miss Trevarren mochte närrisch und unvorsichtig sein, aber er bewunderte ihren Mut und ihre Tapferkeit.

»Es wird schon gutgehen«, sagte er um einiges sanfter als zuvor.

Annie stand wie er mit dem Rücken dicht an die Wand gedrängt und hielt einen Arm ausgestreckt, um das Gleichgewicht zu halten. Sie befanden sich jetzt schon viel näher an der Tür. »Ich dachte nur gerade an mein neues gelbes Kleid«, erwiderte sie ganz ernsthaft. »Es wäre eine Schande, wenn ich es nie tragen könnte.«

Einen winzigen Moment lang war Rafael versucht, sie über den Mauerrand zu schubsen und die Sache zu beenden, ein für allemal. »Das ist meine geringste Sorge«, erwiderte er knapp. Aus dem Augenwinkel sah er, daß Barrett in der Tür stand und ein zusammengerolltes Seil in der Hand hielt.

»Aber nur, weil Ihr kein gelbes Kleid besitzt«, versetzte Annie in einem Ton, der sogar eine solch alberne Bemerkung vernünftig klingen ließ.

Rafael fühlte einen Muskel an seiner rechten Wange zucken. Das Seil wurde ihm zugeworfen, und er fing mit der freien Hand das eine Ende auf, wobei er fast das Gleichgewicht verloren hätte. »Gelb war nie meine Farbe«, antwortete er trocken. »Hier. Wir werden das Seil um Ihre Taille binden. Falls Sie stürzen, wenn Sie die Kluft im Wehrgang überschreiten, was gut möglich ist, geraten Sie bitte nicht in Panik. Barrett ist durchaus in der Lage, Ihr Gewicht zu halten und Sie in Sicherheit zu ziehen.«

Annies Augen weiteten sich, und zum ersten Mal fiel Rafael auf, daß sie von einem sehr intensiven Blau waren, so dunkel fast wie Tinte. »Und Ihr, Hoheit?«

Er erlaubte sich einen tiefen Seufzer. Vielleicht wäre es gar nicht schlecht, wenn er stürzte; es würde den Rebellen die Mühe ersparen, ihn gefangenzunehmen, zu verurteilen und zu hängen, ganz zu schweigen davon, daß es seine Untertanen vor einem langen, kostspieligen Bürgerkrieg verschonen würde …

Während er das Seil um Annies Taille schlang und verknotete, erwiderte er: »Ja, Miss Trevarren – was ist mit *mir*?«

»Fertig?« rief Barrett in der zunehmenden Dunkelheit.

»Ja«, antwortete Rafael mit einem Blick auf Annies regennasses Gesicht, und im nächsten Augenblick, bevor er zu lange darüber nachdenken konnte, manövrierte er sie um sich herum.

Sie schrie auf, als ein Stück des Wehrgangs nachgab und

sie abstürzte. Heftig schwankend und mit beiden Händen an das Seil geklammert, blieb sie hoch über dem Hof hängen, wie ein menschliches Pendel fast.

Rafael stockte der Atem vor Entsetzen. Sein eigener Halt gab nach; er spürte, daß die uralten Steine unter den Sohlen seiner Stiefel langsam, aber unaufhaltsam nachgaben. Erschreckende Bilder huschten an seinem inneren Auge vorbei: Er sah das Seil reißen, das Mädchen in die Tiefe stürzen und auf dem harten Pflaster des Hofs aufschlagen …

Danach wurden die Bilder noch konfuser: Er stand wieder im Palast in Morovia, seine geliebte Georgiana an seiner Seite, um die lange Schlange von Gästen zu begrüßen, und durchlebte die Ereignisse jener Nacht vor achtzehn Monaten auf schmerzliche Weise von neuem. Sein Vater, der letzte Prinz von Bavia, war damals erst einige Wochen tot gewesen und Rafael nach zwölf Jahren Exil in England eben erst ins Land zurückgekehrt …

Der Fremde näherte sich Rafael, dem neuen und noch unbekannten Herrscher, und zog, bevor ihn jemand daran hindern konnte, eine Pistole aus der Tasche seines Fracks, die er auf die Brust des Prinzen richtete.

Georgiana mußte gesehen haben, was geschah, denn sie trat genau im falschen Augenblick dazwischen und fing die Kugel, die für ihren Mann bestimmt gewesen war, mit ihrem Körper auf.

Rafael glaubte, den Schuß wieder zu hören, und schloß für einen Moment die Augen, um die schrecklichen Bilder zu verdrängen. Dann, als er sich wieder in der Gewalt hatte, schaute er gerade noch rechtzeitig zum Fenster auf, um mitanzusehen, wie Barrett Annie hineinzog.

Eine solch überwältigende Erleichterung erfaßte Rafael, daß seine Knie nachgaben und er erneut über die Vorteile eines raschen Tods nachdachte. Falls es ein Leben nach dem Tode gab, würde er vielleicht Georgiana wiedersehen und Barretts Vater … Noch mehr Mauerwerk bröckelte ab und stürzte in die Tiefe; Rafael preßte sich mit aller Kraft an die Wand und grub die Finger tief in die Mauerritzen.

»Sie ist jetzt sicher, Sir«, rief Barrett über das Prasseln des Regens und den aufkommenden Sturm. »Aufgepaßt – hier kommt das Seil!«

Es entrollte sich wieder vor ihm, und Rafael ergriff es mit beiden Händen und klammerte sich mit einer Verzweiflung daran, die seine vorherigen Todesphantasien Lügen strafte. Das letzte Stück Wehrgang brach unter ihm zusammen, als er das Seil um seine Taille knotete, und der rauhe Hanf riß seine Hände auf, als er mit dem Seil in die Tiefe glitt.

Geblendet vom Regen, prallte er hart gegen die Burgmauer und konzentrierte seine gesamte Energie, sein ganzes Sein darauf, sich festzuhalten. Barrett zog ihn hinauf, entnervend langsam, während Rafael am Seil baumelte und sich die Hände wundscheuerte, um nicht den Griff zu lockern.

Dann, endlich, spürte er Hände, ein halbes Dutzend, die ihn an Armen, Handgelenken und am Stoff seines Rocks ergriffen. Sie zogen ihn hinein – Barrett, einer seiner Leutnants, und Lucian, Rafaels jüngerer Halbbruder.

Eine ganze Weile blieb Rafael auf der Brüstung hocken, bis auf die Haut durchnäßt und wund, mit blutenden Händen und klopfendem Herzen und einem Atem, der wie Feuer in seinen Lungen brannte.

Barrett jedoch zog ihn ganz unzeremoniell auf die Beine. »Alles in Ordnung?« fragte er mit aufrichtiger Besorgnis, denn die Zuneigung, die sie verband, war alt und ging sehr tief.

Rafael stieß ein ersticktes Lachen aus und schwankte. Als er sprach, klang es heiser wie ein Fauchen.

»Wo ist sie?«

Annie hatte auf der obersten Stufe der Wendeltreppe des Turms gewartet, zitternd vor Kälte und vor Schock, und den Himmel angefleht, Rafael zu retten. Sollte sie ihn etwa all diese Jahre geliebt haben, wenn auch bisher nur aus der Ferne, um letztendlich der Anlaß seines Todes zu sein?

Beim Klang seiner Stimme jedoch, die tief und bedrohlich

wie ein sommerliches Gewitter klang, versteiften sie und ihre Freundin Phaedra sich erschrocken.

Die Prinzessin ergriff Annies Hand. »Schnell!« zischte sie und zog ihre Freundin die ausgetretenen Stufen zum Gang hinunter. »Falls Rafael uns jetzt erwischt, ist nicht auszudenken, wozu er fähig ist!«

Annie malte sich einige der Möglichkeiten aus, und das brachte die Kraft in ihre Knie zurück; ungehindert von langen Röcken wie ihre Freundin Phaedra, stürzte sie an ihr vorbei über den Gang. In ihrer Aufregung stolperte sie jedoch über einen Teppichrand und stürzte.

Bevor sie sich wieder erheben konnte, fühlte sie sich von zwei harten Männerhänden hochgezogen und schaute auf in das wütende Gesicht des Prinzen.

»Rafael …« rief Phaedra flehend und ergriff den Arm ihres Bruders.

Er entzog sich ihr brüsk und richtete seinen kalten Blick auf Annie. Ohne ihn von ihr abzuwenden, sagte er zu dem Soldaten neben sich: »Bring Miss Trevarren in ihr Zimmer und verschließ die Tür! Ich werde mich morgen früh mit ihr beschäftigen. Im Moment traue ich es mir nicht zu.«

Annie war durchnäßt, verfroren und voller Reue, aber seine Worte lösten Entrüstung in ihr aus, und sein Ton verletzte sie. »Warum kettet Ihr mich nicht einfach an die Wand eines Verlieses und laßt es damit gut sein?« erkundigte sie sich mit Würde.

»Ein reizender Vorschlag«, versetzte Rafael bissig. »Glauben Sie nicht, ich hätte ihn nicht bereits erwogen. Haben Sie noch mehr solche Ideen, Miss Trevarren? Noch drastischere, hoffe ich?«

Sie ließ einen Moment den Kopf hängen, weil ihr bewußt war, daß Frechheit sie jetzt nicht weiterbrachte, doch dann erwiderte sie Rafaels kalten Blick und fragte sich, was sie je in ihm gesehen hatte – obwohl ihr selbst in diesem entwürdigenden Augenblick klar war, *was*. Er war stark, sah phantastisch aus und war gut, und sie vermochte nicht einmal an ihn zu denken, ohne einen Stich im Herzen zu verspüren und ein sehr viel weniger prosaisches Gefühl woanders ...

»Nein«, gab sie zu. »Das ist alles, was mir dazu einfällt.«

Erst jetzt gab der Prinz ihren Arm frei. Mr. Barrett begann weiterzugehen, gefolgt von Lucian, der sich mehrmals nach ihr umsah. Doch Rafael blieb, ragte auf dem düsteren Korridor vor Annie auf wie ein Gespenst.

Phaedra, als treue Freundin, die sie war, blieb ebenfalls.

»Bilden Sie sich nicht ein, daß ich diesen Zwischenfall vergessen werde, Miss Trevarren«, sagte Rafael und beugte sich vor, bis seine aristokratische Nase fast Annies kecke, sommersprossenbedeckte Nase berührte. »Aber wir werden, wie ich bereits sagte, die Angelegenheit morgen früh besprechen.«

Der Prinz hatte beabsichtigt, Annie einzuschüchtern, und das war ihm auch gelungen, aber sie war zu stolz, es sich ihm gegenüber anmerken zu lassen. Sie straffte die Schultern, hob das Kinn und weigerte sich, den Blick zu senken.

Rafael schüttelte den dunklen Kopf, murmelte etwas, das zum Glück für alle unverständlich blieb, und ging mit raschem Schritt davon.

Phaedra schob ihren Arm unter Annies und flüsterte bestürzt: »Hast du den Verstand verloren?«

Annie wußte nicht, ob ihre Freundin sich auf die Episode auf dem Wehrgang bezog oder auf den kurzen Wortwechsel mit Rafael. Sie war zutiefst betrübt, ließ jetzt, wo der Prinz nicht mehr anwesend war, die Schultern hängen, und ihre Augen füllten sich mit Tränen. Was hatte sie sich nur dabei gedacht, soviel aufs Spiel zu setzen für einen lächerlichen Ausblick auf die Landschaft?

Die beiden Mädchen waren schon auf dem Weg zu ihren Schlafgemächern im westlichen Teil der Burg, bevor Annie antwortete. »Ich weiß selbst nicht, was mich manchmal überkommt«, gestand sie kläglich. »Ich komme auf Ideen – wie das unwiderstehliche Bedürfnis, plötzlich irgendwo hinaufzuklettern. Anfangs erschien mir der Gedanke noch ganz harmlos, wirklich, und der See war auch wunderschön, blau wie Lapislazuli, sogar im aufkommenden Regen.« Annie hielt inne, um zu niesen, und Phaedra murmelte etwas und beschleunigte ihren Schritt, was auch Annie zu schnellerem Gehen zwang. »Bäume, Regenrinnen, die Takelage meines Vaters Schiffs ...« fuhr der ungezogene Hausgast fort, »ich habe sie alle schon bestiegen. Es gibt Momente, Phaedra, in denen ich die Welt einfach aus einer anderen Perspektive sehen muß!«

Annie war neun Jahre alt gewesen, als sie beschlossen hatte, sich ihre Umgebung vom Ausguck der *Enchantress* anzusehen, was ihr die ersten und einzigen Prügel ihres Lebens eingetragen hatte, nachdem ihr Vater sie aus der Takelage befreit hatte. Selbst ihre Mutter Charlotte, die sie sonst in allem unterstützte, hatte keine Einwände erhoben, was bedeutete, daß es tatsächlich eine Riesendummheit gewesen sein mußte. Annie war jedoch zu stolz, um Phaedra diese Erfahrung anzuvertrauen.

Die Prinzessin, die selbst ein rechter Wildfang war, schüttelte in überlegener Weise ihren Kopf. »Was soll nur aus dir werden, Annie?« fragte sie. »Sieh dich an – du kleidest dich wie ein Junge und kletterst aus Fenstern wie ein Affe! Wie willst du jemals einen Mann finden und heiraten, wenn du dich aufführst wie eine Wilde?«

Zu Annies unendlicher Erleichterung hatten sie inzwischen ihre Zimmertür erreicht. Sie sehnte sich nach trockenen Kleidern, einem Feuer, um sich aufzuwärmen, und einem Gläschen Sherry – wenn auch nicht unbedingt in dieser Reihenfolge. Doch ihr Verlangen, einer Strafpredigt zu entgehen, wie sie sie von den Nonnen in St. Apasia unzählige Male hatte erdulden müssen, war sogar noch größer.

So stützte sie nun die Hände in die Hüften und erwiderte Phaedras verstörten Blick.

»Es gibt noch andere Dinge im Leben, als einen Mann zu finden und zu heiraten«, erklärte Annie, obwohl sie in diesem Moment kein einziges dieser Dinge hätte nennen können. Denn was gab es schon anderes zu tun, als zu heiraten, wenn man eine Frau war? Im übrigen dachte sie an nichts anderes mehr, seit sie Rafael zum ersten Mal erblickt hatte. Er hatte damals ihre Eltern an der französischen Riviera besucht, als Annie erst zwölf gewesen war, und ihr ganzes Leben verändert.

»So? Was denn zum Beispiel?« fragte Phaedra herausfordernd. Sie und Annie waren eine knappe Woche zuvor nach Bavia gekommen, nach ihrem Schulabschluß in der Schweiz, um Phaedras Trauung auszurichten. Es sollte eine richtige Märchenhochzeit werden, wie sie einer Prinzessin auch gebührte, und so war es nur natürlich, daß Phaedra, die mit ihren eigenen Hochzeitsplänen beschäftigt war, eine Befürworterin ehelichen Glücks war.

Annie nieste wieder, genau im passenden Augenblick, um Phaedras Frage auszuweichen. »Mir ist kalt«, sagte sie, floh in ihr Zimmer und schloß die Tür. Zum Glück brannte im Kamin noch ein Feuer, so daß es angenehm warm im Raum war.

Als sie sicher war, daß Phaedra ihr nicht folgen würde, zog Annie ihre nassen Kleider und ihre Unterwäsche aus. Ihre Arme und Beine waren zerkratzt und wund, aber als sie sich erinnerte, wie Rafaels Hände geblutet hatten, verging ihr Anfall von Selbstmitleid sehr rasch.

Zitternd vor Kälte nahm sie ein Handtuch, rieb sich trocken und zog ein Nachthemd an. Sie war gerade damit fertig, als ein leises Klopfen an der Tür ertönte.

In Erwartung einer Magd mit Brandy, der ihr jetzt sehr willkommen gewesen wäre, ganz im Gegensatz zu einer vorwurfsvollen Phaedra, rief Annie: »Herein!«

Ihr Herz setzte einen Schlag aus, als Rafael über die Schwelle trat. Seine Kleider – die gleichen, die er bei ihrer Rettung getragen hatte, waren durchnäßt wie sein dunkles Haar, das aussah, als ob er etliche Male mit den Fingern hindurchgefahren wäre, seit sie sich auf dem Gang getrennt hatten. An den Handflächen klebte getrocknetes Blut, seine Handrücken waren sichtbar angeschwollen.

Das Feuer tauchte ihn in ein unheimliches Flackern; er sah jetzt eher wie der Teufel persönlich aus als wie der regierende Fürst eines kleinen, dem Untergang geweihten Landes.

Sie spürte seinen Blick auf sich, was eine seltsame, aber angenehme Wärme in ihr auslöste, und dabei kam ihr zu Bewußtsein, daß der Feuerschein den dünnen Stoff ihres Nachthemds durchdrang und die Umrisse ihres Körpers freigab. Rasch trat sie vom Kamin zurück und suchte Zuflucht hinter einem hohen Stuhl.

Das Schweigen dehnte sich aus.

Schließlich ertrug Annie die spannungsgeladene Stille nicht mehr. »Falls Ihr gekommen seid, um mich ins Verlies zu bringen«, sagte sie mit zitternder Stimme, »dann seid gewarnt – ich bin entschlossen, mich zu wehren.«

Rafael St. James starrte sie zuerst nur betroffen an, doch dann, ganz plötzlich, lachte er. Es war ein ungeheuer männliches Lachen, tief, weich und berauschend, und erweckte Gefühle in Annie, die köstlich und zur gleichen Zeit erschreckend waren.

Sie schaute sich nach einem besseren Zufluchtsort als dem hochlehnigen Stuhl um, fand jedoch keinen und hielt die Stellung. »Ich finde, Ihr solltet gehen«, sagte sie mit höflichem Trotz.

Rafaels Belustigung hatte sich von lautem Lachen in ein dämonisches Lächeln verwandelt; mit hochgezogener Braue musterte er Annie ausgiebig, bevor er antwortete: »Sie haben recht, ich sollte gehen«, gab er zu. »Aber da ich Hausherr dieser Burg bin und Regent dieses gottverlassenen Landes, kann ich gehen, *wann* ich will und *wohin* ich will.«

Annie schluckte, um sich die Bemerkung zu verbeißen, daß er im Begriff war, abgesetzt zu werden. Es wäre grausam und respektlos gewesen, und im übrigen schuldete sie Rafael St. James einen gewissen Dank dafür, daß er sie gerettet hatte. Sie empfand brennende Verzweiflung, so gut wie Angst, wenn sie ihn ansah, denn sie hatte ihn so geliebt und schon so lange, daß diese Liebe ihr zur zweiten Natur geworden war. Falls er tatsächlich von den Rebellen gestürzt und hingerichtet wurde, würde auch sie sterben, denn sein Tod würde ihr das Herz brechen.

»Danke«, sagte sie. »Daß Ihr mich gerettet habt, meine ich.«

Der Prinz schaute auf seine Hände und schien zum ersten Mal zu sehen, wie wund und blutverschmiert sie waren. Als er aufschaute und Annie wieder ansah, sprach Mißtrauen aus seinen grauen Augen.

Er neigte majestätisch den Kopf. »Gern geschehen, Miss Trevarren«, erwiderte er. »Aber falls Sie noch einmal auf einen solch dummen Einfall kommen, solange Sie sich unter meinem Dach befinden, schwöre ich bei jedem Stein in dieser Burg, daß ich Sie persönlich als Fischköder auf das erste Schiff trage, das an der Küste anlegt.«

Annie errötete. Das war nicht die Art von Schwur, den sie sich in den vergangenen sechs Jahren von Rafael erträumt hatte. »Mein Vater wäre sehr verärgert. Er würde Euch auspeitschen für eine derartige Kränkung.«

»Ich bin bereit, das Risiko einzugehen, Miss Trevarren.« Sein Blick blieb fest und schwankte nicht, aber er holte tief Atem und ließ ihn seufzend wieder aus. »Es geht Ihnen also gut? Sie brauchen keinen Arzt?«

»Nein«, erwiderte sie und empfand ein überwältigendes Schuldbewußtsein bei dem Gedanken an den Schmerz, den sie Rafael in dieser Nacht verursacht hatte, und an die Gefahr, in die er sich für sie begeben hatte. Vor allem jetzt, wo er zu ihr gekommen war, um sich zu vergewissern, daß sie keine Verletzungen erlitten hatte. »Aber ich glaube, Ihr braucht einen Arzt.«

»Ja«, sagte er mit einem müden Blick auf seine Hände. »Ich werde sie verbinden lassen. Gute Nacht, Miss Trevarren.« Er wandte sich zum Gehen.

»Rafael?«

Er blieb stehen und wartete, drehte sich jedoch nicht zu ihr um.

»Es tut mir leid.«

Endlich schaute er sie an; seine grauen Augen blitzten vor neuerwachtem Ärger. »Ja«, sagte er, »und morgen wird es Ihnen noch viel mehr leid tun.«

Zehn Minuten nach seiner Begegnung mit Miss Trevarren, in der Ungestörtheit seines Arbeitszimmers, zuckte Rafael zusammen und stieß einen Fluch aus, als Barrett Whisky über seine wunden Hände goß. Der Prinz saß in einem Lehnstuhl beim Feuer, sein Freund, Leibwächter und Ratgeber stand neben ihm.

Da sie praktisch zusammen aufgewachsen waren – Barretts Vater war Wildhüter des Landguts in Northumberland gewesen, auf dem Rafael aufgezogen worden war – standen sie sich näher als die meisten Brüder. Nachdem der letzte Prinz von Bavia bei einem Duell den Tod gefunden hatte – William St. James war ein trinkwütiger Tyrann gewesen, von seiner Familie ebenso verachtet wie von seinen Untertanen – war Rafael heimgerufen worden, um die Regierung zu übernehmen. Barrett, ein ausgebildeter und erfahrener Soldat, hatte ihn begleitet.

»Das hat man davon, wenn man Jungfern aus Gefahr errettet«, bemerkte Barrett mit einem schwachen Lächeln, während er Rafaels Wunden reinigte. »Aber du warst ja immer schon galanter, als dir guttut. Eines Tages wird es dein Ende sein.«

»Was hätte ich denn sonst tun sollen?« entgegnete Rafael gereizt. »Hätte ich ein Mädchen, das kaum dem Schulalter entwachsen ist und zudem die Tochter lieber Freunde, draußen auf dem Wehrgang stehen und in den Tod stürzen lassen?«

»Du hättest *mich* Miss Trevarren holen lassen können«, gab Barrett zu bedenken.

»Das ist nicht deine Aufgabe.«

»Meine Aufgabe ist, dich zu beschützen.«

»Das hast du ja getan, als du mir das Seil zuwarfst und mich hineinzogst«, erwiderte Rafael trocken. »Vielen Dank übrigens.«

Wieder lächelte Barrett und begann, Rafaels Hand zu verbinden. »Sie ist ein mutiger kleiner Racker, deine amerikanische Miss.«

Rafael reagierte gereizt, und es verstärkte seinen Ärger

noch, daß es ihn überhaupt kümmerte, was andere Männer von Annie Trevarren dachten, gut oder schlecht. Selbst Barrett, sein treuester Gefährte, würde auf der Hut sein müssen. »Es liegt in der Familie«, sagte er ruhig. »Du müßtest ihre Eltern kennen, um es zu verstehen.«

Nachdem er seine Arbeit beendet hatte, ging Barrett zum Likörschrank und schenkte zwei Gläser Brandy ein. Das erste reichte er Rafael, der es dankbar an die Lippen hob und einen tiefen Schluck nahm.

Barrett behielt seine Gedanken und Ansichten im allgemeinen für sich, weil er wußte, daß es Rafael so lieber war, aber an diesem Abend war der Engländer ganz ungewöhnlich redselig. »Es ist gefährlich hier«, bemerkte er, bevor er sein eigenes Glas an die Lippen hob. »Offen gestanden bin ich überrascht, daß du deiner Schwester gestattet hast, nach Bavia zurückzukehren angesichts der schwierigen politischen Lage hier.«

Rafael stieß einen weiteren Seufzer aus und schloß die Augen. Seine Hände, seine Knie und seine rechte Schulter pochten; er war nicht in der Stimmung, sich mit Fragen zu beschäftigen, auf die er selbst noch keine Antwort fand.

»Dann fragst du dich sicher auch, warum ich Phaedra erlaubt habe, einen Gast mitzubringen. Du wirst sehr neugierig auf deine alten Tage, Barrett.«

Sein Freund schmunzelte, denn wie Rafael selbst war er erst Anfang Dreißig. Beide Männer hatten ihre Mütter schon in früher Kindheit verloren, und John Barrett, Edmunds Vater, hatte sich des jungen Verbannten sehr liebevoll angenommen und ihn reiten, angeln, jagen und kämpfen gelehrt, nicht anders, als wenn der Junge sein eigener Sohn gewesen wäre. Und wie oft hatte Rafael gewünscht, es wäre so!

»Einige würden mich sogar als vorwitzig bezeichnen«, gab Barrett nach kurzem Schweigen schmunzelnd zu.

»Ja«, bestätigte Rafael. »Aber immerhin hast du mehrmals dein eigenes Leben in Gefahr gebracht, um meins zu retten, und das gibt dir wohl das Recht, zu fragen.« Er trank einen Schluck Brandy, bevor er weitersprach. »Seit siebenhundert

Jahren legen die Frauen unserer Familie ihr Ehegelübde in unserer eigenen Kapelle ab, die sich innerhalb der Mauern dieser Burg befindet«, erklärte er und erinnerte sich schmerzlich an seine eigene Hochzeit mit seiner geliebten *englischen Rose*, seiner Georgiana, die wegen der Abneigung zwischen Rafael und seinem Vater in London stattgefunden hatte.

Er verdrängte die Erinnerung und den Schmerz, der sie begleitete. »Ich kann Phaedra nicht diese Tradition verweigern, ob hier Gefahr herrscht oder nicht. Und was Annie – Miss Trevarren – betrifft, so ist sie gekommen, um der Prinzessin bei den Hochzeitsvorbereitungen beizustehen. Außerdem ist diese junge Dame aus sehr kühnem Holz geschnitzt, wie du heute abend wohl selbst gesehen hast.«

Barrett lachte und schüttelte den Kopf, aber eine leichte Besorgnis wich nicht aus seinen braunen Augen. Sein Blick, der sonst immer sehr direkt war, wich Rafaels aus. »Der Bräutigam scheint jedenfalls keine Eile zu haben, hier zu erscheinen.«

Rafael runzelte die Stirn und beugte sich vor, wobei er fast den Brandy auf den kostbaren Perserteppich verschüttete, der einst seiner verstorbenen Mutter gehört hatte. Er war einer der wenigen Wertgegenstände, die der Prinz nach seiner Rückkehr nach Bavia vor zwei Jahren behalten hatte, nachdem er in Jahrhunderten angehäufte Schätze aus Plünderungen und Raubzügen an das Volksvermögen zurückerstattet hatte. Obwohl es längst nicht überall bekannt war, lebten die Angehörigen der Familie der St. James heute von ihrem eigenen, privaten Vermögen.

Rafael vergaß jedoch nie, daß seine Bemühungen zu spät gekommen waren, für ihn und höchstwahrscheinlich auch für Bavia.

»Was siehst du mich so an?« fragte Barrett, eine Spur gereizt, als er sah, daß Rafael ihn prüfend musterte.

»Du hast gerade eine sehr merkwürdige Feststellung gemacht, scheint mir. Was interessiert es dich, ob der zukünftige Gemahl der Prinzessin morgen erscheint, nächsten Monat oder einen Tag nach der Auferstehung?«

Barretts Nacken rötete sich, ein Phänomen, das Rafael seit ihrer Kindheit nicht mehr bei ihm wahrgenommen hatte. Er schien zuerst etwas sagen zu wollen, stürzte dann jedoch den Rest seines Brandys hinunter, um die Worte zu ertränken, bevor sie über seine Lippen kommen konnten.

Rafaels Nacken war steif vor Anspannung; er hätte sich am liebsten in einem dunklen Zimmer hingelegt und geschlafen, bis alles vorüber war – Phaedras Hochzeit, die drohende Revolution, der endgültige Zusammenbruch einer Familie, wie eigennützig sie auch gewesen sein mochte, die seit sieben Jahrhunderten diese kleine europäische Nation regierte. Rafael sehnte sich nach Frieden, und doch wußte er, daß er vermutlich nicht mehr lange genug auf dieser Welt sein würde, um ihn zu erleben.

Seufzend lehnte er sich zurück und schloß für einen Moment die Augen.

»Du hast dich in die Prinzessin verliebt«, sagte er. »Wann ist es geschehen? Letztes Jahr, als sie in den Sommerferien zu Hause war?«

Barrett schwieg sehr lange. Als er endlich sprach, lag ein trotziger, herausfordernder Ton in seiner Stimme. »Ja.«

»Du weißt natürlich, daß es hoffnungslos ist. Phaedras Heirat mit Chandler Haslett wurde schon wenige Tage nach ihrer Taufe arrangiert. Er ist ein entfernter Cousin.« Rafael öffnete die Augen, schaute Barrett an und bemühte sich, sein Mitgefühl für ihn zu verschleiern. »Sie ist eine Frage der Ehre, diese Ehe. Das Abkommen kann nicht rückgängig gemacht werden. Nicht einmal dir zuliebe, mein Freund.«

»Sie liebt ihn nicht.« Die ruhige Überzeugung, mit der Barrett sprach, beunruhigte Rafael.

»Das ist nicht wichtig«, erwiderte er. »Arrangierte Ehen werden nur selten, wenn überhaupt, aus Liebe geschlossen. Es ist mehr eine Frage von Rang und politischen Verbindungen.«

Barrett verzichtete auf Widerspruch, weil er das Gewicht derartiger Traditionen so gut wie jeder andere kannte, und es war klar für ihn, daß das Thema damit abgeschlossen war. Er nickte und ging zu den massiven Doppeltüren. »Ich werde heute nacht eine Wache vor deiner Tür aufstellen, wie jeden Abend.«

»Gut«, erwiderte Rafael, stand auf und betrachtete stirnrunzelnd die dicken Verbände an seinen Händen. Wie zum Teufel sollte er damit etwas tun? »Laß auch Miss Trevarrens Zimmer bewachen. Wer weiß, ob sie heute nacht nicht wieder den Drang verspürt, auf Türme und Wehrgänge zu klettern.«

Barrett lächelte, obwohl seine Augen ernst blieben. »Wie du wünschst«, sagte er und ging hinaus.

Rafael begann sofort die Verbände von seinen Händen abzureißen und warf sie dann ins Feuer. Als er die Finger spreizte, verzog er das Gesicht angesichts des Schmerzes, der ihn durchzuckte, aber er überwand ihn und schenkte sich einen zweiten Brandy ein, um über das Problem ›Annie Trevarren‹ nachzudenken.

Der Prinz lächelte. Er konnte sie unmöglich in eins der Verliese sperren – Patrick Trevarren würde ihn dafür tatsächlich auspeitschen, und das mit vollem Recht. Doch trotz allem hatte er ihr angedroht, daß ihre närrische Episode nicht ohne Folgen bleiben würde, und er beabsichtigte, sein Wort zu halten. Denn soviel zumindest schuldete er sich nach dieser aufregenden Nacht.

2

Annie raffte den Saum ihres langen Nachthemds, um die vier Stufen zu ihrem Himmelbett hinaufzusteigen, und schlüpfte unter die warmen Decken. Dort, unter den flackernden Schatten, die das Feuer an die Zimmerdecke warf, überdachte sie die Ereignisse des Abends.

Ihr Ausflug auf den baufälligen Wehrgang war in der Tat töricht gewesen, aber natürlich hatte sie nicht geahnt, *wie* gefährlich das Abenteuer für sie werden konnte. Sie hatte nur einen ungehinderten Blick auf den Kristallsee genießen wollen, der hinter der Burg in einem dichten Wald verborgen lag, und das war nur vom Südturm aus möglich gewesen. Da dieser jedoch kein Fenster besaß, war sie kurzentschlossen auf den Wehrgang hinausgeklettert, und erst als sie umkehrte, war ihr klargeworden, in welcher Gefahr sie sich befand. Aus lauter Panik hatte sie sich an einen steinernen Wasserspeier geklammert und sich dort festgehalten, bis Rafael kam und sie rettete.

Im Bett jetzt und in Sicherheit fand Annie die Erinnerung

daran sehr aufregend. In gewisser Weise war es ungemein romantisch, gerettet zu werden – vor allen Dingen von Rafael St. James.

Seufzend drehte sie sich auf die Seite und schaute zur Tür hinüber, wo er heute abend gestanden hatte, mit wunden Händen, regenfeuchtem Haar und zerfetzten, nassen Kleidern. Sie liebte Rafael schon seit ihrer Kindheit, doch heute nacht, als er in ihr Zimmer gekommen war, hatte sie ganz neue und sehr verwirrende Gefühle in bezug auf ihn durchlebt.

Sie schloß die Augen, doch hinter ihren Lidern konnte sie den Prinzen noch immer sehen, so wie er vorher dagestanden hatte, einen Ausdruck belustigten Zorns auf seinen Zügen.

Annie erschauerte. Er hatte geschworen, sie zu bestrafen, und sie hegte nicht den geringsten Zweifel daran, daß es ihm ernst gemeint gewesen war. Die Frage war nur, was konnte er schon tun? Sie befanden sich schließlich nicht mehr im Mittelalter – er konnte sie unmöglich in die Eiserne Jungfrau stecken, sie auf dem Scheiterhaufen verbrennen, sie an die Zigeuner verkaufen oder sie in irgendein Kloster verbannen. Im übrigen war sie zu *Gast* auf St. James, und ihr etwas anderes als die gebotene Höflichkeit zu erweisen, wäre undenkbar gewesen.

Zumindest für die meisten Männer, dachte Annie, was ihre Zuversicht von neuem schwinden ließ, denn der Prinz von Bavia war nicht wie die meisten Männer. Obwohl Annie wenig von der Politik dieses kleinen Lands verstand, wußte sie, daß die Bauern Rafael für grausam hielten und ihn fürchteten, wie sie früher seinen Vater und *dessen* Vater gefürchtet hatten.

Ruhelos drehte Annie sich wieder auf die andere Seite, doch Rafaels Bild verfolgte sie, drängte sich in ihre Gedanken und in ihre Träume und verhinderte, daß sie Schlaf fand in jener Nacht.

Am folgenden Morgen saß Rafael an seinem gewohnten Platz am Kopf des Tischs im großen Speisesaal, als Annie hereinschwebte – in einem strahlend gelben Kleid, ihr rotblondes Haar zu einem ordentlichen Kranz geflochten.

Rafaels Ärger hatte inzwischen ein wenig nachgelassen, und so gern er etwas anderes empfunden hätte, vermochte er doch nicht zu übersehen, daß Miss Trevarren ein ganz entzückendes kleines Ding war.

Der Prinz verbarg sein Lächeln und biß in eine Scheibe Brot, froh, daß bisher niemand anderer zum Frühstück hinuntergekommen war. Für einige Minuten zumindest würde diese unterhaltsame, aufreizende junge Frau ausschließlich ihm gehören, um sie anzusehen, zu beobachten und sich über sie zu wundern. Der verblüffende Wechsel in seinen Gefühlen entging ihm nicht; Rafael kannte sich sehr gut und vermutete bereits, daß Annie – vorausgesetzt, er gab ihr die Gelegenheit – ihn dazu bringen könnte, sich aufzuführen wie ein Narr.

Sein Lächeln, das zaghaft genug gewesen war, begann nun ganz zu schwinden. Seit Georgianas Tod war er innerlich wie betäubt gewesen; doch nun überfluteten ihn wieder Emotionen, und er hatte Einfälle und Wünsche, die fast ausnahmslos schmerzhaft waren. Er biß in das harte, fade Brot, kaute und schluckte. Als Annie sich einen Teller am Büfett gefüllt hatte und sich zu ihm umwandte, trug er längst wieder eine Miene königlicher Indifferenz zur Schau.

Sie zögerte nur einen winzigen Moment lang, dann kam sie resolut zum Tisch.

Rafael stand auf, mehr aus Gewohnheit als aus Respekt, und blieb stehen, während sie zu seiner Linken Platz nahm.

»Guten Morgen«, sagte sie, und obwohl sie ihn nicht anschaute, straffte sie die Schultern und schob das Kinn vor.

Gott, sie war aber auch ein keckes kleines Ding; Rafael bewunderte Mut mehr als jeden anderen Charakterzug, mit Ausnahme von Ehrgefühl, und gleich danach weibliche Schönheit.

»Guten Morgen«, erwiderte er und setzte sich.

Annie aß ein Stückchen Speck und schob mit der Gabel lustlos ihre Eier auf dem Teller herum, bevor sie sich zwang, aufzusehen und Rafaels Blick zu erwidern.

»Werdet Ihr mich fortschicken?« fragte sie errötend. »Wegen gestern nacht, meine ich?«

Tatsächlich hatte Rafael sein voreiliges Dekret bereits vergessen. Der Brandy in der Nacht zuvor hatte seinen Zweck erfüllt; der Prinz hatte gut geschlafen, und seine Hände, wenn auch noch etwas wund, begannen bereits zu verheilen. Sein schlimmstes Unbehagen in diesem Augenblick war ein gar nicht so nobles Ziehen tief in seinen Lenden.

Rafael lehnte sich zurück und runzelte die Stirn. Er hätte Annie jetzt durchaus sagen können, der Zwischenfall sei vergessen, aber etwas in ihm, etwas ungeheuer Mächtiges, hinderte ihn daran, ihr so leichtfertig zu verzeihen. Ihr Temperament und ihre Anfälle von Trotz amüsierten ihn, und das wollte er so lange wie möglich auskosten, da es sonst sehr wenig Amüsantes in seinem Leben gab.

»Ja«, sagte er schließlich in strengem Ton, straffte die Schultern und betrachtete Miss Trevarren aus schmalen Augen. »Sie werden heute den ganzen Tag in meiner Nähe bleiben, für den Fall, daß Sie wieder in Versuchung kommen sollten, auf irgend etwas hinaufzuklettern und sich Ihren dreisten kleinen Hals zu brechen.«

Wie kommst du bloß dazu, so etwas zu sagen? fragte Rafael sich, kaum daß die Worte über seine Lippen waren. Jetzt würde die Kleine ihm den ganzen Tag im Weg sein, und er würde nichts oder nur sehr wenig schaffen.

Als ob das wichtig wäre, dachte er spöttisch. Sein Vater und alle St. James', die vor ihm regierten, hatten das Land heruntergewirtschaftet und in den Ruin getrieben. Es war nicht mehr zu retten, nichts hätte die Konsequenzen noch aufhalten können, obwohl Rafael noch immer viele Stunden mit dem Versuch verbrachte und es schon tat, seit er aus England in sein Heimatland zurückgekehrt war. Denn obwohl er wußte, daß es ein sinnloses Unterfangen war, konnte er sich nicht dazu überwinden, aufzugeben.

Annies Wangen röteten sich, und ihre blauen Augen blitzten von einem Gefühl, das sowohl Auflehnung wie auch Triumph bedeuten konnte. Rafael hätte nicht sagen können, was es war, und es interessierte ihn auch nicht besonders.

»Das dürfte ungemein langweilig sein, für uns beide«, bemerkte sie mit einem nachlässigen kleinen Schulterzucken und einem Seufzer. Doch ihrer zur Schau gestellten Gleichgültigkeit zum Trotz mied sie noch immer seinen Blick.

Rafael hoffte, daß seine Belustigung nicht zu offensichtlich war, denn er spürte ihren Stolz und bewunderte sie dafür. »Die meisten meiner Gäste klettern auch nicht auf baufällige Wehrgänge, um sich die Landschaft anzusehen«, gab er zu bedenken und nutzte seinen Vorteil, als er ihr Unbehagen sah. »Falls Ihr Vater gestern nacht hier gewesen wäre«, erklärte er, »hätten Sie sich jetzt mit noch viel ärgeren Schwierigkeiten abzufinden.«

Annie wandte rasch den Kopf ab, und Rafael hätte am liebsten laut gelacht, aber er beherrschte sich natürlich. Als sie ihn wieder ansah, funkelten ihre Augen vor unterdrücktem Zorn, doch bevor sie sich eine scharfe Erwiderung ausdenken konnte, betrat sein jüngerer Halbbruder, Lucian, den großen Saal.

Lucian sah Rafael ähnlich, aber er war kleiner, zierlicher und besaß sehr zarte, aristokratische Gesichtszüge. Da er trotz seiner zierlichen Statur in hervorragender körperlicher Verfassung war, stellte er einen ernst zu nehmenden Fechtpartner dar, doch abgesehen davon war er ziemlich nutzlos. Die Brüder waren praktisch Fremde, da Lucian in einem anderen Teil Englands und bei anderen Pflegeeltern als Rafael aufgewachsen war, und sie hatten kaum Gemeinsamkeiten. Meistens ignorierte Rafael seinen Bruder, obwohl es auch Momente gab, in denen Lucian sich in Schwierigkeiten brachte, aus denen ihn dann entweder Edmund Barrett oder Rafael befreien mußten.

Trotz der langen Zeit fern von zu Hause, die ihm dazu hätte dienen müssen, erwachsener zu werden, war der jüngere St. James in vielen Dingen ebenso verwöhnt wie Phaedra, die in Bavia gelebt hatte, verhätschelt und behütet von einer Schar von Kinderschwestern, Gouvernanten und Mägden, bis sie alt genug gewesen war, das Schweizer Internat zu besuchen.

An jenem Morgen, als Lucian seinen Teller füllte und dann zum Tisch kam, glaubte Rafael, ein fast raubtierhaftes Funkeln in den Augen seines Bruders wahrzunehmen. Eine leise Gereiztheit erfaßte ihn – was nichts Neues war, wenn es um diesen Stümper ging – als er sah, wie Lucian Annie anlächelte wie ein junger Kavalier. Rafael nahm sich vor, ihn später zurechtzuweisen, wenn nötig anhand von Drohungen, denn das Mädchen wäre sicherer auf dem zerbröckelnden Wehrgang, als wenn sie Lucians geübtem Charme erlegen wäre.

Lucian, der seinen Bruder vollkommen ignorierte, nickte Annie zu, als er sich ihr gegenüber hinsetzte. »Ich freue mich, daß Ihnen gestern nachts nichts zugestoßen ist, Miss Trevarren. Tatsächlich sind Sie so schön wie eh und je – vielleicht sogar noch schöner, aus lauter Freude, überlebt zu haben.«

Rafaels Ärger nahm zu bei diesen Worten und verdoppelte sich, als Annie, die kleine Närrin, Lucian ein strahlendes Lächeln schenkte. »Danke«, sagte sie geziert.

Der Prinz legte seine Serviette beiseite, und sein Stuhl verursachte ein schabendes Geräusch auf dem Steinboden, als er ihn zurückschob. »Kommen Sie, Miss Trevarren«, sagte er knapp. »Ich habe nicht den ganzen Tag Zeit, hier herumzusitzen und Ihnen beim Essen zuzuschauen.«

Zu Rafaels Entzücken errötete Annie vom Ausschnitt ihres Spitzenmieders bis zu den Haarwurzeln. Bewußt langsam und widerstrebend schob sie ihren Teller zurück, obwohl sie bisher kaum Interesse für ihr Essen bewiesen hatte, und stand auf.

»Bitte entschuldigen Sie mich«, sagte sie zu Lucian, in einem leisen, vertraulichen Ton, der Rafael aus der Konversation auszuschließen schien. »Der Prinz hat befohlen, daß ich heute den ganzen Tag in seiner Nähe bleiben muß.«

Lucians Ärger verriet sich klar in seinem Blick; Rafael schaute emotionslos zu, wie sein Bruder seinen Zorn hinunterschluckte. »Was soll das heißen?« fragte er mit kalter Höflichkeit. Als Rafael nichts erwiderte, fügte er hinzu: »Ich verlange eine Erklärung!«

Rafael seufzte. »Tatsächlich? Wie schade, daß du keine erhalten wirst.« Mit diesen Worten nahm er Annies Arm und schob sie zur Tür, so schnell, daß sie sich beeilen mußte, um mit ihm Schritt zu halten.

Lucian folgte ihnen nicht, aber Rafael spürte seinen Blick auf seinem Rücken. *Er haßt mich*, dachte er ohne großes Bedauern. Die Entfremdung zwischen ihm und Lucian bedrückte ihn manchmal, aber er hatte gelernt, damit zu leben.

Annie versuchte gar nicht erst, sich ihm zu entziehen – sie verfügte über geradezu königliche Würde – aber sie preßte die Lippen zusammen und schwieg. Rafael hatte den Eindruck, daß sie ihren dramatischen Abgang vielleicht sogar ein bißchen auskostete. Sie war ihm ein Rätsel, das stand fest, und seine eigenen Reaktionen auf sie waren es auch.

Rafael wünschte plötzlich, sie nach einer kurzen Strafpredigt entlassen zu haben, anstatt sich den ganzen Tag mit ihr zu belasten. Aber dazu war es jetzt zu spät.

Zwei seiner Kabinettsminister warteten bereits, als sie den großen Saal betraten, von dem aus Rafael seine unführbaren Regierungsgeschäfte führte.

Hier entzog Annie ihm ihren Arm und schwebte majestätisch zum Kamin hinüber; ihr gelbes Kleid schimmernd wie ein warmer Sonnenstrahl in dem ansonsten düsteren Raum. Dort raffte sie in einer anmutigen Geste ihre weiten Röcke, ließ sich auf einem steifen, hochlehnigen Stuhl nieder und faltete die Hände.

Die älteren Herren schienen verblüfft, eine Frau im Ratssaal vorzufinden, aber keiner von ihnen erhob Einwände. Statt dessen nahmen sie ihre Plätze vor Rafaels mächtigem Schreibtisch ein, einem der ältesten und wertvollsten Möbelstücke in der Burg, und taten so, als ob Annie nicht vorhanden wäre.

Rafael räusperte sich und strich sich mit steifer, wunder Hand über sein Haar. Es geschieht dir recht – dafür, daß du dich wie ein idiotischer Despot verhalten hast, dachte er. Er hatte wichtige Angelegenheiten zu regeln, und Annie stellte eine beträchtliche Ablenkung für ihn dar …

»Welche Neuigkeiten bringt ihr aus Morovia?« fragte er die Besucher, seine Stimme eine Spur lauter als gewöhnlich und ein bißchen schroffer auch.

Morovia, die Landeshauptstadt, lag am Mittelmeer wie die Burg von St. James, und es war nur ein kurzer Ritt bis in die Stadt. Doch obwohl sich dort der Palast befand und der formelle Sitz der Bavianer Regierung, suchte Rafael die von hohen Mauern umgebene Stadt nur selten auf; sie enthielt zu viele schmerzliche, aber auch bittersüße Erinnerungen für ihn.

»Im Moment herrscht Ruhe«, sagte von Freidling, der Gesandte aus Bavias nördlicher Provinz. Sein Blick glitt dabei zu Annie, die in kühlem Schweigen auf der anderen Seite des Raums an ihrem Platz saß, und kehrte dann zu Rafael zurück.

Rafael war nicht beruhigt von den Nachrichten, die von Freidling überbrachte. Es hatte auch »Ruhe« in der Stadt geherrscht, kurz bevor Georgiana erschossen worden war. »Keine Gewalttätigkeiten also?« fragte er in einem Ton, der deutlich sein Mißtrauen verriet.

Von Freidling und Butterfield wechselten einen Blick.

»Es hat einen Zwischenfall in Miss Covingtons Residenz gegeben, Euer Hoheit«, gestand Butterfield äußerst widerstrebend. Auch er warf jetzt einen verstohlenen Blick auf Annie.

Rafael beugte sich erschrocken vor, kalte Angst breitete sich in seinem Magen aus. Felicia Covington war seine Geliebte gewesen im Jahr nach Georgianas Tod, und obwohl ihr Verhältnis sich längst in reine Freundschaft verwandelt hatte, empfand er noch sehr viel für sie. Falls Felicia etwas zustieß, würde sein Gewissen ihm für den Rest seines Lebens keine Ruhe mehr lassen.

»Was für eine Art von Zwischenfall?« fragte er mühsam beherrscht.

Von Freidling bewegte sich unbehaglich auf seinem Stuhl. »Rebellen versuchten einzubrechen. Mr. Barretts Männer konnten sie jedoch vertreiben, und Miss Covington ist nichts zugestoßen.«

Rafael war nicht beruhigt. Wenn er bessere Maßnahmen getroffen hätte, um Georgiana zu schützen, wäre sie jetzt noch am Leben. »Ich möchte, daß sie sofort hierhergebracht wird! Unter bewaffneter Eskorte selbstverständlich.«

Keiner der beiden Männer erhob Einspruch, aber aus dem Augenwinkel sah Rafael, wie Annie sich gespannt auf ihrem Stuhl vorbeugte. Sämtliche Anzeichen würdevoller Auflehnung waren aus ihrem Gesicht verschwunden, ersetzt von einem mißtrauischen, nachdenklichen Ausdruck.

Und Rafael kam zu einer Einsicht, die ihn sehr beunruhigte.

Annie war bestürzt über das, was sie in Rafaels Gesicht sah und in seiner Stimme hörte, als er und die Besucher über die mysteriöse Miss Covington sprachen. Es war nicht zu übersehen, wie wichtig diese Frau dem Prinzen war, schon gar nicht nach seinem ausdrücklichen Befehl, sie auf die Burg zu bringen.

Miss Covington war zweifellos sehr schön und kultiviert, und der Nachdruck, mit dem Rafael gesprochen hatte, bewies, daß eine enge und vermutlich auch intime Bindung zwischen ihnen bestand.

Annie hätte am liebsten geweint bei der Entdeckung, obwohl sie wußte, daß die Neuigkeiten sie eigentlich nicht überraschen dürften. Es war vollkommen normal für einen Mann wie Rafael, mindestens eine Geliebte zu haben, es war ein Brauch, der in den Oberklassen üblich war. Mehrere der Freunde ihres Vaters hielten sich Mätressen; Charlotte Trevarren dagegen hatte ihrem Mann einen langsamen und qualvollen Tod versprochen, falls er je den Fehler begehen sollte, sein Ehegelübde zu brechen. Anscheinend hatte er sich ihre Worte zu Herzen genommen, denn soweit Annie sagen konnte, war die Leidenschaft, die ihre Eltern miteinander verband, stürmisch wie eh und je.

Um ihre bedrückte Miene zu verbergen, falls Rafael in ihre Richtung schaute, stand Annie auf und kehrte ihm den Rücken zu, während sie so tat, als betrachtete sie den Raum. Die Wände waren kahl und wiesen nichts von den Gemälden, Wandteppichen und goldgerahmten Spiegeln auf, die üblich für solche Säle waren, und obwohl der Raum sehr groß war, standen auch fast keine Möbel darin. Das einzige, was im Überfluß vorhanden schien, waren Bücher, sehr alte, mit brüchigen Rücken, und andere, die noch sehr neu aussahen.

Während Annie vor dem bleigefaßten Fenster stand und in den sonnigen Garten hinausschaute, kämpfte sie gegen das plötzliche und absolut lächerliche Bedürfnis an, zu weinen, der Gefühle wegen, die Rafael dieser Miss Covington entgegenzubringen schien. Sie, Annie, war eine Närrin gewesen, sich in ihn zu verlieben, und naiv, zu glauben, daß ein so vitaler Mann wie er sich keine Geliebte hielt.

Dabei war es keineswegs so, als ob Annie erwartet hätte, während ihres Besuchs in Bavia von Rafael als Frau akzeptiert zu werden. Nein, für ihn war sie nichts als die lästige Schulfreundin seiner Schwester, die älteste der ungebärdigen Trevarrentöchter, und dies natürlich erst recht nach ihrer nächtlichen Eskapade auf dem Wehrgang. Im Nachhinein betrachtet, erschien ihr diese Episode jetzt nicht nur töricht, sondern sogar auf elende, jammervolle Weise kindisch.

Annie dachte an Johanna von Orléans, die sie bewunderte, und bemühte sich, stark zu sein. Sie hatte immer gewußt, daß ihre Liebe zu Rafael keine Erwiderung finden würde, und hatte sich längst auf ein Leben als alte Jungfer eingestellt. Alles, was sie sich von diesem kurzen Besuch in St. James erhoffte, war eine Sammlung schöner Erinnerungen, die ihr die einsamen Jahre, die vor ihr lagen, erleichtern sollten.

Warum tat es dann so weh, zu erfahren, daß Rafael eine gewisse Miss Covington liebte?

Annie war sehr erleichtert, als die Besprechung endete und die beiden Abgesandten gingen. Vielleicht würde Rafael nun seine Entscheidung, den ganzen Tag in seiner Nähe bleiben zu müssen, rückgängig machen und sie gehen lassen. Im Moment wünschte sie sich nichts sehnlicher, als allein zu sein, am liebsten in einem der Gärten, um dort ihre Emotionen unter Kontrolle bringen und sich zu beruhigen.

Als sie Rafaels Blick auf sich spürte, drehte sie sich zu ihm um, obwohl sie das eigentlich nicht wollte.

»Annie …« begann er rauh, um sich dann mit den Fingern durch das Haar zu streichen und den Kopf zu schütteln wie in Antwort auf eine stumme, innere Frage hin. »Lucian und ich hatten uns zum Fechten verabredet …«

Annies berühmtes Temperament wallte plötzlich wieder auf. »Dann«, sagte sie nach einem tiefen Atemzug, »habe ich vielleicht das Vergnügen, mit anzusehen, wie Ihr von kaltem Stahl durchbohrt werdet!«

Rafael lachte, und die Spannung wich ein wenig. »Mag sein«, gab er zu, nahm wieder ihren Arm und führte sie aus dem kahlen Saal. »In der Zwischenzeit jedoch wollen wir sehen, ob Sie sich benehmen können.«

»Ihr beurteilt mich zu streng, Hoheit«, sagte Annie gereizt, während sie sich beeilte, um mit ihm Schritt zu halten. »Ich habe schließlich nur einen Fehler gemacht, während Ihr so tut, als hätte ich ein ganzes Leben voller Untugenden hinter mir!«

Rafael zog eine dunkle Braue hoch und bedachte Annie mit einem knappen Lächeln. »Phaedra hat mir oft aus St. Apasia geschrieben«, bemerkte er. »Meistens natürlich nur, um mich um Geld zu bitten, aber sie hat mir auch von Ihnen geschrieben, sehr liebevoll zwar, aber mit der Bemerkung, daß Sie der Schrecken aller Nonnen in diesem altehrwürdigen Institut waren.«

Annie hoffte, daß die Hitze in ihren Wangen sich nicht auf ihrer Haut abmalte. Wenn sie Phaedra wiedersah, würde sie ihr einiges zu sagen haben über Freundschaft und Vertrauen. Denn schließlich war Annie in ihren eigenen Briefen an ihre Familie niemals so treulos gewesen, auch nur ein einziges der zahllosen Mißgeschicke der Prinzessin zu erwähnen!

Rafael und Annie stiegen die breite Treppe hinunter und durchquerten schweigend die große Eingangshalle. Erst als sie den Hof erreichten, wo Lucian bereits mit zwei Floretts wartete, sprach Rafael wieder.

»Setzen Sie sich«, wies er Annie an, »und rühren Sie sich nicht vom Fleck, bis ich Ihnen die Erlaubnis dazu gebe.«

»Also wirklich, Rafael«, protestierte Lucian, bevor Annie etwas erwidern konnte. »Findest du nicht, daß du ein bißchen zu streng mit ihr bist? Eines Tages werden die Bauern dich wegen deiner Tyrannei auf die Guillotine schleppen, genau wie damals den armen Ludwig von Frankreich.«

Rafael zog seinen grünen Samtrock aus, unter dem er ein weites Baumwollhemd trug, wie Annies Vater sie bevorzugte. Das Lächeln, das er seinem Bruder zuwarf, war alles andere als freundlich. »Es ist mein Vorrecht, streng zu sein«, erklärte er. »Denn immerhin bin ich der Prinz von Bavia. Und was aus mir wird, braucht glücklicherweise nicht deine Sorge zu sein.«

Annie öffnete den Mund, um etwas zu sagen, aber Lucian ließ ihr keine Gelegenheit dazu.

Er warf eins der Florette seinem Bruder zu, der es geschickt auffing und mit einer raschen Handbewegung durch die Luft wirbelte.

»Könnte es eine größere Freude für das Volk geben, als wenn sein Prinz sich selbst ins Grab bringt, um dort zu verrotten?« spottete Lucian mit einer angedeuteten Verbeugung. »Aber wer bliebe dann noch übrig, um um unser einst so schönes Land zu trauern?«

Rafael erwiderte nichts, aber Annie sah einen Muskel an seinem Kinn zucken.

Danach begaben sich die Fechter in eine ihnen ureigene Welt, zu der sie keinen Zugang hatte, an einen gewalttätigen, trügerischen Ort, wo Gesetze herrschten, die nur die beiden

Männer kannten. Wahrscheinlich hätte sie sich jetzt unbemerkt entfernen können, doch eine grimmige Faszination und ein bittersüßer Schmerz in ihrem Herzen fesselten sie an die marmorne Bank.

Das erste Klirren der Florette löste eine Gänsehaut auf Annies Rücken aus, und sie hielt den Atem an, als der Zweikampf von Minute zu Minute wilder wurde. Funken sprühten von den dünnen Klingen, und sogar die Luft schien geladen mit der Spannung, doch der Kampf ging unermüdlich weiter und fand kein Ende.

Zuerst schien ein Bruder die Oberhand zu haben, dann der andere. Trotz seiner zierlichen Statur kämpfte Lucian tapfer, parierte, stieß und drängte Rafael zurück, bis die Gartenmauer keinen weiteren Rückzug gestattete.

Es war offensichtlich, daß mehr als normale Rivalität zwischen den beiden Kämpfern herrschte, und das verblüffte Annie ebensosehr, wie es sie erschreckte. Ihre Onkel im fernen Staate Washington, die alle Sägewerksbesitzer waren, trugen ständig irgendwelche Prügeleien untereinander aus – es war eine Art Familiensport – aber die Kämpfe waren immer gutmütiger Natur, begleitet von deftigen Beleidigungen und viel Gelächter. Und Annies eigene Schwestern, Gabriella, Melissande, Elisabeth und Christina, waren ebenfalls alle viel jünger als sie selbst, aber sie liebte sie von Herzen, obwohl sie sie mit ihren Neckereien manchmal sehr verärgerten, und doch bezweifelte sie nicht, daß sie sterben würde, um sie zu beschützen, sollte es einmal nötig sein.

Rafael und Lucian hingegen haßten sich, das war offensichtlich.

Das Gefecht setzte sich, wie Annie schien, eine kleine Ewigkeit lang fort, und erst dann machte Rafael einen Ausfall, und Lucians Florett flog klappernd auf die Steine des kleinen Wegs, der durch den Garten führte.

Der Prinz keuchte schwer, sein Hemd war feucht vor Schweiß, als er beobachtete, wie Lucian mit scharlachrotem Gesicht seine Waffe aufhob.

Die reinste Mordlust stand in Lucians Blick, als er sich,

das Florett in der Hand, aufrichtete und Rafael ansah. Ein eigenartiger Austausch fand zwischen den beiden Brüdern statt, obwohl keiner von beiden sich bewegte oder sprach; es war etwas so Unfaßbares und auf seine Weise ebenso Gewalttätiges, wie es ihr Kampf gewesen war.

»Ein andermal vielleicht, Lucian«, sagte Rafael, und Annie glaubte, einen leisen Schmerz aus seiner Stimme herauszuhören.

Lucian zögerte und schien etwas sagen zu wollen, doch dann wandte er sich nur abrupt ab und verließ den Hof.

Annie schaute Rafael an, froh, daß die Begegnung vorüber war, und erstaunt, daß beide Männer unversehrt daraus hervorgegangen waren.

»Ich würde jetzt gern gehen«, erklärte sie.

Rafael schien zunächst überrascht, daß sie noch immer auf der Bank saß, doch dann schüttelte er den Kopf. »Nein«, erwiderte er so entschieden, daß Annie keinen weiteren Widerspruch mehr wagte. »Sie bleiben hier.«

Mit zitternden Knien stand sie auf. »Eure Hände, Hoheit«, sagte sie. »Ihr habt sie wieder verletzt.« Rasch ging sie auf ihn zu und nahm seine linke Hand in ihre. In der rechten hielt er noch immer das Florett.

»Ihr blutet«, wisperte sie, während sie die verletzte Hand betrachtete.

Als sie den Blick zu ihm erhob, nahm sie eine zornige Verwundbarkeit in seinen Augen wahr und vermutete, daß er ihr gern seine Hand entzogen hätte, aber wußte, daß er dazu nicht imstande war. Es war für beide eine Überraschung, als er einen Finger unter ihr Kinn legte, den Kopf senkte und sie küßte.

Zu Anfang war es nichts als ein zaghafter Versuch, und Rafaels Lippen streiften Annies nur. Doch dann, ganz plötzlich, wurde die Liebkosung intensiver. Ein süßes Feuer durchzuckte Annie und löschte jegliches Bewußtsein in ihr aus – für alles andere außer Rafaels warmem Mund auf ihrem.

Der kurze, stürmische Kuß hatte Annie für immer verändert; das wußte sie selbst jetzt schon in diesem Augenblick.

Endlich zog Rafael sich von ihr zurück und stieß einen unterdrückten Fluch aus. »Es tut mir leid, Annie«, sagte er, wandte sich brüsk ab und ließ sie stehen.

Ihre Gefangenschaft war beendet, und doch hatte sie gerade erst begonnen. Ihr ganzer Körper zitterte noch unter der Wirkung von Rafaels Kuß; seine Worte hallten in ihren Ohren wider: *Es tut mir leid, Annie …*

Als sie wieder imstande war, sich zu bewegen, schlug sie eine Hand vor den Mund, um ihr Schluchzen zu ersticken, und floh in den Garten. Überall blühten Rosen und verströmten ihren Duft, aber Annie bezog weder daraus Freude noch aus der Schönheit der Blüten. Rafael hatte alles verschlimmert mit seinem Kuß, hatte Gefühle in ihr erweckt, die sie sich niemals hätte träumen lassen, und ihr einen Vorgeschmack davon gegeben, was es bedeuten würde, ein Leben ohne ihn zu verbringen.

Es war eine Aussicht, die sie, so unerschrocken sie auch war, nicht ertragen konnte.

Niedergeschlagen ließ sie sich in das weiche, duftende Gras sinken und weinte. Als ihre Tränen verbraucht waren und ein heftiger Schluckauf sie schüttelte, spürte sie plötzlich Hände auf ihren Schultern und schaute auf in Lucians Gesicht.

Er zog sie auf die Beine und nahm sie in die Arme, und sie wehrte sich nicht, denn sie brauchte jetzt den Trost.

»Sie weinen wegen Rafael?« schalt er mit leiser, zärtlicher Stimme. »Verschwenden Sie Ihre Tränen nicht, Annie. Er ist sie nicht wert.«

Sie lehnte ihren Kopf an Lucians Schulter, wie sie es auch getan hätte, wenn er eine Mauer oder ein Baum gewesen wäre. Er hatte sein Hemd nach dem Fechtkampf gewechselt, roch jedoch noch immer leicht nach Schweiß, und Annie empfand seine Nähe trotz ihrer Bedenken als beruhigend.

»Wie kommen Sie darauf, daß ich seinetwegen weine?«

Lucian lachte leise und legte die Hände wieder auf ihre Schultern. Aber sein Lächeln hatte jetzt einen harten Zug und war nicht länger tröstlich. »Weil Frauen ständig Tränen vergießen um meinen Bruder. Georgiana, Felicia und zahllose andere.«

Annie schluckte und trat einen Schritt zurück. Georgianas Name bohrte sich in ihr Herz wie ein Angelhaken, aber nicht etwa, weil sie eifersüchtig war. »Er hat Georgiana geliebt«, flüsterte sie. »Das ist allgemein bekannt.«

»O ja«, erwiderte Lucian angewidert. »Er liebte sie. Ich glaube aber nicht, daß er das je vor seinen Mätressen zugegeben hat.«

Annie entzog sich Lucians Armen. Rafaels Liebe zu Georgiana war legendär gewesen, und Annie ließ nicht zu, daß Lucian sie beschmutzte. »Sie lügen!«

»Fragen Sie Felicia«, entgegnete Lucian gelassen. »Miss Covington wird bald hier eintreffen – sie würde es nicht wagen, sich Rafaels Befehl zu widersetzen, auch heute noch nicht.«

Ein neuer Schmerz erfaßte Annie; ihr war, als durchbohrte sie eine der glänzenden Klingen, mit denen Rafael und Lucian gefochten hatten. Und dennoch straffte sie die Schultern, holte tief Atem und stieß ihn langsam wieder aus. Während sie Lucian offen in die Augen schaute, sagte sie: »Natürlich werde ich Miss Covington nichts dergleichen fragen. Ihre Beziehung zu dem Prinzen ist nicht meine Angelegenheit.«

Obwohl Lucian lächelte, lag etwas abscheulich Hartes in seinem Blick, aber er besaß wenigstens den Anstand, Annie nicht daran zu erinnern, daß er sie weinend und auf Knien im Gras gefunden hatte, kurz nachdem sie mit Rafael zusammengewesen war.

»Dies hier ist kein Märchen«, sagte er. »Und mein Bruder, Prinz oder nicht, reitet kein weißes Roß. Falls Sie sich erlauben, ihn zu lieben, Annie, wird er Sie zerstören.«

Annie zweifelte nicht an der Wahrheit in Lucians Worten, trotz ihrer Grausamkeit, aber es war bereits zu spät, um umzukehren. So nickte sie nur und wandte den Blick ab, und Lucian, nach einem kurzen Zögern, verließ den Garten.

Annie durchquerte gerade die große Halle, mit der

Absicht, ihr Gesicht zu waschen und sich in ihrem Zimmer zu verbergen, bis ihre Augen nicht mehr rot und geschwollen waren, als Phaedra die breite Treppe hinuntergestürmt kam. Ihr langes Haar war aufgelöst und flatterte wie ein ebenholzfarbenes Banner; ihr Gesicht glühte in einer Mischung aus Jubel und Erregung.

»Er kommt!« rief sie und umarmte ihre Freundin stürmisch. »Seine Kutsche ist vom Nordturm aus gesichtet worden!«

»Wer?« fragte Annie stirnrunzelnd.

»Chandler Haslett, wer sonst?« rief Phaedra atemlos. »Mein Bräutigam. Er hat die weite Reise aus Amerika gemacht, um mich zu heiraten!«

Annie wußte alles über Mr. Haslett, obwohl sie ihn nie persönlich kennengelernt hatte. Wie Rafael, war er gut bekannt mit ihren Eltern; sein Vater war ein bavianischer Adliger gewesen, seine Mutter eine schöne Erbin aus Boston. Er war unfaßbar reich und hatte schon Löwen in Afrika gejagt und Polarbären in der Arktis. Auf den Fotografien sah er recht gut aus und war etwa dreißig Jahre alt – ein perfektes Alter für einen Ehemann.

Annie unterdrückte einen Seufzer. Es war alles so ungemein romantisch.

In St. Apasia in der Schweiz hatten Annie und Phaedra so manche Nacht wachgelegen und über die Hochzeit gesprochen, die schon kurz nach der Geburt der Prinzessin arrangiert worden war. Es war ein köstliches Thema gewesen damals, ein unbedenkliches Projekt, das noch in weiter Ferne lag, doch nun stiegen plötzlich Bedenken in Annie auf. Denn immerhin hatte Phaedra Mr. Haslett seit ihren Kindertagen nicht mehr gesehen, und es war möglich, daß er sich in all diesen Jahren zu einem abscheulichen Menschen entwickelt hatte, der spielte, mit unmoralischen Frauen Umgang pflegte oder sogar ein Trinker war.

Innerhalb von Sekunden verflog auch Phaedras Überschwang, und Annies eigene Bedenken spiegelten sich auf den schönen Zügen der Prinzessin wider.

»Und wenn ich ihn nun nicht liebe?« wisperte sie und umklammerte angstvoll Annies Hand.

Annie begriff, daß sie jetzt für beide stark sein mußte. »Falls du Mr. Haslett unannehmbar findest«, sagte sie ruhig, »brauchst du es nur Rafael zu sagen. Ich bin sicher, daß er die Hochzeit dann sofort absagen wird.«

Phaedra war blaß, ein bestürzter Blick erschien in ihren braunen Augen. »O Annie, du bist ja so *amerikanisch*! Ich bin Mr. Haslett vor vielen, vielen Jahren versprochen worden. Es sind Dokumente unterschrieben und Besitztümer ausgetauscht worden. Es ist eine Frage der Ehre – Rafael würde niemals ein solches Versprechen brechen, obwohl er es nicht selbst gegeben hat.«

Phaedra zuliebe zwang Annie sich zu einem Lächeln. »Mach dir darüber keine Sorgen«, sagte sie, obwohl ihr Vorrat an Zuversicht nun rasch dahinschwand, denn schließlich war es ein anstrengender Tag gewesen. »Mr. Haslett ist bestimmt ein wundervoller Mensch – er muß es einfach sein, bei all dem, was er erreicht hat! Ich bin überzeugt, daß du dich auf den ersten Blick in ihn verlieben wirst.«

»Aber angenommen, es wäre *nicht so*?« murmelte Phaedra.

»Darüber werden wir uns sorgen, wenn es soweit ist«, erklärte Annie resolut, doch trotz ihrer Versicherungen war sie froh, daß *sie* nicht einem Fremden versprochen worden war wie ein Haus oder ein Stück Land. Sie war empört über den bloßen Gedanken, daß Rafael imstande sein könnte, seine Schwester zu einer Heirat zu zwingen, nur um seiner verdammten Ehre willen.

3

Chandler Haslett und seine Gefolgschaft passierten etwas später an diesem Nachmittag das Tor, begleitet von einem Trupp Soldaten in schneidigen blauen Uniformen. Mr. Haslett selbst fuhr in einer eleganten Kutsche mit Bronzelaternen und einem kunstvoll gezeichneten Monogramm an beiden Seiten vor. Seinem prachtvollen Gefährt folgten zwei kleinere, weniger auffällige Wagen.

Annie stand neben Phaedra, und hinter ihnen drängten sich neugierige Dienstboten, Pferdeknechte und andere Bewohner der riesigen Burganlage. Rafael verfolgte die Vorgänge vom Balkon seines Arbeitszimmers, und Edmund Barrett stand an seiner Seite. Lucian war nirgendwo zu sehen.

Annie hielt den Atem an. Sie wußte, daß Phaedra das gleiche tat, als der livrierte Kutscher seinen Platz auf dem Bock verließ. Aber er öffnete nicht sofort die Tür, sondern ging statt dessen zum hinteren Teil der Kutsche, holte eine kleine Stufenleiter aus dem Gepäckraum und befestigte sie sorgfältig an der Tür. Und jetzt, endlich, stieg der Ehrengast aus.

Erleichterung durchzuckte Annie, als sie Mr. Haslett sah. Er war mittelgroß, von kräftiger Statur, ohne jedoch muskulös zu sein, und hatte dichtes, glänzendes braunes Haar. Er trug Reithosen, Reitstiefel, Rock und Zylinder, aber es war nicht die schlichte Eleganz seiner Kleidung, die Annies Unruhe linderte, sondern der Glanz in seinen Augen und die Art, wie er den Blick über die versammelte Menschenmenge gleiten ließ und ihn dann unfehlbar auf Phaedra richtete. Er lächelte sie mit einer Wärme an, die unmöglich vorgetäuscht sein konnte.

Beinahe im selben Augenblick schaute Annie zu Rafael auf und sah, wie Mr. Barrett sich abrupt abwandte und den Balkon verließ. Der Prinz blieb, und obwohl Annie sich sagte, daß sie es sich nur einbildete, hatte sie das Gefühl, daß er *sie* ansah statt seines zukünftigen Schwagers.

Rasch richtete sie ihren Blick wieder auf Mr. Haslett und stellte verwundert fest, daß er die Entfernung zwischen ihnen bereits überwunden hatte und nun auf Phaedras blasses, zu ihm aufschauendes Gesicht herabsah. Für einen Moment lang erschien ein derart hingerissener, ehrerbietiger Ausdruck auf seinen Zügen, als ob er einen Engel vor sich hätte statt der mutwilligsten Prinzessin ganz Europas.

Er nahm Phaedras Hand, zog sie an seine Lippen und hauchte einen Kuß darauf. Annie, die dicht neben ihr stand, empfand einen Schauer mitempfundenen Entzückens. Phaedra neigte den Kopf, machte einen angedeuteten, etwas ungeschickten Knicks und murmelte: »Willkommen in St. James, Sir.«

»Vielen Dank«, erwiderte Mr. Haslett. Seine Stimme war tief und klangvoll, seine braunen Augen funkelten vor Glück. »Ich fühle mich geehrt, Euch wiederzusehen, Hoheit.«

Phaedras merkwürdige Blässe wich einem heftigen Erröten. »Sie müssen müde von der langen Reise sein«, sagte sie nach einem tiefen Atemzug. »Ich bin sicher, daß Sie jetzt gern eine Erfrischung zu sich nähmen. Bitte kommen Sie herein.«

Annie runzelte die Stirn. Sie hatte erwartet, daß Phaedra beruhigt sein würde, nachdem sie sich überzeugt hatte, daß Mr. Haslett ein Kavalier war und ein attraktiver noch dazu, doch statt dessen gab die Prinzessin sich steif und förmlich. Es erforderte Annies ganze Beherrschung, ihre Freundin nicht in die Rippen zu stoßen und ihr zu sagen, sie solle aufhören, sich wie eine tragische Königin auf dem Weg zum Schafott aufzuführen.

»Danke«, erwiderte Mr. Haslett, und falls er enttäuscht über Phaedras Begrüßung war, ließ er sich nichts anmerken. »Sie werden mich entschuldigen, hoffe ich ... Ich muß mich um meine Männer und Pferde kümmern.« Nach diesen Worten verbeugte er sich leicht, wandte sich ab und ging.

Phaedra floh ins Innere der Burg, und Annie eilte ihr nach.

»Phaedra ...« protestierte Annie keuchend, als die Prinzessin durch eine Flut von Korridoren hastete, die nur durch die wenigen Sonnenstrahlen beleuchtet wurden, die durch vereinzelte Mauerritzen fielen.

Doch die Prinzessin eilte weiter, bis sie endlich eine schlichte, oben abgerundete Tür erreichte, die ein großes Holzkreuz schmückte. Annie vermutete, daß dies der Seiteneingang der Kapelle war, was sich bestätigte, als Phaedra den Riegel zurückschob und die Tür öffnete.

Es war ein stiller, großer Raum, der nicht nur Platz für die königliche Familie bot, sondern auch für alle anderen Bewohner der Burg, Dienstboten und Gesinde eingeschlossen. Der Altar war schlicht, aber aus feinstem Eichenholz geschnitzt, und hinter ihm erhoben sich sechs riesige, bleigefaßte Buntglasfenster, die Heilige darstellten. Selbst Jahrhunderte nach ihrer Entstehung noch waren die Farben klar und lebhaft.

Phaedra setzte sich auf eine Bank in der vordersten Reihe, schlug beide Hände vors Gesicht und begann zu weinen.

Annie ließ sich neben ihr nieder, schlang einen Arm um sie und wünschte, sie hätte ein Taschentuch in ihrem Ärmel oder Mieder, wie andere Frauen es bei sich zu tragen pflegten. »Was hast du, Phaedra?« fragte sie mit sanfter Ungeduld. »Mr. Haslett ist doch ein gutaussehender Mann, und er scheint auch sehr nett zu sein …«

»Wenn du ihn so wunderbar findest, dann heirate ihn doch selbst!« fuhr Phaedra auf, stieß Annie fort und rückte von ihr ab.

Annie seufzte. »Wenn du dem armen Mann eine Chance gäbest …«

»Nein!« rief Phaedra. »Ich weiß jetzt, daß ich ihn niemals lieben könnte! Niemals!«

»Was hat dich bloß zu einer so heftigen Reaktion veranlaßt?« fragte Annie aufrichtig verwundert. »Du benimmst dich ja, als ob er Hörner und einen Klumpfuß hätte!«

Phaedra war fast hysterisch mittlerweile und zu keiner vernünftigen Antwort mehr imstande. Annie fand einen Becher hinter dem Altar, wischte ihn am Saum ihres Unterrocks ab und ging in den Hof hinaus, um Wasser zu holen. Am Haupteingang der Kapelle fand sie einen Brunnen, füllte den Becher und brachte ihn der Prinzessin.

Phaedra trank durstig und verzweifelt, umklammerte den Becher mit beiden Händen, und als sie ihn geleert hatte, war sie etwas ruhiger.

Annie saß schweigend neben ihr und wartete.

Zu guter Letzt, nach viel Schniefen und Wimmern, wandte Phaedra sich endlich zu ihr um. »Ich sage ja nicht, daß er häßlich ist oder schlecht«, gestand sie mit leiser, bewegter Stimme. »Es ist nur … Weißt du, ich hatte all diese Jahre darum gebetet …« wieder hielt sie inne und schaute anklagend zum Altar – »daß ich etwas *empfinden* würde, wenn ich Mr. Haslett endlich sähe. Es wäre eine Art himmlisches Zeichen gewesen, daß wir zusammen glücklich werden können.«

»Und du hast nichts empfunden?« fragte Annie anteilnehmend. Ihre einzige Erfahrung mit der Liebe – diese widersinnige Leidenschaft, die sie für Rafael empfand – war ein überwältigendes Erlebnis für sie gewesen.

»Das ist es ja«, gestand Phaedra ernst. »Ich *habe* etwas

empfunden. Es war schrecklich – etwas Dunkles, Zerstörerisches, Annie. Ich glaube, daß es eine Warnung war.«

Annie straffte die Schultern. »Nun ja«, meinte sie resolut, »dann mußt du eben zu Rafael gehen und ihm sagen, daß die Heirat abgeblasen ist. Er wird vielleicht nicht begeistert sein, sich mit der Zeit jedoch mit dem Gedanken abfinden.«

Die Prinzessin schüttelte den Kopf. »Du verstehst es nicht. Rafael würde lieber sterben, als sein Wort zu brechen.«

»Aber du hast doch gesagt, daß jemand anderer ursprünglich die Vereinbarung getroffen hat. Wenn das der Fall ist, wäre es doch nicht Rafael, der sein Wort bricht – wie könnte er, wenn *er* nie etwas versprochen hat?«

Phaedra wirkte auf einmal kleiner, als schrumpfte sie unter der Bürde ihrer Sorgen. »Ich kann es nicht ertragen, Annie. Ich kann es einfach nicht!«

Eine leise Furcht erfaßte Annies Herz, denn es lag echte Verzweiflung in Phaedras Stimme, und Menschen handelten oft überstürzt und töricht, wenn sie verzweifelt waren ...

Annie nahm die Hände ihrer Freundin und drückte sie beruhigend. »Wenn du nicht mit Rafael reden willst, werde ich es für dich tun«, sagte sie. »Ich werde ihn schon irgendwie dazu bringen, zu verstehen.«

»Er würde dir nicht einmal zuhören«, beharrte Phaedra, aber falls Annie sich nicht getäuscht hatte, erschien ein leiser Hoffnungsschimmer in den dunklen Augen der Prinzessin.

»Ich muß es versuchen«, beharrte Annie. Sie wußte, wie brüsk und gebieterisch Rafael sein konnte, und die Aufgabe, die vor ihr lag, würde keine leichte sein. Doch falls der Versuch mißlang, konnten sie und Phaedra noch immer fortlaufen und sich in die Villa der Trevarrens in Nizza flüchten; sie konnten sich darauf verlassen, daß Annies Mutter und ihr Vater ihnen helfen würden.

Phaedra nickte und wischte sich mit dem Handrücken die Tränen ab. »Na gut«, sagte sie leise.

Wie sich herausstellen sollte, ergab sich für den Rest des Tages keine Gelegenheit, mit Rafael zu reden, denn kaum waren Mr. Hasletts Kutschen ausgeladen und seine Männer und Pferde in ihre Quartiere eingewiesen worden, erschien eine weitere Kutsche in der Burg. Auch diese, das sah Annie von einem Fenster aus, wurde von einer berittenen Eskorte begleitet.

Noch bevor die elegante, anmutige Frau aus der Kutsche stieg, wußte Annie schon, daß Miss Felicia Covington eingetroffen war, und ihr Herz verkrampfte sich, als sie Rafael mit einem strahlendem Lächeln über den Burghof eilen sah. Aus irgendeinem perversen Grund vermochte sie auch dann nicht den Kopf abzuwenden, als er die schöne Unbekannte auf den Mund küßte.

Unwillkürlich hob Annie ihre Hand und berührte ihre Lippen, als spürte sie noch Rafaels Kuß, den er ihr am Morgen gegeben hatte.

Er und diese Frau, Miss Covington, lachten über irgend etwas, als Annie sich endlich abwandte.

Das Abendessen war eine qualvolle Angelegenheit für sie. Phaedra, die Kopfschmerzen vorgeschützt hatte, erschien überhaupt nicht, und Mr. Haslett akzeptierte die Nachricht mit bewundernswerter Haltung und meinte nur, er hoffe, daß es nichts Ernstes sei. Lucian war schlecht gelaunt, und seine Verärgerung schien sich auf Annie zu richten statt auf Rafael. Während der gesamten Mahlzeit warf er immer wieder mürrische Blicke in ihre Richtung.

Das Schlimmste von allem war jedoch, Miss Covington aus der Nähe zu erleben. Sie saß zu Rafaels Rechten, beanspruchte seine gesamte Aufmerksamkeit und erwies sich, abgesehen davon, daß sie schön wie ein Engel war, als kultivierte, unterhaltsame Gesellschafterin. Ihr Lachen war wie das leise Klirren feinen Kristalls; ihre hellbraunen Augen leuchteten wie altes Gold im Schimmer der Kerzen, die den Tisch erhellten.

Annie zwang sich, etwas von ihrem Essen herunterzuwürgen, weil sie wußte, daß sie sonst später in der dunklen Küche danach suchen würde, doch sobald ihr Teller leer war, entschuldigte sie sich und verließ fluchtartig den Speisesaal.

Im ersten Stock eilte sie zu ihrem Zimmer, blieb jedoch

zuerst vor Phaedras Tür stehen, klopfte leise und rief den Namen der Prinzessin.

Als keine Antwort kam, wurde Annie so besorgt, daß sie eintrat. »Phaedra?« rief sie noch einmal und spähte in die Dunkelheit. Nur leichter Feuerschein aus dem Kamin erhellte den großen Raum.

Annie stieg die Stufen zum Himmelbett hinauf, aber die Bettdecken waren unberührt. Stirnrunzelnd ging sie wieder hinaus und zu ihrem eigenen Zimmer weiter.

Hier traf sie eine Magd, die die Lampen anzündete. Ein Feuer prasselte im Kamin, und die Bettdecken waren bereits zurückgeschlagen.

Die Frau nickte schüchtern, als sie Annies Anwesenheit bemerkte.

»Haben Sie die Prinzessin gesehen?« fragte Annie, während sie die Brosche am hohen Kragen des braunen Seidenkleid abnahm, das sie zum Abendessen getragen hatte. »Ich dachte, sie hätte Kopfschmerzen, aber ich habe gerade gesehen, daß sie nicht in ihrem Zimmer ist.«

Die Magd schüttelte den Kopf. »Nein, Miss. Aber es ist Sally Jeeves, die abends das Zimmer der Prinzessin vorbereitet, nicht ich. Sie sollten Sally fragen.«

»Nein«, erwiderte Annie rasch, »das wird nicht nötig sein.« Phaedras Abwesenheit beunruhigte sie, aber sie wollte keine unnötige Aufregung unter den Dienstboten verursachen. War es möglich, daß das Mädchen beschlossen hatte, nicht abzuwarten, bis Annie mit Rafael gesprochen hatte, und statt dessen ausgerissen war?

Der Gedanke ließ Annie schaudern, trotz ihrer eigenen abenteuerlustigen Natur. Bavia war ein Land im Aufruhr, am Rande einer blutigen Revolution, und mit Sicherheit kein Ort, an dem eine junge Frau nachts draußen allein sein sollte ... Vor allem, wenn diese junge Frau die Schwester des Prinzen war.

Als das Dienstmädchen gegangen war, zog Annie rasch ihr Kleid aus und suchte in ihrem Schrank nach den Reithosen und dem Hemd, die sie in der Nacht zuvor getragen hatte, als sie auf den Wehrgang hinausgeklettert war. Beides war nicht aufzufinden und vielleicht zum Waschen fortgegeben worden, aber Annie runzelte die Stirn über die Entdeckung. Es hatte sie viel Mühe gekostet, die Sachen aufzutreiben, zum Reiten und für andere Gelegenheiten, wenn sie nicht durch umfangreiche Röcke und Unterröcke behindert werden wollte, und sie würde sehr verärgert sein, wenn sie nicht wieder auftauchten.

Sie fragte sich gerade, was sie an ihrer Stelle anziehen sollte, als sie ein merkwürdig scharrendes Geräusch auf dem Balkon vernahm. Als sie hinaustrat, sah sie Phaedra in ihren Reithosen und ihrem Hemd über das steinerne Geländer klettern.

Die Prinzessin warf ihrer Freundin einen spöttisch reuevollen Blick zu und beugte sich dann über das Geländer zu einem geflüsterten Ruf: »Du kannst die Leiter jetzt fortnehmen, George. Aber wehe, du sagst jemandem etwas davon!«

Annie ergriff Phaedras Arm und zog sie ins Innere des Zimmers. »Bist du wahnsinnig?« zischte sie erbost. »Du hättest dich umbringen können auf einer solchen Klettertour!«

Phaedra bedachte ihre Freundin mit einem schiefen Blick. »Du hast gut reden, Annie. Gestern nacht – um genau die gleiche Zeit, glaube ich – hast du an einem Seil am Turm gebaumelt!«

Darauf wußte Annie nichts zu entgegnen, aber sie fuhr fort, ihre Freundin mit mißbilligenden Blicken zu betrachten.

»Entschuldige, daß ich so einfach hier eindringe«, fuhr Phaedra heiter mit einer Handbewegung zum Balkon fort. »Ich wollte eigentlich auf meinen eigenen Balkon klettern, aber dann habe ich deinen erwischt.« Mit diesen Worten marschierte sie zur Tür, die ihre beiden Zimmer verband, öffnete sie, verschwand und überließ es Annie, ihr betroffen und verwundert nachzustarren.

Einige Minuten später kehrte Phaedra durch die gleiche Tür zurück, diesmal im Nachthemd, um Annie ihre sauber gefalteten Kleider zurückzubringen. »Ich hoffe, es stört dich nicht, daß ich sie mir ausgeborgt habe«, sagte sie. »Man kann darin besser klettern.«

»Wo warst du heute nacht?« fragte Annie streng.

Phaedra zuckte die Schultern. »Ich bin ausgeritten. Ich mußte nachdenken.«

»Warst du allein?«

Ein kurzes Zögern ging Phaedras Antwort voraus. »Nein«, sagte sie dann. »Natürlich nicht. Es sind gefährliche Zeiten, selbst innerhalb der Mauern von St. James. Ich habe mich von einer von Rafaels Wachen begleiten lassen.«

Annie war noch immer beunruhigt, obwohl sie nicht hätte sagen können, aus welchem Grund. Ärgerlich nahm sie Phaedra die Kleider ab. »Du hast mich belogen«, warf sie ihr vor. »Du sagtest, du hättest Kopfschmerzen!«

»Ich *hatte* auch Kopfschmerzen«, erwiderte Phaedra ungerührt. »Es ist unglaublich, was ein bißchen frische Luft bewirken kann, nicht wahr? Gute Nacht, Annie«, schloß sie gähnend und ging wieder zur Tür.

»Was ist mit Mr. Haslett?« rief Annie ihr nach. »Früher oder später wirst du ihn sehen und ihm sagen müssen, daß du ihn nicht heiraten willst.«

Phaedra blieb reglos stehen und drehte sich nicht zu ihrer Freundin um. »Ich hoffe, daß Rafael das für mich erledigen wird, sobald du mit ihm gesprochen hast«, antwortete sie, und nichts war mehr von ihrer früheren Heiterkeit zu spüren – ihre Schultern sackten herab, sie ließ den Kopf hängen.

Annie wurde von einem heftigen Mitgefühl erfaßt. »Ich werde morgen zu ihm gehen«, versicherte sie ihrer Freundin.

Annie schlief in jener Nacht nicht besser als in der Nacht zuvor. Immer wieder übte sie ein, was sie Rafael sagen wollte, wie sie es ihm sagen wollte und bei welcher Gelegenheit.

Als sie bei Morgengrauen aufstand, war sie sofort hellwach, trotz ihrer Erschöpfung. Sie wusch sich und zog einen schwarzen Reitrock an, dazu eine weiße Bluse mit Rüschen auf dem Mieder und eine dunkelblaue, taillierte Jacke. Sie steckte ihr lockiges Haar zu einem losen Knoten im Nacken fest, verließ ihr Zimmer und ging mit einer Zuversicht, die nur vorgetäuscht war, auf die Treppe zu.

Nach dem Gespräch mit Rafael, beschloß Annie, würde sie sich mit einem Ausritt zum Kristallsee belohnen. Es war noch zu kühl zum Schwimmen, aber vielleicht konnte sie ihre Stiefel ausziehen und ein bißchen am Ufer waten …

Sie war so in ihre Gedanken verloren, daß sie den Prinzen erst bemerkte, als sie am Rand des Gartens mit ihm zusammenstieß.

Er hatte wieder einen Fechtkampf ausgetragen; die Vorderseite seines Hemds war noch feucht von der Anstrengung. In der rechten Hand trug er ein Florett, und hinter ihm kam Edmund Barrett, der sein Gegner gewesen zu sein schien.

Nach einem kurzen Nicken ging Barrett weiter und verschwand in der großen Halle, aber Rafael blieb und musterte Annie so verwundert wie einen Geist, der gerade aus einer Flasche aufgestiegen war.

»Guten Morgen, Hoheit«, sagte sie verlegen und errötete.

Seine Mundwinkel verzogen sich zu einem schwachen Lächeln. »Ich glaube, wir kennen uns lange genug, um auf solche Förmlichkeiten zu verzichten, Annie.«

Der Klang ihres Namens auf seinen Lippen löste tiefe, gefährliche Emotionen in ihr aus und veränderte ihre Welt auf die gleiche Weise wie sein Kuß am Tag zuvor.

»Na schön, *Rafael*«, sagte sie zögernd und beschämt, weil ihre Stimme plötzlich heiser klang. »Ich muß in einer wichtigen Angelegenheit mit Ihnen reden.«

Ein mißtrauischer Blick erschien in seinen grauen Augen, oder zumindest schien es Annie so, und obwohl sie verzaubert von ihm war, spürte sie wieder Ärger in sich erwachen.

»So?« entgegnete er gedehnt. »Um was handelt es dich denn?«

Sie schaute sich um und sah, daß nur wenige Dienstboten und Soldaten in der Nähe waren. Trotz allem war es ihr unangenehm, Phaedras Gefühle in aller Öffentlichkeit zu erörtern.

Rafael mußte Annies Zögern richtig interpretiert haben, denn er nahm ihren Arm und übergab sein Florett im Vorbeigehen einem Dienstboten. »Wir reden in der Kapelle«, erklärte er etwas verspätet, während er sie schon zur Tür des stillen Gotteshauses zog.

Zusammen setzten sie sich auf eine Bank in der letzten Reihe, und während Annie noch auf ihre verschränkten Hände starrte, entspannte Rafael sich neben ihr und legte einen Arm über die Lehne der Bank.

»Nun?« fragte er, als Annie beharrlich schwieg.

Tatsächlich hatte sie Gott um Hilfe angefleht für ihre Aufgabe und hoffte nun, daß sie ihr gewährt wurde.

»Es handelt sich um Phaedra. Sie ist sehr unglücklich.«

Die Besorgnis, die sich augenblicklich auf Rafaels Gesicht abmalte, beruhigte Annie ein wenig. »Was hat sie? Ist sie krank?«

Annie schüttelte den Kopf. »Nein, das ist es nicht. Sie ... sie hat Bedenken hinsichtlich des Ehevertrags mit Mr. Haslett.«

Rafaels wundervolle, zinngraue Augen waren schmal geworden, und Annie fragte sich, welchen Fehler sie begangen haben mochte. Sie hatte sich solche Mühe gegeben, ihre Worte vorsichtig zu formulieren, aber irgendwo mußte es ihr mißlungen sein.

»Jede Braut hat Zweifel, genau wie jeder Bräutigam. Es ist etwas ganz Natürliches«, erwiderte Rafael in kühlem, abschließendem Tonfall.

Annie biß sich auf die Lippen. Sie hatte ihre Rede sorgfältig einstudiert, und doch schien es nichts genützt zu haben. »Bei Phaedra ist es etwas anderes«, entgegnete sie nach langem Schwiegen leise. »Sie möchte aus Liebe heiraten.«

Rafael gab einen leisen, höhnischen Laut von sich, der Annie aus ihrer mädchenhaften Versunkenheit riß und sie mit Zorn erfüllte. »Liebe!« murmelte er.

Obwohl das Gespräch sich nicht um sie persönlich drehte, versetzte es Annie einen Stich, ihn so verächtlich über ein geheiligtes Sakrament reden zu hören. »Sie haben Georgiana doch auch geliebt«, protestierte sie, bevor sie es verhindern konnte. »Das war allgemein bekannt!«

Obwohl Rafael sich nicht bewegte, hatte er doch eine spürbare Distanz zwischen ihnen errichtet. Seine Miene war nicht länger nachsichtig; ein Muskel zuckte an seiner Wange, und eine Ader pochte hinter seiner rechten Schläfe – was ihr Lucians Worte in Erinnerung brachte, daß Rafael kein treuer Ehemann gewesen war.

Verzweifelt und von ganzem Herzen wünschte sie sich, daß es eine Lüge war, denn Untreue war etwas, was sie nicht verzeihen konnte.

»Ja«, gab er schließlich mit rauher Stimme zu, »ich habe Georgiana geliebt, und sie liebte mich. Aber das war pures Glück. Wir waren einander schon als Kinder versprochen worden und haben immer gewußt, daß wir eines Tages heiraten würden.« Rafaels dunkle Augen wurden schwarz wie Kohle, und abrupt erhob er sich von der Bank. »Phaedra *wird* Chandler Haslett heiraten«, erklärte er, »und bis dahin will ich keinen Unsinn hören.«

Annie war fassungslos, obwohl Phaedra sie bereits vorgewarnt hatte, daß Rafael so und nicht anders reagieren würde. Als Amerikanerin brachte Annie einfach kein Verständnis für derart starre Traditionen auf; ihr eigener Vater hätte sie niemals gezwungen, gegen ihren Willen einen Mann zu heiraten.

»Hoheit …«

»Unsere Unterredung ist beendet, Miss Trevarren«, erwiderte Rafael steif, und dann verließ er die Kapelle.

Annie war am Boden zerstört; sie war so sicher gewesen, daß Rafael ein Einsehen haben würde und die Liebe zu seiner Schwester stärker war als sein lächerliches Ehrgefühl. Doch nun wurde Annie die bittere Wahrheit klar – das höfische Protokoll und das Versprechen, das ein anderer Mann vor langer Zeit gegeben hatte, waren dem Prinzen erheblich wichtiger als Phaedras Glück.

Annie blieb noch eine Zeitlang in der Kapelle sitzen und beobachtete den Staub, der in der Sonne vor den Fenstern tanzte. Dann, um das bittere Gespräch mit Phaedra noch ein bißchen aufzuschieben, traf sie die Entscheidung auszureiten, und ging zu den Ställen.

Die Stallknechte waren beschäftigt, erzählten sich Geschichten oder spielten Karten mit den Soldaten, und Annie unterbrach sie nicht. Statt dessen suchte sie sich eine graue Apfelstute aus, legte ihr ein Halfter um und führte sie hinaus in den Sonnenschein.

»Ich verlasse mich darauf, daß du hier stehenbleibst, während ich hineingehe und einen Sattel hole«, teilte sie dem Pferd mit erhobenem Zeigefinger mit. »Wir Frauen müssen zueinanderhalten, wenn die Männer schon so unzuverlässig sind.«

Die Stute wieherte und bewegte den Kopf, als hätte sie verstanden, und Annie ging wieder hinein. Vielleicht, dachte sie, während sie einen Sattel und eine Decke von einem Holzbock nahm, war es unfair, zu behaupten, *alle* Männer seien unzuverlässig. Ihr Vater war es nämlich nicht – wenn Annie auch zugeben mußte, daß es oft großer Einschüchterung seitens ihrer Mutter bedurfte, um ihren Vater auf dem rechten Weg zu halten. Und ihr Großvater, Brigham Quade, und alle ihre Onkel waren ebenfalls sehr zuverlässige Männer, soviel sie wußte.

Als Annie in den Stallhof zurückkehrte, stand die Stute noch brav am selben Platz.

Rasch und geschickt, denn Annie hatte das Reiten schon gelernt, bevor sie das Alphabet beherrschte, sattelte sie das Tier, nahm die Zügel in die Hand und schwang sich in den Sattel. Um kein unnötiges Aufsehen zu erregen auf dem Weg zum Kristallsee hielt Annie sich dicht an der Südmauer und umging die eigentliche Burg in weitem Bogen.

Phaedra hatte ihr viel von dem magischen See erzählt, damals, als sie beide Freundinnen geworden waren, nachdem sie zur gleichen Zeit in der Schweiz eingetroffen waren. Beide waren einsam und verängstigt gewesen in jenen ersten Wochen, und Annie hatte unendlich gelitten unter der Trennung von ihren Eltern und jüngeren Schwestern.

Die bloße Erinnerung daran ließ einen Klumpen in ihrer Kehle aufsteigen. Patrick und Charlotte Trevarren hatten damals befürchtet, daß ihre älteste Tochter zu einem unverbesserlichen Wildfang aufwuchs, und darin übereingestimmt, daß sie Bildung und die Gesellschaft anderer Mädchen ihres Alters brauchte. Nach langen Gesprächen waren sie zu dem Schluß gekommen, daß ein Internat die beste Antwort auf ihre Probleme war.

Sie hatten recht behalten – Annie sah das heute ein – aber es war für sie alle eine schwierige und schmerzliche Zeit gewesen.

Auf jeden Fall waren Annie und Phaedra bald innige Freundinnen geworden und hatten es geschafft, ihren gewohnten Unfug auch in St. Apasia fortzusetzen. *Es muß den guten Schwestern hoch angerechnet werden,* dachte Annie lächelnd, *daß sie einige unserer rauhesten Kanten abgeschliffen und uns gelehrt haben, uns wenigstens ab und zu wie junge Damen zu verhalten.*

Als sie sich jedoch an ihre Eskapade auf dem Wehrgang erinnerte und an Phaedras Kletterpartie über die Leiter auf den Balkon, fragte Annie sich, ob all dieser Unterricht in weiblichem Benehmen letztendlich nicht doch bloß Zeitverschwendung gewesen war.

Auf ihrem Ritt kam sie an mehreren Bauernhäusern vorbei, da die Mauern von St. James nicht nur die Burg umschlossen, sondern auch ein kleines Dorf, und ritt auf den Pfirsichhain dahinter zu. Einige der Bäume blühten noch und verströmten einen wundervollen Duft, und Annies Nerven beruhigten sich ganz plötzlich; es war, als ob sie einen verzauberten Ort betreten hätte, an dem nur Frieden existierte.

Sie war so vertieft in ihre angenehmen Überlegungen, daß sie das andere Pferd und seinen Reiter erst bemerkte, als beide an ihrer Seite waren. Rafael, der auf einem riesigen schwarzen Wallach saß, beugte sich zu ihr herab und zog Annies Stute am Halfter zu sich heran.

Sein Gesicht war steif vor Zorn. »Was machen Sie hier

draußen allein?« herrschte er sie an. »Wie sind Sie ohne Eskorte aus den Ställen fortgekommen? Ich hatte strikten Befehl gegeben, daß niemand – *niemand*, Miss Trevarren! – unbegleitet auszureiten hat.«

Annie schob trotzig ihr Kinn vor und zwang sich, nicht zu weinen. »Keine *Frau*, meinen Sie wohl«, entgegnete sie spitz, denn sie konnte sich nicht vorstellen, daß Mr. Barrett eine solch alberne Regel befolgte, oder Lucian, und bestimmt nicht Rafael selbst, obwohl er mit Sicherheit von allen in größter Gefahr war. »Ich bin es nicht gewöhnt, eine Gefangene zu sein in den Häusern, in denen ich zu Gast bin, Sir.«

Rafaels großer Rappe wurde ungeduldig und begann nervös zu tänzeln, doch der Prinz beruhigte ihn mühelos. »Vielleicht«, entgegnete er kalt, »verursachen Sie Ihren anderen Gastgebern ja auch keine Unannehmlichkeiten. Es steht Ihnen frei, sich innerhalb der Burgmauern nach Belieben zu bewegen, Miss Trevarren, doch in Zukunft werden Sie es nur noch in Begleitung einer Wache tun.«

Annie öffnete schon den Mund zu einer Erwiderung, doch dann schloß sie ihn wieder. Es war sinnlos, mit diesem Mann zu streiten. Wenn sie Phaedra dabei unterstützte, diesen Mauern und einer unerwünschten Heirat zu entkommen, würde auch sie selbst frei sein. Im Moment jedoch blieb ihr nichts anderes übrig, als zu schweigen und die Regeln zu befolgen.

Rafael wirkte etwas milder jetzt. »Kommen Sie«, sagte er, und sein schwaches Lächeln war ein Friedensangebot. »Ich werde Ihnen den See zeigen.«

Annie war schon auf die Enttäuschung gefaßt gewesen, umkehren zu müssen, und so stellte Rafaels Aufforderung eine angenehme Überraschung dar. »Haben Sie viel Zeit hier auf der Burg verbracht?« fragte sie, als sie hinter ihm durch den Obstgarten ritt.

Das Lächeln, das Rafael ihr schenkte, war beinahe froh und sorglos. Er hätte jetzt ein unbeschwerter Junge sein können, statt eines Witwers und Herrschers eines Lands, das kurz vor der Revolution stand. »Es gibt ein kleines Bauernhaus auf dieser Seeseite. Barrett und ich haben dort oft Forellen geangelt, wenn wir in den Ferien nach Bavia kamen, und wir sind im See geschwommen, wenn schönes Wetter war.«

Rafaels Verwandlung war unfaßbar – je mehr sie sich dem See näherten, desto entspannter wirkte er. Er ritt neben Annie durch einen Wald aus Pinien und erzählte ihr lächelnd, daß Edmund Barrett einmal so hoch auf einen dieser Bäume geklettert war, daß sie ihn nur mit einer Leiter hatten herunterholen können.

Hier hast du einen Mann vor dir, dachte Annie, *der in einer mittelalterlichen Burg lebt und über ein ganzes Land herrscht!* Rafael mußte sehr reich sein, und doch waren es sehr einfache, schlichte Dinge, die ihn glücklich machten. Die Erkenntnis erfüllte Annie mit Heimweh, und sie wünschte plötzlich, Rafael ihren geliebten Puget Sound zeigen zu können, den blaugrüne Bäume und schneebedeckte Berge säumten. Sie hätte ihn gern auch auf die elterliche Plantage im Südpazifik mitgenommen, um dort mit ihm über unberührte weiße Sandstrände zu laufen und ihm zu zeigen, wie man Kokosnüsse sammelte und wie man ihr Fruchtfleisch aß.

Aber sie wollte noch etwas ganz anderes … Der Gedanke ließ sie erröten und ihr Herz schneller schlagen, obwohl ihr klar war, daß dieser Traum nicht nur skandalös, sondern schlicht unerfüllbar war.

Denn Rafael würde in Bavia bleiben, und es war beinahe sicher, daß er hier auch sterben würde.

4

Das Bauernhaus war ein kleiner Steinbau am felsigen Seeufer, mit einem soliden Schindeldach und bleigefaßten Glasfenstern, die von verwitterten weißen Läden gerahmt waren. Unkraut und wilde Blumen überwucherten die Umgebung, und es war offensichtlich, daß seit langer Zeit niemand mehr das Haus bewohnte.

Der Prinz saß zuerst ab und hielt galant Annies Pferd am Zügel fest. Da sie einen weiten Hosenrock trug und keine Begleitung auf dem Ausflug erwartet hatte, ritt sie nicht im Damensitz, und es beschämte sie jetzt, ein Bein über den Sattel schwingen zu müssen, während Rafael zusah.

Er mußte ihr Dilemma erraten haben, denn er lächelte verstohlen. Annie wäre gern einen Moment ungestört gewesen, um in Ruhe absitzen zu können, aber Rafael war nicht rücksichtsvoll genug, um seine Augen auch nur einen Moment lang abzuwenden.

Annie wandte den Kopf und schaute zu den aufgewühlten grauen Wassern des Sees hinüber. Er schien wirklich verzaubert, wie Phaedra immer behauptet hatte. Annie wäre nicht erstaunt gewesen, wenn eine Meerjungfrau aus seinen Gewässern gestiegen wäre, um sich auf einem der großen Uferfelsen zu sonnen.

Soweit Annie sehen konnte, war der See vollkommen von dichten Wäldern eingeschlossen. Es erinnerte sie an die Umgebung des Puget Sound, und einen Moment lang empfand sie heftiges Heimweh nach Quade's Harbor und ihrer zahlreichen Verwandtschaft, die dort lebte.

»Manchmal denke ich, daß dies der einzige friedliche Ort auf Erden ist«, sagte Rafael mit leiser, bedrückter Stimme.

Annie beeilte sich, ihn zu ermutigen. »O nein«, widersprach sie und hätte beinahe seinen Arm ergriffen in ihrem Drang, ihn zu überzeugen. Aber sie beherrschte sich und sagte nur: »Es gibt noch so viele andere – die Landschaft zum Beispiel, die die Stadt umgibt, in der meine Großeltern leben, im Staate Washington, hat wunderschöne, riesige Bäume und Wiesen, die mit Weinrosen bestanden sind. Und dann die Insel – sie ist so märchenhaft schön, daß man sie für den Garten Eden halten könnte!«

Zärtlichkeit sprach aus Rafaels Augen, als er sie betrachtete, und Annie fiel es schwer zu glauben, daß er noch derselbe Mann war, der mit solcher Wildheit beim Fechten um den Sieg gekämpft hatte und der seiner eigenen Schwester nicht gestatten wollte, sich selbst ihren Gatten auszusuchen. »Aber das ist Ihre Welt, Annie«, sagte er. »Dies hier ...« er zeigte auf die Burg, die in den düsteren, wolkenverhangenen Himmel aufragte – »ist meine.«

Annie ließ ihre Stute Gras fressen und ging auf das Seeufer zu. Auch jetzt mußte sie wieder gegen ihre Tränen ankämpfen, weil Rafaels Worte Wehmut und Enttäuschung in ihr auslösten.

»Sie könnten das Land verlassen«, entfuhr es ihr, während sie durch einen Schleier von Tränen den See betrachtete.

Sie spürte, wie Rafael dicht hinter sie trat. »Nein. Als Tochter eines Kapitäns müßten Sie verstehen, warum ich es nicht kann.«

Annie trocknete ihre Augen am Ärmel ihrer Jacke, in der Hoffnung, daß es ihm nicht auffiel, und holte einmal tiefen Atem. »O ja«, gab sie zurück, ohne einen Blick auf Rafael zu wagen. »Ein Kapitän geht mit seinem Schiff unter, und *Sie* beabsichtigen, mit Bavia zu sterben. Aber für mich ist das der reinste Wahnsinn!«

Rafael hockte sich neben sie. »Amerikaner verstehen diese Dinge nicht«, sagte er. »Es ist eine Frage von Tradition und Ehre, Annie. Obwohl ich viele Feinde habe, verfüge ich auch über eine beträchtliche Anzahl treuer Untertanen, die ich nicht einfach ihrem Schicksal überlassen kann. Ich muß ihnen beistehen.«

Annie verstand durchaus, was er meinte, obwohl es ihr lieber gewesen wäre, wenn es sich anders verhalten hätte. »Ich glaube, Sie sind verrückt«, beharrte sie.

Er lachte und nahm ihre Hand. »Kommen Sie, Annie. Ich möchte Ihnen das Innere des Hauses zeigen. Im übrigen – und falls Sie es noch nicht bemerkt haben sollten – wird es gleich regnen.«

Die Berührung mit seinen warmen Fingern ließ ihr Herz schneller schlagen und löste eine seltsame Wärme irgendwo tief innen in ihr aus. Obwohl sie wußte, daß es sich nicht schickte, erlaubte sie es ihm, sie zu dem kleinen Haus zu führen.

Sie hatten es noch nicht ganz erreicht, als der Himmel seine Schleusen öffnete und ein harter Regen auf sie herniederprasselte, der das hohe Gras knickte, die Oberfläche des Sees aufwühlte und ihre Kleider durchnäßte. Die Stute und der Wallach wieherten angsterfüllt.

»Gehen Sie hinein!« schrie Rafael über das Rauschen dieser Sintflut und schob Annie auf das Haus zu. »Ich kümmere mich um die Pferde.«

Sie gehorchte ohne Widerspruch und war froh, als die Tür sich beim ersten Versuch öffnen ließ. Ein aufzuckender Blitz erfüllte den Raum mit grellem Licht, gefolgt von einem ohrenbetäubenden Donnerschlag, und Annie stürzte zum Fenster, um zu sehen, wie Rafael mit den erschreckten Tieren zurechtkam. Obwohl es ihm gelungen war, den Wallach an den Zügeln zu ergreifen und zu beruhigen, war die Stute bereits im Wald verschwunden.

Es gelang Rafael, das verängstigte Pferd an den niedrigen Ast eines Baums zu binden, und dann hastete auch er auf die Sicherheit des Häuschens zu.

Um nicht dabei ertappt zu werden, wie sie ihn beobachtete, wandte Annie sich rasch vom Fenster ab und ging zum Kamin, wo sie niederkniete und rasch ein paar trockene Zweige auf die Feuerstelle legte. Die ersten zaghaften Flammen stiegen bereits auf, als Rafael durch die Tür stürzte.

Bis auf die Haut durchnäßt, zog er unverzüglich und ohne die geringste Rücksicht auf Annies Zartgefühl sein nasses Hemd aus und schleuderte es auf einen Stuhl.

Annie schluckte und legte ein größeres Scheit auf das Feuer. »Gut, daß Holz da war«, sagte sie mit einer Stimme, die schrill und brüchig klang.

Rafael war zu ihr an den Kamin getreten, und sie war zutiefst beunruhigt, als sie bemerkte, daß er mehr Hitze ausstrahlte als das Feuer, das sie gerade entzündet hatte. »Es ist immer Holz da«, erwiderte er beiläufig. »Ich komme oft hierher, um nachzudenken.«

Sie erhob sich langsam und schaute sich zum ersten Mal seit ihrem Eintreten in dem Häuschen um. Anscheinend bestand es nur aus einem Raum, obwohl auf der Wand gegenüber dem Kamin eine Leiter zu einer Art Heuschober hinaufführte. Ein Bett, ein Tisch mit zwei Stühlen und ein Herd bildeten die gesamte Einrichtung.

Es war das zweite Mal in Annies Leben, daß sie sich allein im selben Zimmer mit einem Mann und einem Bett befand, und sie fragte sich, ob es etwas zu bedeuten haben mochte, daß dieser Mann bei beiden Gelegenheiten Rafael St. James gewesen war.

»Sie sollten lieber einen Teil Ihrer Kleider ausziehen«, sagte er im gleichen nüchternen Ton, mit dem er angekündigt hatte, daß immer Holz da war. »Es wäre die reinste Ironie, wenn Sie Ihre Eskapade auf dem Turm nur überlebt hätten, um an einer Lungenentzündung zu sterben, die Sie sich bei einem Regenschauer geholt haben.«

Annie, die seinem Blick auswich, legte als Zugeständnis ihre Jacke ab. Lungenentzündung oder nicht; es war das einzige Kleidungsstück, das auszuziehen sie in seiner Gegenwart bereit war. Es war allerdings nicht Rafael, den sie fürchtete; sondern sie fürchtete allein sich selbst, denn was diesen Mann anging, besaß sie keinerlei Vernunft und nur sehr geringe Hemmungen.

»Es wird schon gehen«, erklärte sie steif.

»Schauen Sie mich an, Annie«, befahl der Prinz.

Es war nicht leicht, ihm zu gehorchen; seine Brust war schließlich nackt, und Annie hatte noch nie einen halbnackten Mann gesehen. Sie spürte, daß sie errötete, als sie den Kopf hob und seinen Blick erwiderte.

»Sie sind bei mir sicher«, erklärte er ruhig. »Ich habe nicht vor, Sie zu verführen.«

Annie war erleichtert – aber auch ein bißchen enttäuscht, wenn sie sich selbst gegenüber ehrlich sein wollte. »Sie haben mich gestern *geküßt*.«

Er lächelte – ein bißchen draufgängerisch, fand Annie – und sagte: »Ja, das habe ich, nicht wahr?« Als er einen Schritt auf sie zutrat, stellte sie fest, daß sie unfähig war, sich zu bewegen.

»Ich denke, daß einer von Mr. Barretts Männern nach uns suchen wird, wenn die Stute ohne mich zum Stall zurückkehrt«, sagte Annie, um den Prinzen daran zu erinnern, daß ihnen nur wenig Zeit blieb, falls er es sich doch anders überlegen und sie verführen wollte.

Ein Ausdruck der Verwunderung huschte über Rafaels Gesicht, und Annie dachte, daß er sogar mit triefend nassem Haar unfaßbar gut aussah. »Ich will verdammt sein«, murmelte er im ehrfürchtigen Ton eines Menschen, der einen geheiligten Schwur ausspricht, dann streckte er eine Hand aus und löste die Nadeln aus Annies Haar, bis es ihr offen auf den Rücken und auf das Mieder fiel. »Und ob ich verdammt sein werde ...«

Etwas war geschehen, etwas Unbestimmtes hatte sich geändert, für sie beide. Annie wurde von dem gleichen süßen Entsetzen erfaßt, wie sie es auf dem Turm empfunden hatte.

Sie wollte zurücktreten, um sich außerhalb von Rafaels Reichweite zu begeben, vermochte sich jedoch nicht zu rühren. Ihr Herz pochte so heftig, daß sie befürchtete, es könne bleibenden Schaden dabei erleiden, und ihr Atem kam viel zu schnell und viel zu flach.

Rafael legte seine Hand um ihren Hinterkopf, spreizte die Finger und schob sie unter ihr Haar. Er runzelte die Stirn und sagte ihren Namen, und das war ihr Verderben. Sie war verloren, hätte ihn jetzt alles tun lassen, und die Erkenntnis erschütterte sie bis auf den Grund ihres Seins.

»Ein Kuß nur«, sagte er rauh, als gäbe er sich selbst ein Versprechen statt Annie. »Nur ein Kuß – ich schwöre es.«

Sie starrte zu ihm auf, vertrauensvoll, verwirrt und erschüttert über das Ausmaß seiner Macht über sie. Als sie ihm den Mund bot, nahmen seine Lippen ihn in Besitz, indes nicht sanft und zaghaft wie beim ersten Mal, sondern mit einem ungestümen Hunger.

Annie war hingerissen. Ihr Körper reagierte auf eine Art, wie sie es bis jetzt noch nicht gekannt hatte. Ein bittersüßer Schmerz erfaßte sie, und als Rafael sanft ihren Mund öffnete, begann ein dem Gewitter draußen vergleichbarer Sturm in ihrem Inneren zu toben, in jeder Zelle ihres Körpers, in jeder Faser ihres Herzens und in ihrer Seele.

Rafael setzte den Kuß fort und streichelte gleichzeitig mit einer Hand ihre Brust, deren zarte Spitze sich aufrichtete und gegen den Stoff des Mieders drängte. Annie versuchte, Rafael mit ihrer Willenskraft dazu zu bringen, ihr Mieder zu öffnen, und er tat es, wenn auch nur sehr langsam. Quälend langsam.

Annie beobachtete seinen Gesichtsausdruck, als er ihre Brüste entblößte und sie mit ebenso großem Staunen wie Verlangen betrachtete; sie spürte seine Ehrfurcht und erkannte sie in seinen Augen und begehrte ihn noch heftiger als je zuvor.

»Du bist so unglaublich ...« Rafael verstummte, senkte den Kopf und schloß seine Lippen um eine der zarten Knospen, und Annie krümmte den Rücken und stieß einen erstickten kleinen Schrei aus, weil die Empfindung so unbegreiflich schön war.

Rafael nahm auch ihre andere Brust in Besitz, küßte und liebkoste sie mit seinen Lippen, während er Annie aufhob und sie durch den Raum zum Bett trug, und Annie, obwohl sie wußte, wie wollüstig sie klingen mußte, vermochte nicht die leisen, sehnsüchtigen Seufzer zurückzuhalten, die über ihre Lippen kamen.

Sanft legte Rafael sie aufs Bett und öffnete die Knöpfe ihres Rocks, ließ seine Hand daruntergleiten, während sein Mund mit versengender Hitze über ihre Brüste glitt.

Annie schluchzte seinen Namen und legte all ihr Verlangen, all ihre Sehnsucht in den Ton. »Nein, mein kleiner Wildfang«, keuchte Rafael an ihrer vollen, straffen Brust. »Der Schatz, den du mir anbietest, ist für einen anderen Mann bestimmt und für einen anderen Tag. Aber ich kann dich Leidenschaft lehren – bei Gott, *das zumindest* werde ich mir nicht nehmen lassen!«

Annie spürte, wie seine Hand unter den Bund ihres nassen Reitrocks glitt und dann in ihre *pantalettes*, und sie bog ihm einladend die Hüften entgegen, aus dem Verlangen heraus nach etwas, was sie selbst nicht ganz begriff, ihm aber aus vollem Herzen anbot.

Rafaels Hand glitt noch tiefer, zu ihrer empfindsamsten Stelle hinab, und sie spürte seine Finger zwischen ihren Schenkeln. Mit einem leisen, unbewußten Aufschrei drängte sie sich gegen seine Hand, doch er murmelte nur: »Bald, meine Süße. Es wird noch schnell genug geschehen.«

Annie hatte das Gefühl, zu glühen wie im Fieber – ihr war schwindlig wie im Delirium, ihr Körper wand und krümmte sich unter Rafaels Liebkosungen. Als er sanft über die Stelle strich, in der sich all ihre Leidenschaft zu vereinen schien, stöhnte Annie vor lauter Ungeduld und Verzweiflung.

»Ich hätte dich hier auch küssen können«, neckte Rafael

sie leise, während er sie mit rhythmischen Bewegungen reizte. »Ich hätte diese zarte Knospe zwischen meine Lippen nehmen können, wie ich es mit deinen Brustspitzen getan habe.«

Die bloße Vorstellung, in Verbindung mit dem Feuer, das er zwischen ihren Schenkeln entfachte, ließ Annie sich unter seinen Liebkosungen winden wie ein wildes Tier. Als Rafael sich über sie beugte und seine Lippen wieder um ihre Brustspitze schloß, wurde sie von einer Flutwelle aus Hitze und Lust erfaßt, stieß einen heiseren Schrei aus und hob ihre Hüften, um seiner Hand zu folgen, wohin sie sich auch wenden mochte.

Rafael setzte seine aufreizenden Liebkosungen fort, bis Annie ein wenig ruhiger atmete. Dann, als sie benommen auf dem Bett lag, ohne zu begreifen, was gerade mit ihr vorgegangen war, streichelte er ihre Stirn und strich ihr übers Haar.

»Psst«, sagte er und beruhigte sie in ihrer ruhelosen Freude.

Nach einer langen Zeit wandte sie den Kopf und schaute in seine grauen Augen, aus denen Trauer sprach und Leidenschaft. »Ich möchte, daß du es tust«, sagte sie. »Was du eben gesagt hast, meine ich – daß du mich dort küssen könntest.«

»Annie, Liebes, hab Erbarmen!« stöhnte er. »Ein Mann verfügt nur über ein begrenztes Maß an Ehrgefühl und Vorsicht.«

Sie verstand selbst nicht – und würde es vielleicht nie verstehen – was sie so tollkühn machte. Aber sie hob die Hüften, zog gleichzeitig Rock und *pantalettes* hinab und entblößte sich vor ihm.

Rafael stieß einen merkwürdigen Laut aus, der ein Stöhnen oder auch ein Fluch sein konnte, und dann streifte er ihr Stiefel und Strümpfe, Rock und Beinkleider ab, bis sie, abgesehen von ihrem offenen Mieder, nackt vor ihm lag.

»Möge Gott mir verzeihen«, murmelte er und drehte sie um, so daß sie seitlich auf dem Bett lag und er sich zwischen ihre Schenkel schieben konnte.

Ein heiserer Schrei des Willkommens entrang sich ihr, als er den Kopf auf das seidenweiche Haar an ihrer intimsten Stelle senkte und sie seine Liebkosungen spürte.

Was zum Teufel hast du bloß getan? fragte Rafael sich, nachdem er Annie nicht nur einmal, sondern gleich mehrfach auf den Höhepunkt der Ekstase geführt hatte. Welcher Dämon hatte ihn dazu getrieben, eine noch unschuldige junge Frau in die Finessen des Liebesspiels einzuführen?

»Rafael?« Sie war noch immer nackt, aber er hatte eine Decke über ihr ausgebreitet. Das Feuer war schon ziemlich heruntergebrannt, und falls Barrett oder seine Männer draußen waren und nach ihnen suchten, mußten sie in Schwierigkeiten geraten sein …

Er kehrte Annie den Rücken zu und ging zum Kamin, wo er sich mit dem Feuer beschäftigte, um seine unübersehbare körperliche Erregung zu verbergen. Was immer seine anderen Sünden sein mochten, er hatte Annie *nicht* besessen, obwohl er noch nie eine Frau dermaßen begehrt hatte wie Annie Trevarren an diesem regnerischen Nachmittag.

»Bist du böse auf mich?« fragte sie mit leiser Stimme, und Rafael fluchte, denn er wollte nicht, daß sie jetzt das Spiel begann, das so viele Frauen spielten, und sich Vorwürfe machte, etwas getan und gefühlt zu haben, was vollkommen normal, ja, sogar natürlich war. Nein, Annie sollte ihre wundervolle Weiblichkeit genießen und stolz auf sie sein, statt sich ihrer zu schämen.

»Nein«, sagte Rafael, ohne sie jedoch anzuschauen, denn dazu war er jetzt noch nicht imstande. »Es ist nichts Schlimmes passiert, Annie«, sagte er und berührte prüfend ihre Kleider, die auf einem Stuhl am Feuer trockneten.

»Schlimmes?« Er hörte die Maishülsen in der Matratze rascheln, als Annie sich aufrichtete. »Natürlich ist nichts Schlimmes passiert – es war *wundervoll*, aber …«

Rafael strich sich müde übers Gesicht und wünschte, sie möge still sein, obwohl ihre Stimme süß wie die Klänge einer

Harfe war. »Aber?« hakte er nach, während er zum Fenster ging, in der Hoffnung, ihr damit so etwas wie Desinteresse zu übermitteln. Er sah den Wallach, der noch immer an den Baum gebunden war, mit zurückgelegten Ohren, durchnäßtem Fell und zitternden Flanken dastehen und empfand tiefes Mitleid für das Tier.

»Aber ich glaube nicht, daß es auch für dich ...« Sie brach mitten im Satz ab, und er wußte ohne hinzusehen, daß sie wieder errötete. »Ich glaube nicht, daß du so ... glücklich warst wie ich.«

Glücklich. Das Wort erschien Rafael unendlich komisch, und er hätte laut gelacht, wenn ihm nicht bewußt gewesen wäre, daß Annie es ernst meinte. Sie war jetzt sehr verwundbar, und er wollte sie nicht verletzen.

»Schon gut, Annie«, erwiderte er knapp und wandte sich endlich zu ihr um. Sie saß jetzt im Bett, hatte jedoch – Gott sei dafür Dank – die Decke bis ans Kinn gezogen. »Mir macht es nichts aus.«

Etwas blitzte in ihren Augen auf, eine Art verletzter Zorn. »Du wirst zu einer anderen Frau gehen«, beschuldigte sie ihn. »Zu Miss Covington vielleicht.«

Rafael zwang sich, Geduld zu üben. Annie war eine Frau, und eine sehr junge noch dazu, weshalb derartige Dinge ungemein wichtig für sie waren. Er mußte sanft sein, denn vielleicht würde sie sich den Rest ihres Lebens an diesen Nachmittag erinnern, und es sollten angenehme Erinnerungen für sie sein. »Ich bin ein Mann, Miss Trevarren, kein lüsternes Tier. Ich kann meine körperlichen Bedürfnisse sehr gut beherrschen.«

Und da hörte er die Pferde und wußte, daß diese Episode freudigen Wahnsinns vorüber war. Jetzt würde er den Rest seines Lebens haben – eine ziemlich kurze Zeit, aller Wahrscheinlichkeit nach –, um daran zurückzudenken, wie sehr er sich heute zum Narren gemacht hatte. Daß er eine Frau heftig genug begehrt hatte, um Prinzipien und Vernunft zu ignorieren und ihrem wundervollen Körper unendliche Freude zu schenken.

Er war ein selbstsüchtiger Schuft gewesen, und nicht nur der Dinge wegen, die er Annie angetan hatte, so sehr sie sie auch ausgekostet haben mochte. Nein, sein Verbrechen lag darin, mit ihren Gefühlen gespielt zu haben. Sie war jung und unerfahren, ein Produkt des behüteten Lebens, das Patrick und Charlotte ihr vermittelt hatten, und es war möglich, daß sie eine Zuneigung erwartete, die er ihr schlicht nicht schenken konnte.

»Zieh dich an«, sagte er und warf ihr die noch feuchten Kleider zu. »Jemand kommt.«

Annie stieg hastig aus dem Bett und streifte ihre Kleider über, und Rafael konnte nicht umhin, verstohlen zuzusehen, als sie sich wand und krümmte in ihrer Hast, ein Ertapptwerden in dieser kompromittierenden Situation zu vermeiden.

Sie ahnt ja nicht, daß es schon zu spät ist, dachte Rafael, als ein polterndes Klopfen an der Tür ertönte, das sie fast aus den Angeln riß.

»Euer Hoheit«, dröhnte Barretts Stimme durch die zunehmende Abenddämmerung. »Seid Ihr dort? Laßt mich herein!«

Wehmütig drehte Rafael sich nach Annie um und sah, daß sie zwar schon angezogen war, ihr rotblondes Haar jedoch offen und ungehindert über ihren Rücken fiel, ihre Augen von einer anhaltenden, tiefempfundenen Erfüllung leuchteten und – als sei dies alles noch nicht verräterisch genug – ein bezeichnender Glanz auf ihrer rosig angehauchten Haut lag. Falls Barrett nicht seit ihrer letzten Begegnung erblindet war, würde er auf den ersten Blick erkennen, was hier vorgefallen war.

»Ja«, antwortete Rafael gereizt. Trotz der noblen Worte über seine Fähigkeit, seine körperlichen Bedürfnisse beherrschen zu können, quälte ihn sein ungestilltes Verlangen, und das würde wohl noch eine ganze Weile lang so bleiben. »Ich bin hier«, setzte er hinzu, riß die Tür auf und trat vor seinen Freund und Leibwächter.

Barrett trug ein regendurchnäßtes Cape und wirkte außergewöhnlich unruhig. »Großer Gott, Rafael, ich dachte, du wärst entführt worden oder hättest dir den Hals gebrochen …« In diesem Moment erblickte Barrett Annie, und es war klar, daß er sofort begriff.

Rafael trat zurück, um ihn einzulassen. »Du hast dir Zeit gelassen, deine Suche zu beginnen«, bemerkte er, während Barrett ganz bewußt Annies Blick auswich. Sein Nacken war rot angelaufen. »Ich hätte inzwischen bis nach Frankreich verschleppt sein können.«

Barrett setzte zu einer Antwort an, räusperte sich und begann dann noch einmal. »Lucian sagte, er hätte dich ausreiten sehen und daß du eine Weile bleiben würdest«, erklärte er verlegen. »Ich weiß, daß du ab und zu gern allein bist, deshalb sorgte ich mich anfangs nicht. Aber als der Regen nicht aufhörte und es langsam dunkel wurde …«

Rafael berührte ihn am Arm. »Schon gut, Barrett«, sagte er leise. Er vermutete, daß sein Freund an diesem Nachmittag mit eigenen Angelegenheiten beschäftigt gewesen war; das würde seine Verlegenheit erklären und seine Verspätung. »Hast du ein Pferd für Miss Trevarren mitgebracht?«

»Wir wußten nicht, daß sie die Burg verlassen hatte«, erwiderte Barrett.

Zum ersten Mal, seit er das Haus betreten hatte, sagte Annie etwas. Ihre Stimme war klar und sogar eine Spur trotzig. »Ist meine Stute nicht zu den Ställen zurückgekehrt?«

Barrett zwang sich, sie anzusehen. »Falls es so war, Miss, hat man mir nichts davon gesagt.«

»Es macht nichts«, warf Rafael ein. »Miss Trevarren wird mit mir zurückreiten.«

Minuten später saßen sie auf ihren Pferden, Annie vor Rafael auf seinem großen Wallach. Es war eine süße Qual für Rafael, ihren weichen, nachgiebigen Körper so dicht an seinem eigenen zu spüren und ihren so unendlich weiblichen Duft zu atmen. *Ich werde viel ertragen können,* dachte er, *solange es mir gelingt, mir Annies Duft und das Gefühl von ihr jederzeit in Erinnerung zurückzurufen.*

Annie kostete das Gefühl aus, sich im sicheren Schutz von Rafaels Armen zu befinden. Sie wußte, daß sie ihr schamloses Verhalten schon bald genug bereuen würde, aber dieser Moment war noch nicht gekommen. Statt dessen sonnte sie sich noch immer im Glanz von Rafaels Liebkosungen und empfand ein wohliges kleines Prickeln tief in ihrem Körper. Ihre Brustspitzen waren hart unter ihrem feuchten Mieder und ihrer Bluse, sehnten sich nach der Berührung seiner Lippen. Wenn sie sich jetzt mit ihm ins nasse Gras hätte legen und ihn in sich aufnehmen können, würde sie genau das getan haben.

Zu bald jedoch erreichten sie die Ställe, und Rafael schwang sich aus dem Sattel und hob Annie herab. Sie erlaubte es, obwohl sie auch imstande war, ohne Hilfe abzusitzen, aber sie wollte noch einmal seine Hände auf ihrem Körper spüren.

Der Regen hatte sich zu einem leichten Nieseln verringert, und Ställe und Burg glühten im Laternenschein. Rafael legte den Zeigefinger unter Annies Kinn und hob es zu sich empor, als Barrett und die anderen gegangen waren und den Wallach mitgenommen hatten.

Annie sehnte sich danach, Rafael sagen zu hören, daß er sie liebte, obwohl sie wußte, daß er es nie aussprechen würde. Die Ereignisse des Nachmittags waren nichts als ein unterhaltsames Zwischenspiel für ihn gewesen, mehr nicht, und das zu vergessen wäre ungemein gefährlich für sie gewesen.

»Sag jetzt nicht, daß es dir leid tut!« flehte sie, bevor Rafael etwas äußern konnte. »Bitte, Rafael, zerstöre nicht den schönsten Nachmittag meines Lebens mit einer Entschuldigung!«

Er zog sie an sich, nicht leidenschaftlich, sondern aus dem Wunsch heraus, sie zu beruhigen, und strich mit einer Hand über ihr feuchtes, zerzaustes Haar. »Na schön«, stimmte er heiser zu, und sein warmer Atem fächelte ihr Ohr. »Aber ich möchte dir sagen, daß es noch sehr viele solcher Nachmittage und lange, ebenso wundervolle Nächte in deinem Leben geben wird. Nur der Mann wird ein anderer sein.«

Nein, stöhnte Annie innerlich, barg ihr Gesicht an der starken Schulter ihres Prinzen und erschauerte bei dem Gedanken, sich jemals von einem anderen Mann – mochte er noch so gutaussehend und ehrenhaft sein – berühren zu lassen, wie sie es Rafael erlaubt hatte. Sie verstand jetzt endlich Phaedras Abneigung, einen Mann zu nehmen, den sie nicht liebte.

»Aber, aber«, protestierte Rafael schroff, als sie zu weinen begann. »Keine Tränen bitte. Was du jetzt brauchst, ist ein warmes Bad, etwas zu essen und viel Schlaf.« Er schob sie bereits auf den Burghof zu, und sie folgte ihm unwillig, weil sie wußte, daß sie sich jetzt trennen würden.

Die große Halle war menschenleer, am Fuß der Treppe versetzte Rafael Annie einen zärtlichen Klaps auf den Po. »Geh«, befahl er, und obwohl seine Lippen lächelten, verrieten seine Augen ein anderes, erheblich düstereres Gefühl. »Geh in dein Zimmer. Ich schicke dir sofort eine Magd.«

Annie zögerte einen Moment und prägte sich sein Gesicht ein, aus der Angst heraus, daß diese kurze Episode mit ihm alles war, was sie je von ihm bekommen würde. Sie fragte sich, wie sie ihr Leben fortsetzen sollte, jetzt, wo sie wußte, was hätte sein können. O Gott, sie war besser bedient gewesen mit ihren jungfräulichen Phantasien, als sie noch nicht geahnt hatte, was ein Mann und eine Frau miteinander tun konnten, um sich gegenseitig Lust zu schenken.

»Gute Nacht«, sagte sie gebrochen, wandte sich ab und lief über die Treppe und den schwach beleuchteten Korridor zu ihrem Zimmer.

Seinem Wort getreu, schickte Rafael sofort ein Dienstmädchen. Annie wurde verwöhnt und verhätschelt – Brandy und eine heiße Mahlzeit wurden ihr gebracht, und eine riesige Badewanne wurde mit dampfend heißem Wasser aufgefüllt.

Doch trotz all dieser Annehmlichkeiten war Annie unglücklich. Wie ein wahrer Kavalier hatte Rafael für jeden Komfort gesorgt – er mußte ein sehr schlechtes Gewissen haben der Dinge wegen, die er mit ihr getan hatte. Wahrscheinlich lag er inzwischen längst im Bett seiner Geliebten, um dort die Wünsche zu befriedigen, deren Erfüllung er sich bei Annie nicht gestattet hatte.

Sie hatte viel gelernt an diesem Nachmittag, hatte Rafaels männliche Erregung gesehen und sie deutlich gespürt, als sie mit Barrett zur Burg zurückgeritten waren. Als sie jetzt in dem warmen, duftenden Badewasser lag, schloß sie die Augen und stellte sich vor, wie es sein würde, wenn Rafael sich auf ihren Körper legte und sie eroberte. Der Gedanke ließ sie schneller atmen und ihr Herz rasen, und tief in ihrem Innersten begann ein dumpfes Pochen.

Sie wäre vielleicht an ihren unerfüllten Sehnsüchten gestorben, vermutete sie, wenn Phaedra nicht ausgerechnet diesen Moment gewählt hätte, um ohne anzuklopfen hereinzustürmen, mit Augen, aus denen der Mutwille funkelte und die ein Geheimnis bargen, das zu enthüllen sie sich bestimmt weigern würde.

»Die Burg schwirrt vor Gerüchten«, vertraute Phaedra ihr flüsternd an. »Alle sagen, du und Rafael, ihr wärt allein im Haus am See gewesen! Angeblich waren deine Haare aufgelöst, als sie euch fanden, Rafael trug kein Hemd, und deine Kleider waren zerdrückt und falsch zugeknöpft. Sag mir, was geschehen ist … Als ob ich es mir nicht denken könnte!«

Annie war beschämt, daß ein guter Ruf derart schnell zerstört werden konnte, und fragte sich, wie sie den Leuten je wieder gegenübertreten sollte, nachdem alle solch intime Geheimnisse über sie kannten. »Nichts ist geschehen«, log sie. »Wir sind vom Regen überrascht worden, und da das Haus in der Nähe war, haben wir dort Zuflucht gesucht.«

»Na schön«, schmollte Phaedra, »dann erzählst du es mir eben nicht. Früher oder später wirst du die Wahrheit sowieso nicht mehr für dich behalten können, und dann kommt ja doch alles heraus!«

Annie überlegte, ob sie im Badewasser untertauchen und sich ertränken sollte, aber die Chancen, gerettet zu werden, waren zu groß mit Phaedra neben ihr. »*Nichts ist geschehen*«, bekräftigte sie noch einmal und hoffte, daß kein Engel lauschte und die Lüge in irgendeiner himmlischen Kartei verzeichnete. So wie es war, würde sie vermutlich ohnehin auf direktem Wege in der Hölle landen, wenn sie starb, ohne den Umweg über das Fegefeuer.

Zum Glück schien Phaedra mit eigenen Neuigkeiten beschäftigt und platzte fast vor Aufregung. »Felicia hat eine Schneiderin mitgebracht«, berichtete sie. »Ich werde das phantastischste Hochzeitskleid in ganz Europa haben!«

Annie schaute verblüfft auf. »Aber du sagtest doch gestern abend … Hast du den Verstand verloren, Phaedra?«

Die Prinzessin lachte. »Nein«, erwiderte sie, nahm ein Handtuch und reichte es Annie. »Ich habe es mir schlicht anders überlegt. Es wird eine märchenhaft schöne Hochzeit sein, Annie, und ich werde sogar eine gläserne Kutsche haben, die von sechs weißen Pferden gezogen wird …«

»*Phaedra,*« sagte Annie, während sie aufstand und das große Tuch um ihren Körper schlang. Von einer Bank nahm sie ihren Morgenmantel und trat hinter eine Spanische Wand, um ihn anzuziehen. Einen Moment später war sie wieder bei Phaedra und berührte mit besorgter Miene deren Stirn.

Die Prinzessin fieberte nicht, aber das vermochte Annies Unruhe nicht zu dämpfen.

Phaedra ergriff ihre Hand. »Keine Angst, Annie. Ich werde glücklich sein, ganz bestimmt«, sagte sie, und der Glanz in ihren Augen verlieh der Behauptung eine gewisse Wahrheit.

Und doch, nachdem Annie gerade selbst erfahren hatte, wie wundervoll es war, von einem geliebten Mann auf intimste Weise berührt zu werden, war sie mehr als je zuvor der Ansicht, daß man nur aus Liebe heiraten dürfe. »Hast du plötzlich doch zärtliche Gefühle für Mr. Haslett entwickelt?« fragte sie hoffnungsvoll.

»So ungefähr«, erwiderte Phaedra geheimnisvoll.

Annie war noch immer sehr beunruhigt, aber sie sah ein, daß sie im Moment nichts daran ändern könnte. Sie würde natürlich gründlich über die Sache nachdenken, das stand fest. Es mußte erheblich mehr an dieser drastischen Sinnesänderung sein, als Phaedra zugab.

»Wir beide haben ungefähr die gleiche Größe«, bemerkte die Prinzessin, während sie Annies Hände nahm und kritisch ihre Figur betrachtete. »Ja. Du könntest genausogut wie ich Anprobe für das Kleid stehen.«

Wieder war Annie zutiefst verwundert, obwohl sie Überraschungen bei ihrer Freundin gewöhnt war. »Du willst, daß *ich* Anprobe für dein Kleid stehe? Phaedra, das ist der unglaublichste Vorschlag, den du mir je gemacht hast!«

Endlich schaute Phaedra ihr in die Augen, und Annie erkannte ein solches Flehen darin, eine solch verzweifelte Hoffnung, daß sie zutiefst bestürzt darüber war. »*Bitte,* Annie, sag, daß du es für mich tun wirst! Du weißt, daß ich es nicht ertragen könnte, so lange stillzustehen, stundenlang – mir würde schwindlig werden, oder ich bekäme wieder meine schlimmen Kopfschmerzen.«

Annie schluckte eine Erwiderung betreffs dieser so praktischen Kopfschmerzen, denn sie waren eine Falle, in die sie schon oft genug getappt war. Es war der reinste Wahnsinn, zuzustimmen, aber Phaedra St. James war ihre liebste Freundin – alle anderen waren langweilig im Vergleich zu ihr –, und irgend etwas tief in ihrem Herzen sagte ihr, daß dieser kleine Gefallen sehr wichtig für ihre Freundin war.

»Na schön«, stimmte sie seufzend zu. »Ich tue es.«

5

Annie mied den Speisesaal am nächsten Morgen, denn obwohl sie sehr hungrig war nach dem Erwachen, fürchtete sie die Begegnung mit Rafael. Ihre Gefühle befanden sich in Aufruhr – in einem Moment verspürte sie Freude, im nächsten bereits tiefste Verzweiflung, und die Erinnerung an Rafaels Zärtlichkeiten verursachte ihr auch jetzt noch ein lustvolles Prickeln an ihren intimsten Körperstellen. Sie war absolut sicher, daß der Prinz mit seiner größeren Erfahrung diese beschämenden Geheimnisse auf den ersten Blick erkennen würde.

Da ihr der Gedanke an eine solche Begegnung unerträglich war, hatte Annie sich hastig angezogen und von Phaedra durch endlose Korridore auf die andere Seite der Burg führen lassen.

»Das ist das Solarium«, verkündete die Prinzessin, als sie den runden, sonnigen Raum mit hohen Fenstern, blühenden Pflanzen und nackten Steinwänden betraten. »In alten Zeiten pflegten die Damen der Burg hierherzukommen, um zu plaudern und an ihren Stickereien zu arbeiten, und manchmal spielten Musiker zu ihrer Unterhaltung auf. Papa hat Glas in die Fenster einsetzen lassen – sie waren früher offen –, und damals gab es auch die herrlichsten Wandteppiche hier, bis Rafael die Krone erbte.« Phaedra schwieg, ein leichtes Stirnrunzeln verunzierte ihre ansonsten makellosen Züge. »Er sagte, die Luft ruinierte sie, und hat sie dem öffentlichen Museum in Morovia geschenkt.«

Annie drehte sich langsam und bewunderte den riesigen, kühlen Raum. Er war rund, mit einer hohen, kuppelförmigen Decke und einem Balkon, der ihn ganz umschloß. Annie konnte sich gut vorstellen, wie es hier im Mittelalter ausgesehen haben mußte, und fast konnte sie sich die Damen der St.-James-Familie vorstellen, wie sie hier lächelnd und stickend gesessen hatten. »Was für ein wundervoller Raum«, sagte sie beeindruckt.

Phaedra deutete auf den Balkon, der sich acht Meter hoch über dem kalten Stein des Burghofs erhob. »Vor langer Zeit ist hier eine Prinzessin in den Tod gesprungen. Die Dienstboten behaupten, ihr Geist gehe auch heute noch in der Burg um.«

Ein köstliches Erschauern durchzuckte Annie. Sie hätte gern die Bekanntschaft eines solchen Geists gemacht, vorausgesetzt, er wußte sich zu benehmen und sah nicht zu häßlich aus.

»Vergiß nicht, daß du versprochen hast, Anprobe für mich zu stehen«, erinnerte Phaedra Annie flüsternd, als ein Klappern in der Nähe des offenen Rundbogens entstand, der als Tür diente. Eine kleine, plumpe Frau mit grauem Haar und einer häßlichen Warze an der linken Nasenseite kam, begleitet von zwei jungen Mägden, in den Raum.

Die eine der beiden jungen Frauen trug einen Ballen schimmernden weißen Moirés, während die zweite einen Korb mit Spitze und Seidenbändern schleppte.

Die Frau, die ihnen voranging, stemmte beide Hände in ihre breiten Hüften und musterte Annie und Phaedra aus scharfen Augen. »Welche von Ihnen ist die Prinzessin?«

fragte sie in einem Ton, aus dem man hätte schließen können, daß sie für diesen schönen, sonnigen Tag eine Enthauptung ankündigte, statt einer Anprobe für ein Hochzeitskleid.

»Ich«, erwiderte Phaedra kühl. Obwohl sie sonst kein Snob war, liebte sie es nicht, in allzu ungezwungener Weise angesprochen zu werden. »Und das ist meine Freundin, Miss Annie Trevarren. Sie wird Anprobe für mich stehen. Annie – Miss Augusta Rendennon.«

Die Schneiderin errötete leicht und schürzte die Lippen. Sie hatte nichts von ihrem berühmten Geschmack und Stil auf ihre eigene Kleidung verwendet, denn sie trug ein schlichtes graues Kleid, das in jeder Hinsicht unauffällig war. Ihre Schnürschuhe waren derb und abgetragen, und auch das kleine Spitzenhäubchen auf ihrem Oberkopf hatte schon bessere Tage gesehen. Ihre Augen wurden schmal, als sie sie auf Annie richtete.

»Hmm«, sagte sie, und eindeutige Mißbilligung klang aus ihrer Stimme mit.

Annie errötete vor Ärger und Verlegenheit und hätte Phaedra in die Rippen gestoßen, wenn die ihr nicht klugerweise ausgewichen wäre. »Ich denke nicht …« begann sie lahm.

»Pst!« zischte die Schneiderin, die angefangen hatte, langsam um Annie herumzugehen. »Madame braucht hier nicht zu denken. Ja … ja, ich glaube, ich kann Sie gebrauchen, obwohl ich ziemlich sicher bin, daß wir an der Taille Veränderungen vornehmen werden müssen.« Sie streckte die Hand aus und kniff Annie in die Seite. »Ein bißchen fleischig, aber wir wissen ja, daß Männer Frauen an gewissen Stellen lieber weicher haben.«

Annie bedachte Phaedra mit einem vernichtenden Blick, obwohl ihr Erröten nicht von dieser letzten Demütigung herrührte, sondern von Erinnerungen an den Tag zuvor, als Rafael jeden Zentimeter besagten Fleischs berührt, liebkost und geküßt hatte. »Da das Kleid für die Prinzessin bestimmt ist, wäre es doch sicher ratsamer, wenn sie selbst …«

Doch Phaedra eilte bereits zur Tür, wo sie sich noch einmal umdrehte und Annie eine Kußhand zuwarf. »Miss Rendennon wird sich um alles kümmern«, rief sie, bevor sie so rasch verschwand wie eine Waldnymphe im Dickicht.

Annies Magen knurrte laut und vernehmlich, und Miss Rendennon seufzte gequält.

»Barbaren«, murmelte sie. »Nichts als Barbaren.«

Eins der Mädchen, das den Ballen Stoff inzwischen auf einem Sofa abgeladen hatte, knickste vor Annie und sagte: »Ich werde Ihnen etwas zu essen holen, Miss.«

»Essen?« rief Miss Rendennon entsetzt. »Ich erlaube keine Lebensmittel in der Nähe dieser exquisiten Materialien! Im übrigen wollen wir doch nicht, daß die Säume platzen!«

Annie errötete von neuem. Vielleicht war sie ja tatsächlich ein bißchen üppiger als Phaedra, aber so, wie Miss Rendennon es sagte, klang es fast, als ob sie dazu verdammt wäre, den Rest ihres Lebens als Rarität in einem Zirkus zu verbringen. »Liebe Frau, ich glaube nicht …«

Die Schneiderin erlaubte ihr nicht auszusprechen, sondern klatschte in die Hände und befahl einem der Mädchen, Bettlaken auf dem Boden auszubreiten, um den kostbaren Moiré zu schützen. Dann begann sie bei Annie Maß zu nehmen.

Sobald ein großer Teil des Bodens bedeckt war und Annie sich bis auf Hemd und Beinkleider ausgezogen hatte, wurde der Ballen Stoff ausgerollt, und Miss Rendennon drapierte ihn um ihren Körper. Mit knurrendem Magen stand Annie da wie die Heilige Johanna auf dem Scheiterhaufen, schaute den Staubteilchen in den Sonnenstrahlen, die durch das Fenster fielen, zu und plante ihren Rachefeldzug gegen Phaedra.

Ein Prickeln in Annies Nacken war der erste Hinweis darauf, daß sie beobachtet wurde, und als sie den Blick erhob, stellte sie überrascht fest, daß Rafael auf dem Balkon stand und sie beobachtete. Obwohl sie wegen der Entfernung und der Schatten nicht seinen Gesichtsausdruck erkennen konnte, kam sie sich seltsam verwundbar unter seinen Blicken vor – als ob sie für ihn entkleidet worden wäre wie eine Haremsdame für den Sultan.

Als Miss Rendennon aufschaute und den Prinzen sah, änderte sich ihre respektlose Haltung augenblicklich. Sie nickte ihm zu und strahlte. »Guten Morgen, Hoheit!«

Rafael, in einem weißen Hemd und dunklen Reithosen, nickte ihr zu, erwiderte jedoch nichts. Annie zwang sich, den Blick von ihm abzuwenden, vermochte jedoch seine Anwesenheit nicht zu ignorieren und brannte vor Leidenschaft und Beschämung, als sie daran zurückdachte, wie sie sich am Tag zuvor zur Närrin vor diesem Mann gemacht hatte. Doch wie gern hätte sie dies alles jetzt noch einmal wiederholt …

Der Prinz blieb, wo er war, ohne etwas zu äußern, und Annie hätte nicht entscheiden können, wer unruhiger war durch seine Gegenwart – sie oder Miss Augusta Rendennon. Unter beständigem, nervösem Murmeln stand die Schneiderin die Anprobe durch, bevor sie endlich ihren Stoff aufrollte und sich zurückzog.

Eins der Mädchen besaß die Geistesgegenwart, Annie ihr Kleid zu überreichen, und sie streifte es hastig über, ohne zum Balkon hinüberzuschauen, in der Hoffnung, daß Rafael bereits gegangen war. Als Prinz von Bavia konnte er bestimmt nicht seine Zeit damit verschwenden, einer Anprobe zuzusehen.

Kaum war Annie zu dieser beruhigenden Schlußfolgerung gelangt, als sie das Klappern von Stiefelabsätzen auf der steinernen Treppe hörte, und ein verstohlener Blick verriet ihr, daß Rafael den Raum durchquerte.

Noch immer nicht komplett angezogen, zog Annie das Oberteil ihres Kleids über der Brust zusammen und starrte ihn betroffen an, als er sich ihr näherte und einige Schritte vor ihr stehenblieb.

»Was tust du hier?« fragte er in geistesabwesendem Ton.

Annie empfand es wie eine Anklage, es klang fast, als ob er sie beim Stehlen in der Schatzkammer erwischt hätte, und sie war empört. Glaubte Rafael etwa, *es machte ihr Spaß*, still wie eine Statue dazustehen, über eine Stunde lang, und sich von Miss Augusta Rendennons Nadeln und Bemerkungen piesacken zu lassen?

Sie deutete einen Knicks an und maß Rafael mit einem ärgerlichen Blick. »Es scheint, daß Phaedra heute Besseres zu tun hatte, als ihr Hochzeitskleid anzuprobieren«, sagte sie.

Rafaels unerwartetes Lächeln überraschte Annie; sie blinzelte wie von einem gleißenden Sonnenstrahl geblendet. Als sie wieder sehen konnte, war Rafaels Gesicht wieder ernst.

»Am Samstag findet ein Ball statt«, sagte er mit einer Miene, als ob es sich bei dem Ereignis um ein Begräbnis handelte. »Im Palast in Morovia. Ich denke, daß ihr passende Kleider dazu brauchen werdet, du und Phaedra.«

Annie knöpfte ihr Kleid zu und lächelte über die Aussicht auf einen großen Ball im königlichen Stadtpalast. »Phaedras Verlobungsball – wie schön!«

Rafael seufzte. »Ja, wunderbar«, sagte er düster.

Annie musterte ihn verwundert. »Freust du dich nicht darauf?«

»Das ist es nicht«, erwiderte er und richtete den Blick für einen Moment auf den Balkon. »Morovia ist ein gefährlicher Ort, zumindest für die Mitglieder unserer Familie. Und für die Einwohner von Bavia versinnbildlicht der Palast siebenhundert Jahre Ausschweifungen und Unterdrückung.« Als Rafael Annie wieder ansah, schien er sein Eingeständnis bereits zu bereuen. »Mach dir keine Sorgen, Annie. Es wird uns nichts geschehen – Barrett und seine Männer werden dafür Sorge tragen.«

Bevor Annie ihm versichern konnte, daß sie keine Furcht empfand, zumindest nicht um sich selbst, hob er die Hand und strich sanft mit den Fingerknöcheln über ihre Wange. Sein Mund verzog sich zu einem flüchtigen, ein wenig traurigen Lächeln, und dann sagte er mit leiser Stimme: »Es tut mir sehr leid wegen gestern, Liebes.«

Annie wandte den Blick ab. Sie zitterte von der Anstrengung, ihn nicht anzuschreien, daß er es nicht bereuen sollte – daß sie ihn schon immer geliebt habe und immer lieben werde, und ihr Herz pochte so heftig, daß sie befürchtete, daß er es hören könnte. Aber sie sagte nichts, wagte nicht, etwas zu äußern.

Rafael schloß seine Hand um ihr Kinn und zwang sie, ihn anzusehen. »Irgendwo auf dieser müden alten Erde«, sagte er ruhig, »gibt es einen Mann, der sich so glücklich schätzen kann, daß sogar die Engel ihn beneiden müssen. Eines Tages wird er einen goldenen Ring über deinen Finger streifen, Annie, und dich mit dem Segen des Himmels in sein Bett nehmen. Wenn du dich seiner Liebe hingibst, meine Süße, wird nichts aus der Vergangenheit mehr für dich zählen.«

Annie wäre fast damit herausgeplatzt, daß die Stunden mit ihm in dem kleinen Haus am See immer für sie zählen würden, daß es niemals einen anderen Mann für sie geben würde, als sie einen leisen, spöttischen Applaus vom Balkon vernahm.

Annie und Rafael schauten im gleichen Augenblick auf und sahen Lucian dort oben stehen und ihnen applaudieren.

Er lächelte und ließ seine Hände sinken. »Eine exzellente Vorstellung, Bruderherz«, sagte er. »Sehr poetisch, mit gerade dem richtigen Maß an Dramatik.«

Als Annie den Blick wieder auf Rafael richtete, sah sie, daß ein harter Zug um seinen Mund erschien.

»Genug«, sagte er leise, doch das Wort erreichte Lucian und ließ ihn zusammenzucken wie unter dem Aufprall eines Steins aus einer Schleuder.

Aber er war nicht kleinzukriegen. Sein Lächeln kehrte zurück, höflich zwar, aber unendlich kalt, und mit der gleichen Anmut, die Rafael kurz zuvor bewiesen hatte, lehnte er sich an die Balustrade. »Die Gerüchte stimmen also«, stellte er kühl fest. »Du hast eine weitere schöne Wanderin verführt. Und nun gestehst du ihr die traurige Wahrheit – daß nichts daraus werden kann, so nett es auch mit ihr war, weil das Schicksal dich dazu ausersehen hat, einen großartigen und noblen Tod zu sterben. Brillant, Rafael. Wirklich ausgezeichnet.«

»Lucian«, sagte Rafael grob, »ich warne dich. Hör sofort auf!«

Unbeeindruckt stieg der jüngere Bruder die Stufen hinunter und betrat den großen runden Saal. »Glauben Sie ihm, schöne Annie?« fragte er mit leiser, einschmeichelnder Stimme. »Denn falls es so sein sollte, machen Sie sich bitte keine Vorwürfe. Sie sind nämlich nicht die erste.«

Rafael reagierte nicht sofort, obwohl der ganze Raum vor Zorn und Anspannung zu pulsieren schien. Während Annie zuschaute, stieg echte Angst in ihr auf, aber auch Wut auf Lucian, weil sie die Gewalt in dem Prinzen spürte und wußte, daß er sie kaum noch zu bändigen vermochte.

Lucian jedoch fuhr mit rücksichtsloser Härte fort, ignorierte seinen Bruder und konzentrierte sich auf Annie. »Sie sollten ein bißchen diskreter sein in Zukunft, Miss Trevarren«, sagte er. »Oder zumindest so *tun*, als ob Sie eine Dame wären.«

Das war der Moment, in dem Rafael vorstürzte und seine Hände um Lucians Kehle schloß.

Annie schrie auf, überzeugt, daß jetzt ein Mord geschehen würde, aber Lucian befreite sich, indem er die Arme hochriß und damit Rafaels Griff brach. Einen Moment später jedoch versetzte Rafael ihm einen Fausthieb in den Magen, der Lucian den Atem raubte.

Rafael stieß ihn nieder, kniete sich über ihn und preßte seine Daumen auf die Luftröhre seines Bruders. Lucian, dessen Augen glühten vor Empörung, Fassungslosigkeit und Demütigung, lief blau an. Obwohl kein Ton zu hören war, vibrierte die Luft von seinem Haß.

Annie versuchte, Rafael von ihm fortzuziehen, wurde jedoch von ihm mit einer solchen Kraft zurückgestoßen, daß sie fast gefallen wäre. Gott allein mochte wissen, was geschehen wäre, wenn Edmund Barrett nicht in diesem Augenblick, gefolgt von zweien seiner Männer, hereingestürzt wäre und die Kämpfenden getrennt hätte.

Rafael wehrte sich wie ein Panther, aber Barrett, der die Arme des Prinzen von hinten umklammert hielt, ließ nicht locker. Barretts Männer zogen Lucian auf die Beine, und einer führte ihn auf einen Blick seines Captains hin aus dem Saal. Rafael riß sich von Barrett los, verzichtete jedoch darauf, seinen Bruder zu verfolgen.

»Großer Gott, Rafael«, knurrte Barrett, »ist es denn noch nicht genug, daß du darauf bestehst, in Bavia zu bleiben, bis die Rebellen dich fassen und töten werden? Bist du so begierig, dich zu opfern, daß du sogar zu einem Mord unter deinem eigenen Dach bereit bist, damit sie dich dafür hängen können?«

Rafael murmelte etwas, sein Blick glitt zu Annie und blieb auf ihrem Gesicht haften. In diesem Moment sah sie in seinen Augen das ganze Ausmaß seines Leidens, und der Anblick zwang sie beinahe in die Knie.

Rafael schien unmenschliche Qualen auszustehen.

»Annie«, flüsterte er gebrochen.

Sie trat einen Schritt auf ihn zu und hielt dann inne. Rafael war entschlossen, in Bavia zu sterben. Sie schlug eine Hand über ihren Mund, um ein Aufschluchzen zu ersticken, und floh. In der Tür stieß sie beinahe mit Miss Felicia Covington zusammen.

Miss Covingtons hübsche Stirn wies eine steile Falte auf; ihre dunklen Augen drückten zärtlichste Besorgnis aus. Aus der Nähe war sie schön wie ein Engel von Botticelli und offenbar genauso mitfühlend, denn sie ergriff einen Moment lang Annies Schultern, um sie zu stützen, und ging dann weiter in den Saal.

Annie drückte sich in die Schatten bei der Tür, weil sie es nicht über sich brachte, jetzt zu gehen.

»Rafael«, rief Miss Covington, eilte zu dem Prinzen und schloß die Hände um seine Oberarme. »Was hast du Lucian angetan?«

Rafael versuchte, sich ihr zu entziehen, aber sie hielt ihn so unerbittlich fest, wie es nur eine sehr intime Freundin wagen durfte. »Nichts«, zischte er. »Laß mich allein, Felicia. Bitte.«

Sie strich ihm über das zerzauste Haar, in einer Geste, die Annie so zu Herzen ging, daß sie sich noch tiefer in die Schatten drückte und ganz unbewußt den Atem anhielt.

Felicia nickte Barrett zu, der widerstrebend den Raum verließ und an Annie vorbeiging, ohne sie zu sehen.

»Warum, Rafael?« flüsterte Miss Covington und schlang den Arm um seine Taille. »Warum haßt du Lucian so? Er ist dein Halbbruder.«

Rafael seufzte und fuhr sich mit einer Hand durchs Haar. Obwohl etwas von seinem Zorn verflogen war, konnte Annie sehen, daß er noch immer unter großer Anspannung stand. »Ich hasse Lucian nicht«, antwortete er. »Er haßt mich. Und manchmal kann ich ihm nur zustimmen.«

Felicia schaute lächelnd zu Rafael auf, strich ihm noch einmal übers Haar und stellte sich auf die Zehenspitzen, um seine Wange zu küssen. Annie, die noch immer zusah, hätte die Frau gern gehaßt, aber es gelang ihr nicht.

»War es dein Bruder, den du töten wolltest, oder wolltest du dich selbst umbringen?« fragte Felicia sanft.

Wieder seufzte Rafael und schlang den Arm um Felicias schlanke Taille. Miss Rendennon würde *sie* nie fleischig nennen, dachte Annie betrübt und glitt hinter eine Ritterrüstung, als die beiden an ihr vorbeigingen.

»Ich bin ein ausgemachter Schuft«, gestand Rafael.

Durch Tränen des Neids und der Verzweiflung schaute Annie zu, wie Felicia ihren Arm unter Rafaels schob und lächelnd zu ihm aufsah.

»Und warum glaubst du das, Hoheit?« scherzte sie.

Obwohl sie sich rasch entfernten, hörte Annie Rafaels Antwort mit brutaler Klarheit. »Lucian beschuldigte mich, jemanden zu benutzen«, sagte er. »Und er hatte recht.«

Das Eingeständnis traf Annie mit der Macht einer Streitaxt. Sie sank an die Wand, ungesehen, und atmete tief ein und aus, bis der erste Schmerz nachließ. Als sie sich ein wenig erholt hatte und sicher sein konnte, daß Rafael und Felicia in einem anderen Teil der Burg waren, schlich sie langsam zu ihrem Zimmer.

Dort wusch sie ihr Gesicht, entfernte die Nadeln aus ihrem Haar, bürstete es und steckte es wieder auf. Danach nahm sie ihre Schreibkassette und begab sich in den Garten. Sie hatte vor, einen Brief an ihre Eltern in Nizza zu verfassen, um ihnen mitzuteilen, daß sie bald heimkehren würde. Sie konnte nicht in Bavia bleiben; das war ihr jetzt klar. Es wäre unerträglich gewesen, noch länger zu verweilen, selbst für ein so wichtiges Ereignis wie Phaedras Hochzeit, nachdem sie nun erfahren hatte, daß Rafael ihr Mitgefühl entgegenbrachte und sie tatsächlich benutzt hatte.

Sie durchquerte gerade die große Eingangshalle, als sie merkte, daß sie hungrig war, trotz allem, was an diesem furchtbaren Morgen geschehen war. Ihr würde bald schwindlig werden, und vielleicht bekam sie sogar Kopfschmerzen, wenn sie nicht etwas aß.

Annie änderte ihre Richtung und ging auf die Küche zu, aber dort traf sie Lucian an, der sich seine edle Stirn von einer mitfühlenden Magd kühlen ließ. Er sah Annie, bevor sie sich zurückziehen konnte, und dann war es zu spät, denn ihr Stolz hätte ihr jetzt keinen Rückzug mehr erlaubt.

Mit einem kühlen Nicken ging sie an ihm vorbei und in die Speisekammer, wo sie sich etwas braunes Brot nahm, einen Apfel und ein Stück Käse. Als sie wieder herauskam, hatte Lucian die Magd fortgeschickt und verstellte Annie den Weg.

Das Betrachten seines feinknochigen, aristokratischen Gesichts aus großer Nähe brachte ihr eine plötzliche Einsicht. Lucian würde nie etwas anderes als eine Karikatur seines älteren Bruders sein, erkannte sie und empfand leises Mitgefühl für ihn.

»Lassen Sie mich vorbei«, verlangte sie. »Ich habe Ihnen nichts zu sagen.«

»Aber ich Ihnen«, entgegnete Lucian und verschränkte ungerührt die Arme. Trotz der Prügel, die er von Rafael erhalten hatte, lächelte er. »Ich wollte Sie heute morgen nicht beleidigen, Annie; ich habe nur versucht, Ihre Tugend zu beschützen.«

Die Gegenstände in Annies Hand begannen zu rutschen, und einen Moment lang war sie abgelenkt. Dann erhob sie den Blick zu Lucian. »Ich kann auf Ihre seltsame Art von Galanterie verzichten, Mr. St. James«, erklärte sie ruhig. »Und ganz abgesehen davon bin ich durchaus imstande, mich selbst zu schützen.«

Er zog eine Augenbraue hoch. »So wie im Haus am See?«

Annie spürte, wie sie errötete, und haßte Lucian dafür. Sie hatte genug Demütigungen erlebt seit ihrer Ankunft in Bavia, auch ohne seinen Wink, daß alle in der Burg über ihren intimen Nachmittag mit Rafael Bescheid wußten.

»Sie sind eine Klatschbase, Lucian«, sagte sie. »Unter anderem. Sie bräuchten eine vernünftige Beschäftigung.«

Wieder lächelte er, aber es lag ein harter Zug um seinen Mund, der sie erschreckte. »Es ist ungemein erfrischend«, sagte er, ohne auf ihre Bemerkung einzugehen, »daß Sie nicht einmal abstreiten, was zwischen Ihnen und Rafael vorgefallen ist. Ich habe Sie vor ihm gewarnt, Annie. Warum haben Sie nicht auf mich gehört?«

Sie hob ihr Kinn. »Ich habe nichts mit Ihnen zu besprechen. Lassen Sie mich vorbei.«

Er trat beiseite, aber seine Antwort ließ sie nach wenigen Schritten wieder innehalten. »Rafael wird Sie erneut verführen. Trotz seiner hübschen Ausreden, seinem Gerede von seinem eigenen Verhängnis und seiner noblen Prophezeiungen eines anderen Geliebten, der in naher Zukunft auf Sie wartet, wird er Sie zu seiner Mätresse machen, Annie. Er wird Ihnen ein prächtiges Haus in Paris, London, Rom oder Madrid einrichten und Sie mit Juwelen, Kleidern und Geschenken überhäufen, von denen jedoch nichts auch nur die Hälfte des Glanzes besitzen wird wie die Worte, die er Ihnen sagen wird, spät nachts, nachdem er Sie geliebt hat. Und sobald Sie ihm gegeben haben, was er will – einen kräftigen, gesunden Sohn mit frischem, amerikanischem Blut in seinen Adern –, wird er Ihnen das Kind nehmen, um es nach eigenem Belieben zu erziehen, und Sie beiseite schieben wie einen Haufen Schmutz, über den er auf der Straße gestolpert ist.«

Annie drehte sich langsam um und erwiderte Lucians Blick. »Sie irren sich«, sagte sie. »Wenn Rafael sich einen Erben wünschte – und ich glaube nicht, daß er lange genug leben wird, um einen zu zeugen –, würde er sich keine Mätresse nehmen. Er würde heiraten, damit das Kind legitim ist.«

Lucian lachte; es war ein Ton, der wie Eiswasser über Annies Rücken rann. »In anderen Ländern, anderen Familien mag es vielleicht so sein. Aber in unserer …?« Er hielt inne und zog die Schultern hoch. »Hier ist alles etwas anders. Rafael ist selbst ein Bastard, dem Leib einer Zigeunerin entsprungen, die meines Vaters Geliebte war – nur eine von vielen, klar – und doch bestand nie der geringste Zweifel, daß er eines Tages die Krone erben würde. Es hat ihr das Herz gebrochen – Papas erster Gattin, der Frau, die angeblich Rafaels Mutter war. Sie zog sich in ein Kloster zurück und starb irgendwann an ihrer Trauer.«

Annie wich einen Schritt zurück, und der Apfel fiel ihr aus der Hand und rollte unter den Küchenherd. »Dies alles ist nicht Rafaels Schuld«, sagte sie erschüttert. Nichts in ihrer Vergangenheit hatte sie auf derartige Intrigen und Abscheulichkeiten vorbereitet; ihre eigene Familie war liebevoll und heiter, und die Leidenschaft, die ihre Eltern verband, etwas Schönes und Reines. »Warum hassen Sie ihn so, Lucian? Was hat er Ihnen angetan?«

»Passen Sie auf, daß Sie nicht das gleiche Ende nehmen wie Rafaels Mutter«, warnte Lucian, bevor er ihre Fragen beantwortete. »Was Rafael mir angetan hat? Er war der Erstgeborene. Er hat mir mein Geburtsrecht geraubt und es den Hunden vorgeworfen!«

»Sie sind nicht bei Verstand«, sagte Annie.

Lucian ging in die Speisekammer und kehrte mit einem Apfel zurück, den er an seinem Hemd polierte, während er sich Annie näherte. Als er sie erreichte, bot er ihr die Frucht in einer respektlosen Geste an. »Hier, meine Schöne, aber Vorsicht – nicht, daß Sie davon abbeißen und in einen hundertjährigen Schlaf versinken!«

Annie nahm den Apfel und blieb schweigend stehen, während Lucian mit dem Zeigefinger über ihre Lippen strich und pfeifend den Raum verließ.

Felicias sanfte, vernünftige Worte vermochten Rafael nicht zu beruhigen. Es gab nur zwei Heilmittel für die Wildheit, die ihn ergriffen hatte – ein wüstes Gefecht mit den Floretten oder ein Nachmittag in einem Hurenbett. Da jedoch keine Huren anwesend waren – und selbst dann hätte er gewußt, daß nur Annie Trevarren seine Begierden stillen konnte –, entschloß er sich zu einem Fechtkampf und ließ Edmund Barrett holen.

»Armer Edmund«, bemerkte Felicia, als sie beobachtete, wie Rafael die Klinge von der Wand nahm, die er von seinem unseligen Vater geerbt hatte. »Er ist zu anständig und sich seiner Stellung hier zu sehr bewußt, um dich zu besiegen, was nur bedeutet, daß er das Schlimmste abbekommen wird, obwohl es in Wirklichkeit Lucian ist, den du gern durchbohren würdest.«

Rafael runzelte die Stirn und warf seiner alten Freundin einen scharfen Blick zu. Sie verstand ihn besser als jeder andere, und ihre Unverblümtheit war oft sehr irritierend. »Wenn ich meinem Bruder jetzt begegnete, würde ich ihn ganz bestimmt durchbohren. Barrett ist ganz entschieden das kleinere Übel.«

Felicia schüttelte den Kopf. »Nein, Rafael. Barrett ist nur ein unschuldiger Zuschauer in diesem Drama, und es ist sein Pech, daß er dir treu genug ist, um deine verrückten Forderungen zu erfüllen.«

Rafael ließ in einer schnellen Bewegung die Klinge durch die Luft sausen. »Du hättest gehorsamer sein und dieses Land längst verlassen sollen«, sagte er zu Felicia, ohne sie anzusehen. »Du bist eine schöne Frau und an diesem Ort verschwendet.«

Seufzend ließ sie sich auf einem Sessel nieder. Felicia war zarter, als er sie je gesehen hatte; viel dünner und mit dunklen Schatten unter ihren schönen Augen, und das besorgte ihn. »Ich habe es dir schon einmal gesagt, Rafael. Wenn du Bavia verläßt, werde ich es auch tun.«

»Dann paß auf«, entgegnete Rafael leichthin, um seine Enttäuschung wie auch seine Sorge zu verbergen, »daß du die Reise nicht in einem Sarg antrittst, wie es bei mir der Fall sein wird.«

Tränen füllten Felicias Augen, und sie sprang auf. »Verdammt, Rafael!« herrschte sie ihn an. »Wie kannst du von deinem Tod reden, als ob es sich nur um einen Scherz handelte?«

Er ließ das Florett sinken und beobachtete sie, als sie ärgerlich im Zimmer auf und ab schritt. »Das ist die einzige Art, überhaupt darüber zu reden«, antwortete er. »Aber um Himmels willen, Felicia – du brauchst doch wirklich nicht zu bleiben! Verlaß Bavia, sobald die Hochzeit vorüber ist, wenn du nicht schon vorher reisen willst, und gib endlich die Idee auf, daß du mich vor meinem Schicksal retten kannst. Niemand kann das.«

»Niemand außer dir!« rief Felicia schluchzend. »Und du bist zu stur und töricht, um es zu versuchen!« Mit diesen Worten floh sie aus dem Raum und stieß in der Tür fast mit Barrett zusammen.

»Das ist die zweite Frau heute, die deinetwegen tränenüberströmt aus einem Zimmer stürzt«, bemerkte der Leibwächter. »Oder waren da noch andere, von denen ich nichts weiß?«

»Halt den Mund und kämpfe«, erwiderte Rafael grob, nahm das zweite Florett von der Wand und warf es Barrett zu.

Sein Freund zuckte die Schultern, und über eine Außentreppe begaben sie sich zum Hof, wo Platz genug für einen Fechtkampf war.

»Miss Covingtons Aussage nach hast du mich aus einem mißgeleiteten Pflichtgefühl heraus all diese Jahre gewinnen lassen«, bemerkte Rafael, während Barrett sich aufwärmte. »Ist das wahr?«

Der Leibwächter lächelte. »Du bist einer der besten Fechter, die ich kenne«, sagte er. »Aber ja, es hat tatsächlich Momente gegeben, in denen ich dich hätte schlagen können.«

Rafael war erfreut über die Aufrichtigkeit der Antwort,

obwohl Edmunds Worte ihm auch einen kleinen Stich versetzten. »Vielleicht ist dies jetzt einer dieser Momente«, sagte er, als er sein Florett hob.

»Mag sein«, erwiderte Barrett gelassen und stellte sich dem Kampf.

Die Klingen prallten mit einem melodischen Klang aufeinander.

»Komm schon«, schalt Rafael. »Ist das wirklich das Beste, was du zu geben hast?«

Barrett lachte und hieb Rafael mit einem harten Schlag das Florett fast aus der Hand. »Ihr wollt doch sicher nicht, daß der Kampf zu schnell endet, Euer Hoheit?« fragte er und parierte lachend Rafaels Angriff. »Seht Ihr, das habe ich mir doch gedacht!«

Das Gefecht setzte sich fort, und je schwieriger es wurde, desto besser fühlte Rafael sich. Er kämpfte, bis er jegliches Gefühl im rechten Arm verloren hatte, bis der Atem in seinen Lungen brannte und sein Hemd schweißdurchtränkt an Rücken und Schultern klebte. Er überwand den Schmerz, überwand die Müdigkeit, und Barrett hielt Schritt mit ihm, obwohl es offensichtlich war, daß auch er seine Grenzen bereits überschritten hatte.

Endlich, nachdem Rafael längst jegliches Gefühl für Zeit verloren hatte, erwischte er Barrett in einem schwachen Augenblick und entwaffnete ihn. Das Florett des Leibwächters flog klappernd auf die Steine, und Rafael wandte sich ab und ging, auf merkwürdige Weise enttäuscht über den Sieg.

6

Annie suchte Zuflucht in einem stillen Teil des Gartens, nahe einer moosüberwachsenen, zerfallenden Statue Pans, und setzte sich dort auf eine Bank. Nachdem sie eine Weile still dagesessen hatte, um sich von ihrer Begegnung mit Lucian zu erholen, schaute sie auf den hölzernen Schreibkasten auf ihrem Schoß herab. Das Essen, das sie sich in der Küche geholt hatte, war verschwunden, vermutlich auf ihrer hastigen Flucht gefallen, und Annie war trotz ihrer inneren Erregung hungrig.

Seufzend strich sie mit der Hand über die Kassette aus glänzendem Kirschbaumholz. Der Deckel war leicht abgeschrägt, so daß er eine Oberfläche zum Schreiben bot, und es war sogar ein kleines Tintenfaß an einer Seite eingelassen, zusammen mit einem Gefäß für Stifte und Federn. Das Innere des Kastens enthielt eine Auswahl an Schreibpapier und einige wenige Schweizer Briefmarken, die nutzlos in Bavia sein würden.

Annie lächelte. Der Schreibkasten war ein Weihnachtsgeschenk ihrer jüngeren Schwestern gewesen – sie hatten ihn in einem Lädchen in Paris gefunden, ganz allein, wie sie behaupteten, ohne Hilfe ihrer Mutter oder ihrer Gouvernante. Diese letztere Behauptung war sicherlich eine Übertreibung, da Gabriella, Melissande, Elisabeth und Christina niemals die Erlaubnis erhalten hätten, allein zu einem Einkaufsbummel aufzubrechen. Patrick und Charlotte Trevarren waren keine strengen Eltern im konventionellen Sinne, aber sie liebten ihre Kinder und bemühten sich, sie vor Unheil zu bewahren.

Schon etwas ruhiger beim Gedanken an ihre Familie, nahm Annie ein Fläschchen blaue Tinte heraus, ihre liebste Feder und mehrere Seiten Papier. Sie hatte gerade das Datum geschrieben und die Worte »St. James, Bavia«, gefolgt von der Anschrift »Liebste Mama, liebster Papa und liebe Schwestern«, als ihre Inspiration sie auch schon verließ.

Ein Rascheln hinter einer nahen Hecke ließ sie zusammenfahren. Einer weiteren Begegnung mit Lucian war sie jetzt nicht gewachsen, und sie wollte Phaedra nicht sehen – ja, nicht einmal Rafael.

Aufatmend vor Erleichterung erkannte Annie jedoch Chandler Haslett, der sie freundlich anlächelte. Es war etwas herzerfrischend *Normales* an diesem Mann, und er schien auch ein aufrichtiger, ausgeglichener Mensch zu sein.

Annie fragte sich, während sie sein Lächeln erwiderte, welche angeborenen Charakterfehler sie dazu veranlaßt haben mochten, sich in einen so komplizierten Mann wie Rafael zu verlieben. Wieviel einfacher es doch gewesen wäre, wenn sie ihr Herz jemandem geschenkt hätte, der ihre Zuneigung zu schätzen wissen und sie erwidern würde.

»Ich hoffe, ich störe nicht«, sagte Haslett und blieb zögernd am Rand der Hecke stehen. Annie bemerkte, daß er ein kleines Bündel bei sich trug, irgend etwas, das in eine karierte Serviette eingewickelt war. Obwohl seine Augen unverändert lächelten, stieß er einen tiefempfundenen Seufzer aus. »Rafael sollte mit seinen Gärtnern sprechen. Dieser Teil des Gartens erinnert mich an einen Dschungel, den ich einst erforscht habe. Ich wäre gar nicht überrascht, wenn ich auch hier plötzlich auf einen Tiger stieße oder auf eine Horde kreischender Affen!«

Annie lachte und rückte beiseite, um Haslett Platz zu machen. Dankbar ließ er sich neben ihr nieder, schaute sie freundlich an und überreichte ihr das kleine Bündel.

»Ich sah Sie vor einer Weile durch den Garten hasten und Brot und Käse verlieren«, gestand Haslett auf ihre unausgesprochene Frage hin. »Es war offensichtlich, daß Sie wütend waren, und ich dachte, hungrig wären Sie vielleicht auch.«

Die Güte des Mannes vernichtete Annie, wie nichts anderes es vermocht hätte. Sie begann leise zu schluchzen, während sie die Serviette aufknotete. »Sie sind sehr freundlich, Mr. Haslett«, sagte sie erstickt.

»Bitte nennen Sie mich Chandler«, forderte er sie lächelnd auf. »Wir sind doch Freunde jetzt, nicht wahr?« Sein Ton war sanft und ein bißchen schroff, und Annie hätte sich am liebsten an seine Brust geworfen, um sich in seinen Armen auszuweinen – wie sie es bei ihrem Vater getan hätte, wenn er in der Nähe gewesen wäre.

Mit eiserner Willensanstrengung beherrschte sie sich jedoch. »Danke«, sagte sie, und obwohl es ihren Worten an Nachdruck fehlte, wußte sie, daß Chandler sie gehört hatte.

Nachdem sie den Schreibkasten beiseite gestellt hatte, biß sie in ein Stück Käse. Ihr Begleiter wartete geduldig, bis sie einen Apfel verzehrt hatte, ein großes Stück Brot und den letzten Krümel von dem Käse.

»So«, sagte er dann und nahm ihre Hand, »wollen Sie sich mir nicht anvertrauen? Ich kann Ihnen versichern, daß ich vertrauenswürdig bin, und Sie können auch auf mein Verständnis zählen.«

»Ich fürchte, daß ich nicht bis zur Hochzeit in Bavia bleiben kann, Mr. Hasl ... Chandler«, gestand sie unglücklich, während sie Brot- und Käsekrümel von ihrem Rock abklopfte.

Chandler wirkte aufrichtig besorgt. »Ich bin sicher, daß die Prinzessin dann ebenso enttäuscht sein wird wie ich«, erwiderte er. »Ist irgend etwas vorgefallen, was Sie beleidigt hat?«

Beleidigt. Annie überlegte sich die Antwort lange und faltete sorgfältig die Serviette, bevor sie sie Chandler zurückgab.

»Nein, das nicht«, antwortete sie schließlich. Es wäre nicht fair gewesen, die wunderschöne Episode mit Rafael als Beleidigung zu bezeichnen, wie töricht sie auch gewesen sein mochte. Und sie war auch nicht bereit, Chandler zu erzählen, was Lucian in der Küche zu ihr gesagt hatte, weil sie wußte, daß Familien wie die wilden Brombeerbüsche waren, die um Puget Sound wuchsen – die Wurzeln gingen tief, sogar in harter Erde, und die dornigen Zweige waren stets verwoben.

»Es muß etwas geschehen sein«, beharrte Chandler und nahm ihre Hand. »Hat es mit Rafael zu tun?«

Annies philosophische Stimmung schlug um, und heiße Röte stieg in ihren Wangen auf. Sie hatte vergessen, daß praktisch jeder in St. James über ihren Sündenfall vom Tag zuvor Bescheid wußte. Vermutlich wäre sie jetzt aufgesprungen, um zu fliehen, wenn Chandler nicht ihr Kinn umfaßt und sie gezwungen hätte, ihn anzusehen.

»Ich liebe Rafael«, brach es aus ihr heraus, bevor sie es verhindern konnte. »Ich *liebe* ihn.«

Chandler ließ langsam die Hand sinken. »Aha«, sagte er. »Und wie lange empfinden Sie schon so?«

Annie kämpfte gegen ein frisches Aufwallen ihrer Tränen an. Du liebe Güte – sie hatte nicht mehr so viel geweint seit ihren einsamen Nächten in St. Apasia, als sie geglaubt hatte, ihre Eltern hätten beschlossen, sich für immer von ihr zu befreien!

»Seit ich zwölf war«, sagte sie, und obwohl sie sich bemühte, tapfer zu klingen, zitterte ihre Stimme. »Papa und Mama waren schon lange mit Rafael befreundet, obwohl ich gestehen muß, daß sie seinem Vater erheblich weniger Sympathie entgegenbrachten, und das mit gutem Grund, scheint mir. Rafael kam oft in unser Haus in Frankreich, manchmal mit seinem Vater, manchmal allein. Ich hatte ihn schon als Kind verehrt, aber die Gefühle vertieften sich in jenem Jahr, als ich zwölf war, und sind heute etwas, was ich nie wieder ändern könnte.«

»Sie befanden sich damals an der Schwelle Ihrer Weiblichkeit«, bemerkte Chandler nachdenklich. Bei einem anderen Mann wäre die Bemerkung vielleicht unschicklich gewesen, aber Annie wußte, daß sie aus seinem Munde harmlos war. Und wahr.

»Ja.«

Er lächelte liebevoll. »Es muß wunderbar gewesen sein, sich auf diese Weise zu verlieben.«

Annie biß sich auf die Lippen und schüttelte den Kopf. »Nein, das war es überhaupt nicht«, entgegnete sie traurig. »Es war schrecklich. Rafael hatte Lady Georgiana mitgebracht, und auf einer Bank unter unserem Pfefferbaum bat er sie um ihre Hand. Sie waren einander schon als Kinder versprochen worden, so daß es sich bei dem Antrag eigentlich nur um eine Formalität handelte, aber es war trotzdem ein furchtbarer Schock für mich.«

Chandler nahm ihre Hand und drückte sie verständnisvoll; seine Miene jedoch drückte eher gutmütige Belustigung aus. »Arme Annie. Sie haben die beiden belauscht?«

Annie lachte plötzlich, was sie selbst ebenso sehr überraschte wie Chandler, weil ihr nämlich gleichzeitig wieder die Tränen kamen. »O ja«, erwiderte sie. »Ich saß oben im Baum und fiel heraus, bevor Georgiana ja oder nein erwidern konnte. In einem Haufen von Krinolinen und Selbstmitleid landete ich vor ihren Füßen.«

Auch Chandler lachte jetzt, aber er gab Annie die Serviette zurück, die sie eben noch so sorgfältig gefaltet hatte. »Haben Sie sich weh getan dabei?«

Sie tupfte ihre Augen ab, holte tief Atem und wandte ihrem neuen Freund lächelnd das Gesicht zu. »Und ob. Mein Stolz war verletzt und mein Herz in tausend Teile zersprungen.«

Er zog eine Augenbraue hoch und musterte Annie mit

Wärme und Humor. »Aber Ihre Knochen waren noch intakt?«

»Jeder einzelne.«

»Ahnte Rafael, daß er Ihr Herz gebrochen hatte?«

Annie schüttelte den Kopf. »Ich glaube nicht. Aber Georgiana wußte es. Ich werde nie vergessen, wie lieb sie war, wie sanft. Mama und Papa waren an jenem Nachmittag nicht da, und deshalb war es Lady Georgiana, die meine Abschürfungen und Prellungen versorgte und mir sagte, daß ich eines Tages einen eigenen Geliebten finden würde.«

Chandler seufzte. »Ah, Georgiana. Sie war eine bemerkenswerte Frau und ein feiner Mensch – viel zu fein für diese Welt, glaube ich. Es war allerdings sehr ermutigend, eine Liebesehe in unseren Kreisen zu erleben.«

Es war die perfekte Gelegenheit, ein gewisses Thema anzuschneiden, und Annie hatte nicht vor, sie ungenutzt vergehen zu lassen. »Sind sie denn so ungewöhnlich? Liebesehen, meine ich?«

Der Blick in Chandlers braunen Augen verriet Annie, noch bevor er sprach, daß sie nicht subtil genug gewesen war. Er lächelte wieder, aber seinem Ausdruck haftete auch eine gewisse Trauer an. »Möchten Sie wissen, Annie, ob ich verliebt in Prinzessin Phaedra bin?«

Annie straffte die Schultern. »Ja, das würde ich gern wissen. Sind Sie verliebt in Phaedra?«

Er rieb sich mit einer Hand die Augen und seufzte. »Und was gibt Ihnen das Recht, eine derart persönliche Frage zu stellen?« fragte er, doch mehr neugierig als ärgerlich.

»Phaedra ist meine beste Freundin. Wir haben keine Geheimnisse voreinander.« *Das ist nicht wahr,* flüsterte ihr eine innere Stimme zu. *Du hast Phaedra nicht erzählt, was zwischen dir und Rafael vorgefallen ist, und auch sie hält etwas vor dir verborgen. Das hast du gestern abend in ihrem Blick gesehen, nicht wahr?*

»Ich verstehe, und vielleicht ist es nur fair – nachdem Sie mir von Ihrem Sturz vom Pfefferbaum erzählt haben –, daß ich Ihnen reinen Wein einschenke. Nein, Miss Trevarren, ich liebe Phaedra nicht so, wie Sie meinen. Ich hatte bisher weder die Zeit noch die Gelegenheit, ein derartiges Gefühl für sie zu entwickeln.«

Annie war enttäuscht. »Aber so wie Sie sie angesehen haben, als Sie aus der Kutsche stiegen – wie Sie ihr die Hand geküßt haben …«

Chandler lachte und fuhr sich mit gespreizten Fingern durch das Haar. »Ach, Annie, wie romantisch Sie doch sind! Ja, mein Gesichtsausdruck war vermutlich wirklich liebevoll, als ich Phaedra erblickte – sie ist schließlich eine atemberaubend schöne junge Frau. Und da unsere Familien seit Jahrhunderten miteinander verschwägert sind …«

»Das war alles?« rief Annie und sprang auf.

Auch Chandler erhob sich und erwiderte ihren empörten Blick. »Nein«, sagte er. »Als ich Phaedra sah, begriff ich, daß wir eines Tages, mit viel gutem Willen und Anstrengung beiderseits, einander lieben könnten. Und diese Erkenntnis stimmte mich tatsächlich glücklich.«

Annie setzte zu einer Erwiderung an, sah dann jedoch ein, daß sie nichts Vernünftiges zu sagen hatte.

Chandler legte die Hände auf ihre Schultern, wie ein Bruder es jetzt vielleicht getan hätte. »Es ist kein Wunder, daß Sie solch romantische Vorstellungen von Liebe haben«, meinte er rauh. »Sie sind schließlich noch ein junges Mädchen und waren sehr behütet – woher sollten Sie schon wissen, daß eine solch wundervolle Leidenschaft sehr selten ist? Und was für ein Schuft ich bin, Ihnen mit der traurigen Wahrheit die Illusion geraubt zu haben!« Er holte tief Atem und ließ ihn in einem schweren Seufzer aus. »Annie, meine Schöne – die meisten von uns finden *niemals* eine solche Art von Liebe. Wir müssen uns mit den geringeren Gefühlen zufriedengeben, die irgendwann vielleicht zu einem stillen Glück erblühen.«

Als er schwieg, schob Annie in einer trotzigen Geste das Kinn vor. »Wie froh ich bin«, sagte sie, »daß ich nicht Sie bin.«

Er ließ seine Hände sinken. »Möge Gott uns beistehen«,

murmelte er. »Sie wollen mir damit sagen, daß Sie diese Art von Leidenschaft für Rafael empfinden, nicht?«

Annie nickte. »Ich glaube, das sagte ich Ihnen schon ganz zu Anfang. Und falls Sie nicht das gleiche für Phaedra empfinden – oder sie für Sie –, sollte keine Hochzeit stattfinden. Noch nicht.«

Chandler wandte sich in sichtlicher Verwirrung von ihr ab und fuhr sich in einer nervösen Geste mit der Hand durchs Haar, bevor er Annie wieder anschaute. »Vergessen Sie Phaedra und mich für den Moment«, sagte er. »*Sie*, Annie dürfen sich nicht erlauben, Rafael St. James solch tiefe Gefühle entgegenzubringen!« Als sie protestieren wollte, hob er beschwichtigend die Hände. »Nein, nein, das soll nicht heißen, daß er kein guter Mensch ist – er ist einer der besten, die ich kenne. Aber Rafael ist zum Untergang verdammt, genau wie diese verfallende alte Burg hier und dieses verdammte Land. Wenn Sie ihm Ihr Herz schenken, wird er es vermutlich mit ins Grab nehmen.«

Annie trat einen Schritt zurück und schloß gequält die Augen. »Dann soll es halt so sein«, entschied sie.

»Großer Gott«, murmelte Chandler und erblaßte. »Das kann nicht Ihr Ernst sein, Annie. Sie sind so jung, so schön – Sie wurden geboren, um zu heiraten, um irgendeinen glücklichen Narren verrückt zu machen vor Ärger und vor Verlangen, um Kinder in die Welt zu setzen und Träume zu verwirklichen ...« Er verstummte und betrachtete sie mit stiller Verzweiflung. »Fliehen Sie, Annie – verlassen Sie diesen Ort und nehmen Sie Ihr süßes, törichtes kleines Herz mit!«

Die gleiche Entscheidung hatte Annie eine Stunde zuvor schon selbst getroffen, doch als sie jetzt in diesem üppigen, verwilderten Garten stand, wußte sie, daß sie St. James niemals freiwillig verlassen würde, weder vor noch nach Phaedras Hochzeit, und wenn überhaupt, dann nur mit Rafael an ihrer Seite. Langsam schüttelte sie den Kopf.

»Ich bleibe«, sagte sie und wußte, daß sie damit gerade den geheiligtsten Schwur ihres Lebens abgegeben hatte.

Chandler seufzte und ließ sie nach einem gemurmelten

Abschiedsgruß allein. Annie sah ihm nach – sie nahm es ihm nicht übel, daß er die Weisheit ihrer Entscheidung anzweifelte, denn alles, was er geltend machte über Rafael, war durchaus vernünftig. Und doch wußte Annie vom Mitansehen der lebenslangen Romanze zwischen ihren Eltern, daß Liebe nicht unbedingt auf Vernunft beruhte.

Rafael hatte die Szene im Garten von einem Fenster aus beobachtet und war nicht erfreut. Was zum Teufel hatten diese beiden dort zu bereden, in einem so abgelegenen Teil des Gartens? Was dachte Haslett sich dabei, Annie zu berühren, sie derart zärtlich zu umsorgen, als wäre sie und nicht Phaedra seine Braut? Und dann war da noch die beunruhigendste Frage überhaupt – was mochte ihre Begegnung so urplötzlich beendet haben?

Denn das hatte er noch als erheblich eigenartiger empfunden als ihre ernste Unterhaltung und die Berührungen.

Wütend auf Chandler, auf Annie und vor allem auf sich selbst, wandte Rafael sich vom Fenster ab und ging über den Korridor auf eine der hinteren Treppen zu. Er war ein Narr gewesen, Annie zu folgen, als sie am Tag zuvor ausgeritten war, und ein größerer noch, sie zu küssen und in die Freuden der Liebe einzuweihen. Denn nun – weil er sich so edelmütig von ihr abgewandt hatte, ohne sich die Befriedigung zu nehmen, die sie ihm so bereitwillig geschenkt hätte – war er wie besessen von der Göre. Er hatte fast seinen eigenen Bruder erdrosselt, und nun spionierte er wie ein altes Weib den Leuten aus den Fenstern nach und glaubte, Intrigen und Verrat zu sehen.

Fluchend stürmte Rafael die uralten, ausgetretenen Stufen hinunter und schlenderte in den vernachlässigten Garten. Annie war nicht mehr da, nur Pan mit seiner verwitterten Flöte und seinem kecken Lächeln blieb.

Rafael bedachte die Statue mit einem Stirnrunzeln und kehrte in die Burg zurück, mit der vollen Absicht, seine Emotionen unter Kontrolle zu bringen und sich auf den drohenden Niedergang seines geliebten Landes einzustellen. Durch einen ironischen Zufall begegnete er jedoch Chandler, der mit hängenden Schultern im Korridor an der Wand lehnte.

»Du!« knurrte er, als er Rafael erblickte und runzelte die Stirn, als stünde der Teufel selbst vor ihm.

Rafael nickte nur. Obwohl er insgeheim belustigt war, hätte er seinen alten Freund am liebsten windelweich geschlagen, weil er es gewagt hatte, Annie Trevarren zu berühren.

Chandler straffte die Schultern, zupfte an seinen Rockärmeln – er war ein unverbesserlicher Dandy – und erwiderte dann Rafaels ärgerlichen Blick. »Du mußt das Mädchen fortschicken«, sagte Chandler hart. »Sofort.«

Ein giftiges, gehässiges Gefühl beschlich Rafael, etwas so Häßliches, wie er es noch nie zuvor empfunden hatte. »So?« erkundigte er sich ruhig. »Warum willst du das? Weil die Dame eine Versuchung für dich darstellt?«

Blut schoß in Chandlers Nacken und pochte an seinem Kinn, das hart vor Zorn geworden war. Unwillkürlich ballte er die Fäuste, und aus seinen Augen sprühte etwas, was Rafael für gerechte Empörung hielt. »Eine *Versuchung*, Rafael?« konterte er. »Willst du damit sagen, daß ich das Vertrauen deiner Schwester enttäuschen würde? Daß ich *dich* hintergehen würde – meinen Cousin und langjährigen Freund?«

Rafael spürte, wie Galle in seiner Kehle aufstieg und alles in ihm danach drängte, mit diesem geschätzten Verbündeten zu kämpfen, während er gleichzeitig an seinem eigenen Verstand zweifelte. Er versuchte, etwas zu sagen, aber kein Wort kam über seine Lippen.

Chandler entspannte sich ein wenig und legte seinem Freund eine Hand auf die Schulter. »Es ist nicht der geeignete Moment für Auseinandersetzungen, Rafael«, sagte er begütigend. »Du müßtest wissen, daß ich ein Mann bin, der zu seinem Wort steht, selbst wenn deine Sorgen dich drängen, etwas anderes zu glauben.«

Nun war es Rafael, der sich an die Wand lehnte und um

Beherrschung kämpfte. »Worüber hast du mit Annie gesprochen, dort im Garten?« fragte er schließlich rauh. »Und warum hast du sie angefaßt?«

Chandler lachte, aber es klang bitter und hohl. »Aha, daher also dein Mißtrauen! Du hast mich mit Annie gesehen?«

Rafael nickte. All seine frühere Spannung stellte sich wieder ein; es erforderte seine ganze Willenskraft, sich nicht auf Chandler zu stürzen und ihm eine Erklärung abzuringen.

»Annie sagte mir, daß sie dich liebt«, erwiderte Chandler erbarmungslos.

»Nein«, murmelte Rafael. Es hätte weniger geschmerzt, wenn Chandler ihn mit einem Schwert durchbohrt oder mit einer jener stacheligen Keulen bearbeitet hätte, die im Verlies verrotteten. »Lieber Himmel, nein! Annie ist doch kaum dem Schulalter entwachsen. Sie *glaubt* nur, etwas für mich zu empfinden ...«

Chandler schüttelte den Kopf. »Nein, Rafael«, sagte er ernst. »Du irrst dich. Annie Trevarren ist sich durchaus im klaren über ihre Gefühle, dessen bin ich mir ganz sicher. Im übrigen, falls die Gerüchte stimmen, die seit gestern in der Burg umgehen, hast du der jungen Dame Grund genug gegeben – du Schuft – anzunehmen, daß ihre Gefühle erwidert werden.« Er schwieg einen Moment, bevor er weiterredete. »Verdammt, Rafael, du kannst dieses entzückende Wesen nicht im Ungewissen lassen. Entweder behandelst du sie ehrenhaft, oder du schickst sie nach Hause, solange noch Zeit ist, ihr einen schlechten Ruf und ein verpatztes Leben zu ersparen!«

Rafael schwieg, weil er nichts darauf zu erwidern wußte. Was Chandler sagte, war nur zu wahr, und seine Worte trafen einen Nerv in ihm.

Er, Rafael, hätte wissen müssen, was Annie dachte und empfand, so wie sie sich ihm am Tag zuvor hingegeben hatte, so wie sie sich seinen Händen, seinem Mund entgegengedrängt hatte ... Ja, er hätte es wissen müssen, aber er hatte es nicht erkannt – wirklich nicht. Er hatte Liebe erfahren, reine, wahre Liebe, von seiner geliebten und verlorenen Georgiana, und kein Mensch konnte zweimal in einem Leben ein solches Glück erhoffen. Ganz sicher nicht er, Rafael St. James, der Bastard einer Zigeunerin und betrügerische Prinz.

»*Schick sie fort*«, beharrte Chandler, als das Schweigen sich vertiefte.

Rafael ging an seinem Freund vorbei, so benommen, daß er stolperte, geblendet von der Vision eines weichen, nachgiebigen jungen Körpers, der sich in hemmungsloser Leidenschaft auf dem Bett in dem kleinen Haus am See wand. Was hatte er getan? Was, in Gottes Namen, hatte er bloß angestellt?

Annie traf Rafael eine Stunde vor Einbruch der Nacht in der Kapelle, wo er lang ausgestreckt bäuchlings auf der ersten Bank lag, reglos, als ob er tot wäre. Er hätte ein büßender Heiliger sein können, wenn er nicht so aufdringlich nach Whisky gerochen hätte.

Annie schaute nervös zum Altar hinüber. »Er steht sehr unter Druck«, wisperte sie entschuldigend. »Und es würde nicht schaden, wenn *Du* ihm ein bißchen unter die Arme greifen würdest.«

Der Prinz bewegte sich jetzt und stöhnte. Annie hoffte, daß er sich nicht mitten in der Kapelle übergeben würde nach seinem zügellosen Trinken. Rafael hatte Probleme genug, schien ihr, ohne die Sandalen des Herrn mit Erbrochenem zu beschmutzen.

Zaghaft berührte sie seine Schulter.

»Geh weg«, stöhnte er.

Annie holte einen tiefen Atemzug. »Ich denke nicht daran, Rafael St. James, solange du nicht mitgehst.« Sie weigerte sich nicht nur, die Kapelle zu verlassen, sondern wollte ihm auch damit zu verstehen geben, daß sie vorhatte, in Bavia und auf der Burg zu bleiben.

»Rafael«, beharrte sie flüsternd, als er sich nicht rührte.

»Setz dich hin. Ich glaube, du begehst eine Gotteslästerung oder so etwas.«

Er lachte, leise und zutiefst verzweifelt, und rollte sich auf den Rücken. »Ah«, sagte er mit einem schiefen Grinsen. »Ein Engel. Dann muß ich tot sein.«

»Du bist noch sehr lebendig«, erklärte Annie, packte ihn an den Oberarmen und zog ihn hoch. »Und das ist gut, denn im Augenblick befindest du dich ganz bestimmt in Ungnade.«

»In Ungnade«, wiederholte Rafael einfältig.

Annie hatte schon ihren Teil an Betrunkenen gesehen in den Häfen, zu denen sie auf dem elterlichen Schiff gesegelt war, obwohl ihre Eltern stets ihr Bestes getan hatten, um sie vor dem Anblick zu bewahren, und Annie wußte einen erfahrenen Trinker zu erkennen, wenn sie einen sah. Rafael St. James war ganz eindeutig ein Amateur.

»Steh auf«, befahl sie, »bevor dich der Blitz trifft oder so etwas. Obwohl du es natürlich verdient hättest ...«

»Hat dir noch nie jemand gesagt«, fragte Rafael mit schleppender Zunge, »wie töricht es ist, einen Betrunkenen zu bewegen? Es wird ihnen dabei nämlich nur noch übler.«

»Ich weiß«, stimmte Annie zu und keuchte vor Anstrengung, als es ihr endlich gelang, Rafael von der Bank zu ziehen. »Und sobald wir aus dieser Kapelle sind, bist du allein!«

Er warf den Kopf zurück und lachte. »Du glaubst tatsächlich, daß mich die Strafe Gottes treffen könnte!«

Annie ging zur Tür mit nur sehr wenig Unterstützung Rafaels, der sich schwer auf ihre Schulter lehnte. »Es ist immerhin möglich«, bestätigte sie. »Ich möchte kein Risiko eingehen.«

Sie durchquerten den langen Gang und erreichten die Tür zum Hof, der jetzt nur vom Mondschein und einigen wenigen Fackeln an den Burgmauern erhellt war.

»Ich habe etwas zu beichten«, sagte Rafael.

»Das hättest du dir dort überlegen sollen«, erwiderte Annie, indem sie mit einer Kopfbewegung auf die Kapelle deutete. Sie näherten sich jetzt einer Steinbank, gleich neben dem Brunnen, und Annies Kraft schwand. *Nur noch ein paar Schritte,* ermahnte sie sich.

Rafael sog tief die frische Luft ein und bekam prompt Schluckauf. »Meine Beichte …« beharrte er.

Sie näherten sich immer mehr ihrem Ziel. Annie konzentrierte sich darauf und sagte nichts.

»Ich habe dich benutzt, Annie.«

»Ich weiß«, erwiderte sie. Dann, mit fast übermenschlicher Anstrengung, stieß sie Rafael St. James, Prinz von Bavia, in den kleinen Teich hinter dem Hofbrunnen.

Wasser spritzte nach allen Seiten auf, und dann tauchte er prustend und fluchend wieder auf. Er war wütend, aber wenigstens schon wieder halbwegs nüchtern.

»Du hattest recht eben«, bemerkte Annie freundlich. »Man sollte einen Betrunkenen nie bewegen.« Sie begann rasch auf den Eingang zur Burg zuzugehen, aber Rafael holte sie mit wenigen Schritten ein und drehte sie an den Schultern zu sich herum.

Vor einem anderen Mann in einem derart aufgebrachten Zustand hätte Annie sich vielleicht gefürchtet, aber dieser hier war Rafael, ein Prinz, sowohl in seinem Herzen als auch für die Welt. Einen endlos langen Moment starrte er nur wütend auf ihr Gesicht herab, keuchend und von Kopf bis Fuß durchnäßt. Als er sprach, klang es jedoch weder ärgerlich noch grimmig, sondern fast wie ein Schluchzen.

»Du darfst mich nicht lieben«, flehte er. »Ich bin der falsche Mann.«

Annie berührte sein Gesicht. »Du bestimmst nicht über meine Gefühle, Rafael«, erwiderte sie sanft. »Und glaub mir – wenn ich eine andere Wahl gehabt hätte, hätte ich mein Herz bestimmt nicht ausgerechnet an dich verloren.«

Rafael zog seine Hand von ihrer Wange zurück, aber nur, um Annies Handfläche zu küssen. »Und wer wäre der Glückliche gewesen?« fragte er.

Annie hob das Kinn. »Nicht du.« Sie begann sich zu entfernen, aber er hielt noch immer ihre Hand fest und zog

Annie so fest an sich, daß sie seine Nässe durch ihre Kleider spürte.

»Wer dann?«

Annie überlegte rasch. »Jemand, der anständig und mutig ist – wie Chandler Haslett oder Edmund Barrett. Wenn *sie* eine Frau verführt hätten, wüßten sie, was sie zu tun hätten.«

Rafaels Gesichtszüge verhärteten sich, um sich gleich darauf wieder zu entspannen. »Willst du damit sagen, ich hätte dich verführt?« fragte er.

»Wie würdest du es nennen?« versetzte Annie. »Du hast mich vielleicht nicht … nun ja, *entjungfert*, aber dir eine Menge Freiheiten herausgenommen. Und jetzt ist mein Ruf natürlich ruiniert.«

Mit einer ärgerlichen, abrupten Bewegung seiner Hand strich Rafael sein nasses Haar zurück. Annie nutzte die Gelegenheit, um sich abzuwenden, doch obwohl er nicht versuchte, sie zurückzuhalten, blieb er dicht an ihrer Seite.

Sie hatten schon halbwegs die Halle durchquert, die zum Glück leer war, als er endlich seine Stimme wiederfand. »Was erwartest du von mir?« erkundigte er sich rauh.

Annie warf ihm aus dem Augenwinkel einen Blick zu und nahm ihren ganzen Mut zusammen. »Ich möchte, daß du mich heiratest.«

»*Was*?«

Annie seufzte. »Um ganz ehrlich zu sein, muß ich zugeben, daß mir alles, was du mit mir gemacht hast, sehr gefallen hat und ich es gern wieder tun möchte – als deine Frau.«

»Annie!«

Rafael klang so schockiert, daß sie lächelte. »Wenn du mich nicht heiratest, habe ich keine andere Wahl, als dich zu verführen. Eure Tugend ist bei mir nicht sicher, Sir.«

Auf diese Worte hin trat Rafael vor Annie und verstellte ihr den Weg. »Großer Gott, Frau – ist dir eigentlich klar, was du da sagst?«

»Natürlich«, erwiderte Annie ruhig. »Du bist der einzige

Mann, den ich je geliebt habe, und vermutlich auch der einzige, den ich je lieben *werde*. Und deshalb muß ich – falls du darauf bestehst, in Bavia zu bleiben und dich umbringen zu lassen – die Zeit ausnutzen, meinst du nicht?« Mit diesen Worten schob sie sich an Rafael vorbei und ließ ihn, tropfnaß und zutiefst verblüfft, mitten in der großen Halle stehen.

7

Annie war bereits im ersten Stock verschwunden, als Rafael endlich wieder genug Gewalt über sich gewann, um sich zu bewegen.

Seine Haut war kalt unter den nassen Kleidern, und sein Magen, der die Mengen Alkohol, die er ihm an diesem Abend zugemutet hatte, nicht vertrug, revoltierte. Trotz allem jedoch beherrschte ihn eine fast schmerzhafte körperliche Erregung, die noch viel qualvoller war als sein Unwohlsein.

All die skandalösen Dinge, die Annie ihm gesagt hatte, hatten diese Erregung provoziert. Sie begehrte ihn, das hatte sie ihm klipp und klar gesagt, und war auch noch so dreist gewesen, ihn dabei offen anzusehen.

Diese Amerikaner. Nicht einmal Georgiana war jemals so kühn gewesen, und sie war eine sehr leidenschaftliche Frau gewesen.

In der Hoffnung, niemandem zu begegnen, begab Rafael sich zu seinem Zimmer. Eine knappe Woche zuvor noch hätte er jetzt zumindest einen Teil seiner Qualen gelindert, indem er nach einer Frau geschickt hätte, aber das war jetzt leider nicht mehr möglich. Obwohl er nicht die geringste Absicht hatte, die kleine Trevarren zu heiraten, gehörte er ihr, so unwiederbringlich wie er einst Georgiana angehört hatte.

Als er an Annies Zimmer vorbeikam – es lag in einiger Entfernung von seinem eigenen, und er mußte einen Umweg machen, um daran vorbeizukommen – verspürte Rafael den Impuls, anzuklopfen, hineinzugehen und sich in Annies üppigem, warmem Körper zu verlieren ...

Sein Ehrgefühl verbot es ihm jedoch, ganz abgesehen davon, daß ihm schon wieder schlecht wurde.

In seinen eigenen Zimmern brannte ein Feuer, und die Decke des mächtigen, einsamen Betts war bereits zurückgeschlagen. Rafael streifte seine nassen Sachen ab und blieb eine Weile nackt vor dem Feuer stehen, um sich aufzuwärmen. Sein Magen hatte sich beruhigt, aber die Erregung war geblieben und ließ ihm auch jetzt noch keine Ruhe.

Er war unglücklich, er brauchte Annie und wußte doch, daß er sie nicht nehmen konnte, ohne sich später dafür zu verachten.

Irgendwann löschte er die Lampen und ging ins Bett, wo er lange zur dunklen Zimmerdecke hochstarrte und versuchte, an Georgiana zu denken. Zu seinem Entsetzen stellte er jedoch fest, daß er sich nicht mehr genau an ihr Gesicht erinnern konnte, und einen schrecklichen Moment lang erfüllte die Erkenntnis ihn mit Scham und Panik. Als es ihm endlich gelang, sich die zarten Gesichtszüge seiner verstorbenen Frau ins Gedächtnis zu rufen, verblaßten sie sehr schnell, um dann vollkommen zu verschwinden, und es war Annies Gesicht, das er vor seinem inneren Auge sah.

Tränen stiegen in seinen Augen auf. »Georgiana«, flüsterte er, um sie zurückzubringen, damit sie nicht seine Erinnerung verließ, seine Träume und sein Herz.

Doch selbst während er noch versuchte, es zu erzwingen, wußte er schon, daß es sinnlos war, denn Georgiana war für immer von ihm gegangen und mit ihr das Kind, das sie zum Zeitpunkt ihres Todes unter dem Herzen getragen hatte. Rafael war nicht mehr gefühllos und betäubt, dank Annie Trevarren, und es wäre nutzlos gewesen, sich weiterhin vorzumachen, seine Frau befände sich nur auf einer kleinen Reise, in Paris, London oder irgendwo bei Freunden.

Georgiana würde nie wieder zurückkehren.

Zum ersten Mal seit den Nächten nach ihrem Tod, in denen der gesamte Brandy Europas nicht ausgereicht hatte, um Rafaels Schmerz zu betäuben, weinte er um Georgiana und um den Teil seiner selbst, der mit ihr zu Grabe gegangen war. Es war eine neue, tiefere Phase seiner Trauer, ein Gram, von dem er bisher nicht gewußt hatte, daß er ihn empfand. Sein Leid hüllte ihn ein, bedrohte ihn wie ein dunkler Engel, und er kämpfte die ganze Nacht dagegen an. Es erschütterte ihn immer wieder von neuem, besiegte ihn Hunderte von Malen. Seine Seele war zerrüttet, und es gab Momente, in denen er glaubte, vor Schmerz den Verstand zu verlieren, doch trotz all dieser Höllenqualen ging er aus der Erfahrung gereinigt und gestärkt hervor.

Beim ersten Licht des Morgens war er ein neuer Mensch; er hatte sich den Drachen gestellt, die in seiner Seele lauerten, und mit ihnen gekämpft, und obwohl er schwer verwundet aus dem Kampf hervorgegangen war, hatte er ihn überlebt.

In gewisser Weise hatte Rafael sich aus Georgianas Grab befreit und war ans Licht des Tags zurückgekrochen. Aus unfaßbarer Agonie war neuer Lebenswille entstanden.

Irgendwann stand Rafael auf, wusch seinen schmerzenden, verschwitzten Körper und legte frische Kleider an. Dann, nach dem Frühstück in der Küche, sehr zum Erstaunen der Köchin und der Mägde, ging er in die Ställe und sattelte sein Lieblingspferd.

Georgianas Grab lag auf einem Hügel zwischen anderen Gräbern der St. James, von einer Eiche beschattet und bewacht von Engelstatuen aus feinstem Marmor. Von diesem geheiligten Ort aus konnte Rafael weit über die Mauern der Burg hinaus bis zur schimmernden See sehen.

Er kniete sich neben den alabasternen Grabstein und legte eine Hand darauf. Er sagte nichts; er hatte von Georgiana Abschied genommen und ihren Tod akzeptiert. Sein Besuch an diesem strahlend schönen Morgen war ein Tribut an ihre gemeinsame Vergangenheit und ein Versprechen, stark zu sein, denn das hätte sie von ihm verlangt, mehr als alles andere. Es gab noch so vieles zu ertragen, bevor die Strafe aller St. James verbüßt war …

Eine gute Stunde verging, bevor Rafael in die Burg zurückkehrte, sein Pferd einem Stallknecht übergab und in sein Arbeitszimmer ging.

Barrett erschien schon Minuten später, ganz ungewöhnlich nervös und eine Spur verlegen, doch obwohl es Rafael beunruhigte, vergaß er es über seinen anderen Problemen.

»Ich möchte, daß du eine kleine Eskorte zusammenstellst«, verlangte er. »Ich werde aufs Land hinausreiten, um mir selbst ein Bild von der Situation zu machen. Ich hätte es schon viel früher tun sollen.«

Barrett erblaßte und setzte den Becher Kaffee, den er mitgebracht hatte, hart auf Rafaels Schreibtisch ab. »Hast du jetzt vollkommen den Verstand verloren?« herrschte er ihn an. »Dort draußen sind Menschen, die dich töten wollen, *Hoheit*, und ganz bestimmt nicht auf schnelle, schmerzlose Art und Weise!«

Rafael lehnte sich zurück und zog die Augenbrauen hoch. »Bavia ist immer noch mein Land«, gab er ruhig zu bedenken. »Und ich bin immer noch sein Herrscher.«

Sein Freund und Leibwächter beugte sich über den Schreibtisch und funkelte Rafael wütend an. »Ich werde nicht tatenlos zusehen, wie du Selbstmord begehst!« erklärte er barsch.

Rafael seufzte, hob die Feder auf, die er niedergelegt hatte, als Barrett hereinkam, und nahm seine Arbeit an einem der Dokumente, die ein Bote ihm nachts gebracht hatte, wieder auf. »Deine Sorge um meine Sicherheit ehrt dich«, erwiderte er, »aber falls du nicht beabsichtigst, von deinem Posten als Kommandant der königlichen Garde zurückzutreten, wirst du meinen Befehlen gehorchen. Ist das klar?«

Doch so leicht war Barrett nicht einzuschüchtern. »Nein, verdammt, es ist nicht ›klar‹! Du kannst deine verdammten Befehle und deine königliche Garde nehmen und …«

Rafael erwiderte Barretts zornigen Blick. »Was soll ich denn deiner Ansicht nach tun?« fragte er. »Soll ich weglaufen wie ein getretener Hund? Mein Volk im Stich lassen? Du solltest mich nach all dieser Zeit wirklich besser kennen.«

Ein gequälter Zug erschien auf Barretts Gesicht; er wandte sich abrupt ab und kehrte Rafael für einen Moment den Rücken zu, während er seinen inneren Aufruhr zu beherrschen suchte. Als er Rafael wieder ansah, wirkte er ruhiger.

»Ich kenne dich sehr gut, mein Freund«, sagte er. »Aber vorsichtig zu sein ist nicht dasselbe, wie wegzulaufen oder die Menschen im Stich zu lassen, die dir Loyalität bewahrt haben. Ich bitte dich doch nur …«

»Du bittest mich, innerhalb dieser Burg zu bleiben, bis die Rebellen sie einnehmen. Aber da könnte ich mich genausogut in meinen Sarg legen und die Ankunft erwarten, Barrett, siehst du das nicht ein? Ich möchte mir mit eigenen Augen ansehen, wie meine Untertanen leben, will mit eigenen Ohren hören, was sie sagen, anstatt mich auf von Friedlings Berichte zu verlassen.«

»Rafael …«

»Stell die Eskorte zusammen«, unterbrach sein Prinz ihn kalt, »oder gib deinen Posten auf. Eine andere Wahl bleibt dir nicht.«

Barrett nahm seinen Kaffeebecher und schleuderte ihn in den Kamin. Er zerschellte auf den Steinen, und winzige Porzellanteilchen spritzten in alle Richtungen. Die Tür des Arbeitszimmers, so massiv sie auch war, vibrierte in ihren Angeln, als er sie hinter sich zuschlug.

Ruhig nahm Rafael seine Feder auf und setzte seine Arbeit

fort. Doch seine Ruhe währte nicht lange, denn kurz darauf erschien ein zweiter Besucher.

Es war Lucian, der trotz ihrer Auseinandersetzung vom Tag zuvor sein übliches, respektloses Grinsen zeigte. »Ich hörte, daß Barrett sehr schlechte Laune hat«, bemerkte er. »Er ist wohl gegen deinen großartigen Plan, dem Pöbel deine königliche Präsenz aufzuzwingen?«

Rafael runzelte die Stirn. »Hast du schon wieder gelauscht? Das ist eine sehr üble Angewohnheit von dir, Lucian.«

»Es kann sich als lebensrettendes Talent erweisen für einen Zweitgeborenen.« Trotz der frühen Stunde ging Lucian zum Schrank und schenkte sich Alkohol ein. Rafaels noch immer empfindlicher Magen revoltierte. »Barrett hat recht«, fuhr Lucian fort. »Zu diesem kritischen Zeitpunkt die Burg zu verlassen wäre ausgesprochen dumm und selbstmörderisch von dir.«

Rafael gab es auf, arbeiten zu wollen, und verschränkte die Arme. »Ich bin überzeugt, daß du todunglücklich wärst, wenn du mich zu Grabe tragen müßtest«, bemerkte er kühl.

Lucian lachte, spreizte die Finger seiner rechten Hand und drückte sie auf seine Brust. »Ich wäre am Erdboden zerstört.«

Etwas verkrampfte sich in Rafael, aber er hatte seinen Bruder am Tag zuvor schon fast erdrosselt und wollte diesen primitiven Instinkten nicht schon wieder nachgeben. Nach einem tiefen Atemzug schloß er kurz die Augen und sagte: »Ich habe keine Zeit, Lucian. Sag, was du zu sagen hast, und geh.«

In einem spöttischen Toast hob Lucian sein Glas und lächelte. »Ihr könnt mir gratulieren, Euer Hoheit. Ich werde heiraten.«

Trotz der Feindschaft zwischen ihnen war Rafael insgeheim erleichtert. Er wußte, daß Lucian seine Liebe zum Volk von Bavia nicht teilte, und sobald der kleine Wüstling über ein ausreichendes Einkommen verfügte, würde er bestimmt bereit sein, sich mit seiner Braut irgendwo anders niederzulassen. Und er, Rafael, würde ruhiger schlafen, wenn Lucian und Phaedra erst das Land verlassen hatten.

Er senkte den Blick auf das Dokument auf seinem Tisch, um Lucian nicht zu zeigen, daß er sich freute. »Du mußt mich deiner Braut vorstellen«, sagte er wie geistesabwesend. »Bis dahin …«

»Oh, aber du kennst sie bereits«, erwiderte Lucian mit boshafter Befriedigung. »Ich werde *Annie* heiraten.«

Rafael hatte erraten, was Lucian sagen wollte, noch bevor der Name über seine Lippen war, aber es gewußt zu haben verhinderte nicht den bitteren Zorn, der in ihm aufwallte. »Verzeih mir, daß ich das Offensichtliche betone«, sagte er nach unmerklichem Zögern, »aber Miss Trevarren hat bereits deutlich zu verstehen gegeben, daß sie dich nicht leiden kann.«

»Ach, das wird sich ändern«, erwiderte Lucian zuversichtlich. »Ich werde mich für all die *schrecklichen* Dinge, die ich in letzter Zeit gesagt und getan habe, entschuldigen. Und dann zeige ich ihr, daß ich edelmütig genug bin, ihre Ehre, die mein Bruder befleckt hat, wiederherzustellen, indem ich sie zu meiner Frau mache.« Auf ein leises, verächtliches Geräusch von Rafael hin grinste Lucian breit und lehnte sich an den Schreibtisch. »Du glaubst wohl nicht, daß sie darauf eingehen wird? Nun, dann bedenk einmal folgendes, *Hoheit*: Nachdem du in den Händen der Rebellen dein Leben verloren hast, wird die schöne Annie Trost benötigen. Sie wird mir dankbar sein für mein zärtliches Verständnis, und wir beide wissen schließlich – nicht wahr, Rafael? –, wie leicht Dankbarkeit mit Liebe verwechselt werden kann.«

Entsetzliche Bilder erstanden vor Rafael – er sah sein eigenes Grab, nicht auf dem Hügel neben Georgianas, sondern am Rand irgendeines blutbefleckten Schlachtfeldes. Er sah Annie, die um ihn weinte, und Lucian an ihrer Seite, wie ein Geier, der den rechten Augenblick abwartete, wenn sie am verwundbarsten sein würde … Und er wußte auch, daß eine Warnung oder Drohung bei Lucian höchstens bewirken würde, daß er noch mehr Entschlossenheit hinter seinen Plan setzte. Aus diesem Grund schwieg Rafael.

Lucian durchquerte den Raum, füllte ein zweites Glas mit Brandy, kam zurück und stellte das Glas vor Rafael. »Willst du nicht trinken auf mein Glück, Bruder?«

Wie durch ein Wunder gelang es Rafael, sich zu beherrschen, sonst wäre das Glas in hohem Bogen durch den Raum geflogen. »Melde dich innerhalb einer Stunde bei Barrett«, sagte er nur kalt. »Er wird dir ein Pferd und eine Decke für die Reise zuteilen.«

Lucians Lächeln verblaßte. »Was soll das heißen?«

»Daß du soeben eingezogen worden bist«, erwiderte Rafael. »Du bist jetzt Soldat der bavianischen Armee.«

»Du Bastard!« flüsterte Lucian. Er war leichenblaß geworden. »Du verdammter Zigeunerbalg! Das kannst du mir nicht antun!«

»Und ob«, erwiderte Rafael. »Geh jetzt und melde dich bei deinem kommandierenden Offizier, oder ich schwöre dir bei allem, was mir heilig ist, Lucian, daß ich dich einsperren lasse.«

»Du weißt, daß ich kein Soldat bin! Ich könnte sterben ...«

Rafael lehnte sich zur Seite. »Wache!« rief er, und sofort öffnete sich die Tür, und einer von Barretts kräftigsten Männern trat über die Schwelle, verbeugte sich und wartete den Befehl des Prinzen ab. »Nun?« fragte Rafael ungeduldig seinen Bruder. »Wirst du dich als tapferer Mann erweisen oder als ein Feigling?«

Lucians Gesicht hatte einen beunruhigend grauen Farbton angenommen, der kalte Schweiß brach ihm aus. Rafael hätte vielleicht Mitleid mit ihm gehabt, wenn Lucian nicht vorher mit den Plänen geprahlt hätte, die er für Annie Trevarren schmiedete.

»Rafael, um Himmels willen ...«

»Du kannst wählen.«

Lucian schloß einen Moment die Augen. Als er sie wieder öffnete, glitzerte noch tieferer Haß als je zuvor darin. »Ich werde in deiner verdammten Armee dienen«, murmelte er.

»Aber schütze deinen Rücken, Hoheit, denn ich werde mich zu rächen wissen.«

Rafael wandte sich an die Wache. »Mein Bruder wünscht, bei der Verteidigung des Landes mitzuhelfen«, erklärte er, ohne den Blick von Lucian abzuwenden. »Sorg dafür, daß er wie ein Soldat ausgestattet wird.«

Sobald Lucian und die Wache gegangen waren, ließ Rafael sich auf seinem Stuhl zurücksinken und starrte auf die braune Flüssigkeit in dem Glas, das Lucian eben noch so triumphierend vor ihn hingestellt hatte. Und obwohl Rafael sich fragte, ob er diesmal nicht zu weit gegangen war, mußte er lächeln, als er sich seinen verwöhnten Bruder in rauher Armeekleidung vorstellte und daran dachte, daß er die Nächte auf dem harten Boden verbringen würde, wie alle anderen auch.

Annie hatte an diesem Morgen eine zweite Anprobe überstanden und dann eine dritte, und wie schon am Tag zuvor erschien auch heute der Prinz auf dem Balkon.

Annies Herz schlug bei seinem Anblick schneller, und ihr erster Impuls war, den Blick zu senken, aber dann behielt ihre angeborene Sturheit die Oberhand, und sie erwiderte seinen Blick. Es war ihr alles ernst gewesen, was sie ihm am Abend zuvor gesagt hatte, und daher wäre es lächerlich, jetzt so zu tun, als ob nichts vorgefallen wäre.

Rafael wartete still, während Miss Rendennon, die seine Anwesenheit diesmal nicht bemerkt hatte, ihr endloses Ritual beendete. Doch selbst als die Schneiderin gegangen war, schwieg Rafael.

Nur mit Hemd, Hosen und Strümpfen bekleidet, war Annie sich Rafaels Blick fast qualvoll intensiv bewußt, doch sie verspürte auch so etwas wie Triumph – denn selbst aus der Ferne konnte sie sein Verlangen spüren. Indem sie dem mädchenhaften Bedürfnis, sich hastig zu bedecken, widerstand, zog Annie bewußt langsam ihre rosa Bluse und den schwarzen Satinrock an.

Als Rafael keine Anstalten machte, die Stufen zu ihr herabzukommen, stieg Annie mit klopfendem Herzen zu ihm hinauf und blieb vor ihm stehen.

Sein Blick ruhte unverwandt auf dem Stockwerk unter ihnen; sein kräftiger Körper strahlte Anspannung und Unruhe aus. An seiner Wange zuckte ein Muskel.

Annie zögerte, trat einen Schritt näher und legte die Hand auf seinen Arm. Selbst durch den Stoff seines Hemds konnte sie die Hitze seiner Haut spüren und daß er sich plötzlich verspannte. Zuerst wollte er sich ihr entziehen, doch dann hielt er inne und wandte den Kopf zu ihr um.

Sie sah Ärger in seinen Augen und unendliche Trauer, und beide waren sich der Sehnsucht zwischen ihnen überdeutlich bewußt.

»Ich kam, um mich zu verabschieden«, sagte er nach langem, spannungsgeladenem Schweigen.

Annie hatte Vorwürfe erwartet, Widerspruch oder sogar Zorn – alles außer diesen stillen, gleichmütigen Abschiedsworten. Zu erschüttert, um zu sprechen, nahm sie ihre Hand von Rafaels Arm.

Rafael berührte ihr Haar, aber es war eine eher unwillige Geste, und er zog die Hand auch rasch zurück. »Ich werde eine Woche bis zehn Tage unterwegs sein«, sagte er. »In der Zwischenzeit werden Soldaten dich, Phaedra und Felicia zum Palast nach Morovia begleiten, damit ihr euch auf den Hochzeitsball vorbereiten könnt. Während dieser Zeit möchte ich, daß du dir sämtliche romantischen Ideen über mich aus dem Kopf schlägst.«

Indem Annie sich auf die Lippen biß, das Kinn vorschob und sich trotzigen Gedanken hingab, gelang es ihr, die drohenden Tränen zurückzudrängen. »Liebst du Miss Covington?« fragte sie, denn das wäre das einzige gewesen, was sie von ihrem Kurs hätte abbringen können. Sie hätte sich nicht eingemischt, wenn Rafael sein Herz einer anderen Frau geschenkt hätte.

Er zögerte, gerade lange genug, und als er seine herrlichen silbergrauen Augen einen Moment von ihr abwandte, erkannte Annie die Wahrheit.

»Angenommen, es wäre so?« entgegnete er ausweichend.

Annie verschränkte die Arme und lächelte abwartend.

»Na schön«, erklärte Rafael hart. »Ich liebe sie! Bist du jetzt zufrieden?«

»*Begeistert*«, erwiderte Annie. »Aber du lügst.«

Fluchend umfaßte er ihr Kinn – auch wieder eine eher unwillige Geste – und senkte den Kopf, um sie zu küssen. Der Kontakt mit seinen Lippen war zunächst nur zart, doch innerhalb von Sekunden verwandelte er sich in einen tiefen, stürmischen Kuß, der sie bis in ihre Seele erschütterte.

Sie wurde in eine andere Welt versetzt, fühlte sich erobert, verzaubert und verängstigt, und als Rafael endlich seine Lippen von ihren löste, sank sie kraftlos an seine Schulter.

Er stieß einen unterdrückten Fluch aus, als er sie in die Arme nahm, aber er tat es wenigstens, und Annie lächelte verstohlen. Rafael gehörte weder Felicia noch irgendeiner anderen Frau; sie hatte es an seinem Blick gesehen, als er versucht hatte zu lügen, und auch sein Kuß hatte es ihr verraten. Er begehrte sie, Annie, und obwohl er ungeheuer stur war, würde er nicht viel länger seiner eigenen Natur zuwider handeln können.

Als hätte er ihre Gedanken erraten, packte Rafael Annie an den Schultern und schob sie ein wenig von sich ab, um sie anzusehen. Er schüttelte sie sogar leicht, aber sie spürte, daß er eher auf sich selbst ärgerlich war als auf sie.

»Verdammt«, sagte er, »es würde dir nur recht geschehen, wenn ich dich jetzt in mein Bett trüge und dir zeigte, was es bedeutet, sich einem Mann hinzugeben!«

Annies Augen wurden groß. »Ich glaube, ich weiß es«, entgegnete sie stolz. Aber sie wußte es natürlich nicht, nicht wirklich jedenfalls, obwohl sie in einem Buch mit erotischen Zeichnungen, das eine Klassenkameradin nach St. Apasia geschmuggelt hatte, einmal einen Liebesakt gesehen hatte.

Rafael lachte, aber es lag keine Freude in dem Ton. »Tatsächlich?« versetzte er herausfordernd, nahm ihre Hand und führte sie an seinen Körper, um sie den Beweis seines Verlangens spüren zu lassen. »Dann fühl, wie es wirklich ist,

Annie«, befahl er. »Stell dir vor, mich in dir aufzunehmen – *tief* in dir aufzunehmen …«

Eine versengende Hitzewelle stieg in Annie auf, erfaßte ihren Körper und ihre Seele – sie war so überwältigt, daß sie schwankte, und machte doch keinen Versuch, sich Rafael zu entziehen. Obwohl es sie erschütterte, ihn auf diese Weise zu berühren, steigerte es ihr Verlangen nach ihm ins Unermeßliche.

Ruhig, tapfer drehte sie den Spieß um. »Stell dir vor, du *wärst* in mir«, sagte sie zu Rafael. »Stell dir vor, wie es wäre …«

Da ließ er Annie mit einer wütenden Bewegung los und kehrte ihr den Rücken zu, und sie beobachtete, fasziniert und voller Triumph angesichts ihrer Macht über ihn, wie er mit Emotionen kämpfte, die sie nur erraten konnte. Als sie ihm zaghaft die Hände auf die Schultern legte, fühlte sie, wie er zurückzuckte, als hätte ihre Berührung ihn verbrannt.

»Ich habe keine Angst«, versicherte sie leise.

Rafael legte den Kopf zurück, schaute sich jedoch nicht nach Annie um. »Ich aber«, entgegnete er heiser, und dann ging er und ließ sie stehen.

Annie rührte sich einen Moment lang nicht. Sie bereute nichts von dem, was sie gesagt, gefühlt oder getan hatte, doch die Gefühle waren neu für sie und mächtig und rasten in ihr wie ein süßer Sturm. Schließlich hastete sie die Stufen hinunter aus dem Solarium und hielt erst inne, als sie ihr Zimmer erreichte.

Dort zog sie rasch das beengende Kleid und die Unterröcke aus und ersetzte sie durch ihre geliebten Reithosen und eine weite Bluse. Nachdem sie noch Stiefel angezogen hatte, verließ sie die Burg durch die Küche und wandte sich in die entgegengesetzte Richtung der Ställe, vor denen hektische Aktivität herrschte. Sie mußte sich jetzt bewegen, um die beängstigende Energie zu dämpfen, die Rafael in ihr ausgelöst hatte, als er sie geküßt und ihre Hand auf seine intimste Stelle gepreßt hatte.

Wichtig war jetzt, etwas zu tun, und bloß nicht stillzustehen oder gar zu *denken*.

Hinter der Küche befanden sich ein Gemüsegarten, ein Hühnerhof und einige kleine Schuppen. Annie ging an ihnen vorbei auf die hohe Außenmauer zu, in deren Umgebung keine Bäume wuchsen, aus Gründen, die offensichtlich waren, und eine nähere Untersuchung ergab, daß es auch nichts in der alten Mauer gab, was Händen oder Füßen Halt geboten hätte.

Annie war schon etwa eine halbe Meile weit gelaufen, als sie ein hinter einem dichten Efeubusch verstecktes Tor fand.

Der eiserne Riegel war verrostet, und Annie kämpfte mit ihm, bis sie völlig außer Atem war, ihr Haar sich aus den Nadeln löste und ihre Bluse feucht vor Schweiß war. Doch dann zahlte ihre Beharrlichkeit sich endlich aus, und sie konnte den Riegel beiseiteschieben.

Die Scharniere des Tors waren fast so widerspenstig wie der Riegel, aber es gelang ihr, es einen Spalt weit zu öffnen.

Zuerst war sie enttäuscht, denn sie hatte offenes Gelände hinter dem Tor erwartet und vielleicht sogar das Meer, doch statt dessen entdeckte sie nur einen dunklen, höhlenartigen Raum voller Staub, Spinnweben und Spinnen. Nachdem sie sich vergewissert hatte, daß das Tor sich nicht hinter ihr schließen würde, zwängte sie sich durch einen schmalen Spalt.

Zuerst war alles düster, aber als Annies Neugierde sie weitertrieb, sah sie, daß an einigen Stellen dünne Sonnenstrahlen in die Höhle fielen. Sie mochte seit Jahrzehnten, vielleicht sogar seit Jahrhunderten nicht mehr benutzt worden sein, obwohl Annie hier und da Anzeichen für menschliche Bewohner fand.

In einer Ecke standen grobe Kochtöpfe aus Ton, in einer anderen lag ein verrotteter Sattel. Am fernen Ende, mit Spinnweben bedeckt, befand sich ein zweites Tor, das sich allerdings, obwohl Annie ihre ganze Kraft einsetzte, nicht öffnen ließ.

Als eine Ratte von der Größe einer Hauskatze an ihr vorbeihuschte, wich Annies Neugier Angst, und sie stürzte zum

Eingang zurück und durch den Efeubusch in den Sonnenschein hinaus. Dort blieb sie stehen, drehte sich nach der verborgenen Höhle um und fragte sich, ob Rafael oder irgend jemand sonst in St. James von ihr wissen mochte.

Sie hoffte, daß es nicht so war.

Nachdem sie sorgfältig das Tor geschlossen und dafür gesorgt hatte, daß das Efeu den Eingang wieder vollkommen verbarg, begann Annie auf einem anderen Weg zur Burg zurückzugehen.

Es waren mindestens fünfzig Pferde und Reiter im Hof versammelt, und das Haupttor der Burg stand offen. Annie, die sich hinter einer moosbewachsenen Statue am Gartenrand verbarg, hielt ganz unbewußt den Atem an, als sie Rafael seinen prächtigen schwarzen Wallach besteigen sah. Neben ihm, wie üblich, befand sich Edmund Barrett.

Obwohl Rafael ihr gesagt hatte, daß er die Burg verlassen würde, bestürzte es sie, ihn tatsächlich aufbrechen zu sehen. In stiller Verzweiflung beobachtete sie, wie Rafael und Mr. Barrett die Truppen aus dem Tor geleiteten.

Die Hufe all dieser Pferde auf dem harten Holz der Zugbrücke verursachten ein ohrenbetäubendes Geklapper. Annie schaute zu, bis der letzte Reiter das Tor passiert hatte, und zuckte zusammen, als das Fallgitter an seinen Platz zurückkrachte.

Mit geschlossenen Augen schickte Annie ein stummes Stoßgebet zum Himmel, daß Rafael schon bald und gesund heimkehren möge. Als sie sich abwandte, um in die Burg zu gehen, stieß sie mit Chandler Haslett zusammen.

Sie hätte jetzt lieber niemanden getroffen, doch bei Chandler brauchte sie wenigstens nicht den Schein zu wahren. Er wußte, was sie für Rafael empfand.

Nach einem Blick auf ihr aufgelöstes Haar, ihr fleckiges Hemd und ihre Reithosen lächelte Chandler und schüttelte den Kopf. »Was für ein entzückender kleiner Wildfang Sie doch sind, Annie«, bemerkte er belustigt. »Fast beneide ich Rafael um diese hemmungslose Leidenschaft, die Sie ihm entgegenbringen.«

Einen peinlichen Moment lang dachte Annie, er könne die Szene auf dem Balkon beobachtet haben, und errötete vor Scham. Doch dann sah sie ein, daß das unmöglich war, und lächelte, während sie sich die feuchten Hände an ihren staubigen Reithosen abwischte. »War das ein Kompliment oder eine Beleidigung, Chandler?«

Er lachte, nahm ihren Arm und zog sie sanft mit sich in Richtung Burg. »Das erstere natürlich«, antwortete er mit einem weiteren erstaunten Blick auf ihre schmuddelige Kleidung. »Du liebe Güte – was haben Sie bloß angestellt? Sind Sie auf einen Baum geklettert? Oder durch ein Rattenloch gekrabbelt?«

Annie wollte niemandem außer Rafael von dem verborgenen Tor erzählen, das sie entdeckt hatte, oder von der noch eigenartigeren Höhle dahinter, obwohl sie nicht hätte sagen können, aus welchem Grund. Deshalb wechselte sie das Thema. »Wohin reiten Rafael und Mr. Barrett mit all diesen Soldaten?«

Chandler seufzte. Annie sah tiefe Besorgnis auf seinen angenehmen, aristokratischen Zügen und schätzte Mr. Haslett noch mehr, als sie erkannte, daß er sich um Rafael Sorgen machte. »Es scheint, daß mein zukünftiger Schwager beschlossen hat, sich unter das gewöhnliche Volk zu mischen.«

Annie blieb wie vom Blitz getroffen stehen; ihr war, als ob jemand einen Eimer eisigen Wassers über ihr ausgeschüttet hätte. »Aber das ist doch wahnsinnig gefährlich – Rafael hat so viele Feinde!«

Chandler nickte und zog Annie weiter. »Ja«, stimmte er ernst zu. »Und gestern hätte ich noch befürchtet, daß Rafael bewußt den Tod sucht, indem er aufs Land hinausreitet, doch heute glaube ich das nicht mehr. Ich habe vor seinem Aufbruch mit ihm gesprochen und eine interessante Veränderung an ihm wahrgenommen.«

»Was für eine Art Veränderung?« fragte sie und spürte, wie leise Hoffnung in ihrem Herzen aufstieg.

Chandler warf ihr einen nachdenklichen Blick zu. »Ich maße mir nicht an, das zu erraten«, erwiderte er. »Aber nun schlage ich vor, daß Sie in Ihr Zimmer gehen, sich umziehen und Ihre Sachen packen.« Er lachte über ihre verblüffte Miene und fuhr eilig fort: »Nein, meine Süße, Sie werden nicht aus der Burg verbannt, falls es das ist, was Sie denken. Sie wissen doch, daß am Wochenende ein Verlobungsball in Morovia stattfindet. Sie, Phaedra und ich reisen heute zum Palast, und Miss Covington wird uns begleiten – als Anstandsdame gewissermaßen.«

Annie erinnerte sich jetzt, daß Rafael diese Reise erwähnt hatte, und ihr Herz sank. Ohne die Teilnahme eines gewissen Prinzen würde es kein großartiges Ereignis für sie werden.

8

Annie stand auf der Terrasse vor ihrem Schlafzimmer, noch immer in Reithosen, Stiefeln und Männerhemd, und schaute Rafaels Trupp nach, der sich auf der Küstenstraße langsam entfernte. Ihre Kehle war eng vor ungeweinten Tränen, ihre Augen brannten, und so verstrichen mehrere Minuten, bis sie das leise Schluchzen aus dem angrenzenden Raum vernahm. Stirnrunzelnd wandte Annie sich um und sah die Glastüren zu Phaedras Balkon leicht offenstehen.

»Phaedra?« rief sie.

Das Schluchzen brach ab, und die Prinzessin kam auf den Balkon. Ihr dunkles Haar umrahmte in wirren Strähnen ihr Gesicht und fiel ihr unordentlich auf den Rücken; ihre Augen waren riesig, ihre Haut blaß wie Lilien in einer Vollmondnacht. Obwohl es bereits früher Nachmittag war, trug die Prinzessin ein fließendes weißes Nachthemd, das ihre tragische Erscheinung noch unterstrich.

Annie ging zum Trenngitter und beugte sich darüber, entsetzt über den aufgelösten Zustand ihrer Freundin. »Großer Gott, Phaedra«, wisperte sie, »was ist geschehen?«

Auch Phaedra verfolgte den Abzug der Truppen. »Und wenn er nun getötet wird?« murmelte sie.

Obwohl Annie eigene Ängste nährte, fühlte sie sich verpflichtet, die Prinzessin zu beruhigen. »Rafael ist ein exzellenter Fechter, und ich wette, daß es auch keinen besseren Reiter in Bavia gibt. Wir müssen uns darauf verlassen, daß seine Kraft und Geschicklichkeit – und unsere Gebete – ihm das Leben bewahren werden …«

Phaedras Blick war unstet, als sie sich zu Annie umwandte. »Rafael?« murmelte sie, als hätte sie den Namen noch nie zuvor gehört. »Ich hatte nicht an ihn gedacht.«

Annie war verwirrt und auch eine Spur verärgert. »An wen dann?« fragte sie.

Eine weitere Veränderung ging mit Phaedra vor; sie straffte die Schultern und hob das Kinn, und als sie wieder zu der Schwadron Soldaten hinüberschaute, stieg heiße Röte in ihren Wangen auf. Doch dann richtete sie den Blick auf Annie, und diesmal blitzten ihre Augen vor Entschlossenheit. »Lucian«, sagte sie in sprödem Ton. »Hast du es nicht gehört? Rafael hat ihn gezwungen, in die Armee einzutreten. Er ist jetzt Soldat.«

Annie glaubte keine Sekunde lang, daß Phaedra so verzweifelt um *Lucian* geweint hatte; die beiden hatten sich nie nahegestanden. Sie wußte allerdings, daß es sinnlos gewesen wäre, auf der Wahrheit zu beharren, solange die Prinzessin so niedergeschlagen war, deshalb zwang sie sich zu einem heiteren Tonfall, als sie sagte: »Hast du schon angefangen, für die Reise nach Morovia zu packen?«

Phaedra schüttelte den Kopf, warf einen letzten sehnsüchtigen Blick auf die Küstenstraße und wandte sich ab, um in ihr Zimmer zurückzukehren.

An jenem Nachmittag, als sie zur Hauptstadt aufbrachen, bestiegen außer ihm selbst noch drei Passagiere Chandler Hasletts prächtige Kutsche – Annie, Miss Felicia Covington und eine stille, geistesabwesende Phaedra. Eine zweite Kutsche würde ihnen folgen, beladen mit Truhen und Gepäck, und ein Trupp von einem Dutzend Soldaten war dazu bestimmt worden, die kleine Gruppe sicher nach Morovia zu geleiten.

Obwohl Annie Rafael schrecklich vermißte und sich große Sorgen um ihn machte, freute sie sich auf das Abenteuer. Es wäre unerträglich für sie gewesen, eine ganze Woche lang auf der Burg Rafaels Rückkehr abwarten zu müssen, und obwohl sie sich auf den Ball selbst nicht besonders freute, reizte es ihre Neugier, Morovia und den Königspalast zu erforschen.

Phaedra starrte blicklos in die Ferne, während Chandler und Miss Covington über eine gemeinsame Bekannte in England plauderten. Annie hörte eine Weile zu, doch dann begann sie sich zu langweilen und richtete ihren Blick auf die schimmernde blaue See. Der typische Meergeruch drang durch das offene Kutschenfenster und löste in Annie eine heftige Sehnsucht nach dem Frieden und der Sicherheit der elterlichen Insel in der Südsee aus.

Die Reise von St. James zur befestigten Stadt von Morovia war kurz, und sie erreichten das große Außentor nach knapp zwei Stunden Fahrt. Phaedra gab sich auch weiterhin lustlos und unaufmerksam, selbst nachdem ihnen Einlaß gewährt worden war und die Kutsche über uraltes Kopfsteinpflaster rollte, auf dem schon Ritter und fahrende Troubadoure dahingeschritten waren. Annie sah, daß Chandler die grüblerische Stimmung seiner Braut bemerkt hatte und beunruhigt darüber war. Auch Felicia war nachdenklich geworden seit ihrer Ankunft, obwohl ein schwaches Lächeln um ihre Mundwinkel spielte.

Annie war zu dem Schluß gekommen, daß Miss Covington nicht Rafaels Geliebte war, aber ihr war klar, daß trotz allem eine sehr enge Bindung zwischen ihnen bestand. Es wäre ein gravierender Irrtum anzunehmen, daß diese Frau keine Rivalin für sie darstellte. Wie Annie bereits erfahren hatte, wurden Ehen zwischen europäischen Aristokraten nur sehr selten aus Liebe oder Leidenschaft geschlossen.

Miss Covington, die Annies prüfende Blicke zu spüren schien, wandte sich vom Fenster ab und lächelte. Ihre braunen Augen funkelten vor gutmütiger Belustigung und geheimer Erregung.

Annie, die sich ertappt fühlte, errötete und richtete den Blick auf die engen Straßen von Morovia, die kleinen Steinbauten mit schmiedeeisernen Balkonen und Ziegeldächern, die Brunnen und Statuen auf den öffentlichen Plätzen. Hausfrauen und Händler, Kinder und alte Frauen versammelten sich in Eingängen und vor Ladenfenstern, um die Kutsche zu betrachten. Ihre Gesichter waren mürrisch und bedrückt, und selbst mit Mr. Barretts Wachen beidseitig der Kutsche fühlte Annie sich nicht sicher.

Als die Straßen breiter wurden und die Häuser größer, vermutete Annie, daß sie sich dem Palast näherten. Bevor sie ihn jedoch erreichten, traf ein Stein oder ein Ziegel die Kutsche, und es entstand heftige Unruhe unter den Soldaten. Schreie wurden laut, ängstliches Pferdewiehern ertönte, und ein wahrer Hagel von Steinen ging auf die Kutsche nieder.

Annies Angst wurde nur noch von ihrer Neugier übertroffen; sie versuchte, sich aus dem Fenster zu beugen, um ihre Angreifer zu sehen, doch Chandler Haslett zog sie grob zurück. Er hatte Phaedra bereits auf den Kutschenboden gestoßen, wo sie zitternd neben Felicia kauerte.

»Um Himmels willen, Annie«, herrschte er sie an, als draußen Schüsse und wütende Schreie erklangen, »bücken Sie sich!«

Als sie nicht sofort gehorchte – nicht aus Eigensinn, sondern aus Verblüffung –, fluchte Chandler und stieß sie buchstäblich mit dem Gesicht auf den Kutschensitz gegenüber seinem eigenen. Als das geschehen war, versuchte er, die Frauen mit seinem Körper zu schützen, eine Handlungsweise, die ihm Annies ewige Bewunderung eintrug.

Ein lautes Klirren ertönte, und der schreckliche Lärm draußen ließ ein wenig nach. Annie schaute auf, durch die Krümmung von Chandlers Arm, und sah einen der Soldaten durchs Fenster schauen.

»Sie sind jetzt sicher«, sagte er.

Chandler erhob sich und verließ die Kutsche. Annie stand auf und folgte ihm, während Phaedra und Felicia sich vom Boden aufrappelten und ihnen nacheilten.

Sie befanden sich jetzt innerhalb des Palasthofs, erkannte Annie, umgeben von unzähligen berittenen Soldaten. Die Tore, mindestens vier Meter hoch und aus massivem Stahl, waren geschlossen und gesichert, und auf den Ziegelmauern zu beiden Seiten patrouillierten Wachen. Der Pöbel schrie und tobte noch immer auf der Straße draußen, aber der Zugang zum Palast war ihm verwehrt.

Felicia kam zu Annie und nahm ihren Arm, um sie ins Innere des Palasts zu führen, ein prächtiges Bauwerk aus quartzgesprenkeltem weißem Stein. Als Annie sich über die Schulter umschaute, sah sie Phaedra ohnmächtig zusammenbrechen. Chandler, der dicht neben ihr stand, fing die Prinzessin auf und hob sie auf seine Arme.

»Beeilen Sie sich«, sagte Felicia, während sie Annie an den hohen Säulen vorbei zu den marmornen Eingangsstufen zog. »Einige dieser Leute dort draußen könnten Flinten haben.«

Phaedra kam bereits wieder zu sich, als Chandler sie in den Palast trug, aber sie war leichenblaß, und ihre Augen waren groß vor Furcht. Chandler rief einen Dienstboten herbei und begann die breite Treppe zum ersten Stock hinaufzugehen.

Annie wollte ihm schon folgen, doch dann hielt sie am Fuß der Treppe inne. »Glauben Sie, daß Phaedra sich wieder erholen wird?«

Falicia nickte. »Ja, die St. James sind zäh – es bedarf mehr als einer Revolution, um sie zu vernichten.«

Als Annie sich umwandte, sah sie, daß Felicia ihr silberblondes Haar neu feststeckte. Sie hatte bereits ihren Umhang abgelegt und ihre Handschuhe ausgezogen.

Selbst im Inneren des Palasts, bei geschlossenen Türen und trotz der Dienstboten, die auf Chandlers Rufe hin aufgeregt durch die Halle stürmten, konnte Annie das Geschrei zwischen den Soldaten und den Leuten draußen vor den Toren hören. Zum ersten Mal wurde ihr so richtig klar, wie ernst die Lage war, mit der Rafael sich auseinandersetzte, und es war für sie eine erschütternde Erkenntnis.

In diesem Augenblick hätte sie alles dafür gegeben, an Rafaels Seite sein zu können, wo immer er auch sein mochte. Selbst wenn sie ihn nicht schützen konnte, und sie war klug genug, um zu wissen, wie unmöglich das war, hätte sie wenigstens gewußt, wie es ihm erging.

Eine der jungen Mägde hielt sich bereit, um Annie und Miss Covington zu ihren Zimmern zu begleiten. Das Mädchen war verständlicherweise sehr aufgeregt, und Annie fragte sich, ob es jedesmal einen Aufstand geben mochte, wenn jemand den Palast verließ oder ihn betrat. Sie beschloß, das Mädchen später danach zu fragen.

Ihr Zimmer war entzückend, groß und hell und mit einem Balkon versehen, der auf einen kleinen Rosengarten hinausging. Mitten zwischen den gepflegten Rosenstöcken befand sich ein Brunnen, den eine runde, steinerne Bank umgab. Eine große gelbgetigerte Katze schlief dort im nachmittäglichen Sonnenschein. Der Aufruhr auf der Straße schien das Tier nicht aufgeschreckt zu haben.

Mit einem zaghaften Lächeln verließ Annie den Balkon und kehrte ins Zimmer zurück. Eine zweite Magd war erschienen und hatte ein Tablett mit Tee und Brötchen mitgebracht. Als sie es auf einem kleinen Tisch am Fenster abgesetzt hatte, verließ sie rasch wieder den Raum. Und erst da fiel Annie auf, daß auch hier die Wände, wie in St. James, vollkommen kahl waren.

Die erste Magd jedoch blieb, packte Annies Truhe aus und breitete ihre Kleider, eins nach dem anderen, auf dem mächtigen Himmelbett aus.

Annie setzte sich an den Tisch, schenkte sich Tee ein und strich Butter und Marmelade auf ein Brötchen.

»Wie heißt du?« fragte sie das Mädchen, das bei der Frage aufschaute und heiß errötete.

»Kathleen, Madam«, antwortete sie mit einem Knicks.

Annie verspürte einen Anflug von Gereiztheit. »Du brauchst mich nicht ›Madam‹ zu nennen oder zu knicksen, wenn ich dich anspreche, Kathleen. Ich bin schließlich keine Adlige.«

Kathleen schaute sie an und strich Annies neues gelbes Kleid mit rauhen, von der Arbeit geröteten Fingern glatt. »Sehr wohl, Madam«, sagte sie. »Wie Sie wünschen.«

Seufzend griff Annie nach ihrer Teetasse, die am Rand gesprungen war. »Wie ist das Leben hier?« fragte sie, nachdem sie einen Schluck des starken Gebräus probiert hatte. »Ich meine, gibt es immer einen Aufruhr, wenn jemand die Burg verläßt, um einzukaufen?«

Das Dienstmädchen packte ein weiteres Kleid aus und legte es sorgfältig auf das Bett. Es war fast etwas Ehrfürchtiges an der Art, wie Kathleen den kostbaren Stoff berührte. »Nein, Miss«, erwiderte sie. »Wir haben solche Probleme nur, wenn ein Mitglied der königlichen Familie zu Besuch kommt.« Sie wagte einen Blick in Annies Richtung und errötete von neuem. »Verzeihen Sie meine Offenheit, Miss.«

Annie trank ihren Tee aus und biß mit ungewöhnlichem Mangel an Begeisterung in das Brötchen. »Es ist Rafael – der Prinz –, den sie hassen, nicht?« fragte sie bedrückt.

Kathleen hatte begonnen, Annies Kleider in den mit Schnitzereien versehenen antiken Schrank zu hängen. »Ja, Miss«, bestätigte sie in resigniertem Ton. Es war offensichtlich, daß sie lieber Schweigen bewahrt hätte, als zu reden.

Annie verließ den Tisch und ging zum Fenster. »Niemand, der den Prinzen wirklich kennt, wäre imstande, ihn zu hassen«, sagte sie.

»Nein, Miss«, stimmte Kathleen ohne Zögern zu.

Annie seufzte. *Rafael,* flehte sie stumm, *sei vorsichtig.*

Das Dorf war klein, nicht mehr eigentlich als eine Anzahl Hütten am Ende einer langgestreckten Wiese. Eine Handvoll Schafe streifte blökend herum, und die meisten der Bewohner hielten Hühner, die gackernd auseinanderstoben, als Rafael, Barrett und der Trupp Soldaten eintrafen.

Rafael sah weder Frauen noch Kinder. Wahrscheinlich hatten sie sich versteckt, als die Reiter gesichtet wurden, aber die Männer versammelten sich zu ihrem Empfang. Sie waren mit primitiven Waffen ausgerüstet, Steinen und Holzknüppeln, und Rafael verspürte aufrichtige Trauer, als er sie betrachtete.

Sie haben allen Grund, uns zu fürchten, dachte er bitter. Bei den Streifzügen seines Vaters, Großvaters und zahlloser St. James zuvor waren Frauen vergewaltigt, Kinder terrorisiert und totgetrampelt worden, kostbare Schafe und Rinder getötet und über den Lagerfeuern der Soldaten gebraten worden.

»Sag ihnen, daß wir ihnen nichts Böses wollen«, trug Rafael dem Mann auf, der zu seiner Linken ritt. Barrett hatte sich wie üblich rechts neben dem Prinzen postiert.

Der Soldat nickte und stieg von seinem Pferd, um sich den Dorfleuten zu nähern. Obwohl alle Bavianer Englisch sprachen, schon seit Jahrhunderten, eines früheren Bündnisses mit Großbritannien wegen, wagte Rafael nicht, das gewöhnliche Volk anzusprechen, ohne einen Mittelsmann vorgeschickt zu haben. Die Leute ohne die richtige Einführung anzusprechen hätte einen Bruch der Tradition bedeutet.

Während Barretts Mann mit den Dörflern sprach, begannen sie untereinander zu tuscheln und mißtrauische Blicke auf Rafael zu werfen.

Barrett bewegte sich nervös in seinem Sattel. Er hatte diese Reise von Anfang an nicht machen wollen; er hatte es Rafael klar genug zu verstehen gegeben und war seit ihrem Aufbruch aus der Burg sehr schweigsam und mürrisch gewesen. Ohne Rafael anzusehen, murmelte er jetzt: »Da habt Ihr sie, Hoheit – Eure treuen Untertanen.«

Rafaels Antwort war ein wehmütiges Lächeln. Die Soldaten hinter ihnen bewahrten ihre Formation, aber er spürte ihre Rastlosigkeit und Ungeduld; sie waren junge Burschen und daran gewöhnt, ein bequemes Dasein auf der Burg zu fristen, wo sie sich in ihrer Freizeit mit Würfelspielen vergnügten und Wache schoben oder fechten und schießen übten, während sie im Dienst waren. In einem echten Krieg wären sie wahrscheinlich recht nutzlos gewesen, trotz Barretts erfahrenem Kommando.

Die Unterhaltung zwischen Barretts Leutnant und den Männern aus dem Dorf setzte sich in erregtem Tonfall fort. Dann endlich wandte der junge Offizier sich von ihnen ab und sprach Barrett an, nicht Rafael persönlich.

»Sie fürchten uns, Sir. Und sie sind hungrig.«

Rafael ergriff das Wort, bevor Barrett etwas erwidern konnte. »Sag ihnen, daß wir unsere Rationen mit ihnen teilen werden.«

Die Ankündigung verursachte ein ärgerliches Gemurmel in den Reihen; Rafael erstickte es, indem er sich in seinen Steigbügeln erhob und die gesamte Kompanie mit einem einzigen vernichtenden Blick maß. Als er Lucians blasses, wütendes Gesicht in der Menge sah, hob er die Hand zu einem spöttischen Salut, bevor er seine Aufmerksamkeit wieder auf Barrett richtete.

Zu Rafaels Erleichterung entdeckte er eine gewisse belustigte Anerkennung in den Augen seines alten Freundes. Barrett neigte den Kopf, wendete sein Pferd und ritt zum Ende der Kompanie. Der Wagen mit den Vorräten näherte sich gerade.

Getrocknete Bohnen, Kartoffeln, Mehl und Rüben wurden nach vorn gebracht und den Dörflern übergeben, die rasch die Beute aufteilten und sie in ihre Hütten trugen. In der Zwischenzeit befahl Barrett seinen Männern, ein Lager auf der Wiese aufzuschlagen, und als die Sonne am Horizont versank, wurden Decken auf dem weichen Gras ausgerollt und Lagerfeuer angezündet.

»Was hoffst du damit zu erreichen?« fragte Barrett Rafael, als die Soldaten sich zum Essen niedergelassen hatten. Auch ihr Kommandant und der Prinz hockten auf dem Boden und aßen ihre gekochten Rüben und das harte Brot wie die Soldaten von einfachen Blechtellern. »Diesen armen Teufeln ein paar Laibe Brot zu geben wird sie nicht die siebenhundertjährige Unterdrückung verzeihen lassen.«

Rafael stellte seinen Teller ab. »Ich wollte nur eins damit erreichen – wenigstens für ein, zwei Tage ihre leeren Mägen zu füllen«, erwiderte er grimmig.

Barrett nahm sich ein zweites Stück des harten Brots. »Du kommst ein paar Jahrhunderte zu spät, glaube ich.« Seufzend schaute er seinen Freund in der zunehmenden Dunkelheit an. »All deine Bemühungen kommen zu spät. Du kannst nichts mehr ändern, indem du in Bavia bleibst. Oder hier stirbst.«

Annie Trevarrens Bild erstand plötzlich vor Rafaels Augen; er verspürte einen Stich in seinem Herzen und ein schmerzhaftes Ziehen in seiner Lendengegend. Sie war seinen Gedanken nie fern seit jenem Morgen auf dem Balkon vor dem Solarium, als sie ihn so intim berührt und ihm seine Herausforderung ins eigene Gesicht zurückgeschleudert hatte. *Stell dir vor, du wärst in mir, Rafael,* hatte sie gesagt.

Seitdem hatte Rafael keine Ruhe mehr gefunden.

»Ich will nicht sterben, auch wenn du das denkst«, sagte er zu Barrett.

»Natürlich denke ich das«, versetzte Barrett hart und warf einen Zweig ins Feuer. »Irgend etwas in dir treibt dich dazu, wie ein Opferlamm für die Sünden der St. James zu büßen. Wenn es nämlich nicht so wäre, hättest du längst den Palast und die Burg geschlossen und Bavia verlassen. Gott weiß, daß du genug eigenes Geld besitzt – genug, um überall auf der Welt ein neues Leben zu beginnen. Oder hast du das etwa auch verschenkt?«

Rafaels Lächeln war bitter. Ja, er besaß ein kleines Vermögen – die Reste der Mitgift seiner Großmutter, klug angelegt –, aber Bavia war die einzige Heimat, die er je gekannt hatte. Trotz der Sünden seiner Vorväter, und das waren nicht wenige, liebte er dieses kleine, schöne Land, das zwischen Frankreich und Spanien eingebettet lag und auf das glitzernde Mittelmeer hinausging. Er liebte die kleinen Fischerdörfer, die mittelalterlichen Kirchen, die verfallenen Straßen, die noch von den Römern stammten, die Schlösser und die Landhäuser. Am meisten jedoch liebte er die Menschen, diese einfachen, hart arbeitenden, temperamentvollen Seelen, die die Essenz seines Landes waren.

Sie dagegen haßten ihn.

»Bavia ist meine Heimat«, sagte er nach langem Schweigen.

Barrett lehnte sich gegen seinen Sattel. »Eine Heimat muß nicht unbedingt ein Land oder ein Schloß sein, Rafael«, gab er zu bedenken. »Es kann auch eine Person sein.«

Rafael war leicht beunruhigt durch Barretts Worte, so poetisch sie auch waren. Fast hätte er seinen Freund gefragt, ob er seine alberne Verliebtheit für Phaedra überwunden hatte, aber dann schwieg er doch. Barrett war kein Narr; er wußte, daß die Vorbereitungen zur Hochzeit der Prinzessin im Gange waren, und er kannte natürlich auch Chandler Haslett. Er mußte inzwischen zur Besinnung gekommen sein und sich mit irgendeiner Magd oder der Tochter eines Händlers eingelassen haben.

»Jemand wie Annie Trevarren beispielsweise«, sagte Barrett und ergriff den Metallbecher, der den bitteren Kaffee enthielt.

Die Bemerkung überraschte Rafael, obwohl es eigentlich nicht so hätte sein dürfen. Es hatte sich inzwischen überall herumgesprochen, daß er und Annie allein im Haus am See gewesen waren, und Barrett war im rechten Augenblick erschienen, um sich selbst ein Bild von der Lage schaffen zu können.

»Was willst du damit sagen?« fragte Rafael bewußt gleichmütig und nahm sich selbst Kaffee. Als er ihn jedoch probierte, spuckte er ihn in hohem Bogen aus, bevor Edmund Gelegenheit zu einer Antwort hatte.

Der Leibwächter lachte, aber es klang nicht humorvoll, sondern traurig. »Wir sind alte Freunde«, sagte er. »Und trotzdem scheint es Dinge zu geben, über die wir uns nicht unterhalten können.«

»Und ob«, stimmte Rafael grimmig zu. »Sogar eine ganze Menge.«

»Aber die schöne Miss Trevarren ist etwas anderes«, erklärte Barrett schmunzelnd. »Manchmal habe ich den Eindruck, daß sie gar kein menschliches Wesen ist, sondern ein Engel, der gekommen ist, um dich von diesem gottverlassenen Ort fortzulocken.«

Rafael schnalzte verächtlich mit der Zunge. »Annie? Ein Engel? Hast du bereits vergessen, Barrett, daß sie sich fast umgebracht hat mit ihrer Eskapade auf dem Wehrgang?« Je mehr er über Edmunds Worte nachdachte, desto verrückter erschienen sie ihm. »Ein Engel«, murmelte er und erinnerte sich daran, wie sie ihn ganz bewußt in Versuchung geführt hatte, bei mehr als einer Gelegenheit, wie sie getan hatte, als ob sie ihm zu Hilfe käme, um ihn dann in den Burgbrunnen zu stoßen. »Eher ein Teufel«, schloß er.

Barrett lachte leise, doch wieder klang es eher bedrückt als amüsiert. »Oder eine perfekte Mischung aus beidem«, schlug er vor, während er sich nachdenklich das Kinn rieb. Sein Gesicht lag im Dunkeln, als er sich zu seinem Gefährten umwandte. »Sei kein Narr«, drängte er, und an seiner Stimme erkannte Rafael, daß es ihm sehr ernst war. »Annie ist schön und temperamentvoll, und sie liebt dich. Bring sie nach Frankreich oder Amerika – großer Gott, Rafael, bring sie, wohin du willst, nur *fort* von hier! Heirate sie und zeuge mit ihr ein Haus voller Kinder …«

»Niemals«, schwor Rafael und schaute dabei zum sternenübersäten Himmel auf, aber der Traum war erwacht und würde sich nicht so leicht verdrängen lassen.

Mit einem ungehaltenen Fluch sprang Barrett auf. »Ich werde nach den Männern sehen, Euer Hoheit«, sagte er mit verletzender Höflichkeit. »Ruht jetzt, und morgen früh werden wir unsere alberne und nutzlose Suche fortsetzen.«

Rafael hätte eine derartige Respektlosigkeit von keinem anderen Mann erduldet, aber da Barrett sein bester Freund war und weil er seine Frustration verstand, erwiderte er nichts. Nachdem er seine Decke ausgebreitet hatte, begab sich Rafael zum Rand des Lagers, um nach seinem Pferd zu sehen. Wie alle anderen, befand sich auch der Wallach innerhalb einer improvisierten Koppel aus Seilen, die zwischen Bäumen aufgespannt waren.

Nachdem er den Wachen zugenickt hatte, rief Rafael das Tier mit einem leisen Pfiff zu sich, und es kam wiehernd auf ihn zugetrabt, bereit, sich Flügel wachsen zu lassen und zu fliegen, falls es das war, was sein Herr verlangte.

Rafael streichelte die kohlrabenschwarze Nase des Wallachs und gab ihm eins der Zuckerstücke, die er in der Satteltasche immer bei sich trug.

»Er gehorcht dir«, bemerkte eine vertraute Stimme hinter Rafaels rechter Schulter.

Er wandte sich nicht um, um Lucian anzusehen, sondern streichelte das Pferd. »Ja. Du könntest von ihm lernen.«

Lucian ließ sich nicht ignorieren; er trat vor und blieb neben Rafael stehen. In seiner einfachen Uniform, einem blauen Rock und Hosen, Stiefeln und einem grauen Hemd, sah er ganz anders aus.

»Du hast gewonnen, Rafael«, gestand er rauh. »Ich habe genug davon, Befehle von Männern entgegenzunehmen, die es gestern noch nicht gewagt hätten, mir in die Augen zu sehen.«

Rafael seufzte. Er beabsichtigte, seinen Bruder aus der Armee zu entlassen, bevor die Revolution begann, doch bis dahin konnte Lucian ruhig ein bißchen Disziplin vertragen. Es war gut möglich, daß es ihn stärkte und vorbereitete auf ein sinnvolleres Leben, wenn er Bavia verließ. »Noch nicht, Lucian«, sagte er deshalb.

In einem Aufwallen von Zorn wollte Lucian Rafaels Arm ergreifen, doch da trat eine der Wachen vor, und er ließ die Hand sinken. »Wie meinst du das, ›noch nicht‹?« flüsterte er rauh. »Du willst mich wohl winseln sehen, was? Erwartest du, daß ich bettele?«

»Nein«, sagte Rafael und wandte sich widerstrebend von seinem treuen Pferd ab, um zum Lager zurückzugehen. »Das wäre eine sinnlose Demütigung, Lucian. Du bist jetzt Soldat der bavianischen Armee. Finde dich damit ab.«

Lucian hastete neben ihm her, kaum noch fähig, seine Verzweiflung zu verbergen. »Rafael«, keuchte er, »ich habe Angst.«

Auf diese Worte hin blieb Rafael stehen, schaute seinen Halbbruder an und legte ihm die Hände auf die Schultern. Als er sprach, geschah es mit aufrichtiger Zuneigung für den Jungen, der Lucian einst gewesen war, und für den Mann, zu dem er sich entwickeln konnte, falls er die richtigen Entscheidungen traf.

»Ich habe auch Angst«, sagte Rafael. »Wir alle fürchten uns.«

Tränen des Zorns und der Enttäuschung stiegen in Lucians Augen auf, aber er erhob keinen weiteren Widerspruch, riß sich schlicht von Rafael los und schlenderte auf das Lager zu.

Rafael zögerte kurz und kehrte dann zu seinem eigenen Feuer zurück, um seine Stiefel auszuziehen und sich hinzulegen. Er wehrte den Schlaf ab, solange es möglich war, weil er die schrecklichen Alpträume von Blut, Feuer und Tod fürchtete, die ihn in letzter Zeit geplagt hatten.

Aber dann war er doch so erschöpft, daß er rasch einschlief. Statt von Zerstörung träumte er von Annie Trevarren, die lächelnd auf dem Balkon des Solariums zu ihm aufschaute, in einem Hochzeitskleid aus schimmernd weißer Seide.

Nach dem Drama ihrer Ankunft im königlichen Palast von Morovia empfand Annie die darauffolgenden, ruhigen Tage beinahe als enttäuschend. Jeder andere im Haus allerdings schien unendlich erleichtert über ein bißchen Stille und Frieden.

Phaedra erholte sich sehr rasch von dem Unwohlsein, das sie auf der Reise überfallen hatte, obwohl Annie sie oft an einem der Fenster vorfand, von dem aus sie Tor und Straße dahinter beobachtete.

Miss Augusta Rendennon folgte ihnen in die Stadt, unbelästigt von Rebellen oder Unzufriedenen, und brachte Phaedras Hochzeitskleid mit. Die anstrengenden Anproben setzten sich wieder fort, aber die Prinzessin schien sich stets in einem anderen Teil des Palasts aufzuhalten – niemand wußte genau, wo –, wenn Miss Rendennon beschloß, zu arbeiten.

Es war nach einer solchen Sitzung, als Annie Phaedra in der Bibliothek erwischte.

»Ich bin es leid, für ein Kleid Anprobe zu stehen, das ich niemals tragen werde«, platzte sie heraus, ohne die Prinzessin vorher zu grüßen. »Es ist einfach lächerlich, Phaedra! Was wirst du tun, wenn du an deinem Hochzeitstag das Kleid anziehst und feststellst, daß es dir nicht paßt? Beantworte mir das bitte! Was wirst du dann tun?«

Phaedra lachte. »Deine Phantasie geht mit dir durch, Annie. Natürlich wird das Kleid mir passen – wir haben fast die gleiche Größe. Wie oft haben wir schon unsere Garderobe ausgetauscht?«

Annies Groll verflog ein wenig, aber ihr Ärger blieb. »Es ist schon komisch«, beharrte sie. »Jede andere Braut wäre ganz aufgeregt vor Freude …«

Ein verträumter, ein wenig tragischer Ausdruck huschte über Phaedras Züge, aber nur den Bruchteil einer Sekunde lang. »Ach, Annie, sei keine Spielverderberin. Ich bin ja auch aufgeregt – Mr. Haslett ist ein lieber, netter Mann –, aber ich ertrüge dieses stundenlange Stillstehen einfach nicht! Es würde mich zu Tode langweilen!«

Annie seufzte. »Ich kann dir aus persönlicher Erfahrung bestätigen, daß es so ist«, stimmte sie trübselig zu, um ihre Mundwinkel jedoch spielte bereits ein Lächeln, denn dies war die Phaedra, die sie kannte und liebte – die Freundin, die sie schon fast verloren geglaubt hatte.

»Apropos Aufregung«, begann Phaedra, indem sie die Stimme senkte und sich in der Bibliothek umschaute, ob auch niemand zuhörte. »Ich glaube, es wird höchste Zeit, daß wir uns ein bißchen was davon beschaffen.«

Ihre Worte erfüllten Annie mit Erwartung und einer Art köstlicher Angst. Auch sie schaute zu den Türen. »Sag schon!«

Phaedra trat dicht neben sie. »Wir werden uns die Geschäfte in der Stadt ansehen«, wisperte sie in Annies Ohr.

Annie liebte Abenteuer über alles, aber die Erinnerung an den wütenden, steinewerfenden Pöbel bei ihrer Ankunft im Palast war noch nicht in ihr verblaßt. »Du schlägst mir doch nicht etwa vor, das Schloß zu verlassen ...«

Doch Phaedra nickte bereits. »Es ist kein Vorschlag, Annie«, scherzte sie. »Es ist ein königlicher Befehl.«

»Aber die Aufständischen ...«

Die Prinzessin verschränkte die Arme und stampfte verärgert mit dem Fuß auf. »Du liebe Güte, Annie, ich sage doch nicht, daß wir mit der fürstlichen Kutsche fahren sollen! Wir werden uns als Mägde verkleiden, Kopftücher tragen und Einkaufskörbe mitnehmen.«

Die Idee war gewagt, aber interessant. Es würde ein Ausflug werden, wie sie noch nie einen unternommen hatten, nicht einmal in St. Apasia. Eine Eskapade, über die sie in späteren Jahren beide lachen konnten.

Vorausgesetzt natürlich, daß nichts schiefging.

Annie erinnerte sich, daß die junge Magd, Kathleen, ihr erzählt hatte, die Dienstboten gingen ungehindert ein und aus im Schloß. »Aber wir könnten die Geschäfte doch sicher nicht betreten, oder? Als Dienstmädchen gekleidet, meine ich?«

Phaedra strebte bereits entschlossen aus der Bibliothek. »Wir werden die Schaufenster betrachten«, teilte sie Annie in einem ungeduldigen Flüstern mit, »und wenn wir etwas sehen, was wir haben wollen, lassen wir es später holen. Außerdem haben wir den ganzen Marktplatz zur Verfügung.«

Eine halbe Stunde später schon waren Annie und Phaedra im obersten Stock des Schlosses, wo das weibliche Gesinde untergebracht war. Der lange, schmale Schlafsaal war leer, da alle Mädchen bei der Arbeit waren.

Annie zögerte in der Tür, gerührt von der langen Reihe spartanischer, ordentlich gemachter Betten an der Wand. Auf einem Kissen ruhte eine abgegriffene Stoffpuppe mit einem aufgenähten Mund und einen einzelnen schwarzen Knopf als Auge. Die Kleider der Mägde – sie schienen alle nur ein einziges zum Wechseln zu besitzen – hingen an Haken unter den hohen Fenstern. »Phaedra«, flüsterte Annie, »diese Kleider sind alles, was sie haben!«

Die Prinzessin zog Annie an der Hand mit sich. »Sei kein Frosch«, sagte sie. »Wir stehlen ja nichts – wir borgen es uns nur.« Die Prinzessin nahm ein graues Kleid von einem Haken und hielt es sich vor. »Wenn es dir lieber ist, lassen wir ein paar Münzen auf dem Bett liegen. Was meinst du?«

Es erschien Annie diplomatischer, überhaupt nichts zu erwidern.

9

Kaum fünfzehn Minuten später trugen Annie und Phaedra die schlechtsitzenden Kleider, die sie sich »ausgeborgt« hatten. Grobe Tücher bedeckten ihr Haar und beschatteten ihre Gesichter, und sie achteten darauf, den Blick gesenkt zu halten, als sie sich dem Lieferantentor hinter dem Kutscherhäuschen näherten.

Der diensthabende Wachsoldat war ein junger Mann mit Pickeln im Gesicht und einem mürrischen Zug um seinen Mund, als glaubte er, zu etwas Besserem bestimmt zu sein, als das Kommen und Gehen von Gesinde, Händlern und Boten zu überwachen. Er ließ die verkleidete Prinzessin und ihre Freundin mit einer herablassenden Geste das Tor passieren.

Annie war natürlich froh, daß ihr Abenteuer nicht zu diesem frühen Zeitpunkt schon verhindert wurde, aber es beunruhigte sie auch zu sehen, wie einfach es war, das Palastgelände zu verlassen. Ganz ohne Zweifel würde ein kluger Mensch den Palast auch ebenso mühelos *betreten* können.

Phaedra nahm Annies Arm und zog sie durch eine schmale Gasse, die parallel zur Straße vor der fürstlichen Residenz verlief. »Trödel nicht!« zischte sie. »Wir mögen diesen Narren am Tor getäuscht haben, aber falls Chandler und Felicia uns von einem Fenster aus erblicken, ist es aus mit unserem Abenteuer, meine Liebe. Und glaub mir, es wäre besser, wenn uns die Rebellen schnappten, als wenn Rafael etwas von unserer Eskapade erfahren würde!«

Besorgt schaute Annie sich nach den Fenstern des Palastes um. Sie wünschte sich genausosehr einen freien Nachmittag wie Phaedra und hatte nicht die geringste Angst vor Rafael. Im Gegenteil – eigentlich wünschte sie sich sogar eine Begegnung mit dem Prinzen herbei, um ihn zu sehen, zu berühren und sich zu überzeugen, daß er noch am Leben war.

Und doch, wenn sie an jenen kargen Raum im obersten Geschoß des Palastes dachte, regte sich ihr Gewissen. Annie hatte es noch nie an etwas gemangelt, aber man hatte sie gelehrt, Mitgefühl und Respekt für jene zu empfinden, die nicht so glücklich waren.

Aber wie Phaedra ihr bereits versichert hatte, würden sie die Kleider und Tücher zurückbringen und einige Münzen für die Mädchen hinterlassen. Es wurde also kein echter Schaden angerichtet.

Hoffte sie.

Sie erreichten den Marktplatz über eine enge, gewundene Gasse und mieden die breite, elegante Allee, die Dienstboten nicht beschritten.

Annies Herz pochte vor Aufregung, als sie den Markt erblickte, denn er vibrierte nur so vor Geräuschen und Gerüchen. Sie mußte lächeln, als sie sich an die Erzählung ihrer Mutter über einen ähnlichen Ort erinnerte, einen *Souk* im Königreich von Riz, und was ihr dort geschehen war.

Phaedra stieß Annie in die Rippen. »Halt den Blick gesenkt«, sagte sie leise. »Dienstboten gaffen nicht.«

Widerstrebend senkte Annie den Blick, aber trotzdem entging ihr nichts von der Umgebung, und während sie an den einzelnen Ständen vorbeigingen, bewunderte sie die Auslagen, die angefangen von importiertem Obst bis hin zu Lagen farbenfroher Stoffe die unterschiedlichsten Waren feilboten. An einem Stand kaufte sie trotz Phaedras geflüstertem Protest eine hübsche kleine Puppe mit Porzellangesicht und rosa Kleid und Häubchen. Der Händler war froh über den Verkauf und schien nicht im mindesten argwöhnisch, fand Annie. Trotz allem jedoch, um Phaedra nicht zu beunruhigen, steckte sie die Puppe in ihren Korb und bedeckte sie mit einer Stoffserviette.

Phaedra kaufte ein halbes Dutzend reife Orangen und gab sich keine Mühe, sie zu verbergen. Dienstboten kauften schließlich alle Arten von Lebensmitteln für ihre Herrschaften.

Einige Straßen vom Markt entfernt befand sich ein Platz, den elegante Läden säumten. Phaedra und Annie blieben vor jedem Fenster stehen, bewunderten Kleider und Hüte, Schuhe und Sonnenschirme, Bücher und Gemälde. Trotz des unsicheren politischen Klimas in Bavia schienen die Händler gute Geschäfte zu tätigen.

Die beiden Abenteurerinnen waren bereits wieder auf dem Rückweg zum Palast, der sie über den Marktplatz führte, als ihnen ein junger Mann auffiel, der auf einer Holzkiste vor einem Brunnen stand. Er sprach mit hitzigen Worten zu einem kleinen, aber aufmerksamen Publikum und schrie etwas von Verbrechen gegen die Menschlichkeit. Das Wesentliche seiner Botschaft griff wie eine eisige Hand nach Annies Herz.

Der Mann wollte Rafael nicht nur abgesetzt, sondern sogar am Galgen sehen. Öffentlich hingerichtet.

Annie vergaß, daß sie sich als Dienstmädchen ausgab, und stürzte auf ihn zu, in der vollen Absicht, ihn und seine gesamt Zuhörerschaft über den wahren Charakter des Prinzen aufzuklären. Aber Phaedra packte sie am Arm und zerrte sie zurück. Bevor Annie sich losreißen oder auch nur protestieren konnte, entstand ein lautstarkes Getöse am Ende der Straße, und plötzlich war der Markt gefüllt mit berittenen Soldaten.

Sie wurden angeführt von einem blonden Mann mit auffallend dunklen Augen. Selbst in all diesem Chaos hatte Annie das Gefühl, den Mann schon einmal gesehen zu haben, als er das Schwert zog und mit seinen Soldaten die kleine Gruppe vor dem Brunnen in die Flucht schlug. Die Händler auf dem Markt kauerten sich hinter ihre Stände, und die wenigen Läden in der Nähe wurden unverzüglich geschlossen und verriegelt.

Der junge Mann, der gesprochen hatte, kletterte auf den Brunnenrand und schrie über den Aufruhr: »Das sind die Männer eures Prinzen! Diese Lümmel, die euch ohne die geringsten Skrupel unter den Hufen ihrer Pferde zertrampeln und mit ihren Schwertern durchbohren würden, stehen im Dienste des Prinzen Rafael St. James von Bavia!«

»Nein«, wisperte Annie, doch selbst als Phaedra versuchte, sie fortzuziehen, erkannte sie an den Uniformen der Männer, daß sie tatsächlich Soldaten im Dienst der Krone waren. Während sie noch zu ihnen hinüberstarrte, richtete ein Mitglied der Miliz die Waffe auf den Aufrührer und schoß ihn mitten in die Brust.

Er stürzte taumelnd in das Becken des Brunnens, sein Blut färbte das Wasser, und Annie schrie vor Entsetzen.

»Aufhören!« brüllte sie und warf sich auf den nächsten Reiter, den blonden Mann, der von Anfang an die Befehle gegeben hatte. Sie klammerte sich an seinem Sattel fest, versuchte, über sein Bein zu ihm hinaufzusteigen und kreischte in wütendem, hysterischem Protest.

Der Soldat lachte, setzte seinen Stiefel auf ihre Brust und trat so hart zu, daß sie rückwärts auf die Steine stürzte. Phaedra ließ sich neben Annie auf die Knie fallen und versuchte sie zu schützen, während sie gleichzeitig ihre gesamte Kraft aufwandte, um Annie am Aufstehen und einem erneuten Angriff auf den Mann zu hindern.

»Nein, Annie«, flehte Phaedra schluchzend, »er würde dich umbringen!«

In einer wilden Raserei begannen die Reiter, Verkaufsstände und Karren umzustoßen und ließen ihre Pferde kostbares Obst und Gemüse zertrampeln. Händler knieten auf dem Boden und weinten über ihre verlorenen Waren, und überall um sich herum hörte Annie Schreie der Angst und des Entsetzens.

Sie und Phaedra hielten sich fest umklammert, mitten in diesem Chaos, ihre Gesichter naß von Tränen. Irgendwann jedoch kam Annie zur Besinnung und kroch, die Prinzessin mit sich ziehend, unter eine Steinbank.

Dort blieben sie, bis Rafaels Soldaten ihrer wilden Spiele müde geworden und fortgeritten waren. Keine Stunde war vergangen, und doch hatte Annie Trevarrens Welt eine unwiderrufliche Veränderung erfahren. Sie liebte Rafael St. James wie eh und je, aber ihre Sympathie galt nun dem Volk von Bavia.

Langsam, still und noch immer ihre Körbe in der Hand, kehrten Annie und Phaedra zum Palast zurück. Einmal, mitten auf dem Weg, blieb die Prinzessin stehen und erbrach sich heftig.

Als sie dasselbe Tor erreichten, das sie vorher auch passiert hatten, wollte die Wache sie nicht einlassen.

Bevor Annie erraten konnte, was Phaedra vorhatte, schob die Prinzessin das Tuch zurück und hob den Kopf. »Laß uns auf der Stelle ein«, befahl sie.

Der junge Soldat, der sie sofort erkannt hatte, errötete bis unter die Haarwurzeln und schob mit zitternden Fingern den schweren Riegel zurück. »Sehr wohl, Euer Hoheit«, stammelte er. »Ich wußte nicht, daß Ihr es wart, wirklich nicht, ich …«

So blaß und erschüttert sie auch sein mochte, schwebte Phaedra doch wie eine Königin durch das Tor, und Annie folgte ihr, noch immer das Bild des ermordeten jungen Mannes vor Augen. Ihre naiven, romantischen Illusionen waren zerstört und ihr Herz gebrochen.

Rafael war kein Märchenprinz, wie sie immer geglaubt hatte. Er war statt dessen ein Despot, ein Tyrann und das Oberhaupt einer Bande von Verbrechern. Aber das war noch nicht das Schlimmste, o nein, keineswegs – das Schlimmste war, daß Annie nun die Wahrheit über Rafael kannte und ihn trotzdem liebte. Was bedeutete, daß sie entweder wahnsinnig war oder selbst ein Ungeheuer.

Die beiden Mädchen hatten fast einen der hinteren Eingänge zum Palast erreicht, als Chandler Haslett erschien, ganz offensichtlich zutiefst besorgt und wütend. »Wo habt ihr gesteckt?« fuhr er sie an.

Zu Annies Überraschung ließ Phaedra den Korb mit den Orangen fallen und stürzte sich aufschluchzend in Chandlers Arme. »Es war schrecklich!« heulte sie. »Fast wären wir umgebracht worden!«

Chandler zögerte, nicht ganz sicher offenbar, wohin er seine Hände legen sollte, doch dann umarmte er die Prinzessin zaghaft. »Was ist geschehen?« fragte er.

Annie bückte sich, um Phaedras Orangen aufzuheben und sie in den Korb zurückzulegen. Nach dem Chaos, das sie gerade mit angesehen hatte, brauchte sie jetzt so etwas wie Ordnung. »Ein Aufstand«, sagte sie schlicht. »Auf dem Marktplatz.«

Chandler packte Phaedra an den Schultern und schob sie ein wenig von sich ab. »Alles in Ordnung?« keuchte er, und Annie wußte, daß die Frage ihnen beiden galt.

»Es wird wohl irgendwann wieder so sein«, antwortete Annie traurig. Dann, mit Phaedras Korb und ihrem eigenen, betrat sie den Palast und überließ es dem zukünftigen Ehemann ihrer Freundin, sie zu trösten.

Über die Dienstbotentreppe erreichte sie den großen Raum, wo die Mägde schliefen. Zum Glück war er auch diesmal leer, und Annie legte die Puppe, die sie auf dem Markt gekauft hatte, neben die Stoffpuppe auf einer der schmalen Liegen. Als dies geschehen war, verteilte sie Phaedras Orangen auf den Betten und verließ den Raum.

In ihrem eigenen Zimmer zog sie das geliehene Kleid aus, faltete es sorgfältig und legte es auf eine Truhe. Dann, nur mit ihrem Unterhemd bekleidet, kroch sie ins Bett, zog die Decke über den Kopf und weinte, bis sie keine Tränen mehr zu vergießen hatte.

An jenem Abend ging Annie nicht zum Essen in den Speisesaal und rührte auch nicht das Frühstück an, das Kathleen ihr am nächsten Morgen brachte.

Die junge Magd hob das zusammengefaltete Kleid auf, das Annie am Tag zuvor zum Markt getragen hatte, und drückte es an ihre Brust. »Es war sehr lieb von Ihnen, die Puppe auf das Bett zu legen, Miss«, sagte sie. »Die kleine Nancy ist überzeugt, daß ein Engel sie ihr gebracht hat. Sie hat im vergangenen Jahr ihre Mutter verloren und denkt oft über solche Sachen nach.«

Annie, die mit angezogenen Knien im Bett saß, schloß für einen Moment die Augen. »Hast du dir je gewünscht, etwas anderes zu sein – aus deiner Haut in die eines anderen Menschen schlüpfen zu können?«

Kathleen schien verwirrt. »Nein, Miss. Es wäre dumm, so etwas zu denken, wenn es sowieso nicht machbar ist – nicht wahr?« Sie hielt inne und schaute zum Tisch, wo sie ein Tablett hinterlassen hatte. »Möchten Sie nicht bitte etwas essen, Miss? Es ist nicht gut, wenn man Hunger leidet.«

Allein der Gedanke an Essen ließ Annies Magen revoltieren. Die Erinnerung an den Zwischenfall auf dem Marktplatz war noch zu frisch, und sie hatte das Gefühl, als ob ihr Herz in tausend Stücke zerbrochen wäre, die sich wie Glassplitter in ihre Eingeweide bohrten.

Sie schüttelte nur stumm den Kopf, worauf Kathleen widerstrebend hinausging und das geborgte Kleid mitnahm.

Am nächsten Morgen wurde eine formelle Ankündigung gemacht: Der Verlobungsball der Prinzessin war um eine Woche verschoben worden. Annie fragte sich, wenn auch etwas zynisch, wie interessant diese Neuigkeiten für die Händler auf dem Marktplatz sein würden. Oder für die Freunde und Familienangehörigen jenes schlanken, ernsthaften jungen Aufrührers, der so unrühmlich im Brunnenbecken gestorben war.

Zum ersten Mal, seit sie sich in St. Apasia begegnet waren,

stellten Annie und Phaedra fest, daß sie sich nicht viel zu sagen hatten. Phaedra blieb in den nächsten Tagen in ihrem Zimmer, legte endlose Patiencen und weigerte sich, Besucher zu empfangen. Annie verbrachte die meiste Zeit im Garten, freundete sich mit der gelben Katze an und versuchte, Ordnung in ihre Gedanken und Gefühle zu bringen.

Sie war auch gerade wieder dort, als das Klappern vieler Pferdehufe vor den Schloßtoren auf die Ankunft des Prinzen und seiner Begleiter schließen ließ.

Annie stand auf, setzte sich wieder und sprang von neuem auf. Sie wollte Rafael unverzüglich sehen, und doch nie wieder, ihr ganzes Leben lang. Sie sehnte sich danach, die Arme um seinen Nacken zu schlingen und ihm – obwohl es einen krassen Widerspruch bedeutete – schwere, anhaltende Wunden zuzufügen.

Sie hörte die Tore in den eisernen Scharnieren ächzen und die Hufe vieler Pferde auf dem Kopfsteinpflaster des Innenhofs. Während sie unruhig im Garten auf und ab schritt, verfluchte sie Rafael in einem Atemzug, um ihn im nächsten wieder anzubeten.

Annie litt bereits eine gute halbe Stunde unter diesem Zustand, als der Prinz am Gartenrand erschien, in schmutziger, zerdrückter Kleidung, mit wirrem Haar und dem sichtbaren Ansatz eines Barts. Seine grauen Augen glitzerten vor unterdrückter Leidenschaft, vor Mißtrauen und vor Mutwillen.

Mit pochendem Herzen ging sie auf ihn zu, hielt dann jedoch inne und verschränkte ihre Hände. Wie so viele schwarze Engel war Rafael ungeheuer schön anzusehen.

»Woher wußtest du, wo du mich finden würdest?« fragte sie, obwohl das ihre geringste Sorge war.

Rafael zog eine Augenbraue hoch und kratzte sich das Kinn. Obwohl sein Bartansatz ihm einen gewissen draufgängerischen Charme verlieh, gefiel er Annie besser, wenn er glatt rasiert war. »Der Kommandant der Palastwache hat es mir gesagt«, erwiderte er mit leiser, beherrschter Stimme, und es lag etwas Bedrohliches darin, wie er die Arme über der Brust verschränkte. Ganz offenbar hatte er auch noch andere Dinge erfahren. »Ist es wahr, Annie, daß du dich mit Phaedra als Dienstmädchen verkleidet hast und mit ihr auf dem Marktplatz warst?«

Annie straffte die Schultern, hob das Kinn und trat einen Schritt zurück. Ihre Gefühle befanden sich in einem verwirrenden Aufruhr – einerseits empfand sie Freude über Rafaels sichere Heimkehr, andererseits Unruhe, weil sie wußte, daß sie und Phaedra etwas sehr Törichtes getan hatten, wofür er sie zur Rechenschaft ziehen würde, und letztendlich auch ein tiefsitzendes, beschämendes Verlangen, das sich nicht mehr ignorieren ließ. Rafael war entweder ein grausamer Herrscher oder aber ein zu unbekümmerter, oder sogar beides, und unschuldige Menschen litten seinetwegen. Und trotz allem liebte Annie ihn.

»Ja«, entgegnete sie ruhig. »Es ist wahr.«

Eine Ader zuckte an Rafaels rechter Schläfe, und Annie spürte den Ärger, der in ihm aufstieg, obwohl er sich nicht von der Stelle rührte. »Was in aller Welt hat euch dazu veranlaßt, etwas so unglaublich Törichtes zu tun?«

Annies Magen rebellierte, als sie sich das Entsetzen jenes Nachmittags ins Gedächtnis rief; sie sah wieder das Blut, das in das Becken strömte und das Wasser rot färbte. »Seid ganz beruhigt, Hoheit – ich bereue den Impuls, der uns an diesen furchtbaren Ort geführt hat, von ganzem Herzen.« Langsam wich sie zur Bank zurück, auf der die gelbe Katze sich gewöhnlich sonnte, und ließ sich auf die kühle Oberfläche sinken. Trotz der Schwäche, die von der Erinnerung an all das Schreckliche herrührte, hielt Annie Rafaels Blick tapfer stand und fuhr mit ruhiger Überzeugung fort: »Dein Volk hat recht, sich gegen dich zu erheben, Rafael. Du bist ein Tyrann und scheinst nicht das geringste Mitgefühl für die gequälten Bürger deines Landes aufzubringen.«

Der Prinz erblaßte, und Annie wußte, daß ihre Worte ihn tief getroffen hatten. Seine rechte Hand verkrampfte sich, er begann, etwas zu sagen, und brach dann wieder ab. Schließlich kam er und setzte sich auf die Bank neben sie, wenn auch nicht zu nahe. »Sag mir, was an jenem Tag geschehen ist«, bat er leise. »Erzähl mir, was du gesehen hast.«

Annie wandte für einen Moment den Blick ab und bemühte sich, Tränen der Enttäuschung zurückzuhalten, Qual und anhaltende Furcht. Ihre Kehle war wie zugeschnürt, und es kostete sie Mühe, Rafaels Frage zu beantworten. »Wir waren Kinder, Phaedra und ich, als wir zum Marktplatz gingen«, sagte sie traurig. »Kinder, die sich verkleidet hatten und auf Abenteuer aus waren. Wir kauften einige kleinere Dinge und gingen zum Platz hinüber, um die Schaufenster zu betrachten. Als wir auf dem Heimweg über den Markt zurückgingen, sahen wir einen Mann – er war noch sehr jung, ein Student vermutlich – der eine Rede bei dem Brunnen hielt.«

Sie hielt inne und zwang sich, Rafaels aufmerksamem Blick standzuhalten. »Er sprach sich gegen deine Regierung aus. Während er seine Rede hielt, stürmten plötzlich berittene Soldaten auf den Platz – sie schienen aus allen Richtungen zu kommen und benahmen sich, als ob sie den Verstand verloren hätten.« Auf diesen Bericht hin schloß Rafael für einen Moment die Augen und schien sich innerlich zu stählen für Annies nächste Worte. »Einer von ihnen erschoß den Studenten, und er stürzte blutend in das Brunnenbecken.« Wieder brach sie ab, um die Galle zu schlucken, die in ihrer Kehle aufgestiegen war. Ihre Hände lagen auf ihrem Schoß verschränkt; ihre Fingerknöchel traten weiß hervor. »Sie richteten ein Chaos auf dem Marktplatz an, deine Soldaten, zertrampelten mit ihren Pferden die Waren und terrorisierten die Menschen. Ich bin überzeugt, daß noch andere außer dem ersten Mann getötet oder verletzt wurden.«

Beide schwiegen einen kurzen, schrecklichen Moment lang. Dann sagte Rafael mit schroffer, bestürzter Stimme: »Und du glaubst, ich hätte so etwas befohlen?«

Annie betrachtete sein betroffenes Gesicht und empfand eine überwältigende Erleichterung, gefolgt von einer Art trauriger Resignation. »Nein«, sagte sie sanft, »das glaube ich nicht. Aber es waren *deine Männer*, Rafael. Sie trugen *deine* Uniformen, ritten *deine* Pferde und benutzten *deine* Schwerter und Pistolen. Du trägst eine große Verantwortung in dieser Angelegenheit, das ist nicht abzustreiten.«

Er stand rasch von der Bank auf und drehte ihr den Rücken zu, und Annie sah, wie er die Schultern hängen ließ. Sie hätte ihn gern getröstet, und doch konnte sie nicht, wollte sie nichts mit seiner Art des Regierens zu schaffen haben. »Ich versuche gar nicht, etwas abzustreiten«, sagte er nach sehr langer Zeit und drehte sich wieder zu ihr um. »Natürlich kann ich nichts tun, um etwas an den Geschehnissen zu ändern. Aber eins kann ich dir versprechen. Die Männer, die in diese Sache verwickelt waren, werden von ihrem Dienst enthoben und vor Gericht gestellt werden.«

Annie nickte nur.

Rafaels Gesichtsausdruck blieb ernst, und er hob anklagend einen Finger. »Du wirst mir allerdings auch eine Erklärung für deine Handlungsweise geben müssen, Annie. Gott weiß, daß ich dich am liebsten übers Knie legen würde dafür, daß du dich und meine Schwester in derartige Gefahr gebracht hast, aber ich werde der Versuchung widerstehen und statt dessen einen langen Brief an deine Eltern schreiben. Ich bin sicher, daß Patrick gern erfahren würde, was seine Tochter seit ihrer Ankunft in Bavia so alles treibt.«

Anni schluckte und verzichtete auf die Erwiderung, daß die ganze Sache ursprünglich Phaedras Idee gewesen war.

Rafael schaute sie noch einen Moment lang mit unergründlicher Miene an, um sich dann abzuwenden und den Garten zu verlassen. »Barrett!« hörte Annie ihn brüllen.

Welch eine Heimkehr, dachte Rafael düster, als er eine Stunde später in der Kupferbadewanne saß, die er sich in sein Zimmer hatte bringen lassen. Sein Land, sein ganzes *Leben*, brach ihm über dem Kopf zusammen. Er hatte den größten Teil der Woche entweder im Sattel verbracht oder auf der harten Erde, und alles, woran er hatte denken können, praktisch jede Sekunde dieser Zeit, war Annie Trevarren.

Er griff nach seinem Rasierzeug, das zusammen mit einem Kognakschwenker auf einem kleinen Tischchen neben der Wanne stand, und begann seine Wangen einzuseifen. Die entzückende Miss Trevarren hatte ein grausames Erwachen auf dem Marktplatz erfahren, und das Erlebnis schien ihre Denkweise in so mancher Hinsicht verändert zu haben.

Ihre Meinung über einen gewissen Rafael St. James zum Beispiel, dachte er trübselig, während er einen kleinen Spiegel zur Hand nahm, um mit dem Rasieren zu beginnen. Annie hatte ihre romantischen Ideen in bezug auf ihn bestimmt aufgegeben, und zweifellos würde es keine Gelegenheit mehr für skandalösen Klatsch über sie beide geben.

Rafael reinigte die Klinge und ließ sie über die andere Wange gleiten. Er hätte froh sein müssen, Annie los zu sein, doch statt dessen war er enttäuscht. Die Trennung von Annie hatte sie nur noch begehrenswerter für ihn gemacht und seinen Entschluß, sich von ihr fernzuhalten, erheblich ins Wanken gebracht. Es schmerzte ihn, daß sie ihn für einen Tyrannen hielt, der es verdiente, abgesetzt zu werden, während es ihn in Wirklichkeit doch sehr bestürzte, was seine Soldaten auf dem Marktplatz angestellt hatten.

Annie hatte recht; obwohl er nichts von dem Zwischenfall gewußt hatte, ganz zu schweigen davon, den Befehl dazu zu geben, war er der Oberbefehlshaber der Armee und trug daher die Verantwortung für ihre Aktionen. Es verursachte ihm Übelkeit, sich vorzustellen, welche anderen Brutalitäten die Männer noch verbrochen haben mochten, ohne sein Wissen und in anderen Städten oder Dörfern.

Kein Wunder, daß sein Volk kein Vertrauen in die Gesten setzte, mit denen er seinen guten Willen hatte beweisen wollen, seit er an die Macht gekommen war.

Rafael legte das Rasiermesser beiseite und griff nach dem Glas mit Brandy. Es waren etwa zweihundert Truppeneinheiten innerhalb der Mauern von Morovia stationiert, und er hatte Barretts Wort darauf, daß sie bei Sonnenaufgang vor dem Palast zum Appell antreten würden. Rafael hatte es so bestimmt, um den Männern, die den Marktplatz überfallen hatten, eine Chance zu geben, sich zu melden und ihre Schuld einzugestehen, obwohl er sehr bezweifelte, daß sie es tun würden. Während dies über die Bühne ging, würden Annie und Phaedra auf einem der Balkone stehen und so viele der Missetäter identifizieren, wie es ihnen möglich war.

Er stürzte den Inhalt seines Glases in einem Zug herunter, stellte es auf den Tisch zurück und beendete sein Bad. *Eine Krise nach der anderen, St. James,* sagte er sich. *Eine nach der anderen.*

Etwa eine Stunde nach dem Bad, als Rafael zum Dinner hinunterging, erwarteten ihn nur Chandler Haslett und Felicia am Tisch. Chandler schien besorgt, obwohl er freundlich und zuvorkommend war, während Felicia schrecklich beunruhigt wirkte.

»Barrett sagte, du wolltest die gesamte Garnison morgen früh antreten lassen«, sagte sie zu Rafael, nachdem die Suppe aufgetragen worden war. »Hältst du das für klug? Ich habe Angst, daß es Repressalien erzeugen könnte ...«

Rafael betrachtete schweigend seinen Freund, bevor er kühl bemerkte: »Barrett ist sehr freigebig mit vertraulicher Information. Ich werde mit ihm darüber sprechen müssen.«

Felicia war blaß, und ein seltsames Flimmern stand in ihren braunen Augen. Ihre Hand zitterte, als sie den Löffel auf den Tisch zurücklegte. »Wage es ja nicht, Edmund Vorwürfe zu machen«, wisperte sie, als könnte sie durch Flüstern verhindern, daß Chandler ihre Worte hörte. Natürlich veranlaßte es ihn nur, aufzuhorchen. »Er weiß, daß er mir vertrauen kann, und du weißt es auch!«

Da Rafael eine Woche lang von Armeerationen und Kaninchenfleisch gelebt hatte, war er jetzt froh über die gute Mahlzeit im Palast und hörte nicht auf zu essen. Nach einem Schluck Wein fragte er gelassen: »Ist es dein Bruder, um den du dich so sorgst?«

Felicias einziger lebender Verwandter, ihr Bruder Jeremy

Covington, war Leutnant in der bavianischen Armee und in Morovia stationiert. Felicia und Jeremy standen sich sehr nahe, aber da er jünger war als Rafael, etwa in Lucians Alter, hatte der Prinz selten mehr als einige Worte mit dem jungen Covington gewechselt.

»Ja«, erwiderte Felicia mit ungewöhnlicher Verbitterung. »Ich will nicht, daß Jeremy von einem Aufständischen erschossen wird, nur weil du darauf bestehst, sämtliche Soldaten in Morovia zu einer Strafpredigt vor dem Schloß zu versammeln.«

»Eine Strafpredigt?« entgegnete Rafael genauso bitter. »Weißt du, was diese Männer getan haben, Felicia?«

Sie errötete. »Natürlich weiß ich das. Aber warum sollten wegen der Missetaten einiger weniger *alle* Truppen in Gefahr gebracht werden?«

Rafael griff nach seinem Weinglas und trank einen weiteren Schluck daraus. »Die Männer wissen sich sehr gut zu schützen«, erwiderte er nüchtern. »Jeremy mehr noch als die anderen, da er ziemlich rasch im Rang aufgestiegen ist.«

»Du könntest eine Ausnahme machen ...«

Rafael unterbrach sie mit einem Kopfschütteln, und Felicia warf ihre Serviette auf den Tisch, schob ihren Stuhl zurück und stürmte aus dem Raum. Chandler erhob sich höflich und schaute stirnrunzelnd den Prinzen an.

»Du hättest Leutnant Covington zu einer privaten Unterredung ins Schloß bestellen können, Rafael«, schlug er ruhig vor.

»Nein«, erwiderte Rafael. »Jeder Mann wird die gleiche Behandlung erfahren, einschließlich meines Bruders Lucian.« Damit war das Thema abgeschlossen, und Rafael sah an Chandlers resigniertem Blick, daß er sich klar genug ausgedrückt hatte. »Und jetzt sag mir, wie es Phaedra geht.«

Bei Anbruch des Morgens gesellte Annie sich zu Phaedra, Mr. Barrett und dem Prinzen selbst, die sich auf einem hohen Balkon versammelt hatten, der teilweise durch die Äste eines

Baums verdeckt wurde. Doch obwohl diese Terrasse einen guten Blick auf den Schloßhof und die Straße vor dem Palast bot, vermochte Annie keinen der Männer zu erkennen, die sie an jenem schrecklichen Tag auf dem Marktplatz gesehen hatte. Viele der Soldaten hatten ähnlich helles Haar wie der Anführer jenes Trupps, der Annie von seinem Pferd aus einen Fußtritt versetzt hatte.

»Vielleicht würde ich sie erkennen, wenn ich sie aus der Nähe sähe«, sagte Annie. »Aus dieser Entfernung ...«

Rafael zögerte einen Moment und wandte sich dann an seine Schwester. »Phaedra?«

Die Prinzessin schüttelte den Kopf, und Annie hatte den Eindruck, daß sie sich an Mr. Barrett lehnte, wenn auch nur unmerklich. Phaedra zitterte wie Espenlaub und war erschreckend blaß. »Nein, Rafael ... Sie sehen alle ganz ähnlich aus ...«

Rafael und Edmund wechselten einen Blick.

»Keine Sorge«, beruhigte Mr. Barrett den Prinzen. »Ich werde die Schuldigen mit anderen Methoden entlarven.«

Rafael beobachtete die Soldaten wieder. »Tu das. Und jetzt möchte ich die Männer persönlich ansprechen.«

Annie sah, wie Barrett die Lippen zusammenpreßte, und wußte, daß es ihn beträchtliche Mühe kostete, nicht zu protestieren. Annie selbst hingegen kannte derartige Hemmungen nicht.

»Das könnte gefährlich sein, Hoheit«, warnte sie. »Und es wäre auch nicht klug.«

Er wandte den Kopf und maß sie mit einem strengen Blick. »Und Sie sind schließlich eine Expertin in diesen Dingen, nicht?«

Annie errötete.

Rafael machte eine angedeutete Verbeugung. »Erlauben Sie mir doch bitte, meine Armee nach meinen eigenen Vorstellungen zu führen, Miss Trevarren«, sagte er kühl. »Und während ich das tue, können Sie und meine Schwester sich mit den Vorbereitungen für den heutigen Ball beschäftigen.«

Seine Bemerkung war höflich formuliert, tat aber weh, wie es wohl auch beabsichtigt gewesen war. Annie unterdrückte den Impuls, Seiner Königlichen Hoheit einen Tritt gegen das Schienbein zu versetzen und deutete statt dessen eine spöttische Verbeugung an. »Wie Ihr befiehlt, Majestät«, sagte sie mit Betonung auf dem letzten Wort. »Ich würde es niemals wagen, Euch den Gehorsam zu verweigern.«

Der Prinz unterdrückte einen Fluch, als Annie sich abwandte und hocherhobenen Kopfes in den Palast zurückging. Phaedra folgte ihr bald darauf.

In der königlichen Residenz herrschte Durcheinander an diesem Tag, und nicht nur, weil mehrere hundert Soldaten sich vor ihren Toren versammelt hatten. In der Küche wimmelte es nur so von Mägden, und im großen Ballsaal im Erdgeschoß hielten sich Blumenhändler, Musiker und Dienstmädchen auf, die sich ebenfalls auf den großen Moment vorbereiteten.

Phaedra und Annie waren nervös und zerstreut, aber es gab soviel zu tun, und beide gingen ihrer Wege – Annie zu einer weiteren Anprobe bei Miss Rendennon, Phaedra, um eine Auswahl von Kleidern anzuprobieren, die aus einem der eleganten Geschäfte in der Stadt gebracht worden war. Als Annie die scheinbar endlose Sitzung überstanden hatte und in ihr Zimmer floh, stellte sie erfreut fest, daß auch dort eine Auswahl eleganter Kleider wartete.

Sie wählte ein gelbes, mit goldener Spitze abgesetztes Seidenkleid, das nur einige wenige Änderungen benötigte, die von einer von Miss Rendennons Assistentinnen vorgenommen wurden.

Stunden später, als das Klappern von Pferdehufen und Kutschenrädern schon seit Stunden im Hof erschallte, stieg Annie die breite Treppe zum Erdgeschoß hinunter. Sie hatte sich vorgenommen, den Ball zu genießen, obwohl ihr Herz gebrochen und Ihre Illusionen zerstört waren. Sie sah Rafael in der Halle mit einem Mann sprechen, in der Nähe der Treppe, und nahm sich vor, höflich zu sein, wenn sie an ihm vorbeiging.

Als Rafael jedoch den Blick zu ihr erhob, drehte sein blonder Begleiter sich ebenfalls um, und Annie stellte fest, daß sie ins Gesicht des Mannes schaute, der den Überfall auf dem Marktplatz angeführt hatte.

10

Der blonde Mann hielt Annies Blick gelassen stand, ein schwaches Lächeln um seinen perfekt geformten Mund, als wollte er sie geradezu herausfordern, ihn zu verraten. Angst schlich sich in ihr Herz und in ihren gesamten Körper, wie bitterer, giftiger Rauch. Ihre Finger verkrampften sich um das Geländer, und sie stand so still wie eine Maus vor einer Kobra, unfähig, einen Schritt nach vorn zu tun oder sich umzuwenden und die Treppe hinaufzufliehen.

»Annie?« Es war Rafaels Stimme, die sie aus ihrem Schock erlöste; sie sah ihn wie durch Nebelschwaden die Treppe zu ihr hinaufkommen. »In Gottes Namen – was hast du bloß?« fragte er und legte einen Arm um ihre Taille, als ihre Knie gerade nachzugeben drohten. »Bist du krank?«

Annie schaute einen Moment in sein Gesicht und dann an ihm vorbei. Der Mann stand noch immer da, doch sein Blick enthielt jetzt eine Warnung. Annie spürte plötzlich wieder seinen harten Stiefel auf ihrer Brust und hörte die Schreie, den Schuß und alles andere.

Und da wich ihre Angst Zorn.

Sie hob eine Hand.

»Er war dort, auf dem Marktplatz«, sagte sie mit klarer Stimme. »Er gab die Befehle.«

Rafael stützte sie noch immer, und darüber war sie froh, denn trotz des Aufwallens kalter Wut in ihr bezweifelte sie, daß sie allein hätte stehen können. »Covington? Bist du sicher?«

Covingtons Gesicht hatte eine graue Farbe angenommen, obwohl nicht zu erkennen war, ob aus Wut oder aus Angst. »Hören Sie, Rafael«, protestierte er. »Das Mädchen lügt ...«

»Er hat mich getreten«, sagte Annie. »Ich schrie ihn an, aufzuhören, und er stieß mich mit einem Tritt zu Boden. Glaubst du mir etwa nicht?«

»Natürlich glaube ich dir«, murmelte Rafael gereizt, aber sein Ärger richtete sich auf den blonden, aristokratischen Mann am Fuß der Treppe. »Hol Mr. Barrett, schnell«, sagte der Prinz zu einem vorübereilenden Dienstboten.

Covington schwitzte jetzt, und ein Muskel zuckte an seiner rechten Wange. Er fuhr sich mit einer Hand durch sein perfekt frisiertes blondes Haar, und Annie kam der merkwürdige Gedanke, daß dieser Mann nicht für das Soldatenleben geschaffen schien. Wie Lucian erinnerte er mehr an einen Poeten oder Musiker – was nur bewies, daß Äußerlichkeiten täuschten, denn es konnte weder Musik und ganz bestimmt keine Poesie in der Seele eines derart grausamen Mannes wohnen.

»Ich werde es nicht dulden, Rafael«, zischte er, während er mit zwei Fingern den steifen Kragen seines eleganten Hemds lockerte. »Es ist eine grobe Beleidigung ...«

Rafael ließ Annie stehen und ging die Treppe hinunter. »Sprechen Sie mir nicht von Beleidigungen, Leutnant Covington«, warnte er mit gefährlich leiser Stimme. »Ich dulde eine solche Haltung nicht – schon gar nicht von jemandem wie Ihnen.«

Covingtons braune Augen funkelten vor Haß, als er den Blick auf Annie richtete. »Bin ich bereits verurteilt und für schuldig befunden worden, ohne Prozeß und nur auf das Wort dieser Frau hin?«

Der Prinz beantwortete die Frage nicht, denn in diesem Augenblick kam Mr. Barrett, der ganz ungewöhnlich attraktiv aussah in seiner Abendkleidung. Er warf einen Blick auf Covington und dann auf Annie, obwohl seine eigentliche Aufmerksamkeit Rafael galt.

»Was gibt's?« fragte er.

Rafael deutete auf den Leutnant. »Stellen Sie diesen Mann sofort unter militärischen Arrest. Annie … Miss Trevarren hat ihn als einen der Missetäter vom Marktplatz identifiziert.«

Barrett erbleichte und murmelte einen Fluch, aber dann ergriff er Covingtons Arm. Der Gefangene riß sich los, zupfte seinen Ärmel glatt und richtete seinen Kragen. Obwohl er sehr beherrscht wirkte, war es für Annie offensichtlich, daß er innerlich schäumte. Wahrscheinlich, dachte sie, hätte er sie mit bloßen Händen erwürgt, wenn sie allein gewesen wären.

»Wagen Sie es nicht, mich anzurühren«, sagte er zu Barrett, seinem ranghöheren Offizier, als wäre er der Niedrigste unter dem Gesinde. Sein Blick glitt noch einmal zu Annie, bevor er zum Verhör geführt wurde. »Sie werden büßen für diese Lüge, Miss«, sagte er, »und Ihr Verhältnis mit dem Prinzen wird Sie nicht davor bewahren.«

»Genug!« rief Rafael erbost und sagte zu Barrett: »Sorg dafür, daß er eingesperrt wird. Ich werde mich morgen früh um die Sache kümmern.«

Barrett nickte und geleitete Leutnant Covington aus dem Palast. Erst als sie gegangen waren, merkte Annie, daß sich eine kleine Menschenmenge in der Halle versammelt hatte. Dienstboten drängten sich neugierig im Hintergrund, und einige der Tänzer hatten den Ballsaal verlassen und beobachteten die Vorgänge.

Rafael entließ sie alle mit einer höflichen Handbewegung, und wie durch ein Wunder waren sie plötzlich wieder ganz allein. Er streckte eine Hand nach Annie aus, und sie schritt langsam die Treppe hinunter und legte ihre Hand in seine.

»Ich werde nicht zulassen, daß die Untaten, die du mit angesehen hast, ungestraft bleiben«, versprach er ruhig, als Annie ihm gegenüberstand. »Es wird ihm der Prozeß gemacht werden.«

Annie glaubte ihm und hatte ihn nie mehr geliebt, aber einige wenige Worte konnten nicht rückgängig machen, was dem armen Studenten zugestoßen war, oder den Händlern, deren Stände zerstört worden waren. Annies naive Sicht der Welt war für immer verdorben. Obwohl sie nichts sagte, war ihr klar, daß der Blick in ihren Augen Rafael sehr viel verraten mußte.

»Komm«, sagte er und zog sie sanft in Richtung Ballsaal. »Nach allem, was ich deinetwegen durchgemacht habe, Annie, kannst du mich wenigstens mit einem Tanz belohnen.«

Annies Herz klopfte schneller bei der Aussicht. Sie wollte Rafael St. James nicht lieben, aber es war bereits so entschieden worden, von einer anderen, höheren Autorität, auf die sie keinen Einfluß hatte. Die Begegnung mit Leutnant Covington hatte sie jedoch zutiefst erschüttert, und sie hatte noch immer große Angst.

»Du glaubst mir also«, sagte sie, als sie durch die Halle schritten, an unzähligen, prächtig gekleideten französischen, spanischen und bavianischen Aristokraten vorbei, die sich im Auge des politischen Sturms versammelt hatten, um die bevorstehende Hochzeit einer der ihren zu feiern.

Rafael zog eine Augenbraue hoch. »Du bist viel zu anständig, um in einer so wichtigen Angelegenheit zu lügen«, erklärte er. »Covington und die anderen – ich hege keinen Zweifel daran, daß er uns ihre Namen verraten wird – werden für ihre Taten büßen, Annie. Wer auch immer den Schuß abgab, der den Studenten tötete, wird des Mordes angeklagt werden.«

Annie schluckte und nickte stumm. Es geschah Covington und seinen Spießgesellen nur recht, für ihre Verbrechen zur Rechenschaft gezogen zu werden, aber es zu wissen, ließ die Angelegenheit nicht weniger häßlich oder tragisch erscheinen. »Ist der Leutnant mit Felicia verwandt?« fragte sie, als sie den Ballsaal betraten.

Er funkelte nur so von Kerzenschein und Farben, und die Spiegel an den Wänden verdoppelten den Glanz und warfen ihn auf die fröhlichen Tänzer zurück. Es war ein zauberhafter Anblick, und Annie wäre fasziniert davon gewesen, wenn sie nicht gerade diese unangenehme Begegnung mit Covington erlebt hätte. Als Rafael sie jedoch in die Arme zog, vergaß sie alles andere; sie hielt ganz unbewußt den Atem an, und ihre Haut begann zu prickeln, wo er sie berührte.

Rafael versteifte sich fast unmerklich. »Ja«, erwiderte er betrübt, während er seinen besorgten Blick über die Menge gleiten ließ. »Leutnant Covington ist Felicias Bruder.«

Annie spürte, daß sich die Nachricht von seiner Verhaftung bereits im Ballsaal herumsprach; das allgemeine Tuscheln war sogar über das Klirren der Gläser und die Musik zu vernehmen. Bevor Annie jedoch auf Rafaels Worte antworten konnte, entstand Unruhe in einer Ecke des Saals, gefolgt von schockierten Ausrufen und gemurmelten Protesten, als Felicia Covington sich rücksichtslos durch die Menge zu Rafael vordrängte.

Felicia war erschreckend bleich, als sie vor dem Prinzen stehenblieb und damit seinen Tanz beendete; ihre braunen Augen verrieten Panik, Fassungslosigkeit und Zorn. Annie, die an Rafaels Seite stand, ihren Arm verschränkt mit seinem, beachtete Felicia kaum.

»Ist es wahr, Rafael?« fuhr Felicia ihn an, als Chandler Haslett zu ihnen herüberkam. »Hast du Jeremy abführen lassen wie irgendeinen gewöhnlichen Dieb?«

Rafael seufzte. »Nicht hier, Felicia«, sagte er sanft. »Nicht jetzt.«

Felicia schien zu schwanken, aber Annie hätte nicht sagen können, ob es an ihrem erregten Zustand lag oder ob sie zuviel Champagner getrunken hatte. Miss Covington tat ihr leid, und sie hätte sie gern getröstet, wußte jedoch, daß eine solche Geste jetzt nicht willkommen war, schon gar nicht von seiten der Frau, die Jeremy Covington beschuldigt hatte.

»Du hast ihn schon immer gehaßt!« beschuldigte sie Rafael mit schriller Stimme. »Genauso, wie du Lucian gehaßt hast!«

Rafael schloß gequält die Augen. »Chandler«, sagte er und ließ es wie eine Bitte klingen, die Mr. Haslett auch sofort zu verstehen schien, denn er nahm Felicias Arm und begann sie sanft fortzuführen.

Sie wehrte sich jedoch, lange genug, um Annie auf die gleiche Weise anzustarren, wie ihr Bruder es getan hatte. »Sie!« zischte sie. »*Sie* haben sich diese schreckliche Lüge über meinen Bruder ausgedacht!«

Annie schwieg und litt, denn sie mochte Felicia und hatte gehofft, daß sie und diese Frau eines Tages Freundinnen werden könnten. Doch jetzt bestand natürlich keine Chance mehr dazu. Türen schlossen sich, Leben änderten sich und Länder brachen auseinander.

»Kommen Sie mit, meine Liebe«, sagte Chandler leise zu der hysterischen Felicia. Seine Freundlichkeit der Frau gegenüber machte ihn Annie noch sympathischer als zuvor. Sie schätzte seine Freundschaft und seinen Rat und hoffte nur, daß er sie nach dieser schicksalhaften Nacht nicht auch ablehnte. Sie hatte sich heute genug Feindschaft eingehandelt, zuerst von Jeremy Covington, und dann von seiner Schwester.

Rafael schaute ihnen einen Moment nach und drückte dann Annies Hand. »Ich werde lieber nachsehen, ob Felicia sich beruhigt hat. Wirst du mir einen Tanz freihalten, Annie?«

Sie hätte es ihm nicht verweigern können, und obwohl sie einen Stich der Eifersucht verspürte, weil er sich um Felicia sorgte, gehörte seine Ritterlichkeit zu den Eigenschaften, die sie am meisten an ihm liebte. So nickte sie nur, und sie trennten sich. Während Rafael Chandler und Miss Covington folgte, ging Annie langsam durch den Ballsaal und betrachtete die fremden Gäste.

Irgendwann begegnete sie dabei Phaedra, die in ihrem duftigen blauen Kleid ganz wie die Prinzessin aussah, die sie war. Sie stand am anderen Ende des Saals und trank Champagner, und ihr nachtschwarzes Haar schimmerte wie Feuerschein auf Ebenholz.,

Annie hatte den Eindruck, daß Phaedra erstaunlich unbekümmert war angesichts der Ereignisse dieses Abends. Es war möglich, daß sie von Leutnant Covingtons Verhaftung erfahren hatte, wenn auch nicht wahrscheinlich, aber Felicias Ausbruch konnte sie unmöglich verpaßt haben – selbst die kleine Kapelle war während dieser Zeit verstummt.

»Ich würde gern einmal unter vier Augen mit dir sprechen«, sagte Annie mit erzwungener Heiterkeit, als sie neben Phaedra trat.

Phaedra machte Anstalten, zu widersprechen, doch dann verzichtete sie darauf und entschuldigte sich im Kreis der zahlreichen Bewunderer, die sich um sie geschart hatten. Ein gereizter Ausdruck prägte ihr Gesicht, als sie Annie voran in den weitläufigen Garten hinter dem Ballsaal ging.

»Was ist so wichtig, daß es nicht bis morgen warten könnte?« erkundigte sie sich mürrisch.

Annie verschränkte ihre Arme. »Leutnant Covington ist eben verhaftet worden«, sagte sie, um einen ruhigen Ton bemüht.

Phaedra zuckte mit den Schultern. »Handelt es sich etwa um diesen ermüdenden kleinen Narren?« fragte sie mit hochmütiger Gleichgültigkeit. »Was immer ihm geschehen mag, er hat es verdient.«

Ihre Reaktion entnervte Annie. »Ich stimme dir zu, Phaedra, aber das ist nicht der springende Punkt für mich. Du scheinst Jeremy Covington zu kennen, also mußt du ihn an jenem Tag auf dem Marktplatz auch erkannt haben. Und doch hast du heute morgen auf dem Balkon gestanden und so getan, als ob du nicht wüßtest, wer an dem Überfall teilgenommen hatte.«

Annie hielt einen Moment inne, um ihre zunehmende Wut zu bändigen. »Warum hast du nichts gesagt, Phaedra? Wolltest du Leutnant Covington schützen?«

»Ihn *schützen?* Wie kommst du denn auf so etwas, Annie?

Ich hatte an jenem Tag – *schreckliche* Angst, genau wie du! Ich habe Jeremy Covington nicht erwähnt, weil ich ihn nicht gesehen hatte!«

Annie biß sich auf die Lippen, um sich zu beherrschen und nachzudenken. Es war eine entsetzliche Erfahrung gewesen, ein wahrer Alptraum, und Phaedra besaß keinen Grund, über die Ereignisse jenes Tages zu lügen. Wenn Annie sich an den Leutnant erinnerte, obwohl sie selbst halb blind vor Angst gewesen war, mochte es daran liegen, daß sie ihm direkt ins Gesicht geschaut hatte, als er sie trat.

Sie legte seufzend eine Hand an ihre Stirn, und Phaedra trat einen Schritt näher.

»Es sind scheußliche Zeiten, für alle«, sagte die Prinzessin sanft und berührte Annies Schulter. »Wir sind alle überreizt. Aber wir dürfen uns nicht in Selbstmitleid verlieren, Annie. Wir müssen tanzen, solange es noch geht, und uns auf bessere Zeiten freuen.«

Annie wischte mit der Fingerspitze eine Träne ab und zwang sich zu einem Lächeln. »Du hast recht, Phaedra. Es ist dein Verlobungsball, und wir haben ja auch noch die Hochzeit, auf die wir uns freuen können.«

»Ja«, stimmte Phaedra zu, aber es klang abwesend, und ihr Blick war traurig. Sie schaute in die Ferne, als ob sie sich weit, weit fort wünschte. »Da ist immer noch die Hochzeit ...«

Als Annie in den Saal zurückkehrte, war Rafael nirgendwo zu sehen, aber es herrschte kein Mangel an Tanzpartnern für sie. Als der Prinz endlich den großen Saal betrat, waren Annies Zehen wund von all den Füßen der Offiziere, Minister und Aristokraten, die ihr darauf getreten hatten.

Die Gäste hatten viel mit Rafael zu besprechen, und so wurde er auf dem Weg zu Annie so oft aufgehalten, daß sie schon befürchtete, er würde sie nie erreichen. Doch dann, endlich, nahm er ihre Hand und neigte grüßend den Kopf vor ihr. Obwohl er lächelte, nahm sie die Verzweiflung in seinen Augen wahr.

»Ich hoffe, daß du einen Tanz für mich reserviert hast«, sagte er. Annies Gefühle überwältigten sie, als sie ihn anschaute, und so konnte sie nicken. Zu bald schon, dachte sie betrübt, als er sie in die Arme nahm und sie über die Tanzfläche führte, würde die Hochzeit vorbei sein, und sie würde Bavia verlassen müssen, vielleicht sogar für immer. Und das bedeutete natürlich auch, Rafael zu verlassen.

Einen Moment lang lehnte sie ihre Stirn an seine Schulter, während sie um ihr inneres Gleichgewicht kämpfte, und Rafael legte einen Finger unter ihr Kinn und zwang sie, ihn anzusehen.

»Möchtest du lieber gehen, Annie?« fragte er. »Es war ein anstrengender Abend für dich.«

Seine Besorgnis war ihr Verhängnis; sie begann zu weinen, und nichts vermochte mehr den Strom von Tränen aufzuhalten.

»Vielleicht ... sollte ich ... gute Nacht sagen ...« schluchzte sie.

Entschlossen führte Rafael sie durch die breiten Terrassentüren in den Garten, in dem sie zuvor mit Phaedra gesprochen hatte. Er blieb jedoch nicht stehen, um zu reden, sondern zog sie einfach mit sich weiter, an Sträuchern und Statuen, Marmorbänken und sich küssenden Liebespaaren vorbei. Und dann endlich, mitten in einem Kreis von Hecken und Rosensträuchern, waren sie allein, und Rafael zog Annie in die Arme. Als er ihr in die Augen schaute, sah sie sehr widerstreitende Emotionen in seinem Gesicht. »Ich habe versucht, dich zu vergessen, Annie, aber es ist mir nicht gelungen. Ich habe kein Recht, dich um irgend etwas zu bitten, und doch kann ich nicht anders. Ich brauche deinen Trost, falls du noch immer bereit bist, ihn zu geben.«

Annie fragte nicht, was er ihr im Ausgleich dafür geben würde, weil sie die Antwort darauf kannte. Falls Rafael sie liebte und nach der Hochzeit fortschickte, womit sie rechnete, würde sie wenigstens die Erinnerung an ihre gemeinsam verbrachte Zeit besitzen, denn sie wußte, daß sie sich nach Rafael niemals einem anderen Mann hingeben würde.

Aus diesem Grund sagte sie mit fester Stimme, obwohl ihr Herz so heftig klopfte, daß das Blut ihr in den Ohren dröhnte: »Ja, Rafael. Ich möchte mich dir schenken.«

Mit einem bangen, hungrigen Laut zog er sie noch fester an sich, preßte seinen Mund auf ihre Lippen und begann die warme Süße ihres Mundes zu erforschen.

Annie überließ sich seinen Zärtlichkeiten bereitwillig und voller Freude. Sie war dazu erzogen worden, selbständig zu sein, und die Entscheidung lag bei ihr, bei ihr allein – niemand sonst konnte dafür verantwortlich gemacht werden. Sie würde die Ekstase kennenlernen, sich Rafael hinzugeben, und eines Tages, zweifellos, würde sie auch die Konsequenzen kennenlernen.

Es war Rafael, der den fieberheißen Kuß abbrach, indem er keuchend die Hände um Annies Taille legte und sie ein wenig fortschob. »Großer Gott«, murmelte er, und es klang fast so, als ob er um Hilfe bäte, um Rat und Führung. Vor allem jedoch um Trost.

Annie wollte ihn berühren, aber er hielt sie auf Distanz.

»Nein, Annie«, sagte er rauh, »faß mich jetzt nicht an, sonst schwöre ich, daß ich dich hier auf der Stelle nehmen werde, in diesem Augenblick! Aber so will ich es nicht haben.«

Einen freudigen Moment lang dachte Annie, er würde sie jetzt um ihre Hand bitten. Dann erkannte sie, daß das nie geschehen würde, egal, was zwischen ihnen vorfiel. Was ihn betraf, so näherte sich seine Zeit ihrem Ende und seine Welt ihrem Untergang. Rafael St. James hatte keine Zukunft mehr zu geben.

»Wie soll es dann geschehen?« erkundigte sie sich leise. Es hätte ihr nichts ausgemacht, wenn Rafael sie hier genommen hätte, im Schein des Monds im weichen Gras, solange er es nur tat. Sie empfand ein unglaubliches Verlangen nach ihm, sie schämte sich nicht dafür.

Rafael löste die Hand von ihrer Taille und legte sie an ihre Wange. Mit dem Daumen strich er über ihre vollen Lippen und senkte dann den Kopf, um einen sehr sanften Kuß auf ihren Mund zu hauchen. »Wenn der Ball zu Ende ist«, sagte er, »bringe ich dich in mein Zimmer und werde dich im Schein des Feuers lieben, wie es sich gehört.«

»Hoffentlich nicht zu sehr, wie es sich gehört«, antwortete Annie rasch.

Rafael lachte erfreut und schüttelte den Kopf. »Welch ein Rätsel du doch bist«, erwiderte er erstaunt. »Ich würde mein Leben darauf verwetten, daß du noch Jungfrau bist, und doch besitzt du den Mut einer Konkubine.« Das belustigte Funkeln wich aus seinen Augen. »Und du ahnst gar nicht, wie sehr ich mich für diese Nacht verachten werde!«

Annie trat einen Schritt auf ihn zu und berührte seine Lippen. »Psst, Rafael«, wisperte sie. »Zerstör es nicht. Bitte. Es wird vielleicht alles sein, was ich jemals von dir haben werde, und ich möchte, daß es wunderschön wird.«

Er runzelte die Stirn, schloß seine Hand um ihre und küßte ihre Handfläche, bevor er sie an seine Brust legte, um sie seinen Herzschlag spüren zu lassen. »Alles, was du jemals von mir haben wirst, Annie? Du bist so jung, so schön – ganze Legionen von Männern werden dich begehren, so viele von ihnen, daß dir die Auswahl schwerfallen wird.«

Sie konzentrierte sich auf das Pochen seines Herzens und schüttelte den Kopf. »Nein, Rafael. Für mich kann es nur einen Geliebten geben, und der bist du.«

Er hielt noch immer ihre Hand, hob sie wieder an die Lippen und küßte sie gedankenverloren. Sein Atem war warm und ließ Annie erschauern.

»Geh wieder in den Saal zurück, Annie«, sagte er heiser.

Angst, daß er es sich anders überlegt haben könnte, durchzuckte sie. »Rafael ...«

Er neigte den Kopf und küßte sie sanft, aber leidenschaftlich. »Geh«, wiederholte er dann.

Annie tat, wie er von ihr verlangte, tanzte, trank Champagner und beobachtete Rafael den ganzen verbleibenden Abend lang. Sie wußte, daß es Wahnsinn war, sich derart verzweifelt eine Verführung herbeizuwünschen, vor allem angesichts all dessen, was bereits vorgefallen war und was noch kommen würde, und doch steigerte sich ihr Verlangen mit fortschreitender Nacht ins Unermeßliche.

Um Mitternacht formten die Gäste einen großen Kreis, und Phaedra und Chandler tanzten einen Ehrentanz in ihrer Mitte. Phaedra lächelte, und ihre makellose Haut war rosig vor Erregung und vom Champagner. Ihr Bräutigam hingegen wirkte erstaunlich nüchtern und schaute immer wieder zur Tür hinüber.

Die Gäste applaudierten nach dem Walzer, und als Annie Rafael in der Menge suchte, fiel ihr Blick auf Edmund Barrett. Der Kommandant der Leibgarde lehnte mit verschränkten Armen an einer Wand und beobachtete Phaedra, wie fast alle anderen auch. Der Ausdruck auf seinem Gesicht jedoch verriet Grimm und Trauer, und während Annie noch zu ihm hinübersah, stieß er sich von der Wand ab und verließ mit hängenden Schultern den Saal.

Annie wünschte der Prinzessin eine gute Nacht, wie es der Brauch bei derartigen Anlässen erforderte, wehrte eine Reihe hoffnungsvoller Tanzpartner ab, während sie den Saal durchquerte, und zog rasch ihre Schuhe aus, als sie in der Halle war. Dann, die zierlichen Samtschuhe in der Hand, eilte sie die Treppe hinauf.

Wie schon den ganzen Abend seit ihrer Unterhaltung mit Rafael im Garten fragte sie sich, ob er es sich anders überlegt haben mochte und doch nicht wie besprochen zu ihr kommen würde. Für den Fall, daß er es nicht tat, war sie fest entschlossen, zu ihm zu gehen.

In ihrem Zimmer legte sie mit Kathleens Unterstützung ihr Ballkleid und ihr Korsett ab. Nur mit Unterrock und einem dünnen Seidenhemd bekleidet, wärmte sie am Feuer ihre Zehen, während Kathleen heiße Schokolade in eine der am Rand gesprungenen Tassen einschenkte.

»Sie müssen ganz wunde Füße vom Tanzen haben, Miss«, bemerkte Kathleen amüsiert.

Annie nickte und betrachtete stirnrunzelnd die Tasse.

»Welch seltsame Mischung aus Luxus und Armut an diesem Ort herrscht«, sagte sie verwundert. »Sie benutzten zersprungenes Porzellan wie diese Tasse hier und haben nicht ein Gemälde an den Wänden hängen. Die Fußböden sind kahl, und ich habe nirgendwo etwas gesehen, was diesem Palast zur Zierde dienen könnte. Und doch haben wir heute abend aus Champagnergläsern aus feinstem Kristall getrunken – sie hätten aus Diamanten geschliffen sein können, so wie sie im Kerzenschein gefunkelt haben ...«

»Die St. James' haben den Ballsaal immer gut in Ordnung gehalten«, unterbrach Kathleen sie in liebevollem Ton. »Es ist der einzige Raum, in dem sie noch Feste geben. Wir haben oft Herzöge und Herzoginnen aus England zu Besuch, und manchmal sogar Könige und Königinnen aus kleineren Nationen. Wir müssen sie schließlich irgendwo unterbringen, nicht?«

Annie lächelte. »Ja«, stimmte sie zu, »das müssen Sie.«

Kathleen seufzte und ging zu Annies Bett, um die Decke zurückzuschlagen. »Die Königin sagt, wir hätten heute nacht den letzten großen Ball gesehen. Sie wird nicht mehr lange aufrechtzuerhalten sein, diese Lebensweise.«

»Und das ist vielleicht am besten so«, stimmte Annie zu. »Niemand könnte es bezweifeln nach den Vorfällen auf dem Marktplatz, und doch stimmt es mich traurig. Ohne Prinzen und Prinzessinnen, Königen und Königinnen, Palästen und Burgen gäbe es auch keine Märchen mehr, nicht wahr?«

Annie spürte, wie ihr wieder die Tränen kamen, doch sie gab dem Impuls nicht nach. Sie hatte genug geweint für heute, und außerdem hegte sie noch immer Hoffnungen, eine wunderschöne Nacht mit Rafael zu verbringen.

Nachdem Kathleen gegangen war, blieb Annie am Feuer sitzen und ließ die Ereignisse des Abends noch einmal an sich vorüberziehen. Er hatte schlimm begonnen, mit Leutnant Covingtons Verhaftung und Felicias Ausbruch, doch das Tanzen war herrlich gewesen, und Rafael hatte sie geküßt ...

Sie lehnte den Kopf auf die Sesselkante, seufzte und schloß die Augen. Nach einer Weile schlief sie ein, und ihre

Träume führten sie in den Ballsaal zurück. Als sie jedoch erwachte, erschrak sie heftig.

Das Feuer war erloschen, der Raum war dunkel bis auf einen Streifen Mondlicht, der durch die Terrassentüren fiel. Entweder war Rafael nicht zu ihr gekommen, oder sie hatte im Schlaf sein Klopfen überhört …

Annie erhob sich mit steifen Gliedern. Obwohl sie sich fest vorgenommen hatte, zu Rafael zu gehen, falls er nicht zu ihr kam, merkte sie jetzt, daß ihr dazu der Mut fehlte. Andererseits jedoch hatte sie mit eigenen Augen den Zustand seines Landes gesehen, nicht nur auf dem Marktplatz, sondern auch am Tag ihrer Ankunft im Palast, als der aufgebrachte Pöbel sie alle mit Flüchen und Steinwürfen traktiert hatte. Die Lage war kritisch und Rafael die Zielscheibe allgemeinen Hasses. Vielleicht würde die heutige Nacht die einzige bleiben, die sie je miteinander verbringen konnten …

Resolut stieg sie ins Bett, streckte sich aus und deckte sich zu, nur um gleich darauf wieder aufzuspringen. Sie hatte Angst, daß Rafael anklopfen könnte, noch mehr Angst jedoch, daß er es unterlassen könnte. Was diesen Mann anging, mußte Annie sich eingestehen, war ihr Verhalten ausgesprochen unvernünftig.

Die Mehrzahl junger Frauen aus guten Familien wachten eifersüchtig über ihre Tugend und verschenkten, was die Nonnen in St. Apasia als ihre ›kostbare Reinheit‹ bezeichneten, erst dann, wenn der entsprechende Mann bereits ihr Gatte war oder es bald sein würde. Annie zweifelte nicht daran, daß sie ein anständiger Mensch war, aber sobald es sich um Rafael handelte, schien sie keinen Funken Verstand mehr zu besitzen.

Während sie noch über die unglückseligen Folgen dieser Erkenntnis nachdachte, ertönte ein leises Klopfen an ihrer Zimmertür.

Annie verharrte mitten in der Bewegung, hörte auf zu denken und zu atmen.

Ein zweites Klopfen erklang, diesmal sogar noch leiser als das erste, und dann öffnete sich die Tür und Rafael war da.

Er hatte Rock und Krawatte abgelegt und trug nur noch die dunklen Hosen und das weiße Hemd, die er auf dem Ball getragen hatte. Das Hemd war auf der Brust geöffnet, und Annie war fasziniert von dem weichen dunklen Flaum, den sie dort sah.

Der Prinz trat über die Schwelle und schloß hinter sich die Tür.

Einen langen Moment schaute er Annie nur an, aus Augen, die wie Sterlingsilber glitzerten, und seine Mundwinkel verzogen sich zu einem schwachen Lächeln. »Hast du es dir anders überlegt, Annie?« erkundigte er sich ruhig. »Oder wirst du heute nacht das Bett mit mir teilen, wie du versprochen hast?«

11

Hast du es dir anders überlegt, Annie? Oder wirst du heute nacht das Bett mit mir teilen, wie du versprochen hast?

Annie konnte Rafael nur in freudigem Erschrecken anschauen. Im Zimmer war es dunkel, abgesehen von dem schwachen Schein der Nachttischlampe und dem sanften Licht des Mondes. Rafael verschränkte abwartend die Arme; die Entscheidung, das wußte Annie, lag bei ihr. So unvernünftig es auch schien angesichts der weitreichenden Folgen, die eine solche Liebesnacht nach sich ziehen konnte, wußte sie, daß die körperliche Vereinigung mit Rafael ebensosehr ein Teil ihres Schicksals war wie ihr nächster Herzschlag. Und aus diesem Grund blieb ihr gar keine andere Wahl.

»Ich habe es mir nicht anders überlegt«, antwortete sie, als sie endlich ihre Stimme wiederfand.

Da reichte Rafael ihr die Hand, und sie ging zu ihm und hob ihm vertrauensvoll ihr Gesicht entgegen.

Er zog Annies Hand an seine Lippen und küßte sie. Mit geschlossenen Augen murmelte er ihren Namen.

Annie lehnte die Stirn an seine Schulter, nahm seinen Duft und seine Nähe in sich auf, erfüllt von einer überwältigenden Süße und dem klaren Bewußtsein, daß jeder Augenblick kostbar war. »Mein Liebster«, flüsterte sie an seiner warmen Brust.

Rafael zeichnete ihre Lippen mit der Spitze seines Zeigefingers nach, und selbst diese einfache Berührung löste ein versengendes Feuer in ihren Adern aus. Er senkte den Kopf und küßte sie noch einmal, hob sie auf seine Arme und schaute ihr lächelnd in die Augen.

»Welch ein entzückendes Geschöpf du bist«, sagte er staunend. »Es schmerzt mich jetzt schon, daß du mich verachten wirst für das, was jetzt zwischen uns geschehen wird.«

Annie versteifte sich in seinen Armen, schon im Begriff, ihm zu versichern, daß sie ihn niemals verachten könnte, doch er brachte sie mit einem weiteren Kuß zum Schweigen.

»Doch, mein Liebling«, beharrte er danach. »Eines Tages – vielleicht schon morgen – wirst du meinen Namen verfluchen. Und das mit gutem Recht.«

Tränen traten in Annies Augen. »Niemals«, schwor sie.

Rafael seufzte und berührte ihre Stirn mit seinen Lippen, trug sie zum Bett und legte sie behutsam auf das Laken. Schweigend blieb er eine Weile vor ihr stehen und bewunderte sie wie das zum Leben erwachte Meisterwerk eines Malers, und dann ging er zur Tür, um sie zu verriegeln. Als das geschehen war, kehrte er zu Annie zurück und löschte die Lampe neben dem Bett.

Seine Gesichtszüge lagen im Dunkeln, sie konnte nicht mehr seine Augen sehen, und doch fühlte Annie sich unter seinem verlangenden Blick dahinschmelzen. In einer stummen Einladung breitete sie die Arme aus.

Rafael murmelte etwas, ergriff ihre Handgelenke und drückte sie sanft an ihren Körper. »Noch nicht«, flüsterte er rauh und begann sein Hemd aufzuknöpfen.

Annie mußte sich sehr beherrschen, um nicht von neuem die Arme nach ihm auszustrecken, und war zu erschüttert von der Schönheit dieses Mannes, den Dunkelheit und Mondlicht einhüllten, um etwas äußern zu können.

Er zog sein Hemd aus dem Hosenbund, streifte es ab und ließ es achtlos fallen. Dann, mit unendlicher Behutsamkeit, schob er den Saum von Annies Nachthemd hinauf, über ihre Knie und über ihre Schenkel.

Sie stöhnte leise, als das Hemd sich um ihre Taille bauschte. »Beeil dich, Rafael«, wisperte sie.

Der Prinz lachte leise, und selbst das klang wie ein Streicheln. »O nein«, entgegnete er und hielt inne, um das seidenweiche Haar zu streicheln, das er entblößt hatte. »Es gibt keine Eile heute nacht. Die körperliche Liebe ist ein sehr langsamer Prozeß, wenn man es richtig macht. Es könnte durchaus Morgen werden, bevor ich dich in Besitz nehme.«

Stöhnend spreizte Annie ihre Schenkel noch ein bißchen weiter, als Rafael die empfindsame Haut an ihren Innenseiten streichelte. »M-morgen?« stammelte sie. »Und wenn uns jemand hört?«

Rafael beugte sich über sie. »Du wirst eine Menge Lärm veranstalten, bevor die Nacht vorüber ist«, prophezeite er, bevor er mit der Zungenspitze einen feuchten Kreis um ihren Nabel beschrieb. »Aber du kannst ganz beruhigt sein, mein Liebling, die Wände dieses alten Palasts sind dick. Niemand wird dich hören.«

Er quälte sie noch ein bißchen länger mit hauchzarten Küssen, die Annie den Rücken krümmen und vor Enttäuschung seufzen ließen, bevor er das Nachthemd weiter hinaufschob, um ihre vollen Brüste freizulegen, deren zarte Spitzen sich verhärtet hatten und seiner Berührung geradezu schmerzhaft entgegendrängten.

Rafael stieß einen tiefempfundenen Seufzer aus, als er seine schöne Beute bewunderte, die geübten Finger seiner Hand um ihre Brust schloß und mit dem Daumen über ihre harte kleine Knospe strich. »Annie, Annie – welch schönes Geschöpf du bist!«

Unter seinen sinnlichen Liebkosungen hob Annie in einer unbewußten Geste absoluter Hingabe beide Arme über ihren Kopf, und Rafael ergriff ihre Handgelenke und hielt sie eisern fest.

Ein köstliches Erschauern durchzuckte Annie. »Rafael«, sagte sie, und es klang wie ein Schwur und wie ein Flehen.

»Wie reife Früchte«, murmelte er, sein Atem warm an der Brust, die er liebkoste. »So süß und warm und willig – so unendlich gefügig.«

Annie *war* gefügig; mehr als das sogar. »O Gott, Rafael – bitte ... *bitte!*«

Er gab nach, zumindest ein wenig, indem er die Lippen um ihre Brustspitze schloß und sehr sanft, sehr behutsam daran saugte.

Die Lust, die er damit erzeugte, drohte Annie innerlich zu verzehren. Sie warf sich unruhig auf dem Bett herum, obwohl Rafael ihre Handgelenke noch immer festhielt.

Rafael küßte, reizte und neckte zuerst ihre eine Brust, und dann die andere. »Das ist erst der Anfang, Annie«, warnte er, bevor er zur ersten Brustspitze zurückkehrte und das reizvolle Spielchen erneut begann.

Annie schluchzte leise, aber nicht aus Schmerz, sondern aus Freude. Nichts anderes existierte mehr für sie als Rafael und die wunderbaren Dinge, die er mit ihr tat.

»Bitte«, flehte sie noch einmal.

Ohne seine Lippen von ihrer Brust zu nehmen, ließ Rafael eine Hand zwischen ihre Schenkel gleiten und berührte sie dort. Sehr langsam und so leicht nur, daß es wie ein Hauch schien, begann er sie zu streicheln, so unendlich sanft, daß es schon fast einer Tortur gleichkam.

Annies Flehen um Befriedigung fand Beantwortung in einem so überwältigenden, so urwüchsigen Verlangen, daß sie darüber den Verstand zu verlieren glaubte. Sie erinnerte sich, was Rafael an jenem Tag im Haus am See getan hatte, um ihr Erfüllung zu verschaffen, und wollte, daß er es jetzt wieder tat.

Doch Rafael trieb sie unerbittlich weiter auf den Gipfel ihrer Gefühle zu, drang tief mit zwei Fingern in sie ein, während sein Daumen unermüdlich ihre empfindsamste Stelle reizte. Jedesmal jedoch, wenn sie sich am Rande der Ekstase näherte, schien er es zu spüren und verlangsamte seinen

Rhythmus, um ihr Verlangen von neuem anzuregen und zu steigern.

Sie merkte es kaum, als er schließlich innehielt und ihr das Nachthemd abstreifte, und sie war vollkommen außer sich vor Begierde, als er auch den Rest seiner Kleider ablegte und sich neben ihr auf dem Bett ausstreckte.

Jetzt, dachte sie in triumphierender Verzweiflung, *jetzt endlich kommt er zu mir!*

Doch sie wurde wieder einmal enttäuscht. Rafael nahm sie in die Arme, preßte sie hart an seinen Körper, um sie seine Erregung und Hitze spüren zu lassen, und seine Lippen streiften ihr Ohr, als er ihr zuflüsterte: »Hab Geduld, Kleines. Es erfordert Zeit.«

Sie war kaum noch ansprechbar, und seinen nackten Körper zu spüren steigerte ihr Verlangen und ihre Verzweiflung ins Unerträgliche. »Du willst mich scheiden lassen«, beschuldigte sie ihn.

Rafael lächelte. »Nein«, sagte er. »Ich möchte dich glücklich machen, Liebling – dich so unendlich glücklich machen, daß du mir verzeihen wirst, eines Tages wenigstens.«

Annie erinnerte sich an das skandalöseste der Bilder in dem Buch der erotischen [illegible] Klassenkameradinnen in St. Apasia gestaunt hatten. Aus einem plötzlichen Entschluß heraus streckte sie die Hand aus und legte sie an jene Stelle, an der Rafaels Erregung am deutlichsten war.

Ein köstliches Gefühl der Macht erfaßte sie, als Rafael in überraschter Freude aufschrie. Ihr Instinkt leitete sie, als sie mit dem Daumen einen Kreis um die Spitze seines Glieds beschrieb, und sie hielt den Atem an vor Freude, als er noch größer und härter zu werden schien.

»Annie«, stöhnte er.

Sie beugte sich über ihn, küßte seine Brust und liebkoste seine festen Brustwarzen.

Wieder flüsterte er ihren Namen, warnend diesmal, doch er versuchte nicht, sie fortzuschieben.

Annie wurde mutiger und mutiger mit ihren Küssen, glitt

tiefer und tiefer, bis zu seinem Bauch. Sie war bereit, ihn so kühn zu liebkosen, doch bevor sie es tun konnte, packte Rafael sie an den Schultern und warf sie so heftig und ungestüm auf den Rücken, daß ihr der Atem stockte.

Rafael hielt ihre Handgelenke fest, drückte sie zu beiden Seiten des Kopfes in die Kissen und schaute ihr in die Augen. Wie Annie, atmete er sehr flach und schnell, und obwohl sie einen Muskel an seiner Wange zucken sah, fürchtete sie ihn nicht mehr, als eine Tigerin ihren Gefährten gefürchtet hätte.

»Ich begehre dich«, sagte sie schlicht.

»Du wirst noch viel mehr tun als mich begehren, bevor du befriedigt bist«, entgegnete Rafael prompt.

Er hielt Wort; Annie Trevarrens Entjungferung wurde ein gründlicher und langwieriger Prozeß. Rafael reizte sie stundenlang, küßte und streichelte sie und flüsterte ihr in allen wundervollen Einzelheiten ins Ohr, was er mit ihr anzustellen gedachte. Und dann, endlich, rollte er sich über sie.

Annie war halb von Sinnen vor Verlangen, und ob es ihr nun Vergnügen brachte oder Freude, sie wollte nur noch eins – die endgültige Vereinigung von Körper und Geist mit Rafael.

Er drang sehr behutsam in sie ein, jedoch nur weit genug, um den Wunsch nach mehr in ihr zu wecken, und machte damit Annies letzte Kontrolle über sich zunichte. Sie wurde wild, riß ihre Hände los und umklammerte seine Schultern, und als das auch noch nicht genug schien, schloß sie die Hände um seinen Po und bog ihm die Hüften entgegen.

Eine Explosion von Schmerz erfolgte, als sie Rafael tief und vollständig in sich spürte, doch bevor Annie sich des Schmerzes richtig bewußt werden konnte, wechselte das Gefühl zu einer Ekstase, wie sie sie sich nicht einmal in ihren kühnsten Träumen vorgestellt hätte. Die Tatsache, daß auch Rafael die Kontrolle über sich verloren hatte, erhöhte dieses unglaubliche Lustgefühl nur noch.

Zuerst bewegte er sich nur langsam, zögernd, doch als Annie ihm die Hüften entgegenbog, umfaßte er ihren Po und hob ihn an, um so tief wie möglich in sie einzudringen. Seine kräftigen Stöße versetzten Annie in einen Zustand der Ekstase, wie sie ihn bisher noch nicht gekannt hatte. Sie glaubte, vor Wonne zu vergehen.

Rafael spürte, wie sich alles in ihr anspannte, und wußte, daß sie bald ihren Höhepunkt erreichen würde. Da hielt er sich nicht mehr zurück. In drängendem Rhythmus steigerte er ihre Lust, bis sie beide wieder und wieder in höchster Ekstase erschauerten und im selben Augenblick die höchste Erfüllung fanden.

Annie hätte nicht sagen können, ob eine Stunde oder ein Jahr vergangen war, als Rafael endlich den Kopf hob, um sie anzusehen. Obwohl es dunkel war im Raum, sah sie Verwunderung auf seinen Zügen, und etwas anderes, was sie nicht erkennen konnte. Er sprach nicht, und auch sie schwieg, denn es gab nichts zu sagen. Ihre Vereinigung war perfekt gewesen.

Irgendwann, als die erste Morgenröte den Horizont färbte, verließ Rafael Annies Bett. Schon angezogen, beugte er sich noch einmal über sie, um sie zu küssen, aber es war nur eine kurze, flüchtige Berührung, die etwas Endgültiges an sich hatte.

Er wollte etwas sagen, doch Annie legte ihm den Finger auf die Lippen.

»Nicht«, bat sie leise. »Sag nicht, daß es dir leid tut, Rafael. Es würde unerträglich schmerzen.«

Rafaels Augen schimmerten im Halbdunkel; er streckte die Hand aus, um Annies Gesicht zu streicheln, und seine Antwort klang schroff. »Ich weiß, daß es mir leid tun müßte, aber so ist es nicht.«

Annie konnte kaum atmen, und obwohl ihr Körper noch vibrierte von der Erfüllung, die sie in Rafaels Armen gefunden hatte, brach ihr fast das Herz. »Und jetzt?«

Er seufzte. »Und jetzt müssen wir vergessen – ich, weil nie mehr zwischen uns sein kann, und du, weil du eines Tages einen anderen, besseren Mann als mich finden wirst.«

Sie verzichtete auf die Entgegnung, daß sie niemals einen

anderen als ihn lieben würde, schloß die Augen und nickte nur, denn es war von Anfang an klargewesen, daß sie sich trennen würden. Sie hatte ihre Seele für eine Nacht mit dem geliebten Mann verkauft, und sie bereute nichts.

Rafael ging hinaus und schloß leise die Tür, und Annie blieb im Dunkeln liegen und weinte, selbst dann noch, als sie die Erinnerung an die fast unerträglichen Wonnen dieser Nacht heraufbeschwor.

Sie erwachte spät am nächsten Morgen und sah, daß Kathleen bereits im Zimmer war und mit Geschirr klapperte.

»Guten Morgen, Miss«, sagte sie lächelnd.

»Guten Morgen«, knurrte Annie. Sie fühlte sich für immer verändert von den Ereignissen der Nacht und war sicher, daß es ihr anzusehen war.

Doch Kathleen schien nichts zu bemerken, als sie Annie das Frühstückstablett ans Bett brachte.

»Die Köchin sagt, Sie würden heute nach St. James zurückfahren«, bemerkte die junge Magd.

Als Annie den Deckel von einer Platte hob und Spiegeleier und gebratenen Speck erblickte, stellte sie fest, daß sich an ihrem gesunden Appetit nichts geändert hatte, obwohl ihr Herz in tausend Scherben zerbrochen war.

»Hast du den Prinzen heute schon gesehen?« fragte sie beiläufig, als sie die Gabel in die Hand nahm.

Kathleen ging zum Waschtisch und ordnete Annies Kamm, Bürste und Handspiegel. »Ja, Miss – er hat den Palast schon früh verlassen, zusammen mit Mr. Barrett. Sie sind zum Parlamentsgebäude gefahren, um Miss Covingtons Bruder zu verhören.«

Annies Appetit verflog, sie legte die Gabel nieder und schaute schweigend zu, wie Kathleen den Schrank öffnete und nachdenklich die Kleider darin betrachtete.

»Möchten Sie heute etwas Blaues tragen, Miss? Es paßt so gut zu Ihren Augen.«

Ein Anfall von Gereiztheit erfaßte Annie, den sie jedoch rasch unterdrückte. »Ich werde mir selbst ein Kleid aussuchen, Kathleen«, erwiderte sie ruhig. »Würden Sie bitte das Tablett mitnehmen und mir heißes Wasser für ein Bad bringen lassen? Und finden Sie doch bitte heraus, wie es Miss Covington geht.«

Kathleen nickte und nahm das Tablett. »Ja, Miss«, sagte sie und ging hinaus.

Bald darauf wurden heißes Wasser und eine Kupferwanne gebracht. Annie war wund von den leidenschaftlichen Umarmungen der Nacht, und das Bad beruhigte ihren Körper, wenn es auch nicht den Kummer ihrer Seele lindern konnte. Annie wußte zwar, daß sie es nie bereuen würde, sich Rafael geschenkt zu haben, doch nachdem sie das Paradies kennengelernt hatte, fiel es ihr schwer, sich mit ihrer Verbannung aus dem Garten Eden abzufinden. Sie glaubte jetzt zu verstehen, was Eva damals nach ihrer Vertreibung empfunden haben mußte.

Als Annie ihr Bad beendete, entschied sie sich schließlich doch für das blaue Kleid, das Kathleen vorgeschlagen hatte. Sie hatte ihr Haar bereits gekämmt und aufgesteckt, als Kathleen mit zwei anderen Mägden zurückkehrte, die die Wanne aus dem Raum entfernten. Kathleen zog derweil Annies Bett ab und legte frische Laken auf.

Annie sagte nichts, aber ihre Wangen brannten, als sie den Raum verließ, um Phaedra aufzusuchen. Kathleen mußte wissen, was in der vergangenen Nacht geschehen war, nachdem sie die Laken gesehen hatte.

Die Prinzessin war nirgendwo zu finden, weder in ihren eigenen Gemächern noch im Speisesaal, im Salon oder im Garten.

Annie gelangte auf ihrer Suche schließlich auf die andere Seite des Palasts, wo sechs riesige Glastüren, die alle offenstanden, Zugang zum Ballsaal boten.

Ein geschäftiges Treiben herrschte in dem großen Saal, in dem das Gesinde und Küchenpersonal damit beschäftigt war, die Unordnung vom Abend zuvor aufzuräumen.

Annie schaute eine Weile zu und erinnerte sich, wie sie hier mit Rafael getanzt hatte. Doch der Gedanke betrübte ihr Herz von neuem, und als sie sich abwandte, war sie so rastlos, daß sie beschloß, sich in die Einsamkeit des weitläufigen Parks zurückzuziehen.

Felicia stand direkt hinter Annie. Sie war sehr blaß und still, tiefe Schatten umrahmten ihre Augen, und Tränen glitzerten in ihren dunklen Wimpern.

Annie empfand tiefes Mitleid mit Felicia, wußte jedoch nicht, was sie ihr sagen sollte. Obwohl sie die Frau bedauerte, bereute sie es nicht, Jeremy Covington als Anführer der Bande Soldaten identifiziert zu haben, die den Marktplatz überfallen und den jungen Aufrührer ermordet hatten.

»Sind Sie ... sicher, daß es Jeremy war, den Sie gesehen haben?« sagte Felicia gebrochen.

»Ja«, antwortete Annie mit klarer Stimme.

Felicia kaute an ihrer Unterlippe und nickte schließlich zerstreut. »Jeremy geriet schon als kleiner Junge andauernd in Schwierigkeiten«, sagte sie. »Papa dachte, die Armee würde einen Mann aus ihm machen.« Felicia hielt inne und stieß ein hysterisches Geräusch aus, das teils Gelächter war, teils ein ersticktes Schluchzen. »Statt dessen wird sie sein Ruin sein.«

Annie schwieg, weil es sinnlos gewesen wäre, Felicia darauf hinzuweisen, daß nicht die Armee Jeremy Covington zerstört hatte, sondern daß er alles, was ihm jetzt zustoßen würde, ausschließlich sich selbst zuzuschreiben hatte.

Felicia schien jedoch gar nicht mit Annie zu sprechen, sondern mit irgendeiner unsichtbaren Person neben ihr. Ihre schönen braunen Augen blickten ins Leere, eine steile Falte stand zwischen ihren Brauen, und ihre Haut war so durchsichtig, daß blaue Äderchen darunter zu erkennen waren. »Rafael wird ein Exempel an Jeremy statuieren. Er wird ihn als Opferlamm benutzen und ihn den Wölfen vorwerfen.«

Annie legte einen Arm um Felicias Taille und führte sie sanft zur nächsten Bank. »Sie sind überreizt«, sagte Annie. »Ich bringe Ihnen ein bißchen Wasser ...«

»Nein.« Felicia schüttelte den Kopf, ergriff Annies Hand und zog daran, bis Annie sich neben ihr niederließ.

»Sie könnten Rafael umstimmen«, sagte sie beschwörend. »Er hat Sie gern, Annie. Wenn Sie ihn darum bitten, weist er

Jeremy vielleicht nur aus Bavia aus, anstatt ihn vor Gericht zu stellen.«

Annie schloß die Augen, hörte das schrille Wiehern der Pferde, das Klappern ihrer Hufe auf dem gepflasterten Marktplatz, das Gebrüll der Soldaten und die entsetzten Schreie der Händler und ihrer Kunden. Und sie hörte den Schuß, der dem Leben des Studenten ein Ende gesetzt hatte.

Sie zwang sich, den Blick auf Felicias bleiches Gesicht zu richten. »Ich habe keinen Einfluß auf den Prinzen«, sagte sie so milde, wie sie konnte.

Felicia begann zu widersprechen, wurde jedoch von einer männlichen Stimme unterbrochen.

»Miss Trevarren hat recht, Felicia«, sagte Rafael hinter ihnen.

Miss Trevarren? dachte Annie gekränkt.

Rafaels graue Augen waren wie frostbedeckter Stahl, als er sie anschaute. »Obwohl ich zugebe, daß ich unserem amerikanischen Gast eine gewisse Zuneigung entgegenbringe«, sagte er, »bitte ich sie nicht um Rat in Angelegenheiten des Staates.«

Annie senkte den Blick. Was er sagte, stimmte und war zweifellos auch sehr vernünftig, und doch konnte sie nicht umhin, seine Worte wie eine Ohrfeige zu empfinden. Gestern nacht noch hatte Rafael in ihren Armen lustvoll aufgestöhnt und heiser aufgeschrien, als sie ihn liebkoste, und doch hätte er jetzt ein Fremder sein können.

Felicia sprang auf und packte Rafael an den Rockaufschlägen. »Bitte«, flehte sie ihn an. »Laß Jeremy Bavia verlassen – schick ihn nach England oder Frankreich … Ihn zu bestrafen würde nicht das geringste ändern …«

Rafael ergriff Felicias Handgelenke und hielt sie fest, und Annie sah tiefempfundene Qual über seine Züge huschen. »Leutnant Covington hat uns die Namen der anderen Männer genannt, die an jenem Tag bei ihm waren«, berichtete er ruhig. »Sie sind alle ihres Dienstes enthoben und ins Gefängnis gebracht worden, um dort die Verhandlung abzuwarten.«

Felicia begann zu weinen. »Rafael, nein … o Gott … Tu es nicht, ich flehe dich an …«

Da zog der Prinz seine ehemalige Geliebte in die Arme und flüsterte ihr Worte des Mitgefühls und Trostes zu, obwohl er über ihren Kopf hinweg unablässig Annie ansah. Seine Selbstbeherrschung war bewundernswert.

Annie erhob sich wortlos und eilte in den Palast zurück.

An jenem Nachmittag wurden auf Rafaels Befehl hin Phaedra und Annie nach St. James zurückgebracht, begleitet von einer ganzen Schwadron Soldaten. Mr. Haslett blieb in Morovia, nicht anders als Felicia, deren Gemütszustand im Moment keine Reise zuließ.

In der Kutsche saß Phaedra Annie schweigend gegenüber und las in einem Gedichtband. Die plötzliche Trennung von ihrem zukünftigen Ehemann schien sie nicht im geringsten zu berühren. Ab und zu schloß die Prinzessin ihr Buch und starrte mit nachdenklicher Miene auf die vorüberziehende Landschaft.

Annie war so nervös, daß sie die Aufmerksamkeit ihrer Freundin und den Klang einer anderen Stimme brauchte, so banal das Gespräch auch sein mochte. »Der Ball war schön«, sagte sie und erhoffte sich eine ausführliche Antwort.

Phaedra wandte sich vom Fenster ab zu Annie und schaute sie an, als wäre sie überrascht, sie hier zu sehen. »Ja«, erwiderte sie. »Du warst viel mit Rafael zusammen. Es hat eine Menge Gerede ausgelöst.«

Nachdem Annie sekundenlang die Lippen zusammengepreßt und den Blick abgewandt hatte, entschloß sie sich zu einer ehrlichen Antwort. »Ich habe nie ein Geheimnis aus meinen Gefühlen für ihn gemacht. Schon gar nicht bei dir.«

Die Prinzessin seufzte, nahm ihre schwarze Reisetasche ab und legte sie auf den gepolsterten Kutschensitz. »Du kommst mir heute anders vor, Annie«, bemerkte sie. »Du bist sehr still und wirkst irgendwie trotzig. Ich hoffe, daß du nicht so dumm warst, dem bemerkenswerten Charme meines Bruders zu erliegen.«

Heiße Röte stieg in Annies Wangen; ihre Gefühle lagen so

nahe unter der Oberfläche, daß sie sie kaum vor Fremden zu verbergen wußte, geschweige denn vor ihrer besten Freundin. »Es ist meine Sache, was ich tue, und nicht deine.«

Phaedra wirkte aufrichtig bestürzt. »O Annie«, murmelte sie. »Rafael wird dich niemals heiraten. Er könnte es auch gar nicht angesichts des drohenden Zusammenbruchs von Bavia.«

Rafael hatte Annie das gleiche gesagt, und sie hatte ihm geglaubt. Phaedras Worte waren daher keine Überraschung, und doch war es eine niederschmetternde Erfahrung für Annie, sie von neuem zu hören und zu akzeptieren.

Sie schluckte, um nicht in Tränen auszubrechen.

Phaedra, die noch nie besonders taktvoll gewesen war, fuhr fort: »Selbst wenn Bavia kein Krieg drohte, würde Rafael gezwungen sein, eine Adlige zu heiraten.« Sie zupfte ihre Rehlederhandschuhe zurecht. »Es ist allerdings möglich, daß er dich zur Geliebten nimmt, vorausgesetzt, er lebt lange genug, um dir ein entsprechendes Haus einzurichten.«

Annie hatte viel geopfert für diese eine Nacht mit Rafael St. James, aber sie hielt sich nicht für geringer als ihn, ob sie nun einen Adelstitel besaß oder nicht. Im übrigen war ihre Liebe eine Sache der Ewigkeit, ohne Anfang und ohne Ende, und sie hatte nicht die Absicht, den Rest ihres Lebens in einem goldenen Käfig zu verbringen.

»Phaedra«, begann sie, als sie sich wieder einen einigermaßen nüchternen Ton zutraute, »es gibt Momente, in denen ich dich am liebsten aus dem nächsten Fenster stoßen würde. Ich liebe Rafael – bete ihn sogar an –, aber ich wäre nie bereit, seine oder irgendeines anderen Mannes Mätresse zu sein.«

Phaedra errötete. »Was wirst du dann tun?« fragte sie nach einem langen, verlegenen Schweigen.

Wieder mußte Annie gegen ihre Tränen ankämpfen. »Ich weiß es nicht«, sagte sie leise. »Einerseits wünschte ich, nie etwas von Rafael oder Bavia gehört zu haben. Auf der anderen Seite jedoch würde ich das, was gestern nacht geschehen ist, nicht einmal gegen ein Jahr im Himmel tauschen.«

Die Prinzessin erwiderte nichts. Statt dessen richtete sie den Blick wieder auf ihr Buch.

Sie erreichten St. James nach nicht allzu langer Fahrt, und Annie hielt sich für den Rest des Tages von ihrer Freundin entfernt, las in ihrem Zimmer und nahm ihre Mahlzeiten in der Küche beim Gesinde ein.

Nach Sonnenuntergang stand sie auf einem der Türme und schaute in die Richtung, in der Morovia lag, als sie plötzlich ein rotes Glühen am nächtlichen Himmel wahrnahm. Andere mußten es ebenfalls gesehen haben, denn es wurde Alarm geschlagen, und viel Gerenne und Geschrei entstanden auf dem Hof und in der Burg.

Es gelang Annie, einen der vorüberstürzenden Soldaten am Ärmel zu aufzuhalten. »Was ist passiert?«

Der junge Mann verneigte sich knapp vor ihr und sagte: »Es scheint, daß die Hauptstadt angegriffen wurde, Miss«, bevor er weiterrannte, um seinen Pflichten nachzugehen.

Morovia – der Palast – *Rafael*. Atemlos und schwankend vor Schock und Entsetzen sank Annie an die Wand. Er hatte nun also begonnen, der Krieg, den Rafael seit so langer Zeit erwartete! Sie schloß die Augen vor den grauenvollen, blutigen Bildern, die vor ihr entstanden, aber sie ließen sich nicht verdrängen.

Es herrschte Krieg in Bavia, in der königstreuen Armee herrschte Chaos, und Rafael selbst war die erste Zielscheibe des Feinds.

Es gelang Annie nur mit Mühe, eine Ohnmacht zu verhindern, aber ihr Magen rebellierte, und sie zitterte so heftig, daß sie sich mit einer Hand an der Mauer festhalten mußte, als sie auf die Treppe zuging. Sie wünschte jetzt verzweifelt, in Morovia geblieben zu sein, obwohl ihr klar war, daß sie mehr ein Hindernis als eine Hilfe für Rafael gewesen wäre. Sie dachte daran, ein Pferd zu satteln und allein in die Hauptstadt zurückzukehren, doch während sie es sich noch ausmalte, wußte sie schon, daß es ein Ding der Unmöglichkeit gewesen wäre. Und ungeheuer töricht.

Am Fuß der Treppe stieß sie auf noch mehr Soldaten, die

sich anschickten, die Türme zu besetzen, um die Burg zu verteidigen. Annie blieb einen Moment stehen, gefangen in all dem Durcheinander, doch dann hastete sie durch den Hof ins Innere des mächtigen Gebäudes, rannte die Treppe hinauf und in ihr Zimmer.

Dort wühlte sie in ihren noch nicht ausgepackten Koffern, bis sie endlich fand, was sie gesucht hatte – ihre Reithosen und ihr Hemd. Sie legte beides an und versuchte gerade, ihre Stiefel anzuziehen, als Phaedra hereinstürmte, leichenblaß und mit großen, weitaufgerissenen Augen.

»Das ist das Ende!« schrie die Prinzessin. »Sie werden uns alle umbringen!«

12

Orangefarbene und scharlachrote Flammen züngelten am nächtlichen Himmel auf, verschlangen Schmutz und Glanz, Träume und Alpträume, Treue und Verrat. Chaos beherrschte die Nacht, und als Rafael aus einem der hohen Parlamentsfenster auf die brennende Stadt hinausschaute, spiegelten seine Gefühle wider, was er dort sah.

Er verzweifelte, weil die Welt, die er kannte und trotz ihrer zahllosen Schwächen innig liebte, im Begriff war, ein gewalttätiges Ende zu nehmen; gleichzeitig jedoch tröstete er sich in dem Bewußtsein, daß Annie relativ sicher war hinter den uralten Mauern von St. James. Trauer um das Volk von Bavia, sowohl um Rebellen wie Patrioten, erfüllte sein Herz – und doch war Rafael nicht unglücklich, denn Annie Trevarren hatte ihm alles geschenkt, was sie ihm geben konnte, und er hatte in ihren Armen einen Trost gefunden, wie er ihn bisher noch nie gekannt hatte. Annie hatte ihn geschwächt, hatte seine letzten, geheimsten Reserven an Leidenschaft erschöpft und ihm alles abverlangt, was er war und was er zu geben hatte. Und indem sie ihn bis an den Rand vollkommener Ermattung getrieben hatte, hatte sie ihn wiederauferstehen lassen.

Für einen Moment schloß Rafael die Augen und überließ sich den Erinnerungen an die unfaßbaren Freuden, die er in Annies Armen erlebt hatte, doch dann kehrte er in die grimmige Gegenwart zurück, die sich nicht mehr verdrängen ließ.

Auch Barrett, der neben Rafael stand, schien das zu begreifen, denn er legte eine Hand auf seinen Arm. »Die Armee erwartet deinen Befehl, Morovia zu verteidigen oder zu fliehen«, sagte Edmund ernst. »Hast du schon einen Entschluß gefaßt?«

Rafael nahm stumm Abschied von dem Heimatland, das er gekannt hatte. Es aufzugeben war so qualvoll wie eine Lanze, die sein Herz durchbohrte.

»Ja«, antwortete er schließlich und drehte sich zu seinem besorgten Freund um. »Ich möchte, daß du Truppen aufs Land schickst, damit sie die Dörfer gegen plündernde Rebellen verteidigen. Ich selbst werde nach St. James zurückkehren, um Phaedra zu verheiraten, und dann wirst du, Barrett, sie und ihren Mann sicher zur französischen Grenze bringen.«

Ein Schatten fiel über Barretts Augen. »Und dann?«

»Wirst du deinen Männern den Abschied geben und ein neues Leben beginnen – in Amerika vielleicht oder in Australien. Bei der Carver Bank in London ist ein Vermögensfonds für dich eingerichtet, der es dir erlauben wird, bequem zu leben, während du dir eine neue Existenz gründest.«

Barrett schwieg eine Zeitlang und wich Rafaels Blick aus. Dann, noch immer ohne Rafael anzusehen, fragte er: »Und du?«

Rafael seufzte schwer. »Das hatten wir bereits besprochen. Ich bleibe in Bavia.«

»Bis die Aufständischen die Burg einnehmen und dich im Hof aufhängen?« fragte Barrett scharf.

Rafael preßte die Lippen zusammen. »Das hört sich sehr melodramatisch an, Barrett. Vielleicht solltest du in Zukunft schlechte Theaterstücke schreiben, um dir deinen Lebensunterhalt zu verdienen.«

»Hör mir zu, verdammt!« fuhr Barrett ihn an. »Ich werde dieses verfluchte Land nicht ohne dich verlassen – selbst wenn ich dich bewußtlos schlagen und in einem Kartoffelsack von hier fortschleppen müßte!« Er hielt inne, holte tief Atem und ließ ihn langsam wieder aus. »Mein Gott, Rafael«, fuhr er fort, »glaubst du, ich könnte den Rest meines Lebens mit dem Gedanken leben, daß ich den besten Freund, den ich je hatte, im Stich gelassen habe?«

Rafael schüttelte betrübt den Kopf. »Deine Verantwortung für meine Sicherheit wird in jenem Augenblick enden, in dem du zum letzten Mal über die Zugbrücke von St. James reitest. Aber vielleicht wäre es besser – und rücksichtsvoller –, wenn ich dich jetzt schon deiner Pflichten entheben würde.«

Barretts Gesicht verzerrte sich, als er gegen seine Gefühle ankämpfte. »Wir sind seit über zwanzig Jahren Freunde«, gab er zornig zu bedenken. »Was ist mit den Pflichten, die sich *daraus* ergeben, Rafael? Kann ein Ritt über die Zugbrücke oder eine Entlassung aus dem Dienst auch *sie* beenden?«

Rafael war mit seiner Geduld am Ende; er fürchtete die Trennung von Barrett sehr – nur von Annie Abschied zu nehmen konnte schlimmer sein. Das letzte, was er jetzt brauchte, war, an eine Freundschaft erinnert zu werden, die den größten Teil seines Lebens angedauert hatte. Aus diesem Grund war seine Stimme barsch, als er durch den Raum zur Tür ging.

»Großer Gott, Barrett, du klingst wie eine Frau, die gerade von ihrem Liebhaber verlassen worden ist. Hàlte die Ohren steif und deine Gefühle für dich – oder reich den Abschied ein. Ich habe weder die Zeit noch das Verlangen, mir dein sentimentales Gerede anzuhören.«

Barrett kochte vor Wut, das spürte Rafael, er sagte nichts

mehr, bis sie die breite Treppe zur Halle hinuntergestiegen waren. Dort – in militärischer Haltung, die Hände hinter dem Rücken verschränkt – sprach Barrett mit der kühlen Förmlichkeit eines Fremden den Prinzen an.

»Ich würde Euch raten, Morovia so schnell wie möglich zu verlassen, Hoheit«, sagte er, den unbewegten Blick auf einen Punkt irgendwo hinter Rafaels linkem Ohr gerichtet. »Ich kann in einer Viertelstunde eine Eskorte für Euch bereithalten. Doch vorher würde ich gern wissen, was mit den Gefangenen geschehen soll – mit Covington und den anderen, meine ich?«

Rafaels Nackenmuskeln verkrampften sich. Er konnte die Männer unmöglich den Rebellen ausliefern, aber sie freizulassen, selbst mitten in der Revolution, wäre ein Hohn auf die Justiz gewesen.

»Ich möchte, daß sie zur Verhandlung in die Burg gebracht werden«, erwiderte er schließlich.

Barrett entgegnete nichts, neigte nur kühl den Kopf und ging, um mit seinen Offizieren zu sprechen, die in einiger Entfernung standen und auf Befehle warteten.

Eine Viertelstunde später versammelte sich, wie Barrett versprochen hatte, eine größere Truppeneinheit auf der Straße hinter dem verdunkelten Parlamentsgebäude. Nach Rafaels Schätzung waren es mindestens fünfzig Mann, und auch sein Pferd war bereits gesattelt. Covington und seine Bande wurden aus dem Verlies geholt und mit hinter dem Rücken gefesselten Händen in zwei große Gefängniskarren verfrachtet.

Rafael schaute scheinbar gleichgültig zu, aber er dachte an Felicias schreckliche Trauer, hörte ihre flehentlichen Bitten und erinnerte sich an ihr Zittern, als er sie in den Armen gehalten und getröstet hatte. Ihrem Flehen zu widerstehen war eine der härtesten Aufgaben gewesen, die er je hatte vollbringen müssen, aber ein junger Mann war getötet und mehrere Händler verletzt worden, während andere ihre Lebensgrundlage verloren hatten. Covington und die anderen freizulassen wäre nicht zu rechtfertigen gewesen.

Er saß schon auf seinem schwarzen Wallach, als Lucian herbeiritt und ihm einen spöttischen Salut entbot. »Einen Augenblick Ihrer kostbaren Zeit, bitte, *Sir*«, sagte er.

Rafael ignorierte den Sarkasmus in Lucians Ton und Haltung und behandelte ihn, wie er jeden anderen Soldaten behandelt hätte. »Was gibt's?« fragte er kurzangebunden.

Lucian ritt noch näher an ihn heran und flüsterte: »Es würde dir nur recht geschehen, du arroganter Bastard, wenn ich für mich behielte, was ich weiß, und dich in die Falle reiten ließe, die dich erwartet. Phaedra und Annie zuliebe jedoch werde ich der Versuchung widerstehen!«

Rafael hob den Arm und versetzte Lucian einen so harten Schlag, daß er fast aus dem Sattel stürzte. Der Junge erholte sich jedoch erstaunlich schnell, wischte das Blut aus seinen Mundwinkeln und starrte Rafael mit haßerfüllten Blicken an.

»Auch ich war schon unzählige Male versucht, zu tun, was ich gerade tat«, erklärte Rafael zornig. »Treib mich nicht zum Äußersten, Lucian, denn sonst schwöre ich dir bei allem, was mir heilig ist, dich von deinem Pferd zu reißen und dich besinnungslos zu prügeln, gleich hier und jetzt.«

Lucian blieb ungerührt, doch es lag eine grollende Zuvorkommenheit in seiner Stimme, als er wieder sprach. »Die Rebellen wollen Covington und seine Bande haben«, sagte er. »Du würdest eine Menge Leben retten, einschließlich deines eigenen, wenn du sie ihnen jetzt übergeben würdest.«

Rafael beugte sich vor und verengte nachdenklich die Augen. »Woher weißt *du*, was die Rebellen wollen?«

Lucian versteifte sich leicht, aber er lächelte. »Ich höre sehr viel, jetzt, wo ich vom königlichen Herd verbannt wurde.«

Rafael straffte die Schultern, als Barrett zu ihnen hinüberritt. »Sag deinen Kontakten, wer immer sie auch sein mögen, daß diese Männer in St. James vor Gericht gestellt werden und ihr Schicksal von einer Jury einfacher Leute entschieden werden wird, von Dorfbewohnern und von Bauern und nicht vom Pöbel.«

Lucian hob die Hand zu einem zweiten, respektlosen

Gruß, bedachte Rafael mit einem bitteren Grinsen und wendete sein Pferd.

Barrett wirkte noch immer sehr abweisend, und obwohl Rafael wußte, daß es vermutlich so das Beste war, schmerzte ihn die Mißbilligung seines alten Freundes.

»Bereit, Hoheit?«

Rafael schluckte eine Entgegnung und sagte nur: »Ja.«

Die Truppe verließ Morovia durch das Westtor, und zu Rafaels Erstaunen wurden sie weder angegriffen noch verfolgt. Die Aufständischen, dachte er trübselig, waren wahrscheinlich zu beschäftigt mit dem Niederbrennen von Morovia.

Auf der Küstenstraße begegneten sie Dutzenden von Männern, Frauen und Kindern, die aus der Stadt geflohen waren. Sie flehten die Soldaten um Schutz an und schrien in der Dunkelheit wie gequälte Geister. Entgegen Barretts Rat gab Rafael den Befehl, daß zwanzig Soldaten die Flüchtlinge in die Burg begleiten sollten.

Es schien, daß das Glück dem Prinzen hold war in jener Nacht, denn selbst mit der verminderten Eskorte und den zwei Gefängniskarren, die das Fortkommen behinderten, erreichten sie ohne Zwischenfälle die Zugbrücke von St. James.

Müde ritt Rafael in den Hof, schwang sich aus dem Sattel und übergab sein Pferd einem Knecht. Ein Höllenlärm begann, als die Männer, die gerade eingetroffen waren, ihre Geschichten mit jenen austauschten, die in der Burg geblieben waren. Die Gefängniskarren erregten Neugierde, die sich noch beträchtlich steigerte, als bekannt wurde, daß die Gefangenen in die Verliese gebracht werden sollten, die seit über fünfzig Jahren nicht mehr benutzt wurden.

Körperlich und seelisch zutiefst erschöpft, überquerte Rafael den Burghof, in Gedanken schon bei dem feinen Brandy in seinem Arbeitszimmer und dem warmen Trost seines weichen Federbetts. Als eine schlanke Gestalt aus den Schatten trat und ihm den Weg verstellte, griff er überrascht zum Schwert, doch dann erkannte er, daß es Annie war.

Er verbarg ein Lächeln, als er ihre Männerkleidung sah. Er begehrte sie wie eh und je – nein, viel mehr noch, seit er wußte, welche Wonnen sie zu bieten hatte –, aber diesem Gefühl nachzugeben wäre ein Bruch seiner Prinzipien gewesen. »Es ist spät, Annie«, sagte er. »Du solltest längst im Bett sein.«

Der Schein des Monds und der Fackeln schimmerte in ihrem Haar, als sie sich versteifte und ihr Kinn anhob. »Ich bin alt genug, selbst zu entscheiden, wann ich schlafen gehe«, entgegnete sie kühl. Doch im nächsten Augenblick schon stürzte sie auf ihn zu, schlang die Arme um seinen Nacken und barg das Gesicht an seiner Schulter. Ihr verlockender Körper erbebte unter ihren Schluchzern, und obwohl Rafael wußte, daß sämtliche Engel im Himmel ihn bedrängten, sich von ihr zu lösen, zog er sie an seine Brust.

»Annie«, war alles, was er sagen konnte.

»Ich dachte, sie hätten dich umgebracht!« schluchzte sie. »Ich war sicher, daß ich dich nie wiedersehen würde!«

In diesem Augenblick tauchte Barrett auf, warf Rafael über Annies Kopf hinweg einen Blick zu und ging wortlos in die Halle weiter.

»Beruhige dich«, sagte Rafael und legte die Hände um Annies Gesicht, so daß sie ihn ansehen mußte. »Ich bin ja hier, gesund und munter. Du mußt jetzt mir zuliebe stark sein, Liebling. Nichts schwächt mich mehr als deine Tränen.«

Sie nickte und zog mit einem liebenswerten Mangel an Anmut die Nase hoch, und Rafael legte den Arm um ihre Schultern. Gemeinsam betraten sie die Burg und erreichten die Treppe, bevor Annie eine verrückte Forderung vorbrachte.

»Ich möchte ein Schwert haben«, sagte sie.

Rafael, der Annie gern in sein Bett mitgenommen hätte und wußte, daß er es nicht durfte, hatte sich im stillen mit der Aussicht auf einen Brandy, ein heißes Bad, Essen und Schlaf getröstet. Jetzt starrte er sie betroffen an, überzeugt, daß es sich um ein Mißverständnis handelte.

»Was?« fragte er einfältig.

»Ich sagte, ich möchte ein Schwert.« Annie deutete auf sein eigenes. »Ich bin nicht gut mit Feuerwaffen, deshalb ...«

Rafael brachte sie mit einer Handbewegung zum Schweigen. Der Gedanke an eine bewaffnete Annie, sei es nun mit Pistole, Pfeil und Bogen, Kanone oder Schwert, ließ sein Blut zu Eis erstarren. »Miss Trevarren«, sagte er ruhig, »in dieser Burg ist das Kämpfen noch immer Männersache. Wenn Sie wirklich helfen wollen, dann halten Sie sich aus Problemen heraus, bis wir Sie nach Frankreich und in den sicheren Schoß ihrer Familie zurücksenden können.«

Annie war so verblüfft, als ob er sie geschlagen hätte, und Rafael unterdrückte den Impuls, sie wieder in die Arme zu ziehen, denn hätte er es getan, wäre er verloren gewesen, Prinzipien hin oder Prinzipien her. Er kannte seine eigenen Grenzen nur zu gut.

Noch einmal zog sie recht undamenhaft die Nase hoch. »Ich verstehe«, sagte sie verächtlich.

»Gut«, seufzte Rafael. O Gott, wie müde war er, bis in die Knochen und bis auf den Grund seiner Seele. Trotz seiner edelmütigen Überlegungen hätte er nichts lieber getan, als Trost in Annies Armen zu suchen und sich in der Hitze ihrer Leidenschaft zu verlieren. Ein Kind mit ihr zu zeugen, noch heute nacht, einen Sohn oder eine Tochter, die weiterleben würden, sobald er nicht mehr war. Das Bedürfnis danach war so drängend und so hoffnungslos, daß er fast geweint hätte vor Enttäuschung. »Laß mich allein«, murmelte er. »Bitte.«

Annie betrachtete ihn lange, und er las die verschiedensten Empfindungen in ihren blauen Augen – Enttäuschung und dann Zärtlichkeit, gefolgt von Hoffnungslosigkeit. Da sie auf der ersten Stufe stand, befand sich ihr Gesicht auf Höhe von Rafaels, und sie beugte sich vor und küßte seine Stirn. »Ich weiß, daß du es gut meinst«, sagte sie weich, während der Kuß auf seiner Haut brannte wie der Fingerabdruck eines Racheengels, »aber du brauchst mich, Rafael. Du brauchst meine Liebe und meine Hilfe. Laß mich dir beistehen, wie es mir bestimmt ist.«

Er schloß die Augen und dachte an seine schöne, tapfere Frau zurück. Georgiana war seine Gehilfin und Geliebte gewesen. Sie hatte ihren Platz an seiner Seite eingenommen und war überzeugt gewesen, daß sie dazu bestimmt war, sein Leben mit ihm zu teilen. Und sie hatte in der Tat auch neben ihm gestanden, als die Kugel eines Mörders ihre Brust durchbohrte und ihr Herz zerriß.

»Nein«, sagte er, sowohl zu Annie wie zu der Erinnerung daran. Es war zu leicht, sich vorzustellen, daß Annie auf die gleiche Weise starb. »Jesus, *nein*.«

Annie legte eine kühle Hand an sein Gesicht. »Ich liebe dich«, erwiderte sie.

Sie hatte es ihm schon des öfteren gesagt, aber jetzt erkannte Rafael, daß es ihr ernst gemeint war, und eine furchtbare Angst um sie erfaßte ihn. Er mußte das Unheil irgendwie von ihr abwenden, mußte sie dazu bringen, ihn nicht mehr zu lieben, bevor es zu spät war.

Als Rafael sprach, war es mit kalter Ablehnung, obwohl er in Wahrheit etwas ganz anderes für Annie Trevarren empfand; etwas, das er noch nicht bereit war zu benennen. »Du bist nicht die erste junge Frau, die diesen Fehler macht«, begann er. »Aber Tatsache ist, daß ich deine zärtlichen Gefühle nicht erwidere. Ich wollte eine Frau gestern nacht, und du warst da, willig und noch unberührt, und ich habe dich benutzt.«

Alle Farbe wich aus Annies Wangen, und Rafael biß die Zähne zusammen, um die Lüge nicht zurückzunehmen. Zu ihrem Verdienst mußte gesagt werden, daß sie die Hand hob und ihn so hart ins Gesicht schlug, daß er den Hieb bis in die Fußsohlen verspürte. Tränen glitzerten in ihren Augen, als sie ihn sein Kinn berühren sah, aber er begriff sehr schnell, daß es keine Tränen des Bedauerns waren, sondern purer Wut entsprangen.

»Du kannst lügen über deine Gefühle, soviel du willst, Rafael«, zischte Annie, »aber es ist bereits zu spät, denn dein Körper hat mir gestern die Wahrheit verraten!«

Rafael schloß gequält die Augen und nahm all seine Willenskraft zusammen. »Nein, Annie«, behauptete er. »Du irrst dich. Gestern nacht hast du geglaubt, was du glauben wolltest, weil du zu naiv warst, um die Wahrheit zu erkennen.«

Sie starrte ihn aus tränenfeuchten Augen an, und ihre Wangen, eben noch leichenblaß, wurden plötzlich rot vor Zorn. »Du machst mir etwas vor«, erklärte sie mit unerschütterlicher Überzeugung. »Du willst mich schützen, mich davon abbringen, dich zu lieben, damit ich nicht verletzt werde. Aber dazu ist es zu spät, Rafael. Gott weiß, daß du es nicht verdient hast, aber ich habe dir schon vor langer Zeit mein Herz geschenkt, und das ist nicht mehr rückgängig zu machen!«

Nach diesen Worten wandte Annie sich abrupt ab und floh die Treppe hinauf, während Rafael ihr nachstarrte und sich fragte, *wann* genau er die Kontrolle über die Situation verloren haben mochte.

Falls er sie überhaupt je kontrolliert hatte …

Was hattest du denn erwartet? fragte Annie sich. *Ein Bekenntnis unsterblicher Zuneigung? Einen Heiratsantrag?* Rafael fühlte sich in die Ecke gedrängt; er kämpfte um sein Leben. Er war ehrlich zu ihr gewesen, bevor er in ihr Bett gekommen war, und hatte ihr erklärt, daß er ihr nicht mehr bieten konnte als die Freuden einer einzigen Nacht mit ihm. Wie hatte sie sich bloß einbilden können, daß sich danach etwas geändert hatte?

Annie wischte wütend mit dem Handrücken ihre Tränen ab. Sie war überglücklich gewesen vor Erleichterung, als sie Rafael auf dem Hof erblickte, weil sie bis zu diesem Augenblick befürchtet hatte, er könne tot sein oder im Sterben liegen. Sie hatte den Kopf verloren, schlicht und einfach, und mußte sich bei ihm entschuldigen.

Sie ging zum Waschtisch und kühlte ihr heißes Gesicht; dann blieb sie einen Moment vor dem Spiegel stehen und überlegte, ob sie Hosen und Hemd gegen ein Kleid austauschen sollte. Zum Schluß jedoch blieb sie, wie sie war, und begab sich zu Rafaels Arbeitszimmer auf der anderen Seite der Burg.

Doch sie hatte den Weg umsonst gemacht; der Raum war leer und dunkel, was nur bedeuten konnte, daß Rafael entweder in seinem Schlafzimmer oder in der Küche war. Es war möglich, daß er Hunger hatte nach der Reise und die Dienstboten nicht aus ihrem wohlverdienten Schlaf aufwecken wollte. Es war allerdings genauso gut denkbar, daß er zu Bett gegangen war und bereits schlief. In diesem Fall würde er bestimmt keine Störung willkommen heißen, egal, wie edel die Absichten des Eindringlings auch sein mochten.

Annie ging in die Küche hinunter und traf auch hier niemand anderen außer einer grauen Katze an, die auf dem Herd schlief.

Obwohl Annie überlegte, daß sie Rafael auch am Morgen ihre Entschuldigungen überbringen konnte, war sie enttäuscht. Sie wußte, daß ihr Gewissen ihr die ganze Nacht keine Ruhe lassen würde, und im übrigen würde Rafael vermutlich längst zu irgendeiner Mission aufgebrochen sein oder mit seinen Beratern zusammensitzen, wenn sie zum Frühstück hinunterkam.

Es konnten Tage vergehen, bis sie ihm sagen konnte, daß es ihr leid tat. Und das war eine Aussicht, die sie unerträglich fand.

Resolut ging sie durch die dunklen Korridore, als einzigen Lichtspender eine kleine Kerze in der Hand. Nachdem sie recht weit gegangen war, erreichte sie endlich Rafaels Schlafzimmer.

Ein goldener Lichtschimmer drang unter der Tür hervor. Annie zögerte kurz, dann klopfte sie an das massive Holz.

Eine erstickte Antwort ertönte – Annie, die es für eine Aufforderung einzutreten hielt, drehte den schweren, bronzenen Türknauf um.

Rafael stand vor dem Kamin, nackt bis auf ein Handtuch um seine Hüften und das Haar noch naß von einem Bad. In einer Hand hielt er ein Glas mit einer braunen Flüssigkeit darin.

Als er Annie erblickte, ließ er das Glas fast fallen.

»Ich dachte, du hättest mich hereingebeten«, sagte sie und schloß die Tür, blieb aber in ihrer Nähe stehen.

Rafaels Gesichtsausdruck war unergründlich. »Ich kann nur hoffen, daß der Teufel persönlich dir auf den Fersen ist, Annie«, warnte er. »Denn eine andere Entschuldigung werde ich nicht akzeptieren.«

Sie errötete angesichts der stillschweigenden Folgerung, sie könne aus unschicklichen Motiven in Rafaels Zimmer gekommen sein. Natürlich lag dergleichen ihr nicht fern, keineswegs, aber da es *wirklich* nicht ihre Absicht gewesen war, fühlte sie sich gekränkt. »Ich bin nicht hier, um dich zu verführen«, erwiderte sie kühl. »Ich kam, um mich zu entschuldigen, obwohl ich mich jetzt ganz offen gestanden frage, ob es nicht reine Zeitverschwendung ist.«

Er verdrehte die Augen und murmelte etwas, das wie ein Flehen um Geduld klang. »Und was hat dir diesen noblen Gedanken eingegeben?«

Annie bewahrte Ruhe, wenn auch mühsam. »Vielleicht hättest du selbst in St. Apasia zur Schule gehen sollen, anstatt Phaedra hinzuschicken. Die Nonnen hätten dir dann womöglich beigebracht, rücksichtsvoll zu sein, wenn jemand versucht, sich zu entschuldigen.«

Rafael stellte das Glas ab und verschwand hinter einer Spanischen Wand. Als er zurückkam, trug er einen dunkelgrünen Morgenmantel. Erst jetzt beantwortete er Annies Frage. »Haben sie dir je gesagt, diese klugen Nonnen, daß es mehr als unschicklich für eine junge Dame ist, einen Mann in seinem Schlafzimmer aufzusuchen?«

Sie schluckte. »Nein. Das haben sie nicht gesagt.«

»Das erklärt dann ja wohl alles«, bemerkte Rafael, nahm das Glas wieder auf und betrachtete Annie über seinen Rand.

Sie glaubte, jetzt genug erduldet zu haben. »Willst du nun, daß ich mich entschuldige, oder nicht?« fragte sie ärgerlich.

Es sah so aus, als ob Rafaels Augen zwinkerten, aber es hätte auch der Widerschein des Kerzenlichts sein können, statt Belustigung. »Oh, selbstverständlich, Miss Trevarren. Gestehen Sie mir ruhig Ihre Sünden.«

»Wenn du unverschämt sein willst, nur zu«, entgegnete Annie. »Ich kam, um dir zu sagen, daß es mir leid tut, mich dir an den Hals geworfen zu haben, als du heute abend aus Morovia zurückkehrtest. Aber es war nur, weil ich so froh war, daß du noch lebst.«

Rafael trank einen Schluck Brandy und dachte über ihre Worte nach. Nach langem Schweigen antwortete er schließlich: »Danke. Daß du froh warst, daß ich noch am Leben bin, meine ich.«

Annie hob ärgerlich ihr Kinn. »Wenn Sie weiterhin diese Haltung einnehmen, Sir, muß ich meine Ansicht vielleicht wieder ändern.«

Er lachte und hob beifällig das Glas, doch dann wurde er wieder ernst. »Ich verstehe noch immer nicht, warum du glaubtest, du müßtest dich bei mir entschuldigen.«

Ihre Lippen waren ganz plötzlich trocken, sie befeuchtete sie mit der Zungenspitze. »Weil ich unsere Abmachung vergessen hatte.«

»Unsere Abmachung?« fragte Rafael erstaunt.

Sie nickte. »Du sagtest mir, bevor wir uns liebten, daß wir danach vergessen, und so weitermachen müßten, als ob nichts geschehen wäre. Ich habe deine Bedingungen akzeptiert, doch heute abend ...« Annie verstummte kläglich und wandte kurz den Blick ab, bevor sie fortfuhr. »Heute abend habe ich dir gesagt, daß ich dich liebe und dazu bestimmt bin, an deiner Seite zu sein. Doch von all diesen Dingen hätte ich nicht sprechen dürfen – obwohl ich weiß, daß sie die reine Wahrheit sind.«

Rafael schwieg sehr lange, um dann einen heiseren Ton auszustoßen, der fast wie ein gequältes Stöhnen klang. »O Gott, Annie, du hast nicht die geringste Ahnung, was du mir – und dir selbst – antust. Du kannst es gar nicht wissen, denn sonst wärst du nicht so töricht oder grausam!« Annies Augen weiteten sich bei seinen Worten, aber sie rührte sich nicht und sagte nichts. Nicht einmal, als er sein Glas auf dem

Kaminsims absetzte, den Raum durchquerte und so dicht vor ihr stehenblieb, daß sie seine innere Qual deutlich auf seinem Gesicht ablesen konnte.

»Was ich dir gestern nacht gesagt habe, stimmte, Annie«, sagte er eindringlich, während er ihr Kinn umfaßte. »Ich kann dir nichts bieten - *nichts* außer Leid!«

Sie wußte, daß es unklug war, und konnte dennoch nicht umhin, ihre Hände auf seine Schultern zu legen und sie dort ruhen zu lassen. »Das ist nicht wahr«, erwiderte sie weich. »Du hast mir bereits unendlich viel Freude geschenkt.« Er ließ ihr Kinn los, und sie richtete sich auf die Zehenspitzen auf, um ihn sanft auf den Mund zu küssen. »Du machst dir solche Sorgen um das, was du mir *nicht* geben kannst, Rafael. Aber was ist mit den Dingen, die *ich* dir geben kann?«

Er schloß die Augen und legte die Stirn an ihre. »O Annie«, flüsterte er, »bitte nicht. Tu es nicht. Uns beiden zuliebe ...«

»Uns beiden zuliebe?« neckte Annie zärtlich, während sie sein Gesicht zwischen beiden Händen hielt und seine Wangen mit den Daumen streichelte. »Wer weiß, ob wir nicht beide schon morgen sterben werden oder nächste Woche. Und dann wird all dieser Edelmut, all dieser Verzicht umsonst gewesen sein. Glück kann so flüchtig sein wie Rauch oder Glühwürmchen in einer Sommernacht. Wenn wir es gefunden haben, wie vergänglich es auch sein mag, sollten wir es dann nicht nutzen? Es in unseren Händen und in unseren Herzen bewahren, solange es uns möglich ist?«

»Annie«, flüsterte er noch einmal.

Sie küßte ihn zärtlich. »Gute Nacht, mein Liebling«, wisperte sie, bevor sie sich zum Gehen wandte.

Rafaels Hand schloß sich um ihre, als sie die Türklinke berührte. »Bleib«, bat er.

13

Bleib. Annie drehte sich um und schaute Rafael in die Augen, die sich von ihrem normalen hellen Silberton zu einem rauchigen Grau verdunkelt hatten. »Bist du sicher, daß du das willst?« fragte sie.

Rafaels Kehle war wie ausgetrocknet. Er stand so dicht bei Annie, daß sie die Hitze, Härte und beherrschte Macht seines Körpers spürte.

»Möge Gott mir beistehen«, antwortete er mit einer Stimme, die so rauh war wie trockener, poröser Stein, »aber so ist es.«

»Und was ist mit deinem Ehrgefühl …«

»Ich *pfeife* auf mein verdammtes Ehrgefühl«, krächzte er. »Ich bin längst darüber hinaus, siehst du das nicht? Mein Verlangen nach dir ist größer als alles andere.«

»Aber du liebst mich nicht«, sagte sie.

»Meine Liebe zu gewinnen bedeutet, verflucht zu sein«, murmelte Rafael stirnrunzelnd, den Mund so dicht an Annies, daß ihre Lippen in Erwartung seines Kusses prickelten. »Es ist erheblich besser – und sicherer –, zu meinen Feinden gezählt zu werden ...«

Annie sank mit einem tiefen Seufzer gegen das harte Holz der Tür, als Rafaels Mund ihre Lippen in Besitz nahm. Obwohl sie nicht in sein Schlafzimmer gekommen war, um ihn zu verführen, war sie auf schamlose Weise froh zu wissen, daß sie seinen Widerstand gebrochen hatte.

Der Kuß dauerte endlos lange, und in dieser Zeit schienen Annies Knochen dahinzuschmelzen, und eine unglaubliche Süße erfüllte ihren ganzen Körper.

Schließlich hob Rafael den Kopf und schaute ihr in die Augen. Sie war noch immer gefangen in seinen starken Armen und hegte auch nicht den Wunsch, daraus befreit zu werden.

»Geh jetzt, falls du dich schüchtern fühlst, denn wenn du bleibst, werde ich dich verführen. Und ich werde mir Zeit dafür nehmen, wie schon zuvor.«

Ein Schauer lief über ihren Körper, denn was sie in Rafaels Armen empfunden hatte, war unvorstellbar und manchmal sogar erschreckend schön gewesen. Wieder und wieder hatte er ihre Leidenschaft angefacht, bis sie ihre Seele von ihrem Körper zu trennen schien, und in den Momenten höchster Ekstase hatte Annie befürchtet, daß sie nie wieder den Weg zu sich zurückfinden würde. Rafael würde auch heute wieder unbändiges Verlangen in ihr wecken, das wußte sie, und sie wußte auch, daß es ihm ernst gemeint gewesen war, was er gerade gesagt hatte; sie würde die süßesten Qualen erdulden müssen, bevor er ihr Erfüllung schenkte.

Mit zitternden Fingern begann sie sein Hemd aufzuknöpfen. »Wann war ich je in meinem Leben schüchtern?« fragte sie.

Rafael gab einen leisen, erstickten Ton von sich und dann begann er Annie, die noch immer an der Tür lehnte, zu entkleiden. Als Stiefel, Hosen und Hemd in einem unordentlichen Stapel auf dem Boden lagen – sie trug nichts darunter –, blieb er lange vor ihr stehen und betrachtete sie nur schweigend.

Dann, mit unsicherer Hand, begann er ihren geflochtenen Zopf zu lösen und kämmte ihr Haar mit seinen Fingern. Obwohl Annie nackt und Rafael vollkommen ausgeliefert war, körperlich wie seelisch, kam sie sich wie eine Göttin vor. Sie wußte, daß er selbst auf dem Höhepunkt ihres Begehrens – wenn sie flehen würde um Erfüllung, die nur er ihr schenken konnte, wenn seine Macht über sie absolut sein würde – sie mit seinem Körper immer noch verehren würde.

Er küßte sie erneut, stürzte sich mit einem Stöhnen auf sie, wie ein Verhungernder sich auf Essen stürzen würde, und sie öffnete seinen Morgenmantel und umarmte ihn, schlang ihre Arme um seinen Rücken und spreizte ihre Finger über seinen Muskeln. Sie waren hart und angespannt, und wieder stöhnte Rafael und küßte sie mit einer Leidenschaft, die ihr den Atem raubte.

Irgendwann jedoch hob er Annie auf seine Arme und trug sie zum Bett. Es stand auf einem Podest, doch er erklomm die Stufen mühelos und ließ Annie auf die Matratze fallen.

Annie wußte, daß Rafael in gewisser Weise wütend war, weil sie solch eine verzweifelte Begierde in ihm auslöste, und daß ein Element der Bestrafung dabei war, wenn er sie so lange auf Erfüllung warten ließ. Doch es machte ihr nichts aus, solange sie ihn nur in den Armen halten, ihn streicheln und ihn tief in sich aufnehmen konnte.

Sie streckte die Arme nach ihm aus, und er streifte seinen Morgenmantel ab und streckte sich neben ihr auf dem breiten Lager aus.

Sie küßten sich von neuem und umarmten sich. Es gab Momente der Zärtlichkeit von fast unerträglicher Schönheit, gefolgt von stürmischen, fieberhaften Umarmungen, bei denen sie sich wie wild von einer Seite auf die andere rollten.

Annie hörte eine Uhr in der Ferne schlagen und hörte sie später noch einmal im pochenden Delirium ihres Verlangens, aber selbst da schürte Rafael noch die Flammen in ihr und versagte ihr Befriedigung. Noch viel mehr Zeit, wußte sie, würde vergehen, bevor er ihr die Erfüllung schenkte, die sie herbeisehnte; er würde sie darum kämpfen und schließlich sogar darum betteln lassen.

Die kleinen Rituale, die er mit ihr vollzog, trieben sie an den Rand des Wahnsinns. Zuerst küßte und streichelte er die Oberfläche ihrer Füße, dann die Innenseiten, um schließlich mit exquisiter Langsamkeit zu ihren Waden hinaufzugleiten, zu den Innenseiten ihrer Knie und ihrer Schenkel, zu ihrem Bauch und ihren Brüsten, zu den Innenseiten ihrer Arme, ihrem Hals und ihren Ohrläppchen. Dann, wenn sie vor Entzücken wimmerte, glitt er an ihr hinab zu dem Dreieck zwischen ihren Schenkeln.

Er spielte mit ihr, nicht einmal, sondern mehrmals, um schließlich zu noch aufreizenderen Liebkosungen überzugehen, bei denen sie vor Wonne zu vergehen glaubte. Aber er wußte immer, wann sie im Begriff war, den Höhepunkt ihrer Ekstase zu erreichen, und zog sich dann unweigerlich zurück, einen winzigen Moment vor diesem Augenblick, und ließ Annie zitternd liegen.

Sie waren schon über zwei Stunden in diesen erotischen Kampf verwickelt, den Schlägen der Uhr nach, als Rafael sich endlich auf sie rollte. Sie fühlte, wie er erbebte, während er sich bemühte, die Beherrschung zu bewahren. »Annie«, flüsterte er, und mit diesem letzten Wort drang er in sie ein. Doch dann, während Annies Nerven vor Erwartung schrien, hielt er auf halbem Wege inne und rührte sich nicht mehr.

Annie war sicher, daß sie den Verstand verlieren würde, und umklammerte Rafaels Schultern, um ihn zu zwingen, noch tiefer in sie einzudringen, genau, wie sie es in der Nacht zuvor getan hatte. Doch diesmal war er vorbereitet und spannte seine Muskeln an, und sie konnte ihn nicht bewegen.

In ihrer Verzweiflung krümmte sie den Rücken und hob in einer stummen Bitte ihre Hüften.

Rafael blieb indes, wo er war, und so unglaublich es auch sein mochte, seine Erregung schien noch größer und härter zu werden, versprach Ekstase und vermittelte doch nur süße Qual.

Annie gab einen unverständlichen Laut von sich, und ohne tiefer in sie einzudringen oder sich aus ihr zurückzuziehen, senkte Rafael den Kopf und schloß die Lippen um eine ihrer harten kleine Brustspitzen. Die Muskelstränge an seinen Armen und an seiner Brust traten deutlich hervor, als er um Beherrschung kämpfte und Annies andere Brust der gleichen köstlichen Behandlung unterzog.

Annies Verstand gab jegliche vernünftige Überlegung auf, ihr Körper krümmte sich und wand sich, aber noch immer schenkte Rafael ihr sich nicht ganz.

Irgendwann, aus purer Verzweiflung heraus, begann sie Worte zu stammeln, die anfangs keinen Sinn ergaben. Doch dann zeichnete sie ein geistiges Bild, in dem sie die umgekehrten Stellungen einnahmen und Rafael *ihr* ausgeliefert war, und beschrieb ihm all die skandalösen Dinge, die sie an ihm ausprobieren wollte.

Nach einer Weile war es um seine Kontrolle geschehen, und mit dem Schrei eines siegreichen Kriegers drang er mit einem heftigen Stoß tief in sie ein, und sie hob ihm ihren Schoß entgegen, um ihn aufzunehmen. Annie begegnete jedem seiner Stöße mit einem Aufbäumen ihres Körpers, und ihr Rhythmus beschleunigte sich beständig, bis endlich der Moment kam, in dem die Mauern einstürzten und ihre Seelen sich zu einer einzigen vereinten. Das Ergebnis war ein endloser, erschütternder Sturm, der Emotionen auslöste und Gefühle, für die es keinen Namen gab.

Als es vorbei war, blieben Rafael und Annie in inniger Umarmung liegen und schliefen ermattet ein.

Beim ersten Morgengrauen, als Rafael erwachte, lag Annie in seinen Armen, den Kopf an seine Brust geschmiegt. Wie stets bei dieser Frau waren seine Gefühle sehr gemischt. Er wäre ein Lügner gewesen, wenn er jetzt so getan hätte, als ob es ihn nicht unendlich glücklich gemacht hätte, sie zu besitzen. Und noch einmal von Ehrgefühl zu reden hätte ihn als Heuchler gebrandmarkt – er konnte Annie genausowenig widerstehen wie seinem nächsten Atemzug. Doch trotz allem wünschte Rafael – ihr zuliebe –, daß sie ihn nie gesehen und niemals von ihm gehört hätte, geschweige denn, nach Bavia gekommen zu sein und ihm ihr Herz und ihre Körper zum Opfer dargebracht zu haben.

Es war hoffnungslos und eine verdammte Verschwendung.

Sie erwachte, während er diesen und ähnlichen Gedanken nachhing, und erhob sich auf einen Ellbogen, um ihm ins Gesicht zu sehen. Als sie mit dem Zeigefinger über seine Lippen strich, geriet sein Blut in Wallung – so einfach war das bei ihr.

Er war augenblicklich heiß erregt, und mit einem unterdrückten Stöhnen schob er sich über sie. Sie lächelte verschlagen, bewegte sich unter ihm und spreizte ihre Schenkel, um ihn in sich aufzunehmen.

Rafael biß die Zähne zusammen und drang mit einer ungestümen Bewegung in sie ein – doch nur weit genug, um sie beide an den Rand des Wahnsinns zu versetzen. Lange Zeit später, als Annies Nägel längst ihre Spuren auf seinem Rücken hinterlassen hatten, als sie ihn verflucht, bedroht und schließlich angefleht hatte, nahm er sie ganz in Besitz. Mit einer einzigen, heftigen Bewegung seiner Hüften wurde Rafael gleichzeitig zum Eroberer und zum Gefangenen.

Ermattet von ihrem Liebesspiel, schlief Annie wieder ein, als es vorbei war, aber Rafael konnte sich diesen Luxus nicht erlauben. Er stand auf, wusch sich und zog sich an. Als er aus dem kleinen Nebenraum kam, der für diese Zwecke reserviert war, entdeckte er zu seiner Verblüffung und zu seinem Ärger Lucian im Zimmer, der die schlafende Annie betrachtete.

Der jüngere St. James erhob den Blick zu Rafael und lächelte. »So gern du mich jetzt töten würdest«, sagte er in gelassenem Ton, »wirst du doch keine Hand an mich legen. Du wirst nicht einmal deine Stimme heben, weil das deine reizende kleine Bettgefährtin erschrecken könnte.«

»Verschwinde«, zischte Rafael gedämpft.

Lucian stieß einen tiefempfundenen Seufzer aus, und Annie murmelte etwas im Schlaf und drehte sich auf die Seite. »Vielleicht sollte ich dir dankbar sein, daß du Annie in die Freuden des Fleisches eingeführt hast«, erklärte Lucian grinsend. »Sie wird einen Liebhaber brauchen, wenn du nicht mehr bist. Aber der Gedanke, daß sie sich in deinem Bett gewälzt hat, verursacht mir trotzdem Übelkeit.«

Rafael rang um Beherrschung, denn Lucian konnte nur einen Grund haben, uneingeladen das Zimmer zu betreten – um seinen älteren Bruder zu einer überstürzten und törichten Handlung zu verleiten. »Du hast die Grenze überschritten«, sagte der Prinz und verschränkte die Arme. »Ich werde nicht an deinen Spielchen teilnehmen. Mach dir nichts vor, Lucian: Obwohl es wahr ist, daß ich dir nur ungern in Annies Gegenwart den Kopf einschlagen würde, solltest du mich nicht zu weit treiben. Und während du hier in diesem Zimmer einigermaßen sicher bist, gibt es genug andere Räume in St. James, in denen ich dich zu einem günstigeren Moment erwischen werde, um Vergeltung für deine Dreistigkeit zu üben.«

Lucian warf einen trübsinnigen Blick auf das Bett, in dem Annie noch immer schlief, und sagte etwas weniger herausfordernd als zuvor: »Ich muß mit dir reden, Rafael. Es hat nichts mit Annie zu tun oder mit meiner Abneigung gegen das Soldatenleben.«

Rafael erkannte etwas in Lucians Verhalten, was nicht typisch für ihn war. *Aufrichtigkeit.* Er deutete auf die Tür, und als Lucian hinausging, folgte Rafael ihm auf den leeren Gang hinaus.

»Worum geht's?« fragte er, um einen leisen Ton bemüht.

Lucian schaute in beide Richtungen, um sich zu vergewissern, daß sie niemand überhörte. »Es ist eine Verschwörung im Gange«, antwortete er. »Die Rebellen beabsichtigen, in die Burg einzudringen und Covington und seine Männer nach Morovia zurückzubringen. Dort wollen sie sie hinrichten, einen nach dem anderen, auf dem Platz neben dem Markt.« Er hielt inne und seufzte schwer. »Frag mich nicht, woher ich das weiß, Rafael, denn ich würde es dir eh nicht sagen.«

Rafael runzelte die Stirn. Er konnte nicht umhin, Argwohn zu verspüren – Lucian besaß nur wenig Skrupel und war bekannt für seine Tricks. Aber Rafael war neugierig geworden. »Und wie wollen die Rebellen den Zugang zur Burg gewinnen?«

Lucians Blick wirkte aufrichtig und ernst, was bei ihm jedoch nicht heißen mußte, daß er auch die Wahrheit sprach. »Die Antwort ist so alt wie die Zeit, Rafael: Du hast Feinde innerhalb dieser Mauern. Menschen, denen du vertraust, beraten darüber, selbst jetzt, in diesem Augenblick, wie sie dich verraten und zerstören können.«

»Welche Menschen?«

Lucian lächelte wehmütig. »Ah«, sagte er. »Darin, wie der Barde sagt, liegt die Schwierigkeit.«

Rafael wußte bereits, daß er Feinde innerhalb der Burgmauern besaß; es wäre naiv gewesen anzunehmen, daß ihm jeder hier nur Gutes wollte. Das war es nicht, was ihn besorgte.

Was Rafael beunruhigte, war die bevorstehende Hochzeit. Alle möglichen Leute würden über einen Zeitraum von mindestens einer Woche ständig ein- und ausgehen in der Burg. Die Rebellen brauchten kein trojanisches Pferd – sie konnten in den Pferdekarren der Händler oder in den Kutschen der Gäste Zugang zur Burg erlangen. Einige von ihnen besaßen wahrscheinlich sogar Einladungen.

»Ich sehe, daß ich dich nachdenklich gestimmt habe«, bemerkte Lucian und legte kurz die Hand auf Rafaels Schulter. »Es gibt aber noch etwas, was du meiner Ansicht nach bedenken solltest.«

Rafael sagte nichts, wartete nur ab.

»Falls du diese Information hilfreich findest«, fuhr Lucian fort, »wärst du vielleicht bereit, mich aus deiner verdammten Armee zu entlassen.«

Rafael hörte nicht wirklich zu, sondern überlegte, daß er Chandler und Phaedra bitten würde, miteinander durchzubrennen. Falls sie zustimmten, konnte er die Hochzeit absagen, Annie ein für allemal zu ihren Eltern zurückschicken und sich auf seine dringlichsten Aufgaben konzentrieren.

»… schläft mit Barrett.«

Das Ende des Satzes ließ Rafael aus seiner Versunkenheit auffahren. »Was?«

»Ich sagte, Phaedra ist in letzter Zeit oft heimlich zum Haus am See geschlichen, um sich mit Barrett zu treffen.« Lucian warf einen bedeutungsvollen Blick zur geschlossenen Tür von Rafaels Schlafzimmer. »Es scheint die Jahreszeit für Entjungferungen zu sein.«

Rafael packte seinen Bruder am Hemd und stieß ihn an die gegenüberliegende Wand. »Barrett und Phaedra?« fragte er, während er Lucian grob und heftig schüttelte. »Überleg es dir gut, bevor du mich belügst, Bruder!«

»Ich sage die Wahrheit«, antwortete Lucian, der vergeblich versuchte, sich zu befreien. »Frag doch deinen guten Freund, falls du mir nichts glaubst!«

Rafael ließ Lucian mit einer verächtlichen Bewegung los, aber er hatte dabei ein äußerst unbehagliches Gefühl im Magen. Barrett hatte ihm schließlich selbst gesagt, daß er Phaedra zärtliche Gefühle entgegenbrachte … Doch Rafael hatte ihn gewarnt und die Sache mit der Zeit vergessen, da er keinen Grund hatte anzunehmen, daß seine Schwester Barretts Gefühle erwiderte.

»Verdammt!« flüsterte er jetzt und fuhr sich entnervt mit der Hand durchs Haar. Barrett war in letzter Zeit sehr mürrisch, aber das hatte Rafael auf seine nervenaufreibende Tätigkeit als Leibwächter eines vom Sturz bedrohten Herrschers geschoben. Doch nun fragte er sich, ob es nicht etwas ganz anderes sein mochte …

Lucian ging ein paar Schritte den Korridor hinunter, bevor er wieder sprach. »Nun?« fragte er und breitete die Arme aus. »Bin ich aus der Armee entlassen? Darf ich wieder in meinem Zimmer schlafen und meine eigenen Kleider tragen?«

»Ja«, erwiderte Rafael abwesend, und entließ Lucian mit

einer Handbewegung. »Aber verbrenn deine Uniform noch nicht. Nach der Hochzeit werde ich entscheiden, ob deine Entlassung endgültig ist oder nicht.«

Lucian wartete nicht weiter ab, sondern verschwand um eine Ecke, hinter der sein Zimmer lag.

Bevor Rafael in seine eigenen Gemächer zurückkehren konnte, um Annie zu wecken und sie hinzuschicken, wohin sie gehörte, erschien eine Magd mit einem Armvoll Laken und einem großzügigen Lächeln.

»Guten Morgen, Hoheit«, sagte sie mit einem raschen Knicks.

Rafael nickte. »Guten Morgen, Evelyn«, erwiderte er den Gruß, drängte sie von der Tür fort und deutete in die Richtung, aus der sie gekommen war. »Heben Sie sich das für später auf, bitte«, sagte er und deutete auf die Laken und die Handtücher.

Evelyn errötete, denn es war nicht das erste Mal, daß der Prinz sie höflich morgens von seiner Zimmertür fortschickte. »Ja, Sir«, sagte sie. »Ich bereite ein anderes Zimmer vor. Es kommen viele Gäste zu der Hochzeit.«

Ja, dachte Rafael in schweigender Übereinstimmung. Und wenn er nicht seine gesamte Aufmerksamkeit der Sache widmete, würden es keine alten Freunde sein, die die vielen Räume der Burg bewohnten, sondern Rebellen, die kamen, um ihn zu stürzen. Als er sich Annie als Beute der Sieger vorstellte, wurde er erneut von Verzweiflung übermannt.

Tief in Gedanken versunken, schritt er über die Korridore zwischen seinen privaten Gemächern und dem Arbeitszimmer. Bei Gott – wenn Barrett wirklich mit Phaedra geschlafen hat, dachte Rafael, werde ich den Schuft eigenhändig erwürgen!

Die Heuchelei an diesen Überlegungen entging Rafael nicht – noch während er diese selbstgerechten Gedanken hegte, lag Annie splitternackt und warm in seinem Bett. Annie war allerdings auch nicht mit einem anderen Mann verlobt, und sie war ganz bestimmt nicht seine Schwester.

Rafael hielt sich noch keine fünf Minuten in seinem

Arbeitszimmer auf – er hatte gerade erst das Florett von der Wand genommen –, als Barrett erschien. Rafael drückte die Spitze der Waffe an die Kehle seines Freundes und ließ sie dann langsam wieder sinken

»Ich hätte etwas Besseres von dir erwartet«, sagte er.

Barretts Augen verrieten die Wahrheit, noch bevor das Geständnis über seine Lippen kam. »Ich liebe Phaedra – so sehr, daß ich sogar für sie sterben würde. Wenn du unbedingt deinen närrischen Ehrenkodex aufrechterhalten willst, dann durchbohr mich mit deinem Degen und bring es hinter dich.« Er hielt nachdenklich inne, ein komisch-gequälter Ausdruck erschien auf seinen Zügen. »Ich bin mir nicht einmal sicher, ob es keine Erlösung wäre, angesichts der Qual, ausgerechnet diese Frau zu lieben.«

Rafael hätte seinem Freund etwas über Qual erzählen können, aber er verzichtete darauf, denn erstens wünschte er keine Diskussion über seine unvernünftige Beziehung zu Annie Trevarren, und zweitens ging es hier auch schließlich nicht darum. »Wie zum Teufel konnte das passieren? Phaedra ist mit einem anderen Mann verlobt, wie dir bekannt ist, und sie *wird* ihn heiraten, wenn er sie noch haben will!«

Barrett nahm einen Apfel aus der Tasche seines Uniformrocks und begann ihn mit einem kleinen Messer zu schälen. Doch Rafael spießte die Frucht mit der Spitze seines Degens auf, nahm sie von der Klinge und wischte sie an seinem Hemd ab, während er auf eine Antwort wartete.

»Mach dir keine Sorgen«, sagte Barrett mit einer Hoffnungslosigkeit, die Rafaels entsprach. »Phaedra ist entschlossen, die Hochzeit stattfinden zu lassen. Ich bin kein Adliger, vergiß das nicht. Gut genug für eine Affäre, aber völlig unpassend als Ehemann.«

Rafael empfand Erleichterung, aber keineswegs, weil er Barrett für unwürdig hielt, Phaedras Mann zu werden – seine Schwester mußte noch sehr viel reifer werden, bevor sie einen Mann von Barretts Kaliber zu schätzen wissen oder überhaupt verdienen würde ... Schließlich hängte er den

Degen wieder an die Wand und biß in den Apfel, den er seinem Freund geraubt hatte.

»Hat sie das *gesagt?*« erkundigte er sich kauend.

Barrett sank auf einen Stuhl und starrte durch das Fenster hinter Rafaels Schreibtisch. Es war noch ziemlich dunkel draußen, obwohl es bereits Morgen war – der Himmel war verhangen, die dunklen Wolken versprachen Regen. »Das brauchte sie nicht«, erwiderte er, während er sich mit Daumen und Zeigefinger die Schläfen rieb und melancholisch seufzte. »Bring mich um«, schloß er. »Erlös mich von meinem Elend.«

Rafael hielt einen Moment im Kauen inne, lange genug, um angewidert vor sich hin zu brummen: »O Gott, was für ein verdammter Narr du bist, Barrett! Die Hauptstadt liegt in Schutt und Asche, wir werden die Burg voller Rebellen haben, noch bevor die nächste Woche herum ist, und *du* jammerst, weil irgendein gütiger Engel dich davor bewahrt, den Rest deines Lebens mit meiner Schwester zu verbringen!«

Barrett blieb ungerührt. Tatsächlich lag sogar ein aufsässiger Glanz in seinen Augen, als er die Reste des Apfels musterte. »Willst du das Schlimmste wissen?« fragte er.

»Nein«, erwiderte Rafael. »Aber ich fürchte, daß du entschlossen bist, es mir mitzuteilen.«

»Ich habe Haslett erzählt, was zwischen uns vorgegangen ist, und zwar auf recht unritterlicher Weise und sehr ausführlich.«

Rafael ließ den Apfel fallen und verzichtete darauf, ihn aufzuheben. »*Was?*«

Barrett lachte rauh, aber es lag kein Humor darin. »Ich dachte, er würde Phaedra freigeben oder mich zu einem Duell herausfordern oder so etwas. Statt dessen klopfte er mir bloß auf die Schulter und sagte, so etwas käme vor, und auf lange Sicht gesehen hätte es nichts zu bedeuten.«

»Großer Gott«, staunte Rafael.

»Ja, verrückt, nicht wahr?« stimmte Barrett zu. »Die Vorstellung, daß Phaedra einen anderen Mann heiratet, bringt mich fast dazu, aus einem Turmfenster zu springen, und da sagt dieser Haslett, *es mache nichts*, daß seine zukünftige Frau und ich uns bei jeder sich bietenden Gelegenheit gegenseitig die Kleider vom Leib gerissen haben!«

Rafael schloß die Augen vor den unvermeidlichen Bildern, die vor ihm erstanden. »Beim großen Zeus, Barrett, wir reden über meine *Schwester!* Wenn du nicht ein bißchen taktvoller sein kannst, brauchst du nicht mehr aus einem Turmfenster zu springen, weil ich dich dann nämlich eigenhändig aus einem werfen werde!«

»Tut mir leid«, sagte Barrett mit einem absoluten Mangel an Überzeugung. »Nun? Was ist das fürstliche Dekret, Majestät? Soll ich meinen Abschied nehmen und die Burg verlassen, oder wirst du mich zu Covington und seinen Spießgesellen ins Verlies werfen?«

Rafael seufzte. »Weder noch«, sagte er. »Ich habe deine Hilfe und deinen Rat noch nie so sehr gebraucht wie jetzt. Sag mir nur eins – würde es etwas nützen, wenn ich dich aufforderte, dich von meiner Schwester fernzuhalten?«

»Würde es etwas nützen, wenn ich dich aufforderte, dich von Annie Trevarren fernzuhalten?« konterte Barrett und erhob sich.

»Nein«, gab Rafael zu.

»Bitte, da hast du deine Antwort.«

»Vielleicht kann ich meine Schwester zur Vernunft bringen.«

»Vielleicht kannst du Miss Trevarren zur Vernunft bringen. Oder die Rebellen.«

Rafael betrachtete die Schlacht als verloren, wenn auch nicht den Krieg. »Da magst du recht haben«, gab er zu. »Und jetzt zu unseren Gefangenen. Wir haben noch zwei Wochen bis zur Hochzeit, und ich möchte, daß sie bis dahin ihre Verhandlung hatten und abgeurteilt sind.«

Es ist die himmlische Strafe, dachte Annie, als Miss Rendennon im Laufe des Vormittags erschien. Morovia hatte noch gebrannt, als die Schneiderin es verlassen hatte, und sie hatte eine Auseinandersetzung mit einer Wache der Aufständischen am Tor gehabt. Auf dem Weg nach St. James, berichtete die Frau, war sie Flüchtlingen sehr zweifelhaften Charakters begegnet und einem desertierten Soldaten, der ebenfalls nichts Gutes im Sinn zu haben schien, und sie hatte ihrem Kutscher moralischen Beistand leisten müssen, während er ein zerbrochenes Kutschenrad in Ordnung brachte. Aus diesem Grund war sie der Ansicht, daß Annie, wenn sie selbst all diese Dinge noch vor dem Mittagessen tun konnte, durchaus eine simple Anprobe durchstehen konnte.

»Aber es ist doch nicht einmal mein Kleid«, wandte Annie mürrisch ein. Es hätte sie nicht gestört, dachte sie, wenn dieses herrliche Kleid für sie bestimmt gewesen wäre. Aber so wie es aussah, würde sie wahrscheinlich niemals eine Braut sein.

Auf diesen düsteren Gedanken hin krachte Donner über der Burg wie eine göttliche Verkündigung, und Blitze zuckten über das uralte Gemäuer. Annie erschauerte ganz unwillkürlich.

»Das klingt wie Kanonendonner«, bemerkte Miss Rendennon. »Wir können froh sein, wenn die Prinzessin sicher unter die Haube gebracht ist, bevor das gesamte Land den Anarchisten in die Hände fällt!«

Eine Zeitlang hatte Annie Rafael tatsächlich für den Tyrannen gehalten, als den die Rebellen ihn bezeichneten, doch jetzt wußte sie es besser – obwohl sie als Amerikanerin den Revolutionären auch eine gewisse Sympathie entgegenbrachte. Denn schließlich waren die Bavianer von Rafaels Vater, seinem Großvater und zahllosen anderen St. James' vor ihnen unterdrückt worden und forderten nun Freiheit und Gerechtigkeit. Sie konnten ja nicht wissen, daß sie ihren Haß auf den falschen Mann richteten, und jetzt war es zu spät, um noch etwas zu ändern.

Annies Augen füllten sich mit Tränen, und Miss Rendennon versetzte ihr einen harten Klaps aufs Handgelenk. »Hören Sie auf damit, sonst bekommt das Kleid noch Wasserflecken!«

Annie war dieser unmöglichen Frau allmählich überdrüssig; sie hatte das Gefühl, alles von ihr erduldet zu haben, was sie zu ertragen fähig war. »Wissen Sie, was Sie mit Ihrem verdammten Kleid tun können, Miss Rendennon? Und mit Ihren verflixten Nadeln?«

Applaus ließ Annie aufschauen, während Miss Rendennon vor lauter Empörung fast die Nadeln verschluckte, die zwischen ihren Lippen steckten. Lucian stand einige Schritte entfernt und klatschte beifällig.

Als die Schneiderin ihre erste Empörung überwunden hatte, raffte sie nach einem übellaunigen Blick auf Lucian ihre langen Röcke und hastete aus dem Raum. Während sie durch den bogenförmigen Eingang des Solariums verschwand, ertönte wieder ein heftiger Donnerschlag, der den Boden unter Annies Füßen erschütterte.

Sie stützte die Hände in die Hüften und schaute Lucian aus schmalen Augen an. »Was tun Sie hier?«

Er wirkte aufrichtig zerknirscht, aber Annie hatte noch nicht vergessen, daß er sich bei anderen Gelegenheiten wie ein ausgemachter Schuft verhalten hatte. »Ich kam, um mich zu entschuldigen«, sagte er. »Wahrscheinlich bin ich durch meine kurze Zeit bei der Armee doch ein bißchen reifer geworden.«

Annie blieb skeptisch. »Na wunderbar«, meinte sie und ließ den Blick über seine stilvolle, bürgerliche Kleidung gleiten – taubengraue Weste, weißes Hemd und gutsitzende schwarze Hosen. »Was ist geschehen, Lucian? Hat Mr. Barrett Sie aus der Armee verstoßen?«

Lucian lächelte und verschränkte die Hände auf dem Rücken, ganz offensichtlich sehr zufrieden mit sich selbst. »Ich war eigentlich gar kein schlechter Soldat – aber Rafael in seiner unendlichen Güte hat mich von meinen Sünden freigesprochen und wieder im Schoße der Familie aufgenommen. Ich bin ein neuer Mensch, Annie, und hätte gern eine Chance, Ihnen zu beweisen, daß ich ein treuer, zuverlässiger Freund sein kann.«

»Und wie soll dieser Beweis aussehen?«

Er lachte. »Ich könnte damit beginnen, Ihnen die Burg zu zeigen. Normalerweise würde eine solche Tour auch eine Besichtigung der Verliese einschließen, aber da sie im Moment besetzt sind, werden wir uns das für ein andermal aufheben.«

Obwohl Annie es nicht für unbedenklich hielt, mit Lucian allein zu sein, vor allem in abgelegenen Teilen der Burg, langweilte sie sich und war ruhelos und sehr verwirrt. Es regnete, Rafael war beschäftigt mit seinem verflixten Krieg, und sie war ohnehin nicht sicher, daß sie ihn jetzt gern gesehen hätte, nachdem sie sich in der Nacht zuvor in seinen Armen aufgeführt hatte wie eine läufige Hündin ... Der Gedanke ließ sie erröten, und sie wandte den Blick von Lucian ab und strich verlegen über die bauschigen Röcke von Phaedras Hochzeitskleid.

»Falls Sie Angst haben, ich würde mich nicht benehmen, Annie, können Sie ganz unbesorgt sein«, erklärte Lucian belustigt. »Ich bin eben erst aus dem Fegefeuer heimgekehrt, und ich weiß, daß Sie unter Rafaels besonderem Schutz stehen. Es verbindet uns noch immer keine Zuneigung, meinen Bruder und mich, und ich bin weder unvorsichtig noch dumm genug, ihn zu verärgern. Ich habe kein Verlangen, im Verlies bei Jeremy Covington zu enden.«

Lucian hatte bereits erwähnt, daß die Verliese besetzt waren, doch Annie hatte die Bemerkung nicht ernst genommen, und nun wurde ihr mit Schrecken bewußt, daß es kein Scherz gewesen war.

»Er ist hier? In der Burg?« fragte sie bestürzt.

Lucian runzelte die Stirn. »Ja«, antwortete er und winkte einer Magd, die gerade an der Tür vorbeiging. »Komm und hilf Miss Trevarren aus dem Kleid!« rief er ihr zu und senkte die Stimme, als die junge Frau auf sie zukam. »Hat Rafael es Ihnen nicht gesagt, Annie? Covington und den anderen soll hier der Prozeß gemacht werden, sobald ein Geschworenengericht zusammengestellt ist.«

Annie wurde übel bei der Erinnerung an die Brutalität, die sie auf dem Marktplatz mit angesehen hatte, und sie dachte mit Schrecken an Covingtons haßerfüllten Blick in jener Nacht des Balls, als sie Rafael gesagt hatte, was sein Leutnant verbrochen hatte. Und obschon sie wußte, daß ihr Feind sicher hinter Gittern saß, fürchtete sie ihn.

»Annie?« Lucian nahm ihren Arm und stützte sie, während das Dienstmädchen sich in der Nähe hielt und nicht zu wissen schien, wie es sich verhalten sollte. »Fühlen Sie sich nicht wohl?«

Annie biß sich auf die Lippen, nickte und bemühte sich um ein Lächeln.

Er runzelte die Stirn, nicht überzeugt, und drückte aufmunternd ihren Arm. »Wir treffen uns in zehn Minuten in der großen Halle«, sagte er und wandte sich zum Gehen.

Mit Hilfe der jungen Magd legte Annie Phaedras Hochzeitskleid ab und zog ihr eigenes, purpurrotes Samtkleid an. Mit unsicheren Händen glättete sie ihr Haar und machte sich dann entschlossen auf den Weg zum Herzen der weitläufigen Burg.

Lucian erwartete sie bereits und flirtete mit einem Dienstmädchen. Als er Annie sah, lächelte er und bot ihr seinen Arm, für alle Welt ein echter Kavalier.

»Kommen Sie mit, Annie«, sagte er, als sie ihre Hand auf seine Armbeuge legte, »und sehen Sie sich mit eigenen Augen die geheimsten Winkel von St. James an.«

14

Lucian benahm sich tadellos, wie er versprochen hatte, führte Annie durch einen der ältesten Teile der Burganlage, einen Kaninchenbau aus unglaublich kleinen Zimmern mit niedrigen Decken und feuchten, tropfenden Mauern, die sogar noch älter waren als die große Halle und das Solarium. Es erinnerte Annie an einige Orte in Amerika, in denen prächtige Häuser oft um schlichte Blockhütten herum errichtet worden waren.

»Die Menschen waren früher erheblich kleiner«, sagte Lucian erklärend und beugte den Kopf, um ihn nicht an einem der Dachbalken zu stoßen. Er hielt die Laterne hoch, und sie warf einen goldenen Lichtschimmer auf den staubigen, spinnwebenbedeckten Gang vor ihnen.

Annie wünschte jetzt, ihr Kleid gegen ihr bequemes Hemd und die Reithosen ausgetauscht zu haben, bevor sie das Abenteuer antrat. Angesichts der Möglichkeit, daß die Burg vielleicht schon bald von aufständischen Truppen besetzt sein würde, lag ihr viel daran, sämtliche verborgenen

Fluchtwege kennenzulernen. Sie dachte an das Tor, das sie in der Außenmauer der Burg unter dichtem Efeu entdeckt hatte, am Tag, bevor sie nach Morovia gefahren waren, und fragte sich, ob Lucian etwas von der Existenz dieses Tores wissen mochte.

Fast hätte sie ihn danach gefragt, doch ein vager Instinkt hielt sie davon ab.

»Haben Sie Angst?« fragte sie ihn statt dessen.

»Vor diesen dunklen Gängen und elenden Löchern hier?« entgegnete er vergnügt, während er mit zielstrebigen Schritten weiterging.

»Nein«, erwiderte Annie kurz. Das Bewußtsein, daß Jeremy Covington und seine Kumpane irgendwo hier in der Nähe festgehalten wurden, ließ ihr keine Ruhe. Sie hätte sich lieber mit Gespenstern am gleichen Ort aufgehalten als mit diesen skrupellosen Männern. »Ich meinte, ob Sie sich nicht sorgen um das, was auf Bavia und Ihre Familie zukommt.«

Lucian seufzte philosophisch. »Es ist offensichtlich, daß die Zeit der St. James' abgelaufen ist.« Mit der freien Hand berührte er eine der feuchten Mauern. »Finden Sie es nicht auch bezeichnend, wie die Burg allmählich zu Schutt verfällt? Nicht anders ergeht es jetzt unserem Land und unserer Lebensweise.«

Tiefe Trauer erfaßte Annie, obwohl ihr natürlich klar war, daß viele dieser alten Lebensweisen schrecklich unmoralisch waren. Aber gemeinsam mit ihnen würden auch die guten und angenehmen Traditionen des höfischen Lebens untergehen. Selbst wenn Rafael die Revolution überlebte – und er schien entschlossen, es nicht zu tun –, würde er ein Prinz ohne Land sein. Seine gesamte Geschichte würde ausgelöscht werden, und das war eine Konsequenz, die nicht so leichtfertig zu übersehen war.

Als Annie stumm blieb, schaute Lucian sich über die Schulter nach ihr um und schien zu erraten, was sie beschäftigte.

»Seien Sie nicht traurig, Annie«, meinte er leise, blieb stehen und drehte sich auf dem schmalen Gang, um sie anzusehen. »Es ist besser so. Selbst Rafael würde es Ihnen sagen.«

Annie trat einen Schritt zurück, geblendet vom Licht der Laterne und aus jähem Argwohn gegen Lucians Absichten. »Mag sein«, erwiderte sie nervös. »Aber es gibt dennoch viele Dinge, um die es sich zu trauern lohnt.«

»Sie haben Angst vor mir«, stellte Lucian traurig fest. »Das brauchen Sie nicht, Annie. Ich würde nie etwas tun, was Sie verletzten könnte.«

Ein kurzes Schweigen entstand zwischen ihnen, dann fragte Annie: »Gibt es eigentlich Geheimgänge in dieser Burg?«

Lucian lachte leise. »Folgen Sie mir, meine Liebe, dann werde ich Ihnen tausend Wege aus St. James zeigen, die nicht einmal Rafael kennt.«

Annie biß sich auf die Unterlippe. Sie hatte darum gebeten, Geheimgänge zu sehen, und nun sollte ihr Wunsch erfüllt werden. Trotz allem jedoch konnte sie nicht umhin, eine unleugbare Schlußfolgerung zu treffen: Wenn es tausend Wege aus der Burg gab, mußte es ebenso viele Wege *hinein* geben. Und falls Rafael sie tatsächlich nicht kannte, wie Lucian behauptete, würde sie sie ihm persönlich zeigen, jeden einzelnen.

Trotz Spinnweben, Moder, den leisen Geräuschen vorbeihuschender Ratten und ihrer eigenen Bedenken hinsichtlich ihrer ungewissen Zukunft empfand Annie den Ausflug in die unterirdischen Gewölbe der Burg als ungemein interessant. Neben zahlreichen Nischen und Zellen, die als Verstecke dienen konnten, wies Lucian sie auf mehrere Tunnel hin, die aus der Burg hinausführten. Einige verliefen unter dem Garten, erklärte er, während andere unter den Bodendielen verschiedener Außengebäude endeten.

»Vorausgesetzt natürlich, daß Teile dieser Tunnel nicht im Laufe der Jahrhunderte längst eingestürzt sind«, schränkte Lucian ein, als er Annies interessierten Blick sah. »Und daß die Holzböden, die inzwischen längst verrottet sein müßten, nicht durch Kacheln oder Steinplatten ersetzt wurden.«

Annie schaute in den Tunnel, den ihr Begleiter öffnete, indem er einen alten Weinschrank beiseite schob. Es war dunkel in dem Gang, vermutlich hausten dort Ratten und anderes Ungeziefer, und im übrigen war er kaum groß genug, um einem erwachsenen Menschen Platz zu bieten, selbst wenn dieser dicht über den Boden kroch.

Aber nichts war unmöglich, wenn die Notwendigkeit auftrat und man nur genug Entschlossenheit besaß ... Annies eigene Mutter, Charlotte Trevarren, war einmal auf ähnliche Weise dem Verlies eines Sultans entflohen.

»Der Gang steckt bestimmt voller alter Knochen«, bemerkte Lucian, und Annie erschauerte.

Sie drehte sich zu ihm um, die Arme um den Oberkörper geschlungen, als fröre sie, aber es waren Männer wie Jeremy Covington, die sie fürchtete, keine Skelette oder Totenschädel. »Ich glaube, ich habe genug gesehen«, meinte sie mit einem Blick auf ihr Kleid, das verdorben war von Staub, Spinnweben und der Feuchtigkeit, die an den Wänden klebte.

Die Laterne noch immer in der einen Hand, zog Lucian mit der anderen seine Taschenuhr hervor und warf stirnrunzelnd, als sei er verärgert, einen Blick darauf. »Halb eins. Ich hoffe, daß wir das Mittagessen nicht verpaßt haben.«

Annies Magen knurrte, als wolle er mit dem Donner konkurrieren, den sie früher am Tag gehört hatten. »Das hoffe ich auch«, stimmte sie zu.

Lucian geleitete sie in die Halle zurück, wo ihre Odyssee begonnen hatte, und dort trennten sich ihre Wege – Annie stieg die Treppe hinauf, und Lucian schlenderte auf den regennassen Hof hinaus.

Fünfzehn Minuten später, als Annie sich gewaschen und Staub und Spinnweben aus ihrem Haar entfernt hatte, es neu geflochten und sich umgezogen hatte, ging sie zum Speisesaal hinunter. Lucian war nirgendwo zu sehen – trotz seines angeblich großen Hungers –, während Rafael bereits am Kopfende der Tafel saß.

Er schien das Essen, das vor ihm stand, zu ignorieren;

seine Ellbogen ruhten auf dem Tisch, und er betrachtete seine verschränkten Hände. Als er merkte, daß Annie eingetreten war, erhob er sich abrupt, wobei er fast den Stuhl umstieß, und setzte sich dann ebenso hastig wieder hin.

Annie wunderte sich über seine Ungeschicklichkeit, denn immerhin war er aufgrund seiner jahrelangen Fechtübungen einer der gelenkigsten Männer, denen sie je begegnet war. Doch natürlich gab es viel, was ihn in diesem Augenblick belastete – die politischen Probleme seines Landes, Phaedras bevorstehende Hochzeit, die die Situation noch erheblich erschweren würde, und das ungewisse Verhältnis zwischen ihm und Annie.

Sie nahm sich einen Teller, füllte ihn mit einigen der auf dem Büfett angerichteten Speisen und setzte sich zu Rafael an den Tisch, wobei sie jedoch darauf achtete, ihm nicht zu nahe zu kommen. Jeder Nerv in ihrem Körper war zum Leben erwacht, als sie ihn gesehen hatte, eine Nachwirkung ihrer gestrigen Liebesnacht vermutlich, und sie befürchtete, daß sie die Beherrschung über sich verlor, falls seine Hand die ihre auch nur streifte.

Ihre Stimme zitterte ein wenig, als sie sich endlich dazu durchrang, etwas zu sagen. »Lucian erzählte mir, daß du Jeremy Covington hergebracht hast, um ihm den Prozeß zu machen.«

Rafael gab es auf, so tun zu wollen, als ob er äße, und schob seine Teller fort. Ein Weinglas in der Hand, lehnte er sich bequem zurück und betrachtete Annie mit erhobenen Augenbrauen. »Seit wann bist du die Vertraute meines Bruders?« fragte er, doch seinem Ton war nicht zu entnehmen, welche Stimmung ihn in diesem Augenblick beherrschte.

Sie klappte ein kleines Sandwich auf und streute Pfeffer auf den undefinierbaren Belag zwischen den Brotscheiben. »Wir haben das Kriegsbeil begraben«, erwiderte sie, während sie Rafael unter gesenkten Lidern betrachtete. »Er hat mir heute morgen mehrere Fluchtwege aus der Burg gezeigt. Glaubst du, daß die Tunnel in den Gewölben nach so vielen Jahren der Vernachlässigung noch zu gebrauchen sind?«

Rafaels Faust prallte so hart auf den Tisch, daß Kristall und Silber klirrten und Annie verblüfft zusammenzuckte. »Verdammt, Annie – verbringst du deine Tage und Nächte damit, dir auszudenken, wie du mich am besten in den Wahnsinn treiben kannst?«

Annie errötete und tat, als würde sie die Serviette auf ihrem Schoß glattstreichen. »Das kommt darauf an. Ich glaube, *gestern* nacht ist es mir schon recht gut gelungen.«

Rafael gab sich trotz seines Ärgers Mühe, nicht zu laut zu werden. »Ich möchte, daß du dich von Lucian fernhältst«, sagte er. »Mein Bruder ist kein rechtschaffender Mensch und hegt keine ehrenhaften Absichten in bezug auf dich.«

»Ach?« Annie tat, als wäre ihr diese Möglichkeit noch nie in den Sinn gekommen. *Männer!* »Und was beabsichtigt er, wenn ich fragen darf?«

Rafael leerte sein Weinglas, bevor er antwortete. »Er will dich heiraten.«

Das überraschte Annie, aber sie ließ es sich nicht anmerken, denn es regnete noch immer, Phaedra war nirgends aufzufinden, und die Gewölbe unter der Burg hatte sie auch bereits erforscht. Rafael zu ärgern war möglicherweise der einzige Spaß, den sie an diesem Tag finden würde.

»Entschuldige bitte«, begann sie mit übertriebener Liebenswürdigkeit, während sie mit der Serviette ihren Mund abtupfte, »aber du scheinst die Dinge wieder einmal vollkommen falsch zu sehen, *Hoheit.* Einer Frau die Ehe anzubieten ist etwas durchaus Ehrenhaftes. Vor allem, wenn man …« sie hielt inne, hüstelte geziert und senkte ihre Stimme – »ihre Gunst bereits genossen hat.«

Rafael errötete bis unter die Haarwurzeln. »Dann heirate den kleinen Lump doch«, zischte er. »Vielleicht komme ich dann endlich dazu, meine Arbeit hier zu tun!«

Annie erkannte, daß sie vielleicht ein bißchen zu weit gegangen war. »Gib dich keinen falschen Hoffnungen hin, Hoheit«, entgegnete sie rasch. »Ich habe es dir schon einmal gesagt – wenn ich dich nicht haben kann, werde ich als alte Jungfer sterben.« Sie ließ den Worten einen verträumten

Seufzer folgen. »Ich könnte mir vorstellen, daß ich dann in einer alter Villa irgendwo auf einem zerklüfteten Felsen leben würde, am Rande eines windgepeitschten Moors, wo ich Gedichte schreiben und nachts in fließenden weißen Gewändern umherstreifen würde, bis alle Leute in der Umgebung glaubten, ich besäße Zauberkräfte ...«

»Blödsinn«, unterbrach Rafael sie grob. »Du wirst nach Amerika heimkehren und einen soliden, respektablen Mann heiraten – einen Anwalt oder einen Bankier vielleicht. Dafür wird dein Vater sorgen. In zehn Jahren wirst du sechs Kinder haben, die ständig auf alle möglichen Dinge klettern, und du wirst zwar etwas mehr Platz auf einem Kutschersitz in Anspruch nehmen, aber noch immer eine schöne, üppige Frau sein. Und sobald du diese albernen, romantischen Ideen über nächtliches Herumtreiben im Moor vergessen hast, wirst du auch eine gute Ehefrau sein.« Er füllte sein Weinglas nach und hob es zu einem spöttischen Toast. »Du ahnst gar nicht, wie sehr ich deinen zukünftigen Mann um das Glück beneide, für den Rest eines langen, glücklichen Lebens Nacht für Nacht neben dir liegen zu dürfen!«

Annie wußte nicht, was sie darauf erwidern sollte. Rafael hatte die unglaublichsten Dinge von sich gegeben, aber er hatte sie nicht beleidigt – oder? Mit flammend roten Wangen, die Hände im Schoß verschränkt, saß sie vor ihm und schwieg.

»Bis dahin jedoch«, schloß Rafael mit leiser, ernster Stimme, »wirst du tun, was ich dir sage, und dich von Lucian fernhalten. Er ist nichts weiter als ein Geier.«

»Charmant, charmant«, ertönte eine Stimme von der Tür her. Annie brauchte sich nicht umzusehen, um zu wissen, daß es Lucian war, der jetzt in liebenswürdigem Ton fortfuhr: »Ich bin am Boden zerstört, Rafael. Ich dachte, wir machten Fortschritte, wir beide, und lernten endlich, Brüder zu sein und all diesen sentimentalen Quatsch.«

Mit einem leisen, verächtlichen Geräusch, das tief aus seiner Kehle kam, sprang Rafael auf und packte Lucian an den

Rockaufschlägen. Es sah fast so aus, als hätte er den Verstand verloren, als er seinen Bruder grob auf Annie zustieß.

»Willst du ihn?« herrschte der Prinz sie an, als ob er von allen guten Geistern verlassen wäre. »Dann nimm ihn dir!«

Damit stürmte Rafael hinaus, und wie um seinem Zorn mehr Nachdruck zu verleihen, erschütterte ein weiterer, heftiger Donnerschlag die Burg.

Lucian zupfte pikiert den Kragen seines Rocks zurecht und schaute seinem Bruder nach. »Ich habe wohl zuviel erwartet, und zu schnell«, murmelte er.

Annie war mit ihren Gedanken jedoch weder bei Rafaels Wutanfall noch bei dem sturmgeplagten Frieden, den er anscheinend mit Lucian geschlossen hatte. Nein, sie dachte daran, daß die Verliese der Burg mit abtrünnigen Soldaten gefüllt waren, und fragte sich, was Rafael mit ihnen vorhatte.

Während sie ihre Mahlzeit beendete, hörte sie nur mit halbem Ohr zu, was Lucian ihr von seinen Erlebnissen als Soldat erzählte – man hätte glauben können, daß er mit Hannibal die Alpen überquert hatte, statt eine knappe Woche lang als Soldat der königlichen Garde gedient zu haben. Sobald Annie ihren Teller geleert hatte, entschuldigte sie sich, stand auf und ging.

Sie fragte das erste Dienstmädchen, dem sie begegnete – ein junges Ding, das frischen Kaffee in den Speisesaal brachte –, nach Phaedra.

Das Mädchen wandte den Blick ab und nickte respektvoll. »Ich habe sie vorhin gesehen, Miss. Sie verlangte ein heißes Bad, das ich ihr vorbereitet habe, weil sie ausgeritten und in den Regen gekommen war. Ich habe ihr gesagt, daß sie sich noch den Tod holt, wenn sie nicht vorsichtiger ist.

Ihre Worte beunruhigten Annie, aber sie konnte sehen, wie schwer die Kaffeekanne war, und wollte das Mädchen nicht von seinen Pflichten abhalten. Sie bedankte sich und ging.

Sie fand Phaedra in ihrem Zimmer, wo sie mit blassem Gesicht im Bett lag und heißen Tee trank. Ihr dunkles Haar war noch feucht, und sie trug ein blaues Bettjäckchen.

»Komm mir jetzt bloß nicht mit Vorträgen, daß man bei Regen nicht ausreiten soll«, warnte Phaedra, noch bevor Annie etwas äußern konnte. »Du hättest es selbst auch getan, wenn du auf die Idee gekommen wärst.«

Annie seufzte. »Ich bin nicht hergekommen, um dich auszuschelten«, sagte sie. »Ich wollte mich nur überzeugen, daß du wohlauf bist.«

Phaedra wandte für einen Moment den Blick ab. »Nur noch zwei Wochen bis zur Hochzeit«, sagte sie und schaute Annie wieder an. »Vorausgesetzt natürlich, daß Rafael das Land solange zusammenhalten kann. Wußtest du, daß unzählige Gäste zur Hochzeit kommen, Annie – trotz der Rebellen auf den Straßen und einer Hauptstadt, die in Schutt und Asche liegt? Seit Tagen treffen schon Botschaften und Zusagen ein.«

Die politische Lage in Bavia war kritisch, aber Annie war bereits zu dem Schluß gekommen, daß viele Menschen in schlechten Zeiten noch erheblich lieber an derartigen Feiern teilnahmen als in besseren Momenten.

»Dein Kleid wird sehr hübsch«, sagte Annie in wehmütigem Ton. »Du wirst eine wunderschöne Braut sein, falls keine von uns beiden in den nächsten vierzehn Tagen zunimmt oder an Gewicht verliert.«

Phaedra bemühte sich um ein Lächeln, aber der Versuch schlug fehl. »Arme Annie. Meinetwegen hast du soviel durchgemacht, und nur, weil ich dich nach Bavia eingeladen habe. Als wäre es noch nicht schlimm genug, daß du meine unmöglichen Brüder ertragen mußt, warf dieser schreckliche Pöbel auch noch Steine nach unserer Kutsche, und dann der Zwischenfall auf dem Marktplatz …«

»Psst«, beschwichtigte Annie und drückte Phaedras Hand, weil sie sah, daß die Prinzessin den Tränen nahe war.

Doch es war schon zu spät; Phaedras lange Wimpern glitzerten feucht, und eine dicke Träne rollte über ihre Wangen. »Ich war so gemein zu dir in der Kutsche – was ich gesagt habe über die Vorfälle zwischen dir und Rafael …«

Annie umarmte ihre Freundin kurz. »Du stehst kurz vor

deiner Heirat, und die Welt bricht über dir zusammen. Da ist es kein Wunder, daß du in letzter Zeit ein bißchen überreizt bist.«

Phaedra wischte mit dem Handrücken über ihre Wangen und zog sehr undamenhaft die Nase hoch. »Möchtest du Tee? Ich kann dem Mädchen klingeln und dir eine Tasse bringen lassen.«

Annie schüttelte den Kopf und schaute nervös zu den Terrassentüren hinüber. Der Regen, der dort gegen die Scheiben trommelte, verursachte ein Geräusch wie von Pistolenschüssen. »Wußtest du, daß Jeremy Covington hier in der Burg ist?« fragte sie besorgt.

Phaedra bewegte sich unruhig, sichtlich gelangweilt von dem Thema, und verschüttete fast ihren Tee auf dem makellos weißen Laken. »Ich denke, daß Rafael es nicht über sich brachte, sie in der zerstörten Stadt zurückzulassen. Du kannst dir sicher vorstellen, was die Rebellen mit ihnen gemacht hätten!«

Annie schauderte bei ihren Worten. Soweit hatte sie bisher nicht gedacht ... Egal, welche Verbrechen die Männer auch begangen hatten, sie besaßen das Recht auf einen fairen Prozeß – zumindest dort, wo Annie herkam.

»Weißt du, wo Felicia ist?« fragte sie leise. »Wenn Rafael die Gefangenen nicht in Morovia lassen wollte, hat er doch bestimmt auch nicht Miss Covington in die Hände der Rebellen fallen lassen.«

Phaedra war es offensichtlich leid, im Bett zu liegen, denn sie stellte ihre Tasse ab, griff nach ihrem Morgenrock und erhob sich. »Sie ist in Frankreich«, antwortete sie widerstrebend. »Felicia hat eine Art Nervenzusammenbruch erlitten, und Rafael ließ sie deshalb aus dem Land bringen, in ein Sanatorium. Du darfst dir aber keine Vorwürfe deswegen machen – du hast vollkommen korrekt gehandelt.«

Annie massierte ihre rechte Schläfe, aber es linderte nicht den Kopfschmerz, der sie plötzlich überfallen hatte. »Ich konnte nicht anders«, sagte sie. »Aber das heißt nicht, daß ich nicht bedauere, Felicia verletzt zu haben. Sie hat es nicht verdient, Phaedra – sie war immer so nett zu mir.«

»Ich glaube, der Student und die Händler waren nicht die einzigen Menschen, die an jenem Tag verletzt wurden.« Phaedra suchte ein Kleid aus ihre Schrank heraus und trat hinter einen Wandschirm, um es anzuziehen. »Aber laß uns jetzt nicht mehr davon reden«, rief sie Annie zu. »Ich möchte mich mit angenehmeren Dingen beschäftigen. Wir müssen noch überlegen, was zum Hochzeitssouper serviert werden soll und wo wir die einzelnen Gäste unterbringen ...«

Annie lächelte. Es tat gut zu wissen, daß Phaedra sich wieder besser fühlte.

An jenem Abend erschien Rafael nicht zum Essen. Lucian zufolge hatte er sich mit Mr. Barrett in seinem Arbeitszimmer zusammengesetzt, um die Verteidigung der Burg zu planen – keine leichte Aufgabe angesichts der Tatsache, daß bald eine Hochzeit in der Burg stattfinden würde.

Bei der Erwähnung der bevorstehenden Feierlichkeiten räusperte Mr. Haslett sich und griff nach seinem Weinglas, und Annie hatte den Eindruck, daß Phaedra sich die größte Mühe gab, seine Anwesenheit zu ignorieren.

Und es regnete unaufhörlich weiter.

Nach dem Abendessen zog Annie sich in ihr Zimmer zurück, um zu lesen und – wenn sie sich selbst gegenüber ehrlich war – auf Rafael zu warten. Er kam jedoch nicht, und als das Feuer niedergebrannt war und die Lampe zu flackern anfing, schlief Annie ein.

Sie erwachte schon sehr früh am nächsten Morgen, beherrscht von einer eigenartigen, drängenden Unruhe und Erregung. Irgend etwas würde geschehen, und zwar bald, obwohl sie nicht hätte sagen können, was.

Der Regen hatte aufgehört, die Welt war wieder sauber, und für Annie genügte das, im Moment zumindest.

Sie wusch sich und kleidete sich rasch an, Reitrock, Stiefel und Bolero, und war nur leicht enttäuscht, als sie den Speisesaal leer antraf. Unter den gegebenen Umständen war es wahrscheinlich ohnehin besser, wenn sie und Rafael einander nicht zu oft begegneten.

Nachdem sie sich einen Apfel aus der Obstschale genommen und Eier, Brot und Würstchen stehengelassen hatte, ging sie eilig auf den Hof hinaus. Die Luft war frisch und klar, die Sonne schien hell vom Himmel.

Doch trotz der Schönheit dieses Morgens begegnete Annie überall Hinweisen auf den nahen Krieg. Bewaffnete Wächter patrouillierten auf den hohen Türmen, und das ohrenbetäubende Klirren von Stahl auf Stahl bedeutete, daß die Soldaten für den kommenden Kampf übten. Wagen und Karren, beladen mit Lebensmitteln und Gemüse, rollten durch die Tore, und Leute aus nahen Dörfern und Bauernhöfen suchten und fanden Zuflucht in der Burg.

Annie blieb eine Weile stehen und lauschte, während einer von Mr. Barretts Männern mit den verängstigten Bauern sprach. Es gab natürlich keine Möglichkeit festzustellen, ob sie loyale Untertanen des Prinzen waren oder nur verkleidete Rebellen. Den Worten nach, die Annie die Soldaten sagen hörte, hatte Rafael Anweisung gegeben, daß niemand, der beim Eintritt Bündnistreue schwor, abgewiesen werden durfte.

Da es ihr jedoch nicht richtig schien, untätig dabeizustehen und zu beobachten, überquerte Annie den Hof und ging durch die Gärten auf das Dorf zu, wohin sich die meisten der Flüchtlinge wandten. Als sie es erreichte, sah sie noch zwei weitere von Rafaels Männern, die damit beschäftigt waren, Lebensmittel und Decken an die Neuankömmlinge zu verteilen, denn es gab nicht genug Häuser für alle, und das Gras war noch naß vom Regen.

Annie drängte sie durch die Menge, bis sie die beiden Soldaten erreichte, die vollkommen überlastet wirkten. Hier stieg sie auf den hinteren Teil des Vorratswagens, klatschte in die Hände, um die Aufmerksamkeit der Leute zu gewinnen, und forderte sie auf, sich in einer ordentlichen Reihe anzustellen.

Nach viel Hin und Her war eine Art Ordnung hergestellt, und Annie schickte die Soldaten zum Burghof zurück, um noch mehr Decken und Vorräte zu holen, und vielleicht auch Zelte, falls sie welche fänden.

Die Sonne stand schon hoch am Himmel, als der Strom der Flüchtlinge endlich abbrach. Die Decken waren aufgebraucht, den Aussagen eines der Soldaten nach, und eine Anzahl von Dorfbewohner war an einem milden Fieber erkrankt. Auf Annies Anweisung hin wurden die schlimmsten Fälle in die Kapelle gebracht, wo die Bänke als Betten dienen würden.

Annie beruhigte weinende Kinder und verängstigte Mütter, gab den Kranken in der Kirche Wasser und vermittelte ihnen Trost. Einige der Dienstboten aus der Burg kamen ihr zu Hilfe, aber die meiste Arbeit wurde von den Frauen aus dem Dorf getan. Gegen Abend war Annies Haar wirr und aufgelöst, und ihr Reitrock, steif von getrockneten Schlammspritzern, ruiniert. Sie war vollkommen ausgehungert, erschöpft bis in die Knochen und zutiefst betrübt, weil sie jetzt zu verstehen begann, was ein Krieg für diese Menschen und andere wie sie im Land bedeuten würde.

Sie stand draußen vor der Kapellentür, einen fiebernden Säugling im Arm, und beobachtete den Sonnenuntergang, als Rafael vorbeikam, sie zufällig bemerkte und wie vom Schlag getroffen stehenblieb. Ein grimmiger Ausdruck prägte sein Gesicht, als er ihre unordentliche Erscheinung musterte.

»Was machst du hier?« fragte er in ruhigem, seltsamem Ton.

»Ich versuche zu helfen.«

Sein Gesicht lag im Halbdunkel, sie konnte seinen Ausdruck nicht erkennen. »Ich will deine Hilfe nicht.«

»Du vielleicht nicht«, erwiderte Annie leise, weil das Baby in ihren Armen zu wimmern begonnen hatte. »Aber diese Leute schon.«

Rafaels Seufzer klang barsch und ungeduldig. »Sie haben Lebensmittel und einen Unterschlupf erhalten.«

»Sie sind verängstigt«, erwiderte Annie, »und einige von ihnen sind krank. Sie haben sehr lange gehungert, Rafael.«

Er schwieg erschüttert, und Annies Herz flog ihm zu, weil sie wußte, daß er alles, was in seiner Macht stand, für das Volk von Bavia getan hatte und es doch nicht genug gewesen war. Sie hätte Rafael gern berührt, um ihn zu trösten, aber sie spürte, daß zuviel Zärtlichkeit ihn jetzt nur schwächen würde.

Endlich sagte er wieder etwas. »Du wirst niemandem von Nutzen sein, wenn du nicht ißt und ruhst«, sagte er. »Und noch etwas, Annie …«

Eine Frau kam aus der Kapelle und verlangte schüchtern ihr Kind zurück.

»Ja?« fragte Annie, als sie wieder mit Rafael allein war.

»Ich danke dir«, sagte er, bevor er sich abrupt abwandte und ging.

Annie schaute ihm nach, bis er in der Dunkelheit verschwunden war. Dann, geblendet von ihren Tränen, betrat sie die Burg durch die große Eingangshalle. Sie war hell erleuchtet, und überall saßen, hockten und lagen Mitglieder der Palastwache herum.

Als Annie an ihnen vorbeieilte und sich zur Treppe wandte, fragte sie sich, wie viele dieser neu eingetroffenen Männer Verräter sein mochten, denn einige von ihnen waren es ganz bestimmt.

Sie war überrascht, als sie Kathleen, die Magd, die sie in Morovia kennengelernt hatte, in ihrem Zimmer antraf, wo das Mädchen gerade ein Feuer im Kamin anzündete.

»Hallo, Miss Trevarren!« rief Kathleen erfreut. »Du lieber Himmel – Sie sind ja ganz schmutzig, und Ihr Haar ist aufgelöst! Ich wette, daß Sie auch noch nichts gegessen haben, denn Sie sind weiß wie die Innenseite eines Engelsflügels …«

Mr. Haslett hatte Annie versichert, daß die Palastangestellten sicher sein würden, da immer nur die königliche Familie Zielscheibe der Rebellen gewesen war, und deshalb hatte sie sich nicht allzusehr um Kathleen oder die anderen gesorgt. Dennoch war sie jetzt heilfroh, die junge Frau zu sehen.

Annie ließ sich in einen Sessel beim Feuer sinken, zu müde, um ihr Gesicht zu waschen oder auch nur ihre Hände, und Kathleen brachte ihr eine Tasse dampfend heißen Tee.

»Wie bist du hergekommen?«

Kathleen schien eher aufgeblüht durch ihre Erlebnisse statt bedrückt. »Die Rebellen haben uns hinausgeworfen, als sie den Palast besetzten, Miss«, berichtete sie. »Es waren königstreue Soldaten auf der Straße, und sie kannten uns aus der Zeit, in der sie in Morovia gedient hatten. Sie ließen uns auf ihren Pferden mitreiten, die anderen Mädchen und mich – außer der alten Köchin natürlich. Sie fuhr in einem Vorratskarren mit.«

Müdigkeit, Erleichterung und Dankbarkeit trieben Annie wieder die Tränen in die Augen; sie streckte ihre freie Hand aus und drückte Kathleens Finger. »Ich bin so froh, daß du hier bist! Ich brauche Hilfe, Kathleen, und keineswegs die Art von Hilfe, an die du jetzt wahrscheinlich denkst.«

»Ich habe Wasser in der Küche auf den Herd gestellt«, sagte Kathleen. »Lassen Sie es mich eben holen, damit Sie sich waschen können, bevor ich Ihnen Ihr Essen bringe, und dann können Sie mir sagen, wie ich Ihnen helfen kann.«

Eine Stunde später hatte Annie sich gewaschen und soviel von ihrem Abendessen gegessen, wie sie herunterbringen konnte. Sie vermochte kaum noch die Augen aufzuhalten, als sie endlich, in einen warmen Wollschal gehüllt, am Feuer saß. Während Kathleen ihr langes Haar ausbürstete, berichtete Annie ihr von den Flüchtlingen, die im Laufe des Tages Zuflucht in der Burg gefunden hatten, fast alle verängstigt und verwirrt, und einige von ihnen sogar krank.

»Selbstverständlich werde ich Ihnen helfen, Miss«, sagte Kathleen sofort, als Annie ihren traurigen Bericht beendet hatte. »Aber ich werde mich auch um *Sie* kümmern, damit Sie nicht krank werden und selbst im Bett enden. Sie sind nämlich der Typ Mensch, der – wenn Sie mir die Bemerkung gestatten wollen – sich immer ein bißchen zuviel zumutet.«

Annie lächelte. Es war eine Feststellung, der sie nichts entgegenzusetzen hatte. »Hat man dir schon ein Quartier zugewiesen?«

»O ja, Miss«, erwiderte Kathleen und legte die Haarbürste beiseite. »Ich habe ein hübsches Bett und eine Truhe für meine Sachen. Zerbrechen Sie sich nicht den Kopf über mich, denn ich bin wie Sie. Ich komme sehr gut allein zurecht.«

Annie malte sich in Gedanken aus, wie es für Kathleen gewesen sein mußte, als der Palast von Rebellen eingenommen wurde und sie ihn verlassen mußte, zusammen mit den anderen Dienstboten. Wie sie sich auf Straßen hatten wagen müssen, in denen Chaos und Zerstörung herrschte, und wie sie außerhalb der Stadtmauern nach dem langen Regen durch knietiefen Schlamm gewatet waren ... »O ja, Kathleen«, stimmte sie dem Mädchen zu. »Du kommst zweifellos sehr gut allein zurecht.«

Ein wenig später stieg Annie die Stufen zu ihrem Himmelbett hinauf und ließ sich auf die weiche Matratze sinken, so müde, daß sie keinen klaren Gedanken mehr fassen konnte. Doch das war nur gut so, sollte sie später denken.

Am nächsten Morgen war Annie trotz ihrer Erschöpfung in der Nacht zuvor schon beim ersten Morgengrauen wach. Kathleen, die bereits eine Lampe angezündet hatte, schürte die verbliebene Glut im Kamin, und auf dem Nachttisch wartete ein Tablett mit einem herzhaften Frühstück.

»Hetzen Sie sich nicht«, befahl Kathleen streng. »Selbst Engel brauchen Stärkung – zumindest diejenigen aus Fleisch und Blut.«

»Sehr passend, der Vergleich mit den Engeln«, sagte Annie, als sie nach dem Tablett griff und es auf ihren Schoß stellte. »Dieser Kaffee duftet nämlich einfach himmlisch.«

15

Er liebte sie.

Rafael hatte dieses Wissen eisern verdrängt seit jener Nacht, in der er auf den Wehrgang gestiegen war, um Annie vor einem tödlichen Sturz in den Burghof zu bewahren. Heute abend jedoch, als er sie vor der Kapellentür gesehen hatte, mit schmutzigem Gesicht, aufgelöstem Haar und einem Baby in den Armen, hatte die Erkenntnis seinen Widerstand durchbrochen und ihn mit der Wucht eines Keulenschlags getroffen.

Als er jetzt auf einer der steinernen Fensterbänke im Wachturm neben dem Tor saß und auf die mondbeschienene See hinausschaute, löste das Wissen um seine Gefühle für Annie jedoch nichts als tiefe Verzweiflung in ihm aus. Seine wahren Gefühle erkannt zu haben machte alles nur noch schlimmer; er war noch immer zum Untergang verdammt, gemeinsam mit seinem Land, doch bevor er Annie liebte, war er wenigstens innerlich so erstarrt gewesen, daß er ohne das geringste Bedauern in den Tod gegangen wäre.

Nun jedoch war alles anders, denn zu sterben würde bedeuten, Annie einem ungewissen Schicksal zu überlassen, oder – was noch viel schlimmer wäre – sie vor seinen Augen sterben zu sehen, wie es bei Georgiana der Fall gewesen war. Bittere Galle stieg in Rafaels Kehle auf, und zum ersten Mal in seinem Leben erfuhr er, was nackte Angst war.

Barretts Stimme erschreckte ihn, weil Rafael sich allein geglaubt hatte.

»Es ist spät, Hoheit«, sagte sein Freund. »Ihr braucht jetzt Euren Schlaf.«

Rafael verschränkte die Arme und lächelte bitter in die Dunkelheit, wo die See rollte und ihre sinnlosen Versprechen wisperte. »Jetzt bist du also nicht nur der Oberbefehlshaber meiner Armee, sondern auch noch mein Kindermädchen. Wie wandlungsfähig du doch bist, mein alter Freund.«

Barrett ignorierte den Stich, denn trotz seiner gelegentlichen Ausbrüche war er im Grunde seines Herzens ein ausgeglichener, vernünftiger Mann. Tatsächlich hatten seine sachlichen Ratschläge Rafael im Laufe der Jahre vor zahlreichen impulsiven Irrtümern bewahrt. »Deine Annie Trevarren ist eine bewundernswerte Frau«, meinte Barrett jetzt anerkennend. »Wußtest du, daß sie den ganzen Nachmittag im Dorf war, meine Soldaten herumkommandierte und großzügige Rationen an Essen und Ratschlägen verteilte?«

»Ja«, erwiderte Rafael, »das weiß ich. Es ist gefährlich, was Annie macht, aber um sie von dem, was sie als ihre moralische Pflicht betrachtet, abzuhalten, müßte ich sie schon in eins der Verliese sperren. Du kannst mir glauben, Barrett, daß es mir erheblich lieber wäre, wenn sie ein Feigling oder eine jener Zimperliesen wäre, die Angst haben, sich ihre Hände zu beschmutzen. Denn dann brächte sie sich wenigstens nicht andauernd in Gefahr.«

»Keiner von uns ist sicher, Rafael. Und vielleicht ist es sogar besser, wenn sie beschäftigt ist.«

»Mag sein«, stimmte Rafael müde zu und warf einen letzten Blick auf die See und auf das Land, bevor er vom Fensterbrett hinunterglitt. »Was hast du über Morovia erfahren?«

»Es soll dort jetzt etwas ruhiger sein – die Brandstiftungen und Plünderungen scheinen aufgehört zu haben, im Augenblick zumindest.«

»Das ist immerhin ein kleiner Trost«, erwiderte Rafael seufzend. »Morgen werden wir die Geschworenen auswählen und Covington und seine Komplizen vor Gericht stellen.«

»Es wird eine unangenehme Geschichte werden«, warnte Barrett. »Wer wird als Richter dienen und ein Urteil fällen, falls die Männer für schuldig befunden werden?«

Rafael blieb in der Tür noch einmal stehen. »Die Dörfler werden einen der ihren zum Richter bestimmen müssen.« Er begann die Innentreppe hinunterzugehen, und Barrett folgte ein paar Meter hinter ihm.

»Es ist eine schwierige Situation«, gab der erfahrene Offizier zu bedenken. »Obwohl ich Covington und die anderen verachte für das, was sie getan haben, frage ich mich doch, ob es gerecht wäre, sie von den Dorfbewohnern richten zu lassen. Wäre es nicht das gleiche, wie sie den Rebellen auszuliefern? Denn letztendlich würde sie der ganze Groll dieser Leute treffen, und sie würden nicht nur für ihre eigenen Verbrechen zahlen, sondern auch für jene anderer Soldaten – aus anderen Zeiten und unter anderen Regierungen.«

»Es ist keine perfekte Lösung«, gab Rafael unumwunden zu. »Falls du einen besseren Vorschlag hast, dann laß ihn hören.«

»Die Gefangenen könnten nach Spanien oder Frankreich gebracht und dort vor Gericht gestellt werden«, antwortete Barrett.

»Nein«, erwiderte Rafael kurz, als sie den Gang am Fuß der Treppe betraten. Er war unbeleuchtet, nur der schwache Schein des Mondes fiel herein, doch beide Männer gingen mit sicheren Schritten weiter. »Ihre Verbrechen haben sie in ihrem eigenen Land begangen. Es ist das Recht und die Pflicht der Bavianer, Gerechtigkeit zu üben.«

»Der Ansicht bin ich auch«, gab Barrett zu. »Aber ich befürchte, daß es Ärger geben wird, Rafael, falls die Strafe zu hart ausfällt. Es wird bereits genörgelt in den Reihen der Soldaten – einige von ihnen sind der Meinung, daß du Covington und die anderen den Wölfen zum Fraß vorwirfst, um das gewöhnliche Volk auf deine Seite zu bekommen.«

»Selbst wenn das meine Absicht wäre, ist es längst zu spät, den Namen derer von St. James zu säubern. Das weißt du.«

Barrett nickte nur.

Als Annie und Kathleen auf dem Weg zur Kapelle durch die große Halle kamen, stellten sie fest, daß sie bis zum Rand gefüllt war mit Dorfbewohnern, Dienern und Soldaten. Handwerker, Bauern und Fischer standen in einer langen Schlange vor einem Tisch, an dem Rafael und Mr. Barrett saßen, Fragen stellten und sich Notizen machten.

Obwohl die Beziehungen zwischen Rafael und Annie sehr gespannt waren, erlaubte ihre Neugierde ihr nicht, einfach vorbeizugehen, ohne herauszufinden, was hier geschah. So trat sie an das Ende der langen Reihe, zupfte einen Mann am Ärmel und fragte ihn, was in der Halle vorging.

»Es wird ein Prozeß stattfinden«, erwiderte der Mann hitzig. »Genau hier in der großen Halle! Wir sind alle gekommen, um uns als Geschworene anzubieten.«

Annie nickte und verspürte einen nervösen Stich im Magen. Sie mußte natürlich auch als Zeugin auftreten, und obwohl sie nicht vor der Verantwortung zurückscheute, fürchtete sie doch den Augenblick. Jeremy Covington haßte sie, und sie wußte nur zu gut, welch grausamer, gewalttätiger Mensch er war.

Es gab noch viel zu tun in der Kapelle, denn obwohl viele der Patienten sich bereits von ihrem Fieber erholt hatten, waren andere im Laufe der Nacht erkrankt. Annie und Kathleen holten heiße Fleischbrühe aus der Küche und fütterten damit die Kranken, einen nach dem anderen, mit Hilfe der Dorfbewohnerinnen und einiger anderer Dienstboten.

Später an diesem Morgen badete Annie gerade einen fiebernden Säugling, als Phaedra in die Kapelle kam. Zuerst glaubte Annie, die Prinzessin sei gekommen, um zu helfen, denn selbst mit einem Dutzend Frauen bei der Arbeit gab es viel zu tun. Der entsetzte Gesichtsausdruck ihrer Freundin ließ sie diesen Gedanken jedoch rasch vergessen; die Prinzessin mochte vielleicht helfen *wollen,* aber sie war viel zu zimperlich, um es zu tun.

»Puh!« Es riecht ja scheußlich hier«, sagte sie.

Annie beherrschte ihren Unmut und sagte sich, daß Phaedra noch nie gezwungen gewesen war, bei irgendeinem Notfall einzuspringen. »Natürlich riecht es«, entgegnete sie ruhig. »Diese Leute hier sind schließlich krank.«

Phaedra schaute sich traurig und in aufrichtiger Verwirrung um. »Warum können sie nicht draußen in den Baracken oder in den Scheunen sein?« wisperte sie. »Ich soll hier in zwei Wochen *heiraten.* Stell dir vor, wir bekämen diesen Geruch nicht mehr heraus!« Sie hielt inne, um den kleinen Jungen zu betrachten, den Annie badete. »Hast du je ein solch bedauernswertes Kind gesehen? Schau ihn dir an – man kann jede einzelne seiner Rippen zählen!«

Annie schloß für einen Moment die Augen. *Hab Geduld,* beschwor sie sich. »Phaedra, denk bitte nach, bevor du sprichst. Du hörst dich an wie Marie Antoinette.«

Die Prinzessin zog ein blütenweißes Taschentuch aus dem Ärmel ihres blaßrosa Gewands und preßte es in einem Anfall von Übelkeit auf ihren Mund. »Tut mir leid«, murmelte sie beschämt. »Ich wollte bestimmt nicht herzlos sein, aber …«

Annies Ärger verflog ein wenig. »Geh, Phaedra, bevor du hier in Ohnmacht fällst. Wenn du wirklich etwas tun möchtest, dann geh in die Küche und laß uns noch mehr Brühe bringen.«

Die Prinzessin nickte und verließ fluchtartig die Kapelle.

Den ganzen Morgen über trafen Hochzeitsgäste in Kutschen und Wagen ein, doch Annie verschwendete keinen

Gedanken an die bevorstehende Zeremonie. Sie und Kathleen hatten alle Hände voll zu tun.

Als sie bei einer Gelegenheit flüchtig an Phaedra dachte, ermahnte sie sich, daß Menschen über unterschiedliche Stärken und Talente verfügten. Es war kein Charakterfehler, nicht die Kraft oder das Durchhaltevermögen einer Krankenschwester zu besitzen. Annies Großmutter, Lydia McQuire-Quade, hatte während des Bürgerkriegs Unionssoldaten gepflegt; es war möglich, daß Annie dieses Talent von ihr geerbt hatte.

Um ein Uhr überredete Kathleen Annie, zu einer Mahlzeit in die Burg zurückzukehren.

In der Küche schrubbte Annie gründlich ihre Hände, bevor sie ihr Essen anrührte, denn ihre Großmutter Lydia hatte sie oft auf die Bedeutung von Reinlichkeit in Verbindung mit Kranken hingewiesen. Das Gesprächsthema des Gesindes in der Küche war weder die Revolution noch die Hochzeit, sondern das bevorstehende Gerichtsverfahren der Männer, die den Marktplatz in Morovia verwüstet und einen jungen Studenten getötet hatten.

Annie war nicht wohl bei diesem Thema, aber es war interessant, und außerdem war es immer ratsamer zuzuhören, als den Kopf in den Sand zu stecken.

»Weiß jemand, welcher von den Soldaten den jungen Mann erschossen hat?« fragte Kathleen zwischen zwei Löffeln ihres Eintopfs.

Auf ihre Worte hin richteten alle an dem langen Küchentisch fragend den Blick auf Annie. Es war offensichtlich kein Geheimnis, daß sie den schrecklichen Vorfall mit angesehen hatte. Doch obwohl sie den Studenten blutend in das Wasserbecken hatte stürzen sehen – ein Bild, das sie nie vergessen würde –, hatte sie nicht gesehen, wer den tödlichen Schuß abgegeben hatte.

So biß sie sich nur auf die Lippe und schüttelte den Kopf. Sie war fast froh, den Mörder nicht gesehen zu haben; der Blick unbändigen Hasses in Jeremy Covingtons Augen war beängstigend genug gewesen, und die Erinnerung daran würde sie ihr Leben lang begleiten. Die Köchin, eine korpulente Frau mit grauem Haar, nahm sich ein weiteres Stück Brot von der Platte auf dem Tisch. »Er hat allmählich genug Leid ertragen, unser Prinz«, sagte sie. »Seine Hoheit hätte es verdient, wieder glücklich zu sein, wie er es war, bevor Prinzessin Georgiana starb.«

Annie empfand es als tröstlich, daß wenigstens die Köchin zu wissen schien, welch guter Mensch Rafael im Grunde war. Aber es mußte doch auch noch andere geben, die ihn so sahen, wie er war, und ihm nicht die Schuld für die Taten seiner Vorfahren anlasteten …

Sie errötete, als ihr bewußt wurde, daß sich nach den Worten der Köchin wieder alle zu ihr umgedreht hatten. Ein unbehagliches Schweigen breitete sich aus.

Annie war froh, als Kathleen es beendete. »So, ich glaube, Miss Trevarren und ich sollten jetzt wieder zu unseren Kranken zurückkehren, sonst werden sie sich noch fragen, wohin wir verschwunden sind.« Mit einem Lächeln wandte sie sich an die Köchin und ihre Gehilfinnen. »Wir brauchen noch mehr Suppe und soviel schwachen Tee, wie ihr zubereiten könnt.« Bevor die Frau etwas erwidern konnte, fügte sie hinzu: »Möge Gott euch für eure Güte segnen.«

Annie brachte schweigend ihren Teller zum Spülstein und beobachtete belustigt, wie die Frauen sich beeilten, Gottes Segen auf sich herabzurufen. Die Suppe und der Tee, die Kathleen verlangt hatte, würde nicht lange auf sich warten lassen.

Auch an diesem Tag arbeiteten Annie und Kathleen, bis die Nacht hereinbrach, und heute war Annie sogar doppelt so müde wie am Tag zuvor.

Den Luxus, ein heißes Bad zu nehmen und danach ins Bett zu fallen, konnte sie sich jedoch nicht leisten, da im Laufe des Tages noch erheblich mehr Hochzeitsgäste angekommen waren und die Höflichkeit verlangte, daß sie an dem formellen Dinner teilnahm, das ihnen zu Ehren serviert wurde. So wusch sie sich nur, legte ein smaragdgrünes Kleid an und ließ sich von Kathleen frisieren, bevor sie zum Essen in den Speisesaal hinunterging.

Rafael besetzte seinen gewohnten Platz am Kopfende der langen Tafel, und obwohl er gequält und unruhig aussah, erwies er sich als aufmerksamer, charmanter Gastgeber. Annie hätte unsichtbar sein können, so wenig Beachtung schenkte er ihr, aber sie war zu müde, um gekränkt zu sein. Tatsächlich nickte sie sogar zweimal ein, bevor das Hauptgericht serviert wurde, und hätte sich schrecklich blamiert, wenn Phaedra ihr nicht einen diskreten Stoß versetzt hätte.

Beim zweitenmal entschuldigte Annie sich, was ihr zum ersten Mal Rafaels Aufmerksamkeit eintrug, und verließ den Speisesaal. Sie war bereits wieder in ihrem Zimmer und ließ sich von Kathleen ihr langes Haar bürsten, als ein Klopfen an der Tür ertönte.

Annies Herz machte einen Sprung, denn sie wußte, noch bevor Kathleen öffnete, daß der Besucher Rafael war.

Falls Kathleen irgendwelche Bedenken über die Schicklichkeit der Sache hatte, behielt sie sie für sich. »Guten Abend, Hoheit«, sagte sie mit einem tiefen Knicks, statt jedoch den Raum zu verlassen, warf sie Annie einen fragenden Blick zu.

Rafael, einfühlsam wie immer, deutete den Blick richtig. »Bleib ruhig«, sagte er zu dem Dienstmädchen.

Annie, die vor dem Spiegel ihrer Kommode saß, drehte sich nicht zu ihm um, als er langsam zu ihr herüberkam, aber sie fühlte den Puls an ihrer Kehle heftig pochen.

Endlich stand Rafael neben ihr und legte eine Hand auf ihre Schulter. »Ich weiß es zu schätzen, wie du im Dorf ausgeholfen hast«, sagte er wohlwollend, »aber ich fürchte, daß du dich ein bißchen übernommen hast. Du warst so erschöpft beim Essen, daß du dich kaum noch aufrecht halten konntest.«

Annies erster Impuls war, ihre Hand auf Rafaels zu legen, aber sie widerstand ihm tapfer. Zuviel körperlicher Kontakt mit diesem Mann war gefährlich, und er berührte sie auch so schon, versengte ihre Haut mit seinen Blicken.

»Ich weiß nicht, woher du das wissen willst, denn schließlich hast du mich den ganzen Abend nicht einmal angeschaut.«

Rafael lachte und verschränkte die Finger um ihre Schulter. »Du irrst dich, meine schöne Yankeeprinzessin. Ich habe dich nicht aus den Augen gelassen.«

Annie schaute ihn prüfend an und entdeckte unendlich viel in seinen schiefergrauen Augen – Humor, Sorge, Mitgefühl, Enttäuschung und sogar einen gewissen Grad an Zuneigung, wenn auch vielleicht keine Liebe.

»Ich verstehe jetzt, warum du darauf bestehst, in Bavia zu bleiben«, sagte sie ruhig. »Mir ergeht's nicht anders, Rafael – ich kann diese Leute nicht im Stich lassen, jedenfalls nicht, solange ich etwas tun kann, um ihnen beizustehen.«

Rafael ließ ihre Schulter los und berührte ihre Wange. Annie konnte sehen, daß ihn irgendein Gefühl bewegte, und es dauerte eine ganze Weile, bis er wieder sprach. »Ich freue mich, daß du es verstehst – ich glaube nicht, daß sonst noch jemand Verständnis für mich aufbringt. Aber deine Lage ist nicht mit meiner zu vergleichen – ich schulde meinem Volk Treue, während du nur zu Gast hier bist. Es obliegt nicht deiner Verantwortung, unsere Kranken zu pflegen.«

»Das stimmt schon«, gab Annie zu, und es kostete sie Mühe, einen gelassenen Tonfall zu bewahren, weil sie das Gefühl hatte, unter Rafaels Berührung dahinzuschmelzen. »Ich weiß, daß ich die Welt nicht retten kann, aber mein Gewissen würde mir keine Ruhe lassen, wenn ich nichts unternähme, und ich helfe, weil ich helfen *will*.«

»Aber die Risiken, die du dabei eingehst, Annie…«

Sie seufzte. »Was soll ich denn deiner Ansicht nach tun?« fragte sie nachsichtig. »Im Solarium sitzen und den ganzen Tag die Harfe spielen? Ich *brauche* Beschäftigung, Rafael; es liegt nicht in meiner Natur zu faulenzen.«

Ein Muskel zuckte an seinem Kinn, und Annie wußte, daß sie sich behauptet hatte, obwohl es ihm nicht leichtfiel, es zuzugeben. »Sei wenigstens vorsichtig«, warnte er, um dann etwas leiser hinzuzusetzen: »Ich habe im Hinblick auf dich schon genug auf dem Gewissen, und wenn dir etwas geschähe, würde ich es mir nie verzeihen.«

Annie ergriff seine Hand. »Ich möchte dir beistehen, Rafael, und nicht deine Sorgen vergrößern. Ich verspreche dir, keine unnötigen Risiken einzugehen.«

Rafael drückte ihre Hand und schenkte ihr den Ansatz eines Lächelns. »Ich denke, damit werde ich mich zufriedengeben müssen«, sagte er und küßte sie auf den Scheitel. »Aber jetzt gehe ich besser zu meinen Gästen zurück. Gute Nacht, Annie.«

Sie nickte stumm, und er ging hinaus.

Kathleen stellte keine Fragen, sondern beschäftigte sich damit, Annies Bettdecke zurückzuschlagen, ihre Kissen aufzuschütteln und das Feuer im Kamin zu schüren. Annie war dankbar für ihr Schweigen. Ihre Begegnung mit Rafael hatte sie innerlich stark aufgewühlt, und sie brauchte eine Weile, um sich zu beruhigen.

Im Verlauf der nächsten Tage trafen noch mehr Hochzeitsgäste ein, während in der großen Halle die Auswahl der Geschworenen fortgesetzt wurde. Annie beschäftigte sich im Dorf und in der Kapelle und versuchte, nicht zu intensiv über den Tag nachzudenken, an dem sie gezwungen sein würde, gegen Leutnant Covington und seine Männer auszusagen. Und wenn diese Prüfung dann vorüber war, würde Phaedras Hochzeit stattfinden, und sobald die Prinzessin verheiratet war, würde Annie zu ihrer Familie heimgeschickt werden.

Um Rafael nie wiederzusehen, aller Wahrscheinlichkeit nach.

Doch bis dahin wollte Annie die Last der Sorge ihres Prinzen nicht erhöhen. Sie aß regelmäßig, obwohl sie nie etwas vom Essen schmeckte und fünf Minuten später nicht hätte sagen können, was sie zu sich genommen hatte, und achtete darauf, sich nachmittags in ihrem Zimmer eine Stunde auszuruhen. Jeden Abend, nach einer einsamen Mahlzeit an ihrem Kamin, ging sie um Punkt acht zu Bett und war innerhalb weniger Minuten eingeschlafen.

Vier Tage später begann die Gerichtsverhandlung, und Annie war gezwungen, ihre Aufgaben Kathleen und den anderen Frauen zu überlassen, die sich nicht in der großen Halle drängten, um dem Schauspiel beizuwohnen. Leutnant Covington und vierzehn andere Männer wurden in Ketten vorgeführt und auf eine Reihe von Bänken plaziert. Die Geschworenen saßen ihnen gegenüber, während die Zuschauer sich im Hintergrund des großen Raumes hielten. Die Dorfbewohner hatten einen Richter aus ihren Reihen ausgewählt, und er saß an einem kleinen Tisch auf einem Podium, von dem aus er alles überschauen konnte. Rafael und Mr. Barrett standen in einiger Entfernung, mit verschränkten Armen und ausdruckslosen Mienen, und beobachteten die Vorgänge.

Annie zwang sich, Leutnant Covington anzusehen, da sie wußte, daß es auf lange Sicht ohnehin nicht zu verhindern sein würde. Er war sehr blaß, und seine Kleidung war zerknittert, aber es war offensichtlich, daß weder er noch die anderen Angeklagten Hunger gelitten hatten oder mißhandelt worden waren. Als hätte er Annies Blick gespürt, wandte er den Kopf, um sie anzusehen, und sie nahm eine solche Kälte in seinen Augen wahr und einen solchen Zorn, daß es ihr kalt über den Rücken lief.

Sie war die erste Zeugin, die aufgerufen wurde, und empfand sowohl Erleichterung wie Furcht, als sie vortrat. Da sie gearbeitet hatte, trug sie ein schlichtes braunes Kleid, das Kathleen in einem Vorratsschrank gefunden hatte, und ihr Haar war zu einem losen Zopf geflochten. Sie war keine Adlige und fühlte sich den Dorfbewohnern aufrichtig verwandt.

Leutnant Covingtons Blick enthielt eine stumme Drohung, die Annie wie eine Ohrfeige empfand, aber sie war sich auch Rafaels Nähe bewußt und seiner Unterstützung.

Mr. Barrett trat vor, eine Bibel in der Hand, und forderte Annie auf zu schwören, daß sie die Wahrheit sprechen werde, nichts als die reine Wahrheit. Sie tat es mit bebender, aber klarer Stimme und ließ sich dann auf den Stuhl nieder, der für sie bereitstand, in der Hoffnung, daß niemand das Zittern ihrer Knie bemerkt hatte.

Mr. Barretts Stimme war ruhig und tief, und Annie klammerte sich daran fest wie ein Ertrinkender an einem Rettungsring.

Er bat sie, die Vorfälle auf dem Marktplatz zu beschreiben, und das tat sie, mit fester Stimme, obwohl ihr schrecklich übel dabei wurde. Die Geschworenen, die Zuschauer und die Gefangenen verschwammen zu einem dichten, pochenden Nebel, in dem sie nicht einmal mehr Rafael erkennen konnte.

Nachdem sie ihren Bericht beendet hatte, stellte Mr. Barrett ihr einige kurze Fragen und entließ sie dann. Annie stand auf, straffte die Schultern und schüttelte den Kopf, als Lucian aus dem Nebel trat, um ihr seinen Arm zu bieten. Es war eine schwierige Erfahrung gewesen, aber Annie war entschlossen, sie ohne Hilfe anderer durchzustehen.

Langsam ging sie aus der Halle, ohne Phaedras Aussage abzuwarten. Im Hof setzte sie sich auf die Bank neben dem Springbrunnen und hob ihr Gesicht in den gleißenden Sonnenschein.

Nur wenige Minuten verstrichen, bis Kathleen erschien und ihr ein Glas kaltes Wasser brachte. Annie nahm es dankbar an und trank es durstig aus. Das Wasser festigte sie, beruhigte ihren Magen und verringerte ihr Zittern.

»Sie sollten sich lieber eine Weile hinlegen, Miss«, schlug Kathleen freundlich vor. »Es war bestimmt nicht leicht für Sie, Ihre Aussage zu machen und sich an all diese schrecklichen Dinge zu erinnern.« Als sie sah, daß Annie im Begriff war, ihr zu widersprechen, fuhr sie hastig fort: »Vergessen Sie nicht, daß Sie Seiner Hoheit versprochen haben, ihm nicht noch mehr Sorgen zu bereiten, indem Sie sich überanstrengen.«

Eine leichte Brise blies eine lose Strähne in Annies Stirn, und sie strich sie rasch zurück. »Na schön«, erwiderte sie unwillig. »Aber es ist ja nicht so, als ob ich krank wäre oder so etwas.«

Kathleen lächelte. »Ich weiß, Miss. Eine Stunde Ruhe, und Sie werden wieder auf dem Posten sein.«

Sie betraten die Burg durch einen Rundgang, um die große Halle zu meiden. Da Annie sich wie eine Invalidin gefühlt hätte, wenn sie sich mitten am Tag in ihrem Zimmer hingelegt hätte, ging sie statt dessen zum Solarium und setzte sich in einen großen Schaukelstuhl am Fenster.

»Möchten Sie Tee, Miss, oder etwas zu essen?« fragte Kathleen mütterlich besorgt.

Annie schüttelte den Kopf. »Nein, danke, Kathleen«, sagte sie gähnend, denn der weich gepolsterte alte Schaukelstuhl war sehr bequem. »Und wag ja nicht, ohne mich ins Dorf oder zur Kapelle zurückzukehren! Du arbeitest doppelt so hart wie ich und kannst auch ein bißchen Ruhe brauchen.«

Kathleen lächelte. »Mir geht's gut, Miss«, sagte sie, bevor sie sich abwandte und ging.

Nachdem sowohl Annie als auch Phaedra ihre Version der Ereignisse dargelegt hatten, wurde den Angeklagten Gelegenheit geboten, sich zu ihrer Verteidigung zu äußern, einem nach dem anderen. Rafael blieb, um zuzuhören, obwohl er viel lieber Annie gesucht hätte, um sie in die Arme zu nehmen und ihr zu sagen, wie stolz er auf sie war und wie sehr er sie liebte.

Die Aussagen schienen kein Ende zu nehmen. Einer nach dem anderen standen die Beschuldigten auf und versuchten, sich zu verteidigen. Die meisten von ihnen schienen den Vorfall aufrichtig zu bedauern, aber einige trugen finstere Mienen zur Schau und warfen trotzige Blicke in die Menge und auf Rafael. Der Schlimmste von ihnen war Jeremy Covington, der ganz offensichtlich glaubte, aus einer guten Familie zu stammen gäbe ihm das Recht, jeden, der sich ihm in den Weg stellte, brutal zu überrennen. Er stellte klar, daß er das

Verfahren als ein Zerrbild der Justiz betrachte und sich selbst als das wahre Opfer dieser Vorgänge.

Es war drückend heiß in der Halle, und der Geruch zu vieler schwitzender Körper auf engem Raum war fast nicht auszuhalten. Hinzu kam, daß Rafael sich permanent beherrschen mußte, um nicht aufzuspringen und Covington eigenhändig zu erdrosseln.

Der Leutnant beendete seinen Vortrag, indem er vor dem Richter ausspuckte, einem Mann, den alle Dorfbewohner für seinen Gerechtigkeitssinn und seine Weisheit bewunderten. Wie ironisch, daß diese Menschen nach allem, was ihnen und ihren Liebsten im Namen von Arroganz und Macht angetan worden war, dennoch einen Richter ernannt hatten, der ein gerechtes Urteil fällen würde!

Barrett bedeutete zweien seiner Männer mit einem Zeichen, Covington aus dem Saal zu entfernen, und obwohl die Hände des Leutnants gefesselt waren, hatten sie beträchtliche Schwierigkeiten, den Gefangenen zu bändigen. Insgeheim dachte Rafael, daß Jeremy froh sein durfte, zu einer einigermaßen aufgeklärten Zeit in den Kerkern der Burg zu enden. Viele, die vor ihm dort eingesperrt gewesen waren, hatten es nicht so bequem gehabt.

Nach einer Unterredung mit dem Richter verkündete Barrett, daß das Verfahren auf den nächsten Tag vertagt wurde, und schickte die Geschworenen und Zuschauer fort. Die übrigen Gefangenen wurden von Soldaten in ihre Zellen zurückgeführt.

»Ich brauche einen Drink«, sagte Barrett, als er und Rafael durch die große Halle zu einer kleinen, privaten Treppe hinübergingen.

Aus dem Augenwinkel nahm Rafael einen flüchtigen Moment lang eine Frau in Bauernkleidung wahr. Sie kam ihm irgendwie bekannt vor, obwohl er ihr Gesicht nicht sehen konnte. Als er sich nach ihr umdrehte, war sie bereits fort.

Rafael empfand ein leises Unbehagen, aber der Zwischenfall war schließlich unbedeutend, und so verdrängte er ihn rasch. »Wir wissen noch immer nicht, wer den Studenten getötet hat«, erinnerte er Barrett, während sie die schmale Treppe hinaufstiegen.

Barrett seufzte hinter ihm. »Nein«, stimmte er trübsinnig zu. »Das wissen wir noch nicht.«

16

Annie stand den ganzen folgenden Vormittag im Hintergrund der großen Halle und lauschte unzähligen weiteren Aussagen. Aus praktischen Erwägungen trug sie das gleiche Kleid wie gestern und hatte ihr Haar zu einem lockeren Knoten im Nacken zusammengesteckt. Sie fühlte sich ein wenig zerschlagen heute, doch wie Kathleen schien sie unempfindlich zu sein für das Fieber, das unter den Dorfbewohnern wütete. Die Krankheit hatte eine beträchtliche Anzahl von Bauersfrauen und einige der Mägde befallen, die aushalfen, doch bisher war noch niemand daran gestorben.

Das war ein Segen, und nicht nur aus Gründen, die offensichtlich waren. Das Abwassersystem des Dorfes war schon immer sehr primitiv gewesen, doch jetzt, angesichts des Zustroms neuer Menschen und der Natur des Fiebers selbst, war die Abwässer- und Abfallbeseitigung zu einem echten Problem geworden. Es mußte jederzeit mit dem Ausbruch von Cholera oder Typhus gerechnet werden.

Annie, die sich über dieses Dilemma den Kopf zerbrach,

war verblüfft, als Jeremy Covington aufsprang, etwas Unverständliches in den Saal brüllte und an seinen Fesseln zerrte. Seine Augen waren glasig wie die eines tollwütigen Tiers; sein Hemd war schweißdurchtränkt, und auch sein Gesicht und sein Nacken glänzten feucht.

Der junge Soldat, der gerade seine Aussage machte, wie es sein gutes Recht war, starrte seinen Kommandeur betroffen an.

Widerstrebend versuchten zwei von Barretts Männern, Covington zur Räson zu bringen, aber er war ungeheuer stark in seiner Wut und seiner Angst. Er kämpfte so verzweifelt, daß es vier Männer bedurfte, um ihn zu überwältigen.

Als das geschah, schluchzte er heftig, und Annie empfand Mitleid für ihn. Ganz offenbar hatten die Gefangenschaft und die Verhandlung Leutnant Covington gebrochen.

Die Männer hätten ihn in den Kerker zurückgeschleppt, wenn Rafael nicht vorgetreten wäre.

»Laßt ihn reden«, befahl der Prinz mit leiser, ruhiger Stimme, die dennoch bis in die letzte Ecke des großen Saals vordrang.

Covington zitterte am ganzen Leib. »Ich will nicht sterben«, sagte er. »Ich werde nicht hängen für das –« er wandte den Kopf und richtete den Blick auf einen der anderen Soldaten – »was *er* getan hat!«

Der Soldat errötete zunächst, um dann leichenblaß zu werden. Er sprang auf und hätte sich wohl auf Covington gestürzt, trotz seiner Hand- und Fußfesseln, wenn Mr. Barrett und einer der Dorfbewohner ihn nicht zurückgehalten hätten.

»Fahr zur Hölle, Covington!« schrie der Beschuldigte.

Rafael drehte sich langsam zu ihm um. »Wie ist dein Name, Soldat?«

Selbst aus der Entfernung sah Annie die Kehle des Mannes zucken, als er schluckte. »Peter Maitland, Euer Hoheit.«

»Hast du den Studenten erschossen, Peter Maitland?«

Ein erkennbares Erschauern durchzuckte Maitlands schlanken Körper. Wild schaute er von Covington zu den anderen Männern auf der Anklagebank, um den Blick dann wieder auf Rafael zu richten. »Ja, Sir«, antwortete er.

»Warum?« erkundigte Rafael sich sachlich.

In der großen Halle war es still, während alle, Bauern und adlige Besucher gleicherweise, auf Antwort warteten. Was dann kam, löste einen Aufruhr aus.

»Weil ich Euch verteidige, Hoheit! Der Student stachelte die Leute zum Verrat an Euch auf!«

Rafael wirkte elend, zornig und müde, und Annie konnte sich nur mit Mühe beherrschen, um nicht zu ihm zu laufen und ihm beizustehen. Statt dessen jedoch schickte sie ihm eine stumme Botschaft ihres Herzens, und er schien sie zu empfangen, denn sein Blick suchte und fand Annie in der Menge. Einen Moment lang bestand eine innige Verbindung zwischen ihnen; es war fast, als ob sie allein in der großen Halle wären.

Als Rafael endlich wieder sprach, klang es angewidert und enttäuscht. »Schafft ihn fort«, sagte er. »Schafft sie alle fort.«

Ein solcher Aufstand folgte seinen Worten, daß die Mauern der Halle darunter zu erbeben schienen. Der Mann, der als Richter den Vorsitz führte, klopfte mit seinem Hammer auf den Tisch. »Ruhe im Saal!« brüllte er, und alle gehorchten, vom geringsten Bauern bis zu den adligen Gästen, die zu Phaedras Hochzeit nach St. James gekommen waren.

Widerstrebend löste sich die Menge auf. Als nur noch der Richter, die Geschworenen, Rafael und Mr. Barrett im Saal zurückblieben, zögerte Annie, denn obwohl sie es unpassend gefunden hätte, sich dem Prinzen jetzt zu nähern, konnte sie sich auch nicht dazu überwinden zu gehen. Es mochte nichts als romantische Einbildung ihrerseits sein, aber irgendwie hatte sie das Gefühl, daß ihre Gegenwart Rafael ermutigte und ihm sogar Kraft verlieh.

Als Kathleen sah, daß ihre Herrin sich nicht rührte, holte sie Stühle für sie beide. Schweigend saßen sie dabei, während der Richter und die Geschworenen sich berieten. Rafael und Mr. Barrett standen in der Nähe und hörten schweigend zu.

Eine Stunde später stand das Urteil fest, und obwohl Annie und Kathleen zu weit entfernt saßen, um zu hören, was beschlossen worden war, fiel ihnen Rafaels grimmige Miene auf, mit der er das Urteil vernahm. Er nickte zustimmend, und dann löste sich die kleine Gruppe auf und verließ den Saal.

Als Rafael sich ihr näherte, stand Annie auf.

Kathleen drückte ihre Hand. »Ich werde in der Kapelle sein, Miss«, sagte sie und eilte ebenfalls hinaus.

Annie schluckte und schaute Rafael prüfend ins Gesicht. Mit größter Wahrscheinlichkeit wäre es nie zu einem Prozeß gekommen, wenn sie und Phaedra nicht an jenem Nachmittag unerlaubt den Marktplatz aufgesucht hätten. Annie bereute es jetzt fast ein wenig, obwohl die Verwüstung und der Mord bestimmt auch ohne sie stattgefunden hätten. In diesem Fall jedoch wären Covington und die anderen straflos davongekommen.

Endlich stand Rafael vor ihr. Sie wollte ihn berühren, widerstand jedoch dem Wunsch und wartete schlicht, bis er etwas sagte.

»Covington und die meisten anderen Männer werden sechs Monate im Kerker bleiben – oder bis die Burg von den Rebellen eingenommen wird«, sagte er mit ernster, hohler Stimme. »Maitland wird für den Mord an dem Studenten zum Tod durch Erhängen verurteilt werden.«

Annie schloß für einen Moment die Augen vor den Bildern, die ihre Phantasie ihr eingab, aber es nützte nichts. Sie konnte sich Maitland mit Leichtigkeit auf dem Schafott vorstellen, und das Bewußtsein, daß Rafael für sich praktisch das gleiche Schicksal erwartete, machte die Vorstellung noch viel schlimmer.

Obwohl sie noch nie mit Rafael über seine Einstellung zur Todesstrafe gesprochen hatte, spürte sie, daß er ernsthafte Bedenken hatte. »Wirst du zulassen, daß das Urteil vollzogen wird?«

Rafael fuhr sich mit der Hand durch sein wirres und etwas strähniges Haar, und Annie dachte, daß der Prinz unbedingt einen Barbier benötigte vor der Hochzeit seiner Schwester. »Ich habe keine andere Wahl«, sagte er. »Die Entscheidung lag bei den Dorfbewohnern, und sie haben es so bestimmt.«

Wieder war Annie versucht, Rafael zu berühren, und diesmal tat sie es und legte ihre Finger sanft an seine Wange. »Es tut mir leid, daß dies alles geschieht«, flüsterte sie bedrückt. »Es muß wie ein Alptraum für dich sein.«

Er lächelte schwach und wandte den Kopf, um ihre Handfläche zu küssen, und sie verspürte wieder das schon vertraute Prickeln in ihren Gliedern. »Es wird vorübergehen, Annie«, erwiderte er, um dann zurückzutreten und sie mit einem belustigten Funkeln in den Augen von Kopf bis Fuß zu mustern. »Ich glaube, im Grunde deines Herzens bist du eine Bäuerin, Annie, trotz des Reichtums und des Prestiges, die dem Namen Trevarren anhaften.«

Der Ton, der sich Annies Lippen entrang, war halb ein Lachen, halb ein Schluchzen; am liebsten hätte sie sich Rafael an den Hals geworfen und ihn angefleht, Bavia zu vergessen und mit ihr fortzugehen. Sie wußte jedoch, daß er ihr diesen Wunsch nicht erfüllen konnte, und verzichtete darauf, ihn zu äußern. »Ja«, sagte sie nur. »Ich glaube, wir Amerikaner sind alle irgendwo noch Bauern, ob wir Geld haben oder nicht.«

Rafael nahm ihren Arm, und zusammen gingen sie in den hellen Sonnenschein hinaus und setzten sich auf die Bank beim Springbrunnen.

»Ich wollte dich nach dem Fieber fragen«, begann Rafael, und als Annie einwandte, sie sei nicht gefährdet, brachte er sie mit erhobener Hand zum Schweigen. »Ich weiß, daß ich dich nicht vom Dorf fernhalten kann«, sagte er mit gutmütiger Resignation. »Ich möchte nur deine Einschätzung der Lage hören.«

Annie errötete vor Stolz und Freude, denn ihrer Erfahrung nach baten Männer Frauen nur sehr selten um ihre Ansicht zu Problemen. Deshalb überlegte sie sich ihre Worte sehr sorgfältig, bevor sie antwortete. »Das Fieber scheint nicht tödlicher Natur zu sein. Die Leute erkranken schnell daran, aber sie erholen sich auch innerhalb kurzer Zeit. Was mich viel stärker beunruhigt, ist der Mangel an sanitären Einrichtungen im Dorf – es gibt offene Abwassergruben, und das könnte eine weitere und wesentlich ernstere Epidemie verursachen.«

Rafael hörte aufmerksam zu, wie er es bei Mr. Barrett oder seinen Ratgebern getan hätte, und Annie war zutiefst bewegt. Sie war sicher, daß er sie liebte, selbst wenn er es selbst noch nicht bemerkt hatte, und er hatte sie fast immer mit Respekt behandelt. Doch dies war nun beträchtlich mehr als bloße Höflichkeit, und Annie vermochte ihre Freude über sein Vertrauen kaum zu bändigen.

»Die Männer könnten Kalk in die Gruben schaufeln und provisorische Latrinen etwas weiter vom Dorf entfernt errichten«, schlug er vor. Dann schaute er lächelnd zu der hochaufragenden Burg hinauf. »In alten Zeiten«, gestand er, »befanden sich die Latrinen über dem Burggraben.«

Annie schauderte es bei seinen Worten, aber sein Lächeln war ansteckend, und so erwiderte sie es. »Es gab also keine Alligatoren, die die Burg bewachten wie in den Märchen?«

Rafael tat, als ob er entsetzt wäre. »In diesem Wasser? Selbst Seeungeheuer hätten in dem Zeug nicht leben können, Prinzessin.«

Es war so unendlich schön, einfach mit Rafael im warmen Sonnenschein zu sitzen und zu reden, daß Annies Herz vor Wehmut schmerzte. Die Erinnerung an diesen Augenblick, wußte sie, würde ihr in Zukunft ebenso kostbar sein wie die Erinnerung an ihre Umarmungen.

Ihre Augen füllten sich mit Tränen, aber sie zwang sich, ihr Lächeln beizubehalten. »Hier in der Burg zu sein ist wie eine Reise in die Vergangenheit. Was jetzt hier mit uns geschieht, könnte nirgendwo sonst auf der Erde vorkommen.«

Rafael nahm ihre Hand, so schüchtern, als hätte er sie noch nie intim berührt und sie mit seinen Zärtlichkeiten in einen sinnlichen Rausch versetzt. »Darin liegt eben das Problem«, sagte er traurig. »Die Zeiten der Schlösser und Könige sind vorbei. Die Welt verändert sich, Annie, auf eine Art, die wir nicht nachvollziehen können. Und für Bavia gibt es keinen Platz in der modernen Welt.«

Annie nickte betrübt. Rafael hatte recht – der Fortschritt war unvermeidlich. Und doch wollte Annie nicht an eine Welt ohne Schlösser und Könige glauben – und ohne Prinzen. »Es ist so ungerecht«, sagte sie schließlich mit leiser, zitternder Stimme. »Es gibt noch immer Drachen. Und böse Ritter. Sie verkleiden sich jetzt nur als etwas anderes.«

Rafael lächelte und küßte ihre Nasenspitze, und die Geste, so harmlos sie auch war, brachte Annies Blut in Wallung. »Das trifft auch auf Prinzessinnen zu«, antwortete er. »Einige von ihnen kleiden sich wie Dienstboten und pflegen kranke Bauern, und trotz allem sind sie im Herzen Königinnen.«

Viel zu bald endete der zauberhafte Nachmittag.

Ein Getöse brach auf dem Burghof los, das sogar den gewohnten Lärm der Kutschenräder, das Klappern der Pferdehufe und das Klirren von Stahl auf Stahl übertönte, wenn die Soldaten auf dem Hof für den Krieg trainierten. Noch bevor Edmund Barrett auf den Burghof stürzte, war Rafael schon aufgesprungen.

»Was gibt's?« rief er.

»Ein Bataillon Rebellen ist auf dem Weg hierher, Hoheit!«

Rafael wandte sich zu Annie um, und sie stellte sich schon darauf ein, fortgeschickt zu werden in ein Versteck, was ihre Freude darüber, daß er eben noch ihren Rat gesucht hatte, gründlich zerstört hätte. Doch er ergriff nur ihren Ellbogen und sagte ruhig: »Es dürfte nichts weiter als ein kleines Scharmützel werden, falls es überhaupt zum Kampf kommt. Aber falls es schlimmer wird, würdest du dich dann um Phaedra kümmern? Ich brauche dir ja wohl nicht zu sagen, daß sie weder stark noch besonders mutig ist, trotz all ihrer Missetaten.«

Annie verspürte eine eisige Kälte in ihr Herz einziehen. Stumm nickte sie, obwohl sie Rafael jetzt wieder gern berührt hätte, aber sie befürchtete, daß ein solcher Kontakt ihn schwächen könnte, und aus dem gleichen Grund verdrängte sie ihre Tränen.

Danach wandte Rafael sich ab und ging mit Mr. Barrett auf die steinernen Stufen zu, die auf die Zimmerkränze führten. Annie beschattete ihre Augen und sah ihnen nach, bis sie in einem der Türme verschwunden waren.

Überall hasteten Soldaten über die Wehrgänge, und Annie wäre jetzt gern zu ihnen hinaufgestiegen, um zu sehen, was sich vor den Burgmauern abspielte. Sie biß sich unschlüssig auf die Lippen, während sie die Situation überdachte.

Rafael und Mr. Barrett die Stufen hinauf zu folgen war ausgeschlossen; sie würde ihnen nur im Wege sein auf den Zinnen, wo jeder seine Aufgabe zu erfüllen hatte. Und doch wollte sie die herannahenden Rebellen sehen, um sich ein eigenes Bild von der Gefahr zu machen.

Ihr Blick glitt zu dem verlassenen Turm mit dem abbröckelnden Geländer und den hohen, schmalen Fenstern, den sie schon einmal bestiegen hatte. Da die Küstenstraße, auf der die Rebellen sich der Burg näherten, und der See in entgegengesetzter Richtung lagen, bestand diesmal keine Notwendigkeit, auf den Wehrgang hinauszuklettern; sie würde durch die Fenster alles sehen können, ohne sich in Gefahr zu bringen.

Entschlossen machte Annie sich zum ältesten Teil der Burg auf, unbemerkt in all der Aufregung und Verwirrung, und eilte fünf Minuten später bereits über den Gang auf die Turmstufen zu. Atemlos stürzte sie in das runde, düstere Gemach und blieb nur einen Moment auf der Schwelle stehen, um Atem zu holen. Als ihre Augen sich an den Lichtwechsel gewöhnt hatten, erkannte sie die Umrisse von Gegenständen, was sehr seltsam war, weil der Raum vorher vollkommen leer gewesen war.

»Ist hier jemand?« rief sie.

Niemand antwortete, aber die Umrisse, die Annie gesehen hatte, waren jetzt deutlicher zu erkennen – ein Stapel Decken, ein Korb, ein Wasserkrug und eine grobe Holzschüssel. Sie trat einen Schritt näher, bückte sich und hob das Tuch, das den Korb bedeckte. Er enthielt braunes Brot, Käse und Äpfel.

Im ersten Moment war Annies Neugierde so groß, daß sie sogar die Rebellen vergaß, die auf die Burg zustürmten. Jemand schien hier in diesem Raum zu leben, aber warum sollte jemand sich mit einer so spartanischen Unterkunft begnügen, wenn die Burg doch über mehr Schlafzimmer verfügte als die meisten großen Hotels?

Annie richtete sich auf und runzelte die Stirn, weil die Antwort nur zu offensichtlich war. Wer auch immer diesen Raum benutzen mochte, tat es, weil er nicht gesehen werden wollte.

Voller Unbehagen schaute sie zum Gang hinüber, aber er war leer, und obwohl Annie angestrengt horchte, hörte sie nichts als das entfernte Geschrei von Rafaels Soldaten und das stetige Pochen ihres eigenes Herzens. Sie ging zum Fenster und schaute hinaus. Einen Moment lang blendete sie das grelle Funkeln der Sonne auf dem Meer, sie blinzelte und fröstelte dann plötzlich, aus der sicheren Überzeugung heraus, daß der unbekannte Bewohner dieses Raumes zurückkehren würde, während sie der Tür den Rücken zukehrte.

Nachdem sie mehrmals tief durchgeatmet hatte, wurde sie etwas ruhiger, und nach einem letzten Blick über ihre Schulter wandte sie ihre Aufmerksamkeit den Rebellen auf der Küstenstraße zu. Es mußten über hundert Männer sein, schätzte sie, und obwohl sie ein bunt zusammengewürfelter Haufen waren, verfügten die meisten von ihnen über ein Pferd. Selbst aus der Ferne konnte Annie sehen, daß sie mit Gewehren und Säbeln bewaffnet waren, und hinter den Truppen folgten mehrere von Mauleseln gezogene Karren mit Kanonen.

Bittere Galle stieg in Annies Kehle auf, aber sie schluckte sie rasch hinunter. Die Mauern von St. James waren uralt und mußten zahlreiche schwache Stellen haben, die leicht zu finden waren, wenn jemand an den Außenmauern vorbeiging oder vorbeiritt. Fast konnte sie sich schon vorstellen, wie die Kanonenkugeln in das Gemäuer einschlugen und die alten Steine nachgaben.

Sie dachte an das verborgene Tor und die Höhle, die dahinter lag. Wenn sie die geheime Passage selbst durch reinen Zufall entdeckt hatte, mußte es einem geschickten Rebellen von draußen mit der gleichen Mühelosigkeit gelingen.

Annie wußte jetzt, daß sie Rafael von ihrer Entdeckung hätte berichten müssen. In all der Aufregung jedoch hatte sie es schlicht vergessen.

Sie ging zu einem anderen Fenster und versuchte, von dort das Tor zu sehen, aber die Bäume des Obstgartens erlaubten ihr keinen Blick darauf. Soweit sie sagen konnte, näherten sich keine Rebellen aus dieser Richtung, aber sie hätten natürlich auch an der Außenmauer entlangkriechen können, anstatt wie ihre Kameraden offen über die Küstenstraße vorzudringen.

Nachdenklich legte Annie den Kopf zurück und schaute zu der komisch geformten Decke auf. Vielleicht hätte sie von dort mehr sehen können … Aber dann schüttelte sie den Kopf, denn ihr letztes Erlebnis auf dem Wehrgang stand ihr nur allzu deutlich in Erinnerung. Und jetzt wäre niemand in der Nähe gewesen, um sie zu retten, falls sie in Schwierigkeiten geriet.

Als sie sich resolut vom Fenster abwandte, sah sie einen flüchtigen Moment lang eine kleine Gestalt in einem dunklen Umhang im Eingang stehen.

»Warten Sie!« rief sie und rannte über den staubigen Turmboden. Von der Treppe aus hörte sie jemanden leichtfüßig über den Gang hasten, aber als Annie ihn erreichte, war der Besucher schon verschwunden. Er oder sie konnte sich hinter einer der Dutzend Türen verborgen haben, die jene Halle säumten, und Annie wußte, daß all diese Räume nicht mehr benutzt wurden. Sie hatte kein Verlangen, den Turmbewohner durch Spinnennetze und Rattennester zu verfolgen.

Statt dessen nahm sie sich vor, Rafael sobald wie möglich von dem Erlebnis zu berichten, und vergaß es bald darauf. Als Annie den großen Burghof erreichte, wimmelte es nur so von den Bewohnern der Burg, die weder am Fieber erkrankt noch zu den Waffen gerufen worden waren. Kathleen, die sich sofort zu ihr gesellte, berichtete Annie, daß die Rebellen Aufstellung am Fuß der Ziehbrücke genommen hätten, die in zweihundert Jahren kein einziges Mal eingezogen worden war. In diesem Augenblick, sagte Kathleen, richteten sie ihre Kanonen auf die Tore von St. James.

Annie kniff die Augen zusammen und suchte die Zinnenkränze nach Rafael ab. Sie entdeckte ihn direkt über dem mächtigen hölzernen Tor, und selbst aus der Ferne und mit dem Rücken zu ihr konnte sie an der Haltung seines Kopfs und seiner Schultern den Zorn erkennen, der ihn beherrschte. Er schrie den Aufständischen etwas zu, was Annie jedoch nicht verstehen konnte, und der Anführer der Rebellen erwiderte etwas darauf.

Mit einem Widerwillen, der tief aus seiner Seele kam, wie Annie wußte, hob Rafael als Signal für seine Männer eine Hand, und sie richteten ihre Waffen auf die Rebellen und begannen zu schießen. Das Bataillon an der Zugbrücke bekam nicht einmal Gelegenheit, eine Kanonenkugel abzufeuern, bevor es zum Rückzug gezwungen wurde.

Annie wurde übel beim Gedanken an die Leichen, die jetzt vor dem Tor lagen, und ihre Knie gaben unter ihr nach. Kathleen, die es bemerkt hatte, ergriff ihren Arm und zog sie auf die Kapelle zu.

»Kommen Sie, Miss«, befahl sie streng. »Wir sind hier nur im Weg, und dort drinnen sind immer noch Kranke, die uns brauchen.«

Das stimmte. Die Kapelle war vollgepackt mit stöhnenden, entkräfteten Dorfbewohnern, und die wenigen Dienstboten, die imstande oder bereit waren zu helfen, zitterten vor Angst. Allen war bewußt, daß weitere Angriffe auf die Burg zu erwarten waren, und selbst die Kranken umklammerten Annies Röcke und Handgelenke und flehten sie an, sie vor den Eindringlingen zu verbergen.

Sie hockte sich neben einen alten Mann, der fiebernd auf einer Strohmatte in einer Ecke lag, um sein hageres Gesicht zu kühlen. »Beruhigen Sie sich«, riet sie sanft. »Niemand wird Ihnen etwas antun. Die Mauern von St. James sind dick.« Sie erinnerte sich an das geheime Tor, verdrängte den Gedanken jedoch aus ihrem Bewußtsein, als der alte Mann sich angstvoll auf seinem Lager herumwarf. »Sie sind sicher hier«, beharrte sie.

»Nein«, sagte er kopfschüttelnd. »Sie sind längst drinnen, die Rebellen – sie sind in den Mauern und unter den Fußböden …«

Fieberwahn, dachte Annie und schickte ein stummes Stoßgebet zum Himmel auf, daß das Fieber nicht noch schlimmere Dimensionen annahm. »Ruhen Sie sich aus«, befahl sie und strich sanft über die fiebernde Stirn des Mannes.

Tatsächlich sank er in einen unruhigen Schlaf, aber es waren noch genug andere da, die sich fürchteten. Annie war überzeugt, daß ihr Gewimmer und ihre erstickten Schluchzer sie ihr Leben lang verfolgen würden, und sie stolperte buchstäblich vor Müdigkeit, als Kathleen sie endlich bei Mondaufgang aus der Kapelle geleitete.

Die große Halle war hell erleuchtet von Hunderten von Kerzen und Petroleumlampen, und als Annie die lange Reihe der Verwundeten auf dem Boden sah, stieß sie einen kleinen Schrei aus und schlug eine Hand vor ihren Mund. Sie waren Rebellen, ihrer buntgemischten Kleidung nach zu urteilen, die sie wahrscheinlich aus Häusern in Morovia gestohlen hatten. Es war offensichtlich, daß sie alle im Sterben lagen, und nur ein einziger ungeschickter junger Soldat pflegte sie.

Annie begann auf sie zuzugehen, aber Kathleen hielt sie unerbittlich fest.

»Nein, Miss«, wisperte sie eindringlich. »Es gibt keine Rettung für diese Männer, und ich lasse nicht zu, daß Sie sich noch mehr erschöpfen, indem Sie es versuchen.«

Zu müde und entmutigt, um zu antworten, schluckte Annie nur, nickte und erlaubte Kathleen, sie die Treppe hinaufzuführen.

Annie war entschlossen, Rafael aufzusuchen, um ihm von dem geheimen Tor zu erzählen, aber ihre Müdigkeit war so überwältigend, daß sie schon eingeschlafen war, bevor sie den Teller Suppe leeren konnte, den Kathleen ihr aus der Küche geholt hatte.

Mehrere Stunden mußten vergangen sein, bevor sie aus finsteren Träumen aufschreckte und versuchte, die Augen aufzuschlagen.

Zuerst glaubte Annie, sich den kalten Stahl an ihrer Kehle nur einzubilden. Sie versteifte sich jedoch vor Schreck, und eine große Männerhand legte sich über ihren Mund und erstickte den Schrei, der in ihrer Kehle aufgestiegen war. Sie war jetzt hellwach, konnte jedoch nicht mehr erkennen, als einen Schatten und einen Schopf blondes Haar.

Ihr Herz begann rasend schnell zu klopfen, als ihr bewußt wurde, was hier vorging.

»Sie haben allen Grund, sich zu fürchten«, zischte Jeremy Covington ihr heiser zu. Sie fühlte die Messerklinge zu ihrem zarten Hals hinuntergleiten, und ihr brach der kalte Schweiß aus.

Covington seufzte und strich ihr das Haar aus dem Gesicht, mit einer fast gespenstischen Zärtlichkeit, als ob sie einmal Liebende gewesen wären. »Es wird nicht leicht sein, Sie zu töten«, beklagte er sich. »Sie sind solch ein schönes Geschöpf, blond und wild wie eine Löwin ...«

Annie kämpfte gegen den Instinkt an, sich zu bewegen und zu zappeln – ihr Schock hatte ein wenig nachgelassen, und sie wußte, daß ihre einzige Chance darin lag, die Ruhe zu bewahren.

Der Leutnant verschränkte plötzlich seine Finger in ihrem Haar und riß daran, und Annie schloß die Augen vor dem Schmerz, der sie durchzuckte. Ein saurer Geschmack stieg in ihrer Kehle auf, und ihr Herz raste dermaßen schnell, daß sie befürchtete, einen Anfall zu erleiden.

»Verdammtes kleines Biest«, zischte Covington und senkte sein Gesicht dicht auf ihres. Sie roch Wahnsinn in seinem Atem und in seinem Schweiß und erlitt einen neuen

Anfall von Entsetzen, als er ein Knie zwischen ihre Beine drängte. »Wenn Sie doch bloß Ihren süßen Mund gehalten hätten …« Er nahm das Messer von Annies Kehle und strich mit seiner scharfen Spitze über ihre Augenbrauen und ihre Nase. »Aber nein, das konnten Sie nicht, was? Und jetzt muß ich Ihretwegen den Rest meines Lebens wie ein Verbrecher leben, und alle Türen, die mir einst offenstanden, werden mir nun verschlossen sein!«

Annie wehrte sich, nicht gegen Jeremy Covington, sondern gegen ihre eigene Furcht. Reglos starrte sie zu ihm auf und wartete.

Ohne seine Hand von ihrem Mund zu nehmen, zeichnete Covington mit der Messerspitze die Umrisse ihrer Brüste nach. Selbst durch das dicke Gewebe ihres Nachthemds spürte sie die tödliche Schärfe der Waffe, und wieder drohte Entsetzen sie zu überwältigen.

Sag mir, was ich tun soll? flehte sie stumm zu Gott. *Ich will nicht sterben!*

Covington preßte die Klinge wieder an ihre Kehle und verlagerte sein Gewicht, bis er rittlings über Annie hockte. »Ich werde jetzt einen Moment lang die Hand von Ihrem Mund nehmen«, sagte er in einem unheimlich vernünftigen Ton. »Aber ich warne Sie, Annie. Wenn Sie schreien, stoße ich Ihnen das Messer in Ihren hübschen Hals.« Er schüttelte den Kopf und schnalzte mißbilligend mit der Zunge. »Welch ein Schock es für den guten Rafael sein wird, wenn er seine kleine amerikanische Mätresse in ihrem eigenen Blut vorfindet!«

Annie bot ihren letzten Mut auf. *Rafael,* schrie sie tief in ihrem Innersten. *Hilf mir!* Aber als Covington seine Hand fortnahm, verhielt sie sich still.

»Tun Sie es nicht, Leutnant«, antwortete sie so ruhig, daß sie sich fragte, wie sie dazu fähig war. Denn innerlich schrie sie. »Es wird nur alles nur noch für Sie verschlimmern. Sie werden dann ein Mörder sein. Wie viele Türen werden Ihnen dann noch offenstehen?«

Annie merkte zu spät, daß sie einen groben Irrtum begangen hatte. Selbst im Dunkeln sah sie, wie Covingtons Gesicht sich verzerrte, und fühlte seinen Zorn am Druck seiner Schenkel gegen ihre Hüften. Während er den Dolch in beide Hände nahm und ihn erhob, um zuzustechen, stöhnte er jedoch ganz plötzlich auf, und die Spitze eines Degens durchbohrte von hinten seine Brust.

In Angst und Entsetzen schaute Annie zu, wie rotes Blut aus der kleinen Wunde strömte und Covington sich im Schock des Tods versteifte. Das Messer entglitt seinen Fingern, sein Griff traf Annies Schläfe.

Und da schrie sie endlich, gellend und schrill wie eine Katze, und stieß den Leutnant mit beiden Händen von sich. Er stürzte schwer zu Boden und dort, neben dem Bett, in einen großen braunen Umhang gehüllt, stand Felicia Covington, mit ausdruckslosem Blick und ausgestreckten Händen, als ob sie noch immer den Degen hielte, der nun im Körper ihres Bruders steckte.

Die Tür zu Annies Zimmer flog auf, und plötzlich waren überall Menschen. Annie sah Phaedra unter ihnen, Chandler Haslett und Lucian, aber sie rührte sich nicht und sagte nichts. Als Rafael jedoch die Schwelle überschritt, mit wirrem Haar und offenem, aus der Hose heraushängenden Hemd, brach der Damm endlich, und sie begann zu schluchzen.

Der Prinz hielt sich nicht mit den Stufen auf; er sprang auf das Podium und zog Annie in die Arme. Sie klammerte sich an ihn, ohne sich auch nur im geringsten dafür zu schämen, und der Kontakt mit ihm beruhigte sie so schnell, wie es ein Schluck Whisky oder Brandy getan hätte.

Über Rafaels Schulter sah Annie Lucian neben Covingtons Leiche knien.

»Allmächtiger«, keuchte er, bevor er den Blick zu der armen, verwirrten Felicia erhob, die sich die ganze Zeit nicht gerührt hatte. »Sie hat ihn umgebracht!«

Annie hörte Gram in Rafaels Stimme, als er antwortete, aber sie wußte, daß er nicht Jeremy Covington bedauerte, sondern seine Mörderin. »Barrett«, sagte er schroff, ohne

Annie loszulassen. »Bring Miss Covington irgendwohin, wo sie sicher ist, und sorg dafür, daß sie gepflegt wird.«

Erst da ließ Felicia ihre Arme sinken, schenkte Rafael ein engelhaftes Lächeln und ließ sich ohne Widerspruch gefallen, daß Mr. Barrett sie vom Podium des Himmelbetts hob.

17

»Alles in Ordnung mit Miss Trevarren?« fragte Barrett ruhig, als Rafael ihn eine Stunde nach dem Zwischenfall vor dem Arbeitszimmer traf.

Rafael nickte. Er hatte Annie in seine privaten Gemächer gebracht, wo Kathleen ihr einen starken Schlaftrunk eingeflößt hatte. Erst nachdem Annie in einen tiefen Schlaf versunken war, hatte er sie verlassen, und selbst jetzt war noch ein Teil von ihm bei ihr.

»Was hast du erfahren?« fragte er. »War es Felicia, die Jeremy befreit hat?«

Barrett seufzte und lehnte sich mit verschränkten Armen an die steinerne Wand des Gangs. »Ja«, bestätigte er. »Sie war schon mehrere Tage in der Burg, scheint es, hat in einem der Turmräume geschlafen und bei den Dorfbewohnern gegessen.«

Rafael strich sich mit der Hand durchs Haar und dachte an die verhüllte Gestalt, die er am Tag der Geschworenenauswahl in der großen Halle kurz erblickt hatte. Damals hatte er noch geglaubt, Felicia sei in Frankreich, doch anscheinend war sie zurückgekehrt. Es war sogar möglich, daß sie Bavia nie verlassen hatte sondern als Bäuerin verkleidet im Strom der Flüchtlinge Zugang zur Burg erlangt hatte.

»Wie kann sie es bloß geschafft haben, an deinen Wachen vorbeizukommen?«

»Das war gar nicht schwer, fürchte ich«, erwiderte Barrett. »Während sie schliefen, muß sie sich an ihnen vorbeigeschlichen, den Schlüssel von der Wand genommen und Covington befreit haben. Er hat dann die anderen Soldaten freigelassen.«

Rafael schloß für einen Moment die Augen. »Sind sie inzwischen gefaßt worden?«

»Die meisten von ihnen sind im Verlies geblieben – sie haben Covington sogar davon abgehalten, die Wachen zu ermorden.«

»Die *meisten* von ihnen?« fragte Rafael.

»Peter Maitland ist entkommen. Meine Männer suchen ihn noch.«

Rafael fluchte und zog dann widerstrebend den Riegel an der Arbeitszimmertür zurück. Drinnen wartete Felicia. »Laß es uns hinter uns bringen«, murmelte er.

Sie saß in einem großen Lehnstuhl am Feuer, ihr schönes Gesicht fast durchsichtig vor Wahnsinn, und hielt ein Weinglas in der Hand. Als sie Rafael sah, lächelte sie.

»Hoheit!«

Obwohl Rafael am liebsten um sie geweint hätte, hielt er seine Gefühle eisern unter Kontrolle. In gewisser Weise hatte er sie selbst dazu getrieben, indem er sich weigerte, ihren Bruder zu begnadigen, und obwohl er seine Entscheidung nicht bereute, wünschte er jetzt, einen Weg gefunden zu haben, sie davor abzuschirmen.

Er näherte sich ihrem Sessel, und sie reichte ihm ihre Hand, als grüßte sie einen Gast bei einer Teegesellschaft. Rafael beugte sich darüber und hauchte einen Kuß auf ihre Fingerknöchel. »Hallo, Felicia«, erwiderte er. Dann ging er neben ihrem Sessel in die Knie, ihre Hand noch immer in der seinen. »Was ist heute nacht geschehen?« erkundigte er sich freundlich.

Sie bedachte ihn mit einem strahlenden, erschreckend leeren Lächeln. »Ich habe meinen Bruder vor dem Schafott bewahrt«, erklärte sie. Ihr Lächeln verblaßte. »Aber dann mußte ich ihn töten. Ich konnte nicht zulassen, daß er Annie verletzte – das war nicht abgemacht.«

Rafael streckte die Hand aus und strich ihr leicht über das weiche, blonde Haar. »Natürlich nicht. Du hast niemanden verletzen wollen, nicht wahr, Liebes?«

Tränen füllten plötzlich Felicias braune Augen. »Nein. Aber es ging alles schief, Rafael – so viel Schreckliches passierte. Ich wünschte, ich hätte Jeremy niemals aus der Zelle herausgelassen, aber er war sehr überzeugend, als ich mich zu ihm schlich, um ihn zu besuchen. Er sagte, du würdest nicht eher ruhen, bis er entweder aufgehängt oder sogar gevierteilt würde.«

Covington war nicht zum Tod am Galgen verurteilt worden, und Folterungen, gleich welcher Art, hatten niemals zur Diskussion gestanden, aber von all dem sagte Rafael nichts. Felicia war ganz offensichtlich nicht mehr zu rationalem Denken fähig.

Er drückte ihre Hand und sagte nichts, weil er zu erschüttert war, um Worte zu finden.

»Ich bin so müde«, sagte Felicia und gähnte anmutig. Mit ihren zerdrückten Kleidern und ihrem unordentlichen Haar ähnelte sie mehr einem erholungsbedürftigen Kind als einer Frau, die gerade ihren geliebten Bruder mit einem Florett durchbohrt hatte. »Glaubst du, ich kann jetzt schlafen gehen?«

»Ja«, erwiderte Rafael mit spröder Stimme, richtete sich auf und war auch Felicia beim Aufstehen behilflich. »Ich glaube, das ist eine sehr gute Idee, Liebes.«

Sie stand vor ihm und schaute ihm in die Augen. »Wirst du mich in den Kerker sperren, Rafael?« fragte sie schlicht, ganz ohne Groll oder Schuldbewußtsein. »Werde ich jetzt hängen für das, was ich getan habe?«

Rafael wandte den Blick ab, weil er wieder einmal Mühe

hatte, seine Emotionen zu beherrschen. »Nein«, sagte er schließlich. »Was immer auch geschehen mag, du wirst sicher sein. Das verspreche ich dir.« Er warf Barrett einen bittenden Blick zu, der ihn richtig deutete und vortrat, um sanft Felicias Arm zu nehmen.

»Kommen Sie, Mylady«, sagte der Soldat leise. Über Felicias blonden Kopf hinweg schaute er den Prinzen an, und obwohl keiner der beiden Männer etwas sagte, tauschten sie eine stumme Information aus. Rafael wußte, daß Barrett Sorge tragen würde, Felicia in einem bequemen Zimmer mit Wachen vor den Türen unterzubringen, und sich dann bei ihm zurückmelden würde.

Annie erwachte schon früh am nächsten Morgen, aufgewühlt von einer Flut von Erinnerungen an die vergangene Nacht, und halb benommen von dem Schlafmittel, das man ihr gegeben hatte. Sie hätte nichts lieber getan, als im Bett zu bleiben, doch ihr war schon lange klar, wie ungesund es war, sich vom Leben zurückzuziehen, und deshalb stand sie auf.

Kathleen, die in einem Sessel am Kamin geschlafen hatte, erwachte und begann sofort zu protestieren. »Nein, Miss, Sie dürfen heute nicht so tun, als ob es ein normaler Tag wäre! Sie haben immerhin einen furchtbaren Schock erlebt!«

Annie lächelte und goß Wasser in die große Schüssel auf dem Waschtisch. »Und deshalb muß ich so tun, als ob es ein ganz gewöhnlicher Tag wäre«, entgegnete sie. »Es ist so ähnlich, als wenn man von einem Pferd abgeworfen wurde. Dann sollte man auch sofort wieder in den Sattel steigen.«

Ein resignierter Ausdruck erschien auf Kathleens Gesicht, obwohl ihre Augen noch immer vor Eifer funkelten. »Aber Sie wären fast ermordet worden«, gab sie trotzig zu bedenken. »Das ist wohl kaum dasselbe, wie von einem Pferd abgeworfen zu werden, oder?«

Annie hatte sich bereits rasch gewaschen und schaute sich jetzt im Zimmer nach dem Kleid um, das sie abends getragen hatte. »Ich habe nichts anzuziehen, Kathleen. Würdest du bitte so freundlich sein, mir das braune Kleid und feste Schuhe zu holen?«

Kathleen zögerte nur kurz. »Das Kleid ist in der Wäsche, Miss. Es waren eine Menge häßlicher Flecken darauf, falls Sie das vergessen haben sollten.«

Annie rümpfte die Nase. Krankenpflege war keine saubere Angelegenheit, und das Kleid war tatsächlich sehr schmutzig gewesen. »Dann hol mir etwas anderes – meinen schwarzen Gabardinerock und eine Bluse mit so wenig Rüschen wie nur möglich.«

Wieder zögerte Kathleen. »Ja, Miss«, erwiderte sie dann seufzend, und einen Moment später war sie fort.

Eine halbe Stunde später betrat Annie die große Halle, als ob nichts Ungewöhnliches am Tag zuvor geschehen wäre. Da der Prozeß beendet war, hielt sich praktisch niemand in der Halle auf, und Annie durchquerte sie rasch, gefolgt von Kathleen.

Sie hatten schon fast die Kapelle erreicht, als Lucian auf sie zuschlenderte, so gemächlich, als machte er nur einen Morgenspaziergang. Wie immer, wenn sie ihn sah, begann Annie ein leichtes Unbehagen zu verspüren, obwohl er sich in letzter Zeit manierlich benommen hatte.

»Ja, was ist das denn?« erkundigte er sich stirnrunzelnd, was ihn Rafael plötzlich sehr ähnlich machte. »Die Dame ist aufgestanden und schon wieder unterwegs? Nachdem sie um Haaresbreite einem gewaltsamen Tod entkommen ist?«

Annie verschränkte die Arme und wippte ungeduldig mit dem Fuß. »Ich bin nicht in Stimmung für Unsinn heute morgen, Lucian. Lassen Sie uns entweder vorbei, oder lassen Sie sich von uns Arbeit in der Kapelle zuteilen.«

Er seufzte und trat, nach einer entnervenden Verzögerung, beiseite. »Ich fürchte, ich würde Ihnen keine große Hilfe sein.« Annie ging rasch an ihm vorbei, Kathleen an ihrer Seite, aber Lucian hielt Schritt mit ihnen und packte an der Tür zur Kapelle Annies Arm. Seine Stimme, eben noch so freundlich, klang nun ernst, und seine Worte überstürzten sich fast. »Um Himmels willen, Annie, lassen Sie sich von mir aus der Burg fortbringen, bevor wir von diesen Barbaren überrannt werden! Begreifen Sie denn nicht, was in diesem Land geschieht – selbst innerhalb der Mauern dieser Burg? In einigen Tagen, Stunden vielleicht schon, wird hier alles nur so triefen von Blut!«

Da mag er recht haben, dachte Annie mit einem merkwürdigen Gefühl der Ruhe. Doch wie dem auch sein mochte, sie hatte nicht die Absicht, St. James ohne Rafael zu verlassen.

»Sie kennen meine Antwort«, sagte sie, schüttelte seine Hand ab und betrat die Kapelle.

Im Laufe des Morgens horchte Annie mit halbem Ohr auf Kanonenfeuer, weil sie einen weiteren Angriff der Rebellen befürchtete. Doch unglaublicherweise trafen statt dessen noch mehr Hochzeitsgäste ein.

Später am Nachmittag, als sie neben dem Springbrunnen auf dem Hof saß, erblickte Annie zum ersten Mal an diesem Tag den Prinzen. Er stand auf einer der Zinnen, und wie üblich war Mr. Barrett bei ihm. Als hätte er Annies Blick gespürt, drehte der Prinz sich um und schaute in ihre Richtung.

Leicht gekränkt, daß er sich noch nicht nach ihr erkundigt hatte nach ihrem nächtlichen Erlebnis, hielt Annie seinem Blick ganz offen stand und dachte nicht daran, die Augen abzuwenden.

Rafael begann die Stufen hinabzugehen und bedeutete Mr. Barrett zurückzubleiben. Als er näherkam, sah Annie den grimmigen Ausdruck im Gesicht des Prinzen, und die gleiche Spannung wie in seinen Zügen spiegelte sich auch in seiner Körperhaltung wider.

Um ihn abzulenken und weil sie sich wirklich Sorgen machte, fragte Annie rasch: »Wie geht es Felicia? Wo ist sie?«

Einen Moment lang wirkte Rafael sogar noch ernster als zuvor. »Keine Sorge«, antwortete er gereizt, »ich habe sie nicht in Ketten gelegt. Sie ist in einem bequemen Zimmer und hat eine Zofe, die sich um sie kümmert. Wenn das nächste Schiff vor Anker geht – und ich hoffe sehr, daß es eins aus der Trevarrenflotte ist –, wird Felicia an Bord gebracht und in eine Klinik nach Frankreich begleitet werden.«

Annie spürte, wie sie errötete. »Ich wäre niemals auf die Idee gekommen, daß du die arme Frau in Ketten legen könntest«, erwiderte sie, und ihre Stimme zitterte von der Anstrengung, ruhig zu bleiben. Sie holte tief Atem und blies ihn langsam wieder aus. »Hast du einen Grund, den Besuch meines Vaters zu erwarten?«

»Abgesehen davon, daß ich ihm mehrfach geschrieben und ihn gebeten habe, seine Tochter abzuholen?« entgegnete Rafael kalt. »Nein.«

Annie war zutiefst verblüfft. Sie hätte wissen müssen, dachte sie, wie begierig Rafael war, sie loszuwerden. Es war schwer zu glauben, daß dies derselbe Mann war, der sie leidenschaftliche Liebe gelehrt und sie nach dem tragischen Zwischenfall mit Leutnant Covington so zärtlich in den Armen gehalten hatte.

»Stehen wir noch immer unter Belagerung?« erkundigte sie sich ruhig, denn Rafael, das merkte sie, versuchte nur, gefühlsmäßig Distanz zu ihr zu halten, und sie wußte, daß er nicht davon abzubringen sein würde.

»Nein«, sagte er und verschränkte seine Arme – *eine weitere Barriere,* dachte Annie. »Es können Tage vergehen, bis sich wieder etwas ereignet. Wie kommt ihr mit den Kranken zurecht?«

Annie seufzte müde. »Ich glaube, das Schlimmste ist überstanden«, berichtete sie, »obwohl der liebe Himmel weiß, daß ich kein Fachmann bin. Mehrere unserer Patienten sind wieder gesund und in ihre Dörfer zurückgekehrt, so daß die Kapelle nicht mehr so überfüllt ist.«

Auf das Klappern von Pferdehufen drehte Rafael sich um und schaute zu, wie eine weitere Gruppe von Gästen in die Burg einritt. »Oh, wäre diese verdammte Hochzeit doch bloß schon vorbei«, murmelte er mehr zu sich selbst als zu Annie. »Man sollte meinen, die Leute wären vernünftig genug, zu Hause zu bleiben in Anbetracht der Lage hier, aber statt dessen riskieren sie ihre fetten, dummen Hälse für reichlich fließenden Wein und Zuckerkuchen.«

»Gelegenheiten zum Feiern sind heutzutage selten in

Bavia«, bemerkte Annie leise. »Da ist es verzeihlich, daß sie lieber feiern als trauern wollen.«

Rafael machte keine Anstalten, aufzustehen und seine Gäste zu begrüßen. »Welch eine Ironie des Schicksals«, sagte er, und seine Stimme klang ganz fremd dabei, »daß in der gleichen Woche eine Hochzeit und eine Hinrichtung stattfinden.«

Annie starrte ihn an. Sie wußte natürlich von Peter Maitlands Urteil, hatte jedoch nicht damit gerechnet, daß es so schnell vollstreckt würde. »Aber Mr. Maitland ist doch geflohen, als Jeremy Covington die Zellen öffnete. Kathleen sagte mir ...«

»Er ist wieder eingefangen worden«, unterbrach Rafael sie. »Und wenn du mich jetzt bitte entschuldigen würdest – ich muß den Bau des Schafotts veranlassen.« Er wäre gegangen, wenn Annie ihn nicht am Arm zurückgehalten hätte.

»Rafael, du kannst jetzt kein Schafott errichten lassen – nicht ausgerechnet jetzt, es würde die Hochzeit ruinieren! Denk doch an Phaedra – was glaubst du, wie sie sich fühlen würde!«

Sein Lächeln war kalt und gehörte, wie seine Stimme, zu jemandem, dem Annie noch nie begegnet war. »Du scheinst vergessen zu haben«, sagte er, »daß ich noch immer der Herrscher dieses gottverlassenen Landes bin. Ich kann tun, was mir beliebt, Miss Trevarren. Und fürchte, das Zartgefühl meiner Schwester ist im Augenblick mein geringstes Problem.«

Damit wandte Rafael St. James, Prinz von Bavia, sich ab und verschwand in der großen Halle.

Annie schaute ihm einen Moment lang wütend nach und ging dann in die Kapelle. Sie war verblüfft, als sie dort Phaedra antraf, die etlichen Bediensteten und einem halben Dutzend Soldaten Befehle erteilte.

»Bring diese Leute hinaus«, verlangte sie und wies mit einer Bewegung ihres Taschentuchs auf sämtliche Patienten in der Kapelle. »Alle. Und dann möchte ich Böden und Bänke geschrubbt und den Raum gut gelüftet sehen.«

Annie näherte sich ihr langsam. »Phaedra?«

Die Prinzessin drehte sich mit einem nervösen Lächeln um. »Hallo, Annie.« Stirnrunzelnd berührte sie den Arm ihrer Freundin und senkte ihre Stimme zu einem Flüstern. »Wie geht es dir? Du liebe Güte, nach allem, was gestern nacht geschehen ist, würde jede andere als du zitternd in einer Ecke kauern ...«

»Es ist mir nichts passiert, Phaedra«, fiel Annie ihr ins Wort. »Wohin läßt du diese Leute bringen?«

Phaedras Lächeln war wieder da, viel zu strahlend und viel zu unsicher. Die Prinzessin war nicht sie selbst heute, obwohl Annie vermutete, daß das normal war bei all dem Chaos um sie herum. »Weg«, antwortete sie nüchtern. »In fünf Tagen soll in der Kapelle die Trauung stattfinden. Ich kann nicht zulassen, daß es hier wie in einem Pesthaus riecht.«

Annie schloß für einen Moment die Augen. »Natürlich nicht«, sagte sie dann nach einer kurzen Pause. »Aber wo willst du sie unterbringen?«

Ihr hübsches Gesicht ein Bild aufrichtiger Verwirrung, winkte Phaedra einen der Soldaten herbei. »Verzeihen Sie, aber wohin genau werden wir diese armen Leute bringen?«

Annie biß sich auf die Lippen und wartete. Der Soldat errötete bei der Frage der Prinzessin, antwortete jedoch mit bewundernswerter Zurückhaltung. »Wir hatten erwartet, daß Sie uns das sagen, Hoheit.«

»Ach Gott«, murmelte Phaedra und betupfte sich mit dem Taschentuch die Stirn. Dann richtete sie ihren verstörten Blick auf Annie. »Wohin *sollen* wir sie bringen? Es müßte schon ein Ort sein, wo sie nicht im Wege sind?« sagte sie, und Annie sah plötzlich, daß sie ganz merkwürdig grün um die Nase war.

Hab Geduld, sagte Annie sich. *Phaedra ist deine liebste Freundin, und sie ist überreizt. So aufreizend naiv sie auch manchmal sein mag, so liebst du sie doch von ganzem Herzen.*

»Es gibt viele unbenutzte Räume in dem Flügel hinter der

Küche«, sagte Annie zu dem Soldaten. »Ich glaube, die verwundeten Rebellen werden dort auch gepflegt.«

Ein Blick müder Dankbarkeit erschien in den Augen des jungen Mannes, er nickte und ging weiter.

Phaedra schob ihre Hand unter Annies Arm. »Ich muß mit dir reden«, erklärte sie. »Unter vier Augen.«

»Möge mir der Himmel beistehen«, murmelte Annie.

Die Prinzessin lachte ein bißchen schrill. »Findest du mich wirklich so anstrengend, Annie?«

»Ja«, erwiderte Annie ohne Umschweife, ließ sich jedoch von Phaedra bei der Hand nehmen und in den hinteren Teil der Kapelle führen, wo sie sich unter einem Buntglasfenster auf eine Bank setzten.

»Das Kleid ist fertig«, sagte Phaedra.

Die Erinnerung an die zahllosen Anproben für dieses verflixte Kleid löste einen weiteren Anfall von Gereiztheit in Annie aus. »Ich bin heilfroh, es zu hören«, erwiderte sie spitz.

Phaedra rückte näher, ihre Stimme war kaum mehr als ein Hauch. »Ich muß dir etwas gestehen.«

Ein leises Mißtrauen erfaßte Annie. »Was?« fragte sie, beinahe wütend. Ihre Geduld wurde heute auf eine harte Probe gestellt.

Die Augen der Prinzessin füllten sich mit Tränen. »Ich dachte, wenigstens du, Annie, wärst auf meiner Seite!«

»Das bin ich auch«, entgegnete Annie wütend. »Aber das heißt nicht, daß ich dich nicht manchmal gern ermorden würde!«

»Ich kann Chandler Haslett nicht heiraten.«

Annie hatte das Gefühl, daß ihre Knochen sich in ihr auflösten; sie sackte betroffen auf der Bank zusammen. *»Was?«*

Eine Träne rollte glitzernd über Phaedras Wange. »Ich liebe einen anderen. Ich werde mit ihm durchbrennen.«

»Das kannst du nicht!« rief Annie, wenn auch nicht allzu laut. »Es kommen jeden Tag mehr Hochzeitsgäste, und das Kleid ist fertig, und Rafael würde furchtbar wütend sein ...«

»Es wird ja eine Hochzeit stattfinden«, sagte Phaedra begütigend. »Nur werde nicht ich die Braut sein.«

Annie starrte sie einen Moment verständnislos an, um dann zu fragen: »Was, in aller Welt, willst du damit sagen?«

»Du Gänschen«, kicherte Phaedra gutmütig. »Begreifst du es denn nicht? Ich hatte nie vor, an der Trauung teilzunehmen. Deshalb bat ich dich ja auch, für das Kleid Anprobe zu stehen.«

Die Bedeutung ihrer Worte ging Annie allmählich auf, und sie wunderte sich, daß sie es nicht schon früher begriffen hatte. *»Du willst, daß ich bei deiner Hochzeit für dich einspringe?* Kommt nicht in Frage, Phaedra.« Mit fester Stimme, obwohl ihr Entschluß bereits zu schwanken begann, wiederholte sie: »Kommt nicht in Frage – *ich werde es nicht tun, Phaedra.«*

Doch die Prinzessin blieb ungerührt. »Natürlich wirst du das«, erklärte sie nüchtern, »weil du weißt, daß es um den Rest meines Lebens geht. Stell dir vor, Annie – mein Glück liegt in deiner Hand!«

»Hör auf«, warnte Annie, aber sie schwankte bereits. Sie hatte Phaedra immer in Schutz genommen, und diese Angewohnheit war schwer abzulegen.

»Bitte«, drängte Phaedra und ergriff bittend Annies Hände. »Es ist die einzige Möglichkeit für mich.«

Annie warf einen unsicheren Blick auf die Mägde, aber sie waren alle beschäftigt und plapperten unter sich. »Warum kannst du nicht einfach zu Chandler gehen und ihm die Wahrheit sagen?«

»Er *kennt* meine Gefühle«, sagte die Prinzessin, »aber sie sind ihm gleichgültig. Selbst angesichts des bevorstehenden Zusammenbruchs unseres Lands hat Mr. Haslett viel durch eine Ehe mit mir zu gewinnen. Und du weißt ja, wie Rafael ist – er würde mich eher als Opferlamm darbringen, als seine verdammte Ehre aufs Spiel zu setzen.«

Annie schloß gequält die Augen. Einen Monat zuvor noch hätte sie Phaedras Logik heftig widersprochen, aber heute wußte sie, daß ihre Freundin recht hatte. Für Chandler Haslett und Rafael St. James war eine Eheschließung keine Frage der Liebe, sondern eine Frage von Verträgen, Abkommen und Austausch von Besitztümern.

»Wer ist denn dieser mysteriöse Mann, den du angeblich liebst?« fragte Annie nach kurzem Schweigen.

Phaedra starrte auf ihre Hände. »Das kann ich dir jetzt noch nicht verraten.«

»Vertraust du mir nicht?«

»Damit hat es nichts zu tun«, beharrte die Prinzessin. »Ich weiß, daß du es niemandem verraten würdest. Aber ich wage es nicht, seinen Namen zu flüstern – falls es jemand hören würde, könnte es Rafael zugetragen werden. Und nur der Himmel weiß, was dann geschehen mag.«

Annie war entrüstet. »Du glaubst doch nicht allen Ernstes, daß dein Bruder dem Mann etwas antun würde?«

Phaedra tupfte mit dem Taschentuch ihre Tränen ab. »Du würdest die Möglichkeit niemals bezweifeln, wenn du nicht verliebt in Rafael wärst«, beschuldigte sie Annie. »Du siehst seine Fehler einfach nicht.«

Das veranlaßte Annie zu einem Lächeln. Sie kannte Rafaels Fehler gut genug. »Seine unerträgliche Arroganz, meinst du? Seinen Eigensinn? Oder beziehst du dich auf den übertriebenen Stolz des Prinzen?«

Phaedra zog unsicher die Schultern hoch. »Du wirst mir helfen, nicht?« flüsterte sie bittend.

»Ich weiß es nicht«, erwiderte Annie. »Ich muß darüber nachdenken.«

»Seit wann denkst du über Dinge nach, bevor du sie tust?«

Annie beobachtete die Mägde einen Moment bei der Arbeit, bevor sie antwortete. »Es ist viel geschehen, seit ich nach Bavia gekommen bin«, sagte sie schließlich. »Mag sein, daß ich ein bißchen reifer geworden bin.«

Mit diesen Worten stand sie auf und verließ die Kapelle, ohne sich noch einmal nach der Prinzessin umzusehen. Sie suchte die staubigen Räume hinter der Küche auf, wohin die Verwundeten gebracht worden waren. Die drei überlebenden Rebellen, die bei dem Angriff auf die Burg verwundet worden waren, lagen auf Pritschen an der Wand. Zwei schliefen; einer starrte düster zur Zimmerdecke auf.

Annie fand einen Krug mit Wasser und einen sauberen Becher und näherte sich dem jungen Mann. »Hallo«, sagte sie.

Er schaute sie aus großen, frechen Augen an, aber Annie entging nicht, daß seine Lippen zuckten, als er sah, was sie ihm brachte.

Sie schenke ein, und er schaute mit gierigen Blicken zu, wie das Wasser aus dem Krug in den Becher lief. »Mein Name ist Trevarren«, teilte sie ihm mit. »Und wie heißen Sie?«

»Warum wollen Sie ihn wissen?« konterte er. »Um ihn auf meinem Grabstein eingravieren zu lassen?«

Annie lächelte und hielt den Becher an seine Lippen, worauf er durstig, ja fast verzweifelt trank. »Sie werden in nächster Zukunft keinen benötigen«, sagte sie. »Einen Grabstein, meine ich. Sind Sie hungrig?«

Er sank auf die Kissen zurück. Sein braunes Haar war strähnig und verfilzt wie eine Pferdemähne, seine Haut blaß unter der dicken Schmutzschicht. »Nein«, sagte er, obwohl sein Magen knurrte.

»Ihr Name?« beharrte Annie und hielt den Becher wieder an seinen Mund, aber so, daß er ihn nicht erreichen konnte. »Und lügen Sie mich nicht an. Es wäre sinnlos.«

»Josiah«, sagte er grollend. »Josiah Vaughn.«

Jetzt erlaubte Annie ihm, soviel zu trinken, wie er wollte. Als er den Becher geleert hatte, war er bleich vor Schwäche, und frisches Blut sickerte durch den dünnen Verband an seiner rechten Schulter.

Josiah fuhr zusammen, als Annie den Verbandstoff hob, um die Wunde zu betrachten. Es war von den Bleikugeln eines Artilleriegeschosses getroffen worden, und die Wunde war entzündet und ging tief. Annie dachte, daß sie womöglich zu voreilig gewesen war, als sie ihm versicherte, daß er keinen Grabstein brauchen würde.

»Ich muß diese Wunden reinigen«, sagte sie. »Wir haben jedoch nichts anderes als guten Whisky, und ich fürchte, daß es sehr schmerzen wird.«

Josiah war noch jung, nicht älter als siebzehn wohl, und Annie erkannte panische Angst in seinen Augen, obwohl er sich bemühte, sie zu verbergen. »Seine Hoheit der Prinz will seine Gefangenen wohl anständig zusammengeflickt haben, bevor er uns an den Gliedern auseinanderreißt wie ein gebratenes Kaninchen.«

Annie erschauderte, aber sie sagte tapfer: »Reden sie keinen Unsinn. Diese Methoden sind schon Generationen zuvor abgeschafft worden. Was allerdings nicht heißt, daß Sie nicht in argen Schwierigkeiten stecken.« Sie verließ ihn einen Moment, um eine Flasche Whisky zu holen und einen Stapel reiner Tücher. Jemand, vermutlich Kathleen, hatte alte Bettlaken für Verbandsmaterial zerrissen.

»Auf Verrat steht Todesstrafe«, klärte Josiah Annie auf, als sie sich einen Stuhl herangezogen hatte. »Sie werden mich erschießen oder aufhängen.«

Annie entfernte den blutdurchtränkten Verband und schickte sich an, die Wunde zu desinfizieren. »An Ihrer Stelle würde ich mir im Augenblick nicht den Kopf zerbrechen über etwas so Melodramatisches wie Tod durch Erschießen oder Erhängen. Sie haben auch so schon genug Probleme, scheint mir«, sagte sie seufzend. »Und jetzt nehmen Sie sich zusammen und versuchen Sie, stark zu sein, Josiah. So leid es mir tut – es wird jetzt höllisch weh tun.«

Josiah biß die Zähne zusammen und schloß die Augen.

Annie ließ Whisky auf die Wunde träufeln.

Josiah schrie auf und verlor das Bewußtsein.

Bevor Annie sich von ihrem Schreck erholt hatte, sprang der Mann auf der angrenzenden Pritsche auf, schwankte einen Moment und brüllte: »Was haben Sie ihm angetan? Was haben Sie mit ihm gemacht?«

Zum Glück hielten sich noch einige von Rafaels Soldaten in der Kammer auf, und der aufgebrachte Rebell wurde überwältigt, bevor er Annie erreichen konnte.

»Tut ihm nicht weh!« schrie sie, als zwei Soldaten ihn so grob auf seine Pritsche stießen, daß diese fast zusammenbrach. »Er hat versucht, seinem Freund zu helfen!«

Ein wenig unwillig traten die Soldaten zurück, aber Annie sah einen Drang nach Gewalttätigkeit in ihren Augen, der ihr jähe Angst einflößte. Als sie sich zurückzogen, wandte sie sich zu Josiah um und stellte erleichtert fest, daß er bereits wieder zu sich kam. Vorsichtig trat sie an das Bett des anderen Mannes.

Er war mittleren Alters, im Gegensatz zu Josiah, ein robuster, bärenstarker Mann mit ungepflegtem rotem Bart und buschigem Haar. »Er ist noch jung«, sagte er mit rauher Stimme. Seine Brust war bandagiert, und er atmete nur mühsam. »Er wußte nicht, was er tat, als er sich mit uns verbündete.«

Annies Herz verkrampfte sich vor Mitleid, aber da sie wußte, daß Josiahs Kamerad ein solches Gefühl nicht schätzen würde, hielt sie es verborgen. »Er hat nichts von mir zu fürchten«, versicherte sie ruhig. »Ich bin nur ein Gast in diesem Haus – ich habe keine Macht.«

Er schloß einen Moment die Augen, und als er wieder sprach, klang seine Stimme so zerrissen wie seine Kleidung. »Sie wollten nur helfen«, sagte er. »Ich hörte ihn schreien und glaubte ...«

»Sie hatten die Orientierung verloren und dachten, ich würde Ihren Freund verletzen. Ich werde keinen Groll gegen Sie hegen, wenn Sie es gegen mich auch nicht tun.«

»Tom?« fragte Josiah schwach vom nächsten Bett. »Laß sie dir bloß keinen Whisky über die Wunde schütten.«

Tom strengte sich sichtlich an, gesund und munter zu erscheinen. »Wenn sie es tut«, brummte er, »wirst du mich nicht ein solches Theater machen hören, wie du es veranstaltet hast.«

Annie lächelte im stillen und fuhr fort, Josiahs Wunde zu versorgen. Kathleen kümmerte sich in der Zwischenzeit um Tom, und eine der Frauen aus dem Dorf sah nach dem dritten Soldaten, der ebenfalls erwacht war.

Sie alle hatten gute Arbeit geleistet an diesem Morgen, und als Annie mit der Absicht, sich ein wenig neben dem Brunnen in die Sonne zu setzen, die Kammer verließ, summte sie leise vor sich hin.

Das Geräusch erstarb jedoch in ihrer Kehle, als sie aus der großen Halle trat. Peter Maitlands Galgen erhob sich bereits auf dem Hof, ein Skelett aus frischgesägtem Holz.

18

Drei Tage lang beherrschten das Klopfen der Hämmer und das Kreischen der Sägen die sommerliche Luft und zerrten an Annies Nerven. Verbissen arbeitete sie in dem neuen Lazarett hinter der Küche weiter, kühlte Gesichter und löffelte Wasser und Suppe in erhitzte Münder, wechselte Verbände und desinfizierte Wunden. Nichts konnte sie jedoch lange von den grausigen Geräuschen draußen ablenken.

»Ist es für uns?« fragte Josiah am Nachmittag des dritten Tages. »Das Schafott, das sie im Hof errichten?« Er war noch immer blaß und hager, doch seit Annie seine Wunde gereinigt und Kathleen sie genäht hatte, befand er sich auf dem Weg der Besserung.

Annie gab ihm seinen letzten Löffel Hühnerbrühe. »Natürlich nicht«, sagte sie. »Es ist für einen Mann namens Peter Maitland bestimmt. Er hat in Morovia einen jungen Studenten erschossen und ist zum Tode verurteilt worden.«

Josiah musterte sie aus schmalen Augen. Er und Annie waren keine Freunde, und obwohl sich eine gewisse Sympathie zwischen ihnen entwickelt hatte, blieb der Junge wachsam und mißtrauisch. »Ist er ein Rebell, dieser Maitland?«

»Nein. Er gehörte zur königlichen Garde. Der Student war ein Rebell.«

Josiah schien überrascht. »Sind Sie sicher, daß Sie das richtig verstanden haben, Miss?«

Und ob, dachte Annie. *Ich habe es schließlich selbst mit angesehen, und meine Aussage war entscheidend für die Verurteilung des Mannes.*

»Ja«, antworte sie schlicht. »Hören Sie auf, sich zu sorgen, und versuchen Sie, zu schlafen.«

»Sie sollten Ihren eigenen Rat befolgen«, bemerkte Tom, der Mann mit dem buschigen Bart, von der nächsten Pritsche. Wie Josiah wurde auch er täglich kräftiger, obwohl der dritte Mann immer schwächer wurde. »Wenn ich es einmal sagen darf, Miss – Sie haben dunkle Ränder unter Ihren Augen, und Sie sind leichenblaß.«

»Wer ist hier die Krankenschwester?« fragte Annie mit erzwungener Munterkeit und lächelte Tom an, der ihr sehr ans Herz gewachsen war, trotz seiner schroffen Manier und wilden äußeren Erscheinung. »Sie oder ich?«

Tom lachte, aber seine Augen blieben freundlich-ernst. »Sie sind eine richtige Florence Nightingale, Miss. Wenn Sie nur für sich selbst so gut sorgen würden wie für uns. Sie sehen aus, als ob Sie kurz vor dem Zusammenbruch stünden. Sie brauchen jemand, der sich um Sie kümmert.«

Annie schaute sich verzagt in dem großen Raum um. Die meisten der Fieberpatienten hatten sich genug erholt, um wieder an dem chaotischen Leben in St. James teilnehmen zu können, doch vier Kranke waren noch geblieben. Außer den drei verwundeten Rebellen natürlich.

»Es geht mir gut«, log sie. Ihre Knie fühlten sich an, als müßten sie jeden Augenblick nachgeben, und ihr Magen war so schwach, daß sie den ganzen Tag lang keinen Bissen Essen heruntergebracht hatte. Der beständige Lärm auf dem Burghof ging ihr durch Mark und Bein.

»Tut er Ihnen wirklich leid?« fragte Tom mit fast unheimlicher Einfühlsamkeit. »Dieser Soldat, meine ich, den sie hängen werden?«

Galle stieg in Annies Kehle auf, und sie schluckte. »Ja«, sagte sie. »Aber ich bedauere auch den Mann, den er getötet hat.« In Gedanken sah sie wieder den ersten jungen Mann mit schauriger Grazie in das Becken unter dem Springbrunnen stürzen und sein Blut das Wasser färben.

»Sie ist reich«, warf Josiah trotzig ein. »Und sie ist eine der ihren. Wahrscheinlich wünscht sie bloß, sie würden den armen Kerl weit fortbringen, um ihm das Lebenslicht auszublasen, damit sie es weder mit ansehen noch hören muß.«

Das Blut schoß Annie in die Wangen, in einem so heftigen Anfall von Zorn, daß sie für einen Moment das Bewußtsein zu verlieren glaubte. Sie begann zu protestieren, doch Tom kam ihr zuvor.

»Hast du vergessen, du junger Narr«, dröhnte er, »daß du von der Frau sprichst, die dir das Leben gerettet hat?«

Josiah errötete, doch der Trotz auf seinen Zügen veränderte sich nicht. »Nein«, erwiderte er. »Und ich habe auch nicht vergessen, daß sie mich dabei fast umgebracht hat.«

Etwas ruhiger jetzt, weil Toms Einwand ihr Zeit verschafft hatte, sich zu sammeln, stand Annie hocherhobenen Kopfes auf und ging zum Bett des dritten Mannes. Er war bemitleidenswert dünn, alte Narben bedeckten seinen Körper wie ein Spinnennetz, und zwischen diesen Narben war seine Haut merkwürdig graublau unterlaufen. Obwohl seine Wunden verhältnismäßig unbedeutend waren, hatte er sich nicht von seinen Verletzungen erholt wie seine Kameraden.

Das plötzliche Schweigen, das sich im Raum ausbreitete, lenkte Annie ab und ließ sie zur Tür hinüberschauen.

Mr. Barrett trat ein und ging, ohne Annie auch nur eines Blicks zu würdigen, zu Toms und Josiahs Pritschen.

»Ich glaube, daß ihr beide jetzt gesund genug seid, um Rede und Antwort zu stehen für euren Verrat«, sagte er und fügte nach einem Blick auf den bewußtlosen Mann auf dem dritten Bett hinzu: »Euer Freund hat nicht dieses Glück, scheint mir.«

Annie stockte der Atem. »Mr. Barrett!« sagte sie entsetzt.

Die Strapazen der letzten Wochen standen Rafaels Freund deutlich im Gesicht geschrieben; er hatte Gewicht verloren, und Annie sah die Anspannung in seinem Kinn und seinen Augen, als er sich zu ihr umwandte. »Sie möchten uns vielleicht lieber für eine Weile allein lassen, Miss Trevarren«, sagte er mit untadeliger Höflichkeit.

Und doch kam Annie sich entlassen vor. »Diese Männer sind immer noch sehr krank«, klärte sie Barrett mit zitternder Stimme auf. »Ich möchte Ihre Zusage, Sir, daß ihnen bei dem Verhör kein Schaden zugefügt wird.«

Mr. Barrett zog eine Augenbraue hoch. »Also gut, Miss Trevarren«, sagte er nach einer nachdenklichen Pause. »Ich verspreche Ihnen, zurückhaltend zu sein, wenn auch nicht gerade liebevoll.«

Annie zögerte und blickte zu Tom hinüber.

Erstaunlicherweise zwinkerte er ihr zu und deutete auf die Tür.

Widerstrebend verließ Annie das Lazarett. Zwei Frauen aus dem Dorf, die bei den restlichen Fieberpatienten ausgeholfen hatten, folgten ihr still.

Das Klopfen der Hämmer dröhnte in Annies Ohren und in ihren Gliedern. Obwohl das Geräusch sie abstieß, zog es sie auch auf unerklärliche Weise an, und sie folgte ihm wie ein Kind dem Klang einer Zauberflöte. In der großen Halle hatten die Vorbereitungen für das Hochzeitsfest bereits begonnen – lange Holztische wurden hereingeschleppt, während Dienstboten mit Staubwedeln und Besen herumhantierten.

Annies Magen zog sich krampfhaft zusammen.

Draußen schien hell die Sonne, und die Luft war frisch und roch nach Salz und Meer. Der Galgen, dem Annie bisher erfolgreich ausgewichen war, ragte vor dem azurblauen Himmel auf, ein häßliches Monument all der schlechten Eigenschaften, die die Menschheit noch nicht abgelegt hatte.

»Es sieht schrecklich aus, nicht wahr?«

Annie fuhr zusammen, wandte den Kopf und erkannte

Lucian neben ihr. Seine Fähigkeit, sich unbemerkt heranzuschleichen, jagte ihr immer wieder Schrecken ein. »Ja«, antwortete sie nur leise.

Sie erschauerte, als sie oben auf dem Schafott Rafael und einen anderen Mann entdeckte. Beide knieten auf dem Holzboden, um die Falltür zu inspizieren, die sich unter Peter Maitlands Füßen öffnen würde.

»Ironisch, nicht?« fragte Lucian selbstgefällig. »Daß Rafael den Bau dieser Monstrosität befohlen hat, meine ich. Er ist ein intelligenter Mann, mein Bruder – es müßte ihm doch bewußt sein, daß er sehr bald selbst dort oben stehen könnte, mit einer Schlinge um den Hals.«

Annie schlug eine Hand vor den Mund, denn das Bild, das Lucians Worte heraufbeschworen hatten, war sehr lebendig, und eine heftige Übelkeit packte sie. Sie erholte sich schnell davon, aber Lucian hatte schon ihre Reaktion bemerkt und schenkte ihr ein bitteres kleines Lächeln.

»Dies ist kein Spiel und auch kein Märchen, Annie. Früher oder später werden Sie aufhören müssen, Krankenschwester zu spielen und so zu tun, als ob alles in bester Ordnung wäre. Denn das ist es nicht. Bavia ist zum Untergang verdammt, und Rafael mit ihm.« Er zeigte auf die Burg und die Mauern, die sie umgaben. »All das ist nichts als eine Illusion. Fliehen Sie, Annie, bevor all dies über Ihnen zusammenbricht.«

Tränen füllten Annies Augen. »Ich kann es nicht«, sagte sie leise.

»Dann sind Sie eine Närrin.«

Sie straffte die Schulter. »Das mag schon sein.«

»Lieben Sie Rafael so sehr? Mehr als Ihr eigenes Leben? Mehr als die Kinder, die niemals geboren würden, weil Sie Ihr Leben unbedingt auf Rafaels Altar opfern wollen?«

Annie wollte nicht sterben, und einen vorübergehenden Moment bedauerte sie den Verlust der Kinder, die Lucian erwähnt hatte, so heftig, als ob sie tatsächlich existierten, Fleisch und Blut gewordene Beweise ihrer Liebe zu dem Prinzen. »Ich brauche Ihnen nichts zu erklären«, sagte sie ganz unverblümt. »Und ich werde es auch nicht tun.«

»Sehr praktisch«, erwiderte Lucian seufzend, »da Sie es vermutlich nicht einmal sich selbst erklären können.«

Annie hielt den Blick auf Rafael gerichtet und verspürte die übliche prickelnde Erregung tief in ihrem Innersten, als er ihren Blick fühlte und den Kopf hob, um sie anzusehen. Und da begriff Annie, *warum* sie für immer und ewig an diesen Mann gebunden war, aber das Gefühl war noch zu überwältigend, zu wundervoll und unbegreiflich, als daß sie es in Worte hätte fassen können. Ihre einzige Antwort an Lucian war ein Achselzucken.

Rafael machte keine Anstalten, zu ihr zu kommen, sondern nahm sein Gespräch mit dem anderen Mann wieder auf.

»Vielleicht sollte ich Sie entführen, wenn Sie schon nicht auf mich hören wollen«, sagte Lucian.

Die Bemerkung traf Annie mit der Wucht eines Steins aus einer Schleuder und raubte ihr fast den Atem. »*Was* haben Sie gesagt?«

»Sie haben es gehört«, erwiderte Lucian gleichmütig. Er stand steif wie ein Soldat, die Hände hinter dem Rücken verschränkt. »Falls Sie sich nicht selber retten wollen, könnte ich mich gezwungen sehen, es für Sie zu tun.«

Ein wilder, nervöser Zorn stieg in Annie auf, der ihr Blut erhitzte und sie schwindeln ließ. »Ich warne Sie, Lucian«, sagte sie, als sie wieder Worte fand. »Versuchen Sie so etwas nicht, nicht einmal in *Gedanken*, denn falls Sie auch nur auf die Idee kämen, würde ich Ihnen die Leber herausreißen und sie den Hunden zum Fraß vorwerfen. Ich bin nicht halb so hilflos, wie ich aussehe!«

Lucian lachte, aber es klang kein Humor in seiner Stimme mit. »Hilflos? Sie? Ich mag mich vielen Täuschungen hingeben, Annie, aber dieser ganz bestimmt nicht!« Sein Blick glitt zurück zu Rafael, der noch immer am Galgen stand, in eine Aureole des Sonnenlichts getaucht. »Aber selbst die Stärksten unter uns besitzen ihre Schwächen.«

Die Feststellung jagte Annie einen kalten Schauer über den Rücken. »Soll das eine Drohung sein?«

Lucian zuckte die Schultern. »Eher eine Prophezeiung«, sagte er. »Halten Sie nach Entführern Ausschau.«

»Und passen Sie auf Ihre Leber auf«, versetzte Annie, als Lucian sich abwandte.

Sie schaute noch eine Zeitlang zu Rafael auf und wünschte, weit entfernt von diesem Ort zu sein. Schließlich ging sie zur Burg zurück. Mr. Barrett hatte das Lazarett bereits verlassen, als sie dort ankam, und Tom und Josiah hatten keinen Schaden bei dem Verhör davongetragen.

»Er hat uns an den Fersen aufgehängt und uns ausgepeitscht«, scherzte Tom, als er die Erleichterung auf Annies Zügen sah. »Wir haben ihm all unsere Geheimnisse verraten.«

Josiah, der flach auf den Kissen lag, schien erhitzt und mürrisch. »Dir mag es vielleicht wie ein Spaß erscheinen, Tom Wallcreek, aber *ich* freue mich nicht darauf, die nächsten zwanzig Jahre in den Kerkern dieser Burg zu vermodern.«

»Das wirst du auch nicht«, sagte Tom mit ruhiger Überzeugung.

Annie enthielt sich eines Kommentars. Falls Tom und Josiah bei einem Angriff der Rebellen befreit wurden, wie Tom zu erwarten schien, würde sie sich für sie freuen. Gleichzeitig jedoch erfüllte die Aussicht sie mit Angst und Schrecken, weil sie den beinahe sicheren Tod für Rafael bedeutete.

Sie beschäftigte sich noch eine gute Stunde im Lazarett, und als Kathleen kam, um sie abzulösen, machte sie sich auf den Weg in die Küche, in der emsige Aktivität herrschte.

Ohne die geringste Aufmerksamkeit auf sich zu ziehen – in ihren schlichten Kleidern und dem aufgesteckten Haar blieb sie sehr oft unbemerkt –, ging Annie zum Waschtisch und schrubbte ihre Hände mit heißem Wasser und starker Seife. Dann holte sie sich einen Kanten braunes Brot und ein Stück Käse aus der Speisekammer und schenkte sich eine

Tasse von dem starken Tee ein, der in einer Kanne auf dem Tisch stand.

»Sie haben die arme Miss Covington heute morgen fortgebracht«, erzählte eine der Mägde einer anderen.

Annie schaute nicht in die Richtung der Sprechenden, obwohl sie aufmerksam zuhörte, während sie ihren Käse aß.

»Verrückt wie eine Bettwanze«, bemerkte ein bemitleidenswert häßliches Mädchen, das ein Tablett mit kleinen Kuchen hielt, die mit weißem Zuckerguß überzogen waren.

Der Anblick erinnerte Annie an den morgendlichen Schnee auf den Feldern in Puget Sound, wenn die Welt noch so still und wunderschön war, daß einem fast das Herz stehenblieb bei ihrem Anblick. Die Sehnsucht, jetzt dort zu sein, sicher und warm unter einer der farbenfrohen Häkeldecken ihrer Großmutter, war so überwältigend, daß ihr Magen sich schmerzhaft zusammenkrampfte.

Ein Schiff hatte an der Küste angelegt, genau wie Rafael vorausgesagt hatte, und Miss Covington war an Bord gebracht worden. Das Schiff konnte jedoch nicht der Trevarrenschen Flotte angehören, denn Patrick hätte Bavia nie ohne Annie verlassen. Und selbst wenn der Kapitän bereit gewesen wäre, Annie zurückzulassen, hätte Rafael es nicht erlaubt – er war begierig, sie loszuwerden.

»Wißt ihr, welches Schiff es war?« hörte Annie sich fragen. Sie hatte überhaupt nichts sagen wollen und ärgerte sich jetzt über sich selbst.

»Irgendeins aus England, das Hochzeitsgäste und Vorräte herbrachte«, antwortete die Gehilfin der Köchin, die es gewohnt war, Annie in der Küche anzutreffen. »Wahrscheinlich liegen sie jetzt draußen vor Anker, um all die vornehmen Leute mitzunehmen, wenn das Fest vorbei ist.«

Annie nickte und beschäftigte sich wieder mit ihrem Essen. Es erstaunte sie noch immer, daß Freunde und Verwandte der St. James' bereit waren, ihr Leben für die Teilnahme an einer Hochzeit zu riskieren, selbst wenn es eine *fürstliche* war. Und dieser Gedanken wiederum erinnerte sie daran, daß Phaedra gar nicht beabsichtigte, an der Trauung teilzunehmen, und sie selbst in die unmögliche Lage gebracht hatte, sich als Braut ausgeben zu müssen.

Annie stöhnte laut und schlug beide Hände vors Gesicht.

Jemand berührte ihre Schulter. »Alles in Ordnung, Miss?« fragte eine sanfte Stimme. Durch ihre Pflege der Fieberkranken war Annie wohlgelitten in der Burg.

Sie hob den Kopf und erkannte Ellen, eine von Kathleens Freundinnen. Beruhigend nickte sie ihr zu. Ich muß schrecklich aussehen, dachte sie, denn alle schienen hier zu glauben, daß sie sich am Rande des Zusammenbruchs befand.

»Sie braucht etwas Süßes«, meinte die Köchin und legte einen der kleinen Zuckerkuchen auf Annies Teller. Er roch ganz köstlich und war warm und süß genug, um selbst einen Büßer in einer härenen Kutte zu verlocken. »Hier, Miss. Essen Sie das, dann gebe ich Ihnen mehr. Es gibt nichts Besseres als Süßigkeiten, um dem Körper neue Kräfte zu verleihen.«

Annie hegte ihre Zweifel an dem medizinischen Wert von Zuckerkuchen, aber sie wollte bemuttert werden und aß ihn deshalb auf. Bevor die Köchin sie jedoch dazu verlocken konnte, sich einen weiteren zu nehmen, rebellierte Annies Magen. Eine Hand vor den Mund gepreßt, stürzte sie aus der Küche und erbrach sich über einem Beet Prunkwinden, die neben den Eingangsstufen wucherten.

Die Köchin, die gleiche mütterliche Seele, die über die Palastküche in Morovia geherrscht hatte, erschien an ihrer Seite wie ein korpulenter Engel, einen Becher kühles Wasser in der einen Hand und einen weichen Lappen in der anderen. Sie berührte Annies Stirn und seufzte.

»Es ist also nicht das Fieber«, stellte sie kopfschüttelnd fest.

Annie spülte ihren Mund aus und wischte ihr Gesicht ab. Ihre Haut war klamm, und ihre Knie zitterten. Als ihr eine mögliche Erklärung dafür zu Bewußtsein kam, wurden ihre Augen groß vor Verwunderung, und sie ließ sich kraftlos auf die Stufen sinken.

»Wann hatten Sie zuletzt Ihre monatliche Regel?« erkundigte sich die Köchin flüsternd.

Annie erinnerte sich nicht an das Datum – es stellte sich ohnehin nie regelmäßig bei ihr ein –, aber das war auch nicht wichtig. Sie wußte sofort, daß sie Rafaels Kind unter dem Herzen trug, und sowohl Jubel als auch Verzweiflung erfaßten sie bei der Erkenntnis.

Noch immer auf den Stufen sitzend, beugte sie den Kopf, bis ihre Stirn die Knie berührte.

»Miss Trevarren?« fragte die Köchin beunruhigt. »Soll ich jemanden nach Seiner Hoheit schicken?«

Anscheinend wußte bereits jeder in dieser Burg, daß Annie und der Prinz ein Liebespaar waren. »Nein«, antwortete sie, ohne den Kopf zu heben. »Und sprechen Sie bitte mit niemandem darüber.«

»Sie können sich darauf verlassen«, versprach die Köchin ernst. »Niemand soll sagen können, daß Elnora Hayes eine Klatschtante ist.«

Annie wußte nicht, ob sie der Frau vertrauen konnte oder nicht. Ihre Gedanken und Emotionen befanden sich in einem wüsten Aufruhr und waren schwer voneinander zu unterscheiden. »Lassen Sie mich allein«, sagte sie. »Bitte. Es geht schon wieder.«

Mit sichtlichem Widerstreben kehrte die Köchin in die Küche zurück, und Annie blieb mit gesenktem Kopf sitzen, bis ihr Herzschlag sich beruhigt hatte und sie wieder einigermaßen gleichmäßig atmete. Sie wollte mit niemandem sprechen, aber in ihrem Zimmer hätte sie es jetzt auch nicht ausgehalten, und so stand Annie auf, überquerte den Hof und begann an der Außenmauer der Burg entlangzugehen.

Sie dachte an nichts, während sie so dahinschritt. Für den Augenblick war es Beschäftigung genug zu existieren.

Irgendwann erreichte Annie den Ort, wo sie das verborgene Tor gefunden hatte. Es war noch immer nicht zu sehen hinter dem dichten Gestrüpp aus Efeu und anderen Gewächsen. Annie schob es beiseite und öffnete das Tor.

Wie schon zuvor, dauerte es eine ganze Weile, bis ihre Augen sich an die Finsternis gewöhnt hatten. Doch dann erfuhr sie einen Schock. Jemand hatte sich in der höhlenähnlichen Kammer aufgehalten; der Stummel einer Talgkerze klebte auf einer umgedrehten Holzkiste, und in der Ecke lag ein Strohsack, der so zerdrückt war, daß jemand darauf geschlafen haben mußte.

Annie geriet zunächst in Panik, doch dann beruhigte sie sich mit einer Reihe tiefer Atemzüge. Sie hatte bisher versäumt, dem Prinzen von diesem geheimen Ort zu erzählen, und um den gleichen Fehler nicht noch einmal zu begehen, würde sie jetzt sofort zu Rafael gehen, um ihren Irrtum zu berichtigen.

Vorher jedoch mußte sie feststellen, ob sich das Außentor öffnen ließ. Sie löste den Talgstummel von der Kiste, zündete den Docht mit einem von mehreren Streichhölzern an, die sie in der Nähe fand, und drang tiefer in die Höhle ein.

Das zweite Tor sprang mühelos auf und öffnete sich in ein dichtes Gestrüpp aus Brombeerbüschen. Annie konnte sehen, daß jemand begonnen hatte, einen Pfad durch die dicken, stachligen Zweige zu schlagen, aber die Arbeit war nicht beendet worden. Eine Handsichel lag verlassen auf dem Boden.

Annie blies die Kerze aus uns spähte durch die Zweige, hinter denen grünes Land und die schimmernde blaue See zu erkennen waren. Auf ein leises Geräusch hin wirbelte sie herum und entdeckte Phaedra hinter sich.

»Du hast unser Versteck gefunden«, sagte sie mit solcher Hoffnungslosigkeit, daß Annie Mitleid mit ihr empfand. »Damit hätte ich rechnen müssen.«

Annie unterdrückte das Bedürfnis, der Prinzessin ihre eigenen, aufregenden Neuigkeiten mitzuteilen. Sie mußten ein Geheimnis bleiben, bis sie den richtigen Zeitpunkt fand, um Rafael davon zu berichten. »Hast du hier deinen geheimen Liebhaber getroffen?« fragte sie ohne den geringsten Vorwurf in der Stimme.

»Ja«, antwortete Phaedra und verschränkte trotzig die Arme, was nur bedeuten konnte, daß sie auch jetzt noch nicht bereit war, Annie zu verraten, wer der Mann war. »Und frag mich nicht nach seinem Namen, weil ich ihn dir nicht nennen werde.«

»Man sollte meinen, es wäre ungefährlich, hier von ihm zu reden – außer den Mäusen ist niemand in der Nähe«, stellte Annie fest, ohne wirkliche Hoffnung jedoch, ihre Freundin damit zu überreden. Sie und die Prinzessin waren in vieler Hinsicht aus dem gleichen Holz geschnitzt, und ihre Sturheit war eine Eigenschaft, die sie teilten.

»Du wirst es noch früh genug erfahren«, sagte Phaedra augenzwinkernd. »Alle werden es erfahren. Fast wünschte ich, Rafaels Gesicht sehen zu können – ganz zu schweigen von Chandlers –, wenn mein schlauer Trick entdeckt wird.«

»Ich würde an deiner Stelle nicht übertrieben zuversichtlich sein«, riet Annie. »Wir sind etwa gleich groß, und dein Hochzeitskleid wird mir tadellos passen … Aber was ist mit unserer Haarfarbe? Ich habe sehr viel helleres Haar als du.«

»Der Schleier ist aus dichtem Spitzengewebe. Und was deine Haarfarbe betrifft, so kann das leicht geändert werden. Wir färben es einfach.«

Einen kurzen Moment lang vergaß Annie ihre Schwangerschaft, den bevorstehenden Krieg und die Hinrichtung am nächsten Tag. »Mein Haar färben – einen Moment mal, Phaedra. Ich denke nicht …«

»Beruhige dich«, unterbracht Phaedra. »Es ist nur vorübergehend. Eine Spülung, von der ich in irgendeinen alten Kräuterbuch gelesen habe. Ich habe die Zutaten bereits gesammelt.«

Annie verdrehte die Augen. »Gut, daß ich nicht größer bin als du, sonst würdest du mir noch die Beine kürzen, um deinen verdammten Plan auszuführen!«

Phaedra hob vorwurfsvoll den Zeigefinger. »Eine Dame

läßt sich niemals dazu herab, zu fluchen«, rügte sie, in einer perfekten Imitation von Schwester Rose aus St. Apasia.

»Höchstens, wenn sie unvernünftig genug ist, sich mit jemandem wie dir einzulassen, *Hoheit*!« Annie raffte ihre Röcke und glitt an der Prinzessin vorbei in das düstere Innere der Höhle. Sie befanden sich bereits auf der Innenseite der Burgmauern, bevor sie wieder sprach. »Hast du eigentlich bedacht, bei all deinem Ränkeschmieden, wie wütend Rafael *auf mich* sein wird, wenn er feststellt, daß du mit deinem Liebhaber durchgebrannt bist und ich dir dabei geholfen habe?«

Phaedra blieb unbeeindruckt. »Rafael betet dich an. Er wird natürlich wütend werden, klar, aber das wird nicht lange anhalten.«

Annie seufzte und begann zur Burg zurückzugehen. »Es gefällt mir nicht.«

»Wirklich? Ich finde es furchtbar aufregend.«

»Das kann ich mir vorstellen.«

Als sie sich dem Burghof näherten, stellte Annie fest, daß endlich das Hämmern und das Sägen aufgehört hatte. Tränen der Verbitterung, der Angst und Müdigkeit brannten in ihren Augen, aber sie drängte sie mit schierer Willenskraft zurück.

»Die Hinrichtung wird morgen stattfinden«, sagte sie.

Phaedra legte tröstend einen Arm um Annies Taille. »Ja. Aber du brauchst ja nicht zuzusehen. Ich werde drinnen bleiben, bis alles vorbei ist und sie den armen Kerl bestattet haben.«

Annie dachte an Josiahs Bemerkung von diesem Morgen. *Wahrscheinlich wäre es ihr lieber, wenn sie den armen Teufel weit fort bringen würden, um ihm das Lebenslicht auszublasen, damit sie es nicht sehen und hören muß.*

»Rafael wird dabeisein, nicht?« fragte Annie.

»O ja«, erwiderte die Prinzessin zuversichtlich. »Es wird ihm den Magen umdrehen, aber Rafael wird dem bavianischen Volk erlauben, Gerechtigkeit zu üben. Außerdem verlangt seine Ehre, daß er die Sache bis zum Ende durchsteht.«

Annie hätte sich am liebsten in das warme Sommergras gelegt und geweint. Auch sie würde Peter Maitlands Hinrichtung beiwohnen und zuschauen, bis es vorbei war, denn Phaedra hatte recht. Rafael konnte sich nicht die Hände reinwaschen vom Blut des Gefangenen wie ein moderner Pontius Pilatus. Auch Annie konnte es nicht, denn sie war, in ihrem Herzen jedenfalls, seine Gefährtin und mußte ihm in jeder nur möglichen Weise beistehen. Außerdem hatte auch sie ihren Teil zu dem Drama beigetragen. Nun mußte sie auf der Bühne bleiben, bis der letzte Vorhang fiel, oder für immer unter der Erinnerung an ihre Feigheit leiden.

»Du siehst schrecklich aus«, bemerkte Phaedra, als sie den Gartenrand erreichten. »Fühlst du dich nicht wohl?«

»Nein«, erwiderte Annie, »überhaupt nicht. Aber das ist im Moment nicht wichtig, also zerbrich dir nicht den Kopf darüber.«

Phaedra trat vor Annie und ergriff ihre Hände. Das Gesicht der Prinzessin glühte geradezu vor Überzeugung. »Du handelst richtig, indem du mir hilfst, einer unglücklichen Ehe zu entkommen, Annie!« flüsterte sie beschwörend.

»Wenn ich nicht selber dieser Ansicht wäre«, entgegnete Annie kühl, »hätte ich deinem Plan niemals zugestimmt.«

Phaedra lächelte, küßte Annie leicht auf die Stirn und wandte sich ab, um davonzueilen. Sie verschwand im Gestrüpp wie eine Waldelfe, was die Frage in Annie weckte, ob sie sich die ganze Begegnung nicht nur eingebildet hatte.

Sie aß an jenem Abend in ihrem Zimmer, und Kathleen leistete ihr Gesellschaft. Die Burg wimmelte nur so von Hochzeitsgästen, und Annie war nicht in der Stimmung, unter Menschen zu gehen. Tatsächlich kam sie sich sogar vor, als ob *sie* die Verurteilte wäre, Anne Boleyn oder Catherine Howard am Vorabend ihrer Hinrichtung.

»Ich glaube, Sie erwarten ein Baby, Miss«, sagte Kathleen sanft, als Annie unter Aufbietung ihrer ganzen Willenskraft eine kärgliche Mahlzeit zu sich genommen hatte.

Annie hatte heute schon zu viele Schocks erlebt, um über Kathleens Worte verblüfft zu sein. »Ja«, antwortete sie. »Hat die Köchin es dir erzählt?«

»O nein«, wehrte Kathleen ab, »ich bin selbst darauf gekommen, so wie Sie aussehen. Und ich wußte, das gestehe ich, daß der Prinz im Palast in Ihrem Zimmer war, in der Nacht von Prinzessin Phaedras Verlobungsball.«

Annie war zu müde, um beschämt zu sein. »Ich nehme an, das ist inzwischen allgemein bekannt«, sagte sie wehmütig.

Kathleen errötete. »Keineswegs, Miss! Es war nur so ...« Die Röte auf den Wangen des Mädchens vertiefte sich. »Ich habe selbst die Laken auf Ihrem Bett gewechselt.«

Die Ellbogen auf den Tisch gestützt, ließ Annie das Gesicht auf ihre Hände sinken. »Was soll ich nur tun?« fragte sie sich selbst, Kathleen und welch gnädige Engel auch immer in der Nähe sein mochten.

»Als erstes müssen Sie es dem Prinzen sagen«, riet Kathleen. »Das könnten genau die Neuigkeiten sein, die er braucht, um von dem schrecklichen Kurs abzuweichen, den er sich gesetzt hat.«

Annie ließ die Hände sinken und starrte die junge Frau an, die sie als unbestreitbar ebenbürtig ansah. Vielleicht sogar als überlegen. »Es würde nicht viel nützen«, sagte sie unglücklich. »Lucian sagte mir heute, daß Rafael vom selben Galgen hängen wird, wenn die Rebellen die Burg einnehmen. Und damit hat er vermutlich sogar recht.«

Kathleen blieb ungerührt. »Seine Hoheit wünscht sich ein Baby mehr als irgend etwas anderes auf der Welt. Seine Frau, die Prinzessin Georgiana, war guter Hoffnung, als sie starb. Die Leute sagen, daß es seinen Schmerz hundertfach verdoppelt hat, nicht nur die Frau verloren zu haben, die er liebte, sondern auch noch einen Erben.«

Annie schüttelte betrübt den Kopf. »Es dürfte nichts als eine weitere Last für Rafael sein, wenn er erfährt, daß ich sein Kind unter dem Herzen trage. Sie dürfen es ihm nicht sagen, Kathleen. Und auch niemand anderem.«

»Aber ...«

»Es ist mir ernst gemeint«, beharrte Annie. »Im Moment muß es noch unser Geheimnis bleiben.«

Ganz offensichtlich hieß Kathleen Annies Entscheidung nicht gut, aber sie biß sich auf die Lippen und nickte zustimmend.

19

Noch bevor der erste rötliche Schimmer am Horizont erschien, hatte sich bereits eine Menschenmenge auf dem Hof der Burg versammelt. Schwach vor Übelkeit, einen geborgten Schal fest um die Schultern, schaute Annie sich suchend nach Rafael um und entdeckte ihn schließlich auf dem Balkon seines Arbeitszimmers. Mr. Barrett stand, in der Galauniform der königlichen Garde, an seiner rechten Seite.

Annie war nicht Rafaels Prinzessin und durfte deshalb bei offiziellen Anlässen nicht den Platz neben ihm einnehmen. Dennoch liebte sie ihn wie die zärtlichste aller Gattinnen, und sein Kind nahm unter ihrem Herzen bereits Gestalt an. Sie eilte über den Hof, in die große Halle, eine Treppe hinauf und über den Korridor zum Arbeitszimmer. Wachen waren hier postiert, und als Annie versuchte, an ihnen vorbeizugehen, blockierten sie ihr den Weg.

Sie verschanzte sich hinter ihrem Mut. »Laßt mich sofort hinein!« befahl sie.

Die Männer schauten sich gegenseitig an, dann Annie.

»Tut mir leid, Miss«, sagte einer von ihnen. »Befehl von Mr. Barrett. Niemand darf hinein.«

Annie begann zu widersprechen, doch bevor sie mehr als ein paar Worte sagen konnte, öffnete sich eine der Doppeltüren, und Rafael erschien. Er wirkte mitleiderregend schmal und war blaß wie der Geist von Hamlets Vater.

Seine grauen Augen richteten sich auf Annie, verengten sich, dann lächelte er schwach. »Laßt sie hinein«, verlangte er resigniert, und Barretts Männer gehorchten.

Sobald sie im Zimmer waren, schloß Rafael wieder die Tür.

»Woher wußtest du, daß ich draußen war?« fragte Annie.

Rafael zog eine Augenbraue hoch und seufzte. »Ich sah dich auf dem Hof und dachte mir, daß du auf dem Weg hierher warst.« Er hielt inne, um sich mit den Fingern durch sein noch immer ungepflegtes Haar zu streichen. Wenn er nicht bald unter die Schere eines Barbiers kommt, dachte Annie, wird er bald so aussehen wie Tom Wallcreek, der Rebell. »Geh in dein Zimmer zurück, Annie. Eine Hinrichtung ist kein angenehmer Anblick.«

Heiße Röte stieg in ihre Wangen. »Glaubst du etwa, ich *wollte* zusehen, wie einige dieser Ungeheuer dort unten auf dem Hof?« zischte sie, während sie sich an ihm vorbeischob zur Terrassentür. »Ausgerechnet du müßtest doch selbst am besten wissen, daß es eine Frage der Selbstachtung für mich ist. Wenn meine Aussage dies alles ausgelöst hat, kann ich nichts anderes tun, als es bis zum bitteren Ende durchzustehen.« Sie erwähnte nicht das andere Motiv für ihre Teilnahme, nämlich das Bedürfnis, Rafaels Sorgen zu teilen so gut wie seine Freuden.

Er nahm ihren Arm, bevor sie die Terrasse erreicht hatte. Draußen, in der kühlen Stille des frühen Morgens, brach die Menge in lautstarken Beifall aus.

Der Prinz schloß für einen Moment die Augen, schaute dann bis tief in Annies Seele und sagte: »Ich entbinde dich von dieser Pflicht. Geh … bitte.«

Annie schüttelte den Kopf. »Tut mir leid, Rafael, aber

selbst du besitzt nicht die Macht, dich über die Gebote meines Gewissens hinwegzusetzen.«

»Ich habe keine Zeit, mit dir zu streiten«, sagte er, als ein weiterer Jubelschrei die Stille zerriß.

Annie fragte sich, ob die Zuschauer die Hochzeit ebenso interessant finden würden wie die Hinrichtung. Wahrscheinlich schon, dachte sie, wenn das geheiligte Sakrament der Ehe vor ihren Augen in eine Zirkusvorführung verwandelt wurde, und die Rolle, die sie selbst dabei spielen würde, verursachte ihr Gewissensbisse.

»Ich auch nicht«, erwiderte sie. »Laß mich bei dir bleiben, Rafael. Wenn du es nicht erlaubst, gehe ich auf einen anderen Balkon.«

Der Prinz ergriff ihre Hand, murmelte etwas, das besser ungehört blieb, und zog sie auf den Balkon hinaus. Dort hielt sie sich halb hinter Rafael, obwohl ihre Finger noch immer mit seinen verschränkt waren.

Peter Maitland war bereits die Stufen zum Galgen hinaufgeführt worden. Er stand steif in der kühlen Tagesdämmerung, eine seltsam romantische Gestalt mit hinter dem Rücken zusammengebundenen Händen. Annie schaute zu, ohne sich auch nur ein Blinzeln zu gestatten, wie eine Kapuze über seinen Kopf gezogen wurde. Neben ihm sprach ein Priester Worte, die Annie nicht hören konnte, und schlug das Zeichen des Kreuzes.

Die Schlinge wurde um Maitlands Hals gelegt, und Annies Knie erbebten. Verstohlen schaute sie zu Rafael hinüber und sah, daß er so steif und reglos wie der Gefangene dastand und sein Gesicht, das sie nur im Profil sah, vollkommen blutleer war.

Der Henker, der eine schwarze Robe und eine Maske trug, um die Anonymität zu wahren, wandte sich um und schaute zu Rafael auf, seine Augen verborgen hinter zwei schmalen Schlitzen in dem Stoff, der sein Gesicht bedeckte.

Rafaels Finger klammerten sich wie Schraubstöcke um Annies Hand, aber sie zuckte nicht einmal zusammen. Aus dem Augenwinkel sah sie den Prinzen den freien Arm heben, in Antwort auf die unausgesprochene Frage des Henkers.

Er nickte, überprüfte noch einmal die Schlinge und umfaßte schließlich mit beiden Händen einen Hebel. Ein Ächzen von Holz an Holz, und dann gab die Falltür unter Peter Maitlands Füßen nach. Er stürzte durch die Öffnung und blieb, am Ende des starken Seils baumelnd, unter dem offenen Galgen hängen.

Es wäre vielleicht nicht ganz so schrecklich gewesen, wenn er nicht gezappelt, getreten und sich am Seil gedreht hätte. Sie zwang sich jedoch zuzuschauen und klammerte sich an die letzten Reste ihres Bewußtseins, bis der hin und her schwingende Körper sich nicht mehr rührte.

Im selben Augenblick jedoch, als Maitlands Leiche vom Galgen heruntergenommen wurde, brach Annie ohnmächtig auf dem Balkon zusammen.

Nur Momente waren vergangen, schätzte sie, als sie in Rafaels Armen wieder zu sich kam. Er trug sie zu der Couch im Arbeitszimmer und legte sie nieder, und Mr. Barrett erschien mit einem Glas Brandy.

»Trink das«, befahl Rafael grimmig, nahm seinem Freund das Glas ab und drückte es an Annies Lippen. »Dann wirst du dich gleich besser fühlen.«

Annie lehnte den Brandy ab, weil sie an ihr Kind dachte und wußte, daß der Alkohol ohnehin nicht in ihrem Magen bleiben würde. »Es … tut mir leid«, sagte sie. »Ich habe mich so bemüht, stark zu sein.«

Mr. Barrett und Rafael wechselten einen Blick, und auf das zustimmende Nicken des Prinzen hin verließ der treue Soldat den Raum.

»Und es ist dir auch gelungen«, erwiderte Rafael zärtlich. »Gütiger Gott, was für eine Frau du bist, Annie? Ich wünschte, ich könnte leben, um dich zu meiner Prinzessin zu ernennen.«

Die unerwarteten Worte belebten Annie, erfüllten sie mit wunderbarer Kraft und neuem Mut. Sie wagte kaum zu sprechen, doch die Frage, die ihr auf der Zunge lag, war von solch gravierender Bedeutung, daß sie sie nicht zurückhalten konnte. »Willst du damit sagen, daß du mich liebst?«

Er küßte ihre Stirn. »Hingebungsvoll. Und mit einer Leidenschaft, die entschieden gottlos ist. Aber es darf nicht sein, und das weißt du so gut wie ich.«

Tränen ließen Annies Blick verschwimmen, aber sie kämpfte tapfer dagegen an, weil sie niemals Schwäche oder Tricks benutzt hätte, um Rafael zu halten. Aus dem gleichen Grund sagte sie ihm auch nichts von dem Kind, das sie zusammen gezeugt hatten.

»Dann werde ich hier bei dir bleiben und mit dir sterben«, sagte sie, ohne nachzudenken. Doch selbst während sie noch die Worte aussprach, wußte Annie, daß sie ihr unschuldiges Kind nicht opfern durfte. Nicht einmal seinem Vater zuliebe.

»Du müßtest wissen, daß ich das nicht gestatten werde«, erwiderte Rafael und küßte sie mit unvorstellbarer Zärtlichkeit. »Es liegt ein Schiff an der Küste. Am Samstag, nach der Hochzeit, wirst du mit der Braut und dem Bräutigam an Bord gebracht werden.« Als Annie Widerspruch erheben wollte, berührte er ihre Lippen mit dem Zeigefinger. »Ob du es willst oder nicht, Annie. Pack deine Sachen – du wirst nach Frankreich reisen.«

»Ich wünschte, ich wäre nie hergekommen«, flüsterte Annie unglücklich.

»Ich auch«, stimmte Rafael ihr zu, erhob sich langsam und schaute mit gequältem Blick auf sie herab. »Glaub mir, ich auch.«

Damit ging er und überließ Annie einer sehr düsteren unsicheren Zukunft. Irgendwann stand sie auf, trocknete ihre Tränen und floh in ihr Zimmer, wo sie ihr Gesicht mit kaltem Wasser wusch und die Kraft in ihre Knie zurückzwang.

Als das geschehen war, marschierte sich hocherhobenen Kopfes in das Lazarett, wo sie Kathleen antraf. Die Magd saß neben Tom Wallcreeks Bett und kämmte sein buschiges Haar. Als sie Annie erblickte, errötete sie heiß.

Die Liebe schien überall zu sein. Vielleicht würde dieses Paar glücklicher damit werden …

»Oh, Miss – wie blaß Sie sind!« rief Kathleen und sprang erschrocken auf, als sie ihre Freundin näher betrachtete. »Sagen Sie bloß nicht, Sie hätten der Hinrichtung beigewohnt!«

»Na gut«, sagte Annie. »Dann sage ich es nicht.«

Kathleen schlug entsetzt die Hand vor ihren Mund, doch Annie richtete den Blick auf Josiah, der genügend Anstand besaß, eine beschämte Miene aufzusetzen.

Tom richtete sich auf seinem Lager auf. »Es ist fast schade, daß dies das Ende der St. James' ist«, sagte er. »Sie hätten eine feine Herrin für ein Haus wie dieses abgegeben, Miss Trevarren.«

Selbst hier, dachte Annie verblüfft, wußten die Leute über sie und Rafael Bescheid. Aber sie erwiderte nichts darauf.

Josiah schnaubte. »Schade?« fuhr er auf und deutete auf den halbtoten Mann im Bett neben Tom. »Sag das dem armen Harry dort drüben mit all seinen Narben und geflickten Knochen. *Er* würde das Ende einer solchen Familie nicht betrauern.«

Annie runzelte die Stirn. »Was wollen Sie damit sagen?«

»Ich will damit sagen, daß er die Spuren einer St.-James-Peitsche auf nahezu jedem Zentimeter seines Körpers trägt!« antwortete Josiah und erhob die Stimme, um Toms Protest zu übertönen. »Und wissen Sie, warum? Weil der letzte Prinz einen Bastard mit seiner einzigen Tochter hatte und das Kind, als es vorüber war, wie ein junges Kätzchen in einem Bach ertränkte. Harrys Verbrechen war, daß er versuchte, den Kleinen zu retten, und dabei die feinen Kleider Seiner Hoheit naß machte.«

Annie spürte, wie ihre Knie schon wieder nachgaben, und versteifte sie. »Der letzte Prinz muß ein furchtbarer Mensch gewesen sein«, gab sie zu. »Aber Rafael ist anständig und gerecht. Er würde so etwas nie tun.«

Josiah zuckte die Schultern, verstockt wie eh und je, und zitierte: »*Die Sünden der Väter …*«

Instinktiv legte Annie eine Hand auf ihren flachen Bauch. Falls die Früchte der Sünde von einer Generation zur anderen vererbt werden konnte, dann hoffentlich auch die guten Eigenschaften. Rafael würde seinem Sohn oder seiner Tochter Ehre und Kraft, Mut und Intelligenz vererben.

Erkennen blitzte in Toms Augen auf, als er von Annies Gesicht zu ihrer Hand schaute und wieder zurück, und dann erschien unendliche Trauer in seinem Blick.

Annie wandte sich ab, unfähig, sein Mitleid zu ertragen, und verließ fluchtartig das Lazarett. Zum ersten Mal, seit sie sich selbst zur Krankenschwester ernannt hatte, vernachlässigte sie ihre Pflichten.

Der Hof war leer, als sie ihn betrat, aber der Galgen ragte noch solide und finster vor ihr auf. Am liebsten hätte Annie ihn in Brand gesetzt, aber sie wußte, daß jemand das Feuer löschen würde, bevor es echten Schaden anrichten konnte.

Sie ging an dem Schafott vorbei, durch das Dorf, das ungewöhnlich still schien heute, und den Hügel hinauf zum Friedhof. Rafaels verstorbene Frau, die Prinzessin Georgiana, war dort begraben, zusammen mit Generationen von St. James'. Annie blieb nicht stehen, um ihnen ihren Respekt zu erweisen, sondern überquerte den Hügel zur anderen Seite hin, wo geringere Persönlichkeiten ruhten.

Hier waren sechs Soldaten damit beschäftigt, ihren ehemaligen Kameraden zu begraben, Peter Maitland. Ihre Gesichter waren hart und grimmig, und Annie fragte sich, ob irgendeiner von ihnen einen Groll gegen den toten Mann hegen mochte. In der Nähe, unter einem frisch aufgeworfenen Erdhügel, befand sich Jeremy Covingtons letzte Ruhestätte.

Annie fühlte, wie ein Frösteln über ihren Rücken lief. So viele Tote, und es war erst der Beginn.

Einer der Soldaten schaute auf. »Wollten Sie etwas, Miss?« fragte er mit einer Art zornigem Respekt.

Sein Ton kränkte Annie, aber dann begriff sie, daß sie an diesem Platz nichts zu suchen hatte und nur störte.

Kopfschüttelnd wandte sie sich ab.

Am Samstag morgen war der Galgen teilweise abgebaut und in den hinteren Teil der Burg verbannt worden, außer Sichtweite der Hochzeitsgäste. *Obwohl er sie nie sonderlich gestört zu haben scheint,* dachte Rafael, der an einem der Arbeitszimmerfenster stand, verbittert.

»Rafael?«

Beim Klang der hellen, weiblichen Stimmen hinter ihm wandte er sich um und lächelte seine Schwester an. Sie wirkte plötzlich viel zu jung, um schon eine Braut zu sein. Er glaubte, sie noch mit Zöpfen und aufgeschrammten Knien vor sich zu sehen, obwohl sie sich nicht oft begegnet waren, da er die meiste Zeit seines Lebens in England verbracht hatte.

Rafael breitete die Arme aus, und seine Schwester schmiegte sich hinein und schlang ihm die Arme um den Nacken. Verzweifelt fast. Er küßte ihren dunklen Scheitel, und sie schaute zu ihm auf.

»Du wirst heute heiraten«, sagte er unnötigerweise.

Sie zögerte sekundenlang und erwiderte dann mit einem unsicheren Lächeln: »Ja.«

Er strich ihr über das seidenweiche Haar. »Ich weiß, daß du Zweifel hattest wegen dieser Heirat«, sagte er zärtlich, »aber Chandler ist ein anständiger Mensch und wird gut für dich sorgen.«

Phaedra nickte. Ihre Augen glänzten wie im Fieber, und ihre Wangen waren ungewöhnlich rot. »Ich werde sicher und glücklich sein«, antwortete sie und wandte für einen Moment den Blick ab, bevor sie ihn langsam, als ob sie sich dazu zwingen müßte, wieder auf Rafaels Gesicht richtete. »Ich wollte dir sagen, daß ich dich liebe, Rafael, obwohl wir uns nie richtig kannten, und daß es mir sehr leid tun wird, dich zurückzulassen.«

Rafael lächelte. »Sorg dich nicht um mich, Liebes, vor allem heute nicht. Es gibt schlimmere Dinge, als sein Schicksal zu erfüllen.«

Phaedras hübsches Gesicht verzog sich zu sehr undamenhaftem Zorn. »Zum Teufel mit deinem Schicksal«, entfuhr es ihr. »Wenn ich die Kraft dazu besäße, würde ich dich niederschlagen und eigenhändig aus diesem Sarg von einer Burg forttragen!«

»Aber du bist nicht stark genug«, erinnerte Rafael sie schmunzelnd.

Phaedra schien zu schrumpfen und noch kleiner zu werden. »Nein«, gab sie zu, »leider nicht. Wirst du mir wenigstens versprechen, daß du alles tun wirst, um zu überleben?«

»Nein«, erwiderte er aufrichtig. »Aber ich verspreche dir, keine unnötigen Risiken einzugehen. Genügt dir das?«

Phaedra schüttelte den Kopf. »Nein, aber ich glaube, es ist alles, was ich von dir erwarten kann, und deshalb muß ich mich wohl damit zufriedengeben.« Sie stellte sich auf die Zehenspitzen und küßte seine Wange. »Vergiß nie, Rafael, daß ich deine treue Untertanin bin und es immer sein werde. Genau wie mein wunderbarer Bräutigam.«

Rafael runzelte die Stirn. Er hatte die Loyalität seiner Schwester oder die ihres zukünftigen Ehemannes nie in Frage gestellt. Wie kam sie also dazu, ihn bei einer solch freudigen Gelegenheit auf derart ernste Weise ihrer Bündnistreue zu versichern? *Es wäre sinnlos, sie danach zu fragen,* dachte er mit einem Lächeln. *Phaedra ist eine Frau, und Frauen sind mysteriöse Geschöpfe voller Intrigen und Geheimnisse.*

Die Kräuterspülung, die Phaedra morgens auf Annies Haar aufgetragen hatte, roch noch immer wie Spülwasser, aber sie zeigte langsam ihre Wirkung. Annies rotgoldenes Haar trocknete zu einem dunklen Braun. Unter dem vielschichtigen Brautschleier würde sie bei der Trauung für alle Beteiligten wie die Prinzessin aussehen.

Hoffte sie zumindest.

»So wie dieses Zeug stinkt«, protestierte Annie, »können wir von Glück sagen, wenn Mr. Haslett es sich vor dem Altar nicht doch noch anders überlegt.«

Phaedra lächelte. »Das wird er nicht. Chandler glaubt, mein Vermögen zu bekommen. Er würde die Zeremonie nicht einmal dann abblasen, wenn ich – wenn *du* riechen würdest wie ein ganzer Hühnerstall.«

Am späten Morgen wurde das herrliche Hochzeitskleid in Phaedras Zimmer gebracht, von Miss Rendennon persönlich und nicht weniger als sechs Gehilfinnen. Während Annie hinter einem Wandschirm zusah, wie das Kleid vorsichtig auf dem Bett der Prinzessin ausgebreitet wurde, empfand sie ein fast boshaftes Vergnügen bei dem Gedanken, es zu tragen.

Die Freude, zusammen mit dem widerlichen Geruch in ihrem Haar, verflog im Laufe des Vormittags jedoch sehr schnell. Denn letzten Endes würde es ja doch keine richtige Hochzeit sein … Rafael war nicht der Bräutigam und sie keine echte Braut.

Annie sehnte das Ende dieser chaotischen Erfahrung herbei, und doch klammerte sie sich an jeden Moment, der verstreichen wollte. Rafael hatte ihr endlich gestanden, daß er sie liebte, aber er hatte ihr auch gesagt, daß er beabsichtigte, sie fortzuschicken. Sie war sicher, daß er sein Versprechen halten würde, so oder so, obwohl Phaedras Entführung seine Pläne sicherlich durchkreuzte.

Um ein Uhr nachmittags – Annie hatte keinen Bissen von dem Essen herunterbekommen, das Phaedra so großzügig mit ihr geteilt hatte – begannen die Glocken in der Kapelle zu läuten. Das Geräusch machte Annie nervös; in ihrem Hemd wanderte sie unruhig durch den Raum und murmelte unverständliche Worte vor sich hin.

Um halb zwei half Phaedra Annie beim Ankleiden, steckte ihr das Haar auf und befestigte den Brautschleier. Wie sie gehofft hatte, war Annies Gesicht nur noch ein blasser Schatten unter all der Spitze. Ihr Haar, obschon nicht der gleiche Farbton wie bei der Prinzessin, war dunkel genug, um einen unaufmerksamen Beobachter zu täuschen.

Als es Viertel nach zwei schlug, erschien Rafael an der Tür, um seine Schwester abzuholen und sie zur Kapelle zu geleiten. Phaedra duckte sich hinter den Wandschirm, als Annie den Prinzen einließ.

Er lächelte und wollte den Schleier anheben, um seiner Schwester einen Kuß zu geben, doch Annie trat zurück und schüttelte den Kopf.

Rafael zuckte gutmütig mit den Schultern und bot ihr dann seinen Arm.

Als Annie an Rafaels Seite die Treppe hinunterschritt und die Halle durchquerte, bereute sie ihren Entschluß und war zugleich unendlich glücklich. Obwohl Rafael zugegeben hatte, sie zu lieben, und sie ganz bestimmt ihn liebte, mochte diese Gelegenheit die einzige sein, jemals in einem Brautkleid an Rafaels Seite dahinzuschreiten. Sie würde die Erinnerung daran ihr ganzes Leben lang hüten – als wie lang oder kurz dieses Leben sich auch erweisen mochte.

Auf dem Burghof drängten sich Dorfbewohner und Gesinde, weil die Familienkapelle nicht der gesamten Hochzeitsgesellschaft Platz bot. Annie errötete vor Freude und Beschämung, als ihre »Untertanen« begeistert applaudierten und einen Blumenregen auf sie niedergehen ließen.

An der Tür des kleinen Gotteshauses blieb Rafael stehen und drückte Annies Hand. Chandler stand bereits vor dem Altar, zusammen mit einem Priester und einer Abordnung von Phaedras Kusinen, die alle pinkfarbene, gerüschte Kleider trugen.

Ich hätte kein Pink gewählt, dachte Annie selbstgerecht, sagte jedoch nichts, weil Worte sie verraten hätten.

Orgelmusik ertönte, und Rafael führte die verschleierte Braut langsam durch den Mittelgang. Durch die dichte Spitze vor ihren Augen ließ Annie den Blick über die vollbesetzten Bänke gleiten. Jemand fehlte – jemand, der ebenfalls anwesend hätte sein müssen … Aber Annie kam in diesem Augenblick nicht darauf, wer diese Person sein mochte. Außerdem mußte sie sich sehr beherrschen, um ein nervöses Kichern zu unterdrücken.

Die letzten Noten des Hochzeitsmarsches hallten noch eine Weile in der kleinen Kirche nach, als Rafael Annie dem

Manne übergab, den er für Phaedras zukünftigen Gatten hielt. Als Rafael zurücktrat, fiel es Annie schwer, nicht seine Hand zu ergreifen und sich an ihm festzuklammern.

»Wer entläßt diese Frau in den heiligen Stand der Ehe?« fragte der Priester feierlich.

Annie konnte sich nicht entsinnen, ob der Mann Gottes davor schon irgend etwas Wichtiges gesagt hatte, und einen schrecklichen Moment lang glaubte sie, wirklich und wahrhaftig mit Chandler Haslett verheiratet zu sein.

»Ihre Brüder«, erwiderte Rafael respektvoll von irgendwo in der pulsierenden Leere hinter Annie.

Die Zeremonie begann.

»Ihr, die ihr euch hier versammelt habt ...«

Annie schwankte, und Chandler stützte sie diskret, indem er seine Hand unter ihren Ellbogen legte. Annies Schuldbewußtsein verdoppelte sich bei seiner fürsorglichen Geste. Genau in diesem Augenblick floh die wahre Braut mit ihrem Geliebten aus der Burg. Hatten sie das geheime Tor bereits erreicht? Durfte Annie jetzt ihre Identität enthüllen und diesem beschämenden Schauspiel ein Ende bereiten?

Der Priester predigte endlos lange über die Heiligkeit der Ehe und den Wert des Vertrauens zwischen Mann und Frau, und Annie stützte sich schwer auf Chandlers Arm.

»*Wer kann eine tugendhafte Frau finden?*« zitierte der Geistliche mit klangvoller Stimme, bevor er auf eine Umschreibung verfiel. »Ja, wirklich, sie ist kostbarer als Rubine, und das Herz ihres Gatten ist sicher, wenn es ihr vertraut.«

Annie stöhnte leise auf, was jedoch niemand zu hören schien.

Laß es endlich vorbei sein, flehte sie stumm. Doch dann, als sie sich daran erinnerte, daß sie unmittelbar darauf fortgeschickt werden würde, änderte sie ihr Gebet rasch: *Laß es für immer weitergehen ...*

Sie fragte sich, ob es schon einmal eine Braut gegeben hatte, die tot vor dem Altar umgefallen war.

»Chandler Haslett«, dröhnte der Priester, »sind Sie bereit,

diese Frau zu Ihrer rechtmäßig angetrauten Ehefrau zu nehmen?«

Chandler drückte ihren Arm. »Ja«, sagte er.

Annie schluckte einen Ausruf der Scham und des Protests und wartete darauf, daß die Axt auf sie herabsauste.

»Seid Ihr, Phaedra Elisabeth Madeline St. James, Prinzessin von Bavia, bereit, diesen Mann zu Eurem rechtmäßig angetrauten Ehemann zu nehmen?«

Annie schwieg.

»Hoheit?« beharrte der Priester sanft, mit leiser Stimme, als das Schweigen sich über ein erträgliches Maß hin ausdehnte.

Mit zitternden Händen hob Annie langsam den Schleier an und schob ihn von ihrem Gesicht zurück. »Nein«, sagte sie entschieden, »das bin ich nicht.«

Chandler starrte sie an, die Farbe wich aus seinem Gesicht und überflutete dann wieder seine Wangen. Ein entsetztes Schweigen breitete sich in den Bänken aus.

»Allmächtiger!« stieß Chandler hervor. »Was für ein Trick soll das denn sein?«

Die Hochzeitsgäste begannen alle gleichzeitig zu reden, und der Priester sah aus, als ob er am liebsten unter den Altar gekrochen wäre, um sich dort zu verstecken.

Rafael trat vor, bleich vor Zorn. »Was hat das zu bedeuten?« fragte er zwischen zusammengebissenen Zähnen. »Wo ist meine Schwester?«

»Fort«, antwortete Annie. Und dann brach sie in einem Wasserfall aus Seide, Perlen und Spitzen zusammen, am Ende ihres Durchhaltevermögens angelangt.

Wie schon am Tag der Hinrichtung hob Rafael sie auf seine starken Arme und trug sie durch den Gang und aus der Kapelle, während die Gäste hinter ihnen tuschelten und Chandler lautstark schwor, daß er Genugtuung für diese Kränkung fordern würde.

Annie, die noch immer geschwächt von ihrer Ohnmacht war, ließ den Kopf auf Rafaels Schulter ruhen.

»Wo ist Barrett?« fragte der Prinz jemanden, den sie nicht

sehen konnte, als sie den Burghof überquerten. »Ich brauche seine Hilfe.«

»Ist er nicht in der Kapelle, Sir?« kam die erstaunte Antwort.

Rafael blieb stehen, schaute Annie an, und sie sah die Wahrheit schon in seinen Augen dämmern, während sie sich noch bemühte zu begreifen.

Mr. Barrett war Phaedras heimlicher Geliebter. Warum war sie bloß nicht schon früher darauf gekommen?

Rafael fluchte derb. »Ich sollte dich in diesen Brunnen werfen«, sagte er, als er mit dem Fluchen fertig war. »Allein schon für das, was du deinen Haaren angetan hast.«

»Es wäre eine Sünde, ein solches Kleid zu ruinieren«, wandte Annie mit zitternder Stimme und nicht ganz unvernünftig ein. »Vor allem in diesen schweren Zeiten.«

Der Prinz begann weiterzugehen in Richtung Burg. Mitten in der großen Halle tauchte mit bestürzter Miene Kathleen auf. Ganz offensichtlich dachte sie, Annie würde zum Auspeitschen weggeschleppt oder in die Folterkammer.

»Wohin bringt Ihr meine Herrin, Hoheit?« wagte die treue Seele zu fragen und ging sogar soweit, dem Prinzen den Weg zu verstellen.

»Ich habe es noch nicht entschieden«, erwiderte Rafael kühl. »Aber was auch geschehen mag, junge Frau, es ist nicht deine Sache.«

»Kathleen ...« sagte Annie flehend.

»O doch, das ist es, Sir – Verzeihung, Hoheit«, beharrte Kathleen, und obwohl sie errötete, wirkte sie nicht eingeschüchtert. »Miss Trevarren und ich sind gute Freundinnen, und ich kann nicht zulassen, daß Ihr sie verletzt.«

»Verletzt?« wiederholte Rafael gekränkt. »Du liebe Güte, Frau, wie kommen Sie darauf, daß ich Miss Trevarren oder irgend jemand anderen *verletzen* würde?«

Kathleen schluckte, und Annie staunte über ihren Mut. »Weil wir ... nun ja, Hoheit, wir fürchten eben, daß das Blut Eures Vaters auch in Euch die Oberhand gewinnt. Er war ein grausamer Mensch. Seht Euch nur den armen Mann im

Lazarett an, mit all seinen Narben, wenn Ihr mir nicht glaubt.«

Annie fühlte, wie Kathleens Worte Rafael trafen und wie er sich dagegen stählte. Doch noch immer machte er keine Anstalten, sie aus seinen Armen zu entlassen.

»Ich glaube dir«, sagte er nach einem tiefempfundenen Seufzer. »Aber ich liebe diese Frau in meinen Armen, so wahr Gott mir helfen möge, und du kannst dich darauf verlassen, daß sie nicht mehr von mir zu erdulden haben wird als eine gehörige Strafpredigt.«

Nach diesen Worten trat Kathleen mit gesenktem Blick beiseite, und Rafael stieg die Treppe hinauf und strebte auf Annies Zimmer zu. Als er es erreicht hatte, warf er sie recht unzeremoniell auf das hohe Bett, so daß die Röcke sich auf lächerliche Weise um sie bauschten.

Annie richtete sich schnell auf und schaute zu, wie Rafael von der Plattform sprang und zur angrenzenden Tür zu Phaedras Zimmer ging. Mitten im Raum blieb er jedoch stehen, als fiele ihm erst jetzt wieder ein, daß seine Schwester die Burg verlassen hatte.

Langsam wandte er sich um. »Ich werde sie finden«, schwor er. »Und wenn es das Letzte ist, was ich in meinem Leben tue, werde ich sie finden und hierher zurückschleifen, um sie zur Rechenschaft zu ziehen!«

Rafaels wilder Blick erschreckte Annie. Sie kletterte ungeschickt vom Bett und verdammte im stillen das unhandliche Kleid, über das sie fast gestolpert wäre. »Verstehst du denn nicht«, fragte sie flehend, »daß es bereits zu spät ist? Gib ihnen deinen Segen und laß sie gehen, Rafael.«

Er fuhr sich in einer nervösen Geste mit der Hand durchs Haar. »Wie konntest du dich an so etwas beteiligen? Ist dir eigentlich klar, was du getan hast?«

»Ich denke schon«, sagte Annie. »Meine beste Freundin auf dieser Welt bat mich, ihr zu helfen, einer Ehe zu entfliehen, die sie sich nicht wünschte, und das habe ich getan.« Sie hob trotzig ihr Kinn. »Im übrigen tut es mir nicht leid, ich bedauere höchstens die Probleme, die meine Handlungsweise dir und dem armen Mr. Haslett verursacht hat.«

Rafael schloß einen Moment die Augen, und Annie wußte, daß er mit sich kämpfte, um seinen Zorn zu bändigen. Und natürlich wünschte sie ihm viel Erfolg dabei.

Endlich sagte er wieder etwas. »Pack deine Sachen, Annie. Du reist ab.«

Die Worte trafen sie wie ein Schlag, aber sie klammerte sich mit letzter Kraft an ihrer Würde fest. Zwischen dem im letzten Moment verhinderten Mord an ihr durch Leutnant Covington, der Hinrichtung von Peter Maitland, der Tatsache, daß sie unverheiratet und schwanger war, und der betrügerischen Hochzeit hatte sie ihre Reserven gründlich erschöpft.

»Komm mit mir«, bat sie, ihren Stolz vergessend.

Rafael schüttelte den Kopf, bedachte sie mit einem letzten, prüfenden Blick und verließ das Zimmer. Die Tür fiel laut hinter ihm ins Schloß.

Annie legte das verflixte Kleid so schnell ab, wie sie es allein schaffte, und zog ihr Hemd und ihre Hosen an. Dann stürmte sie die Treppe hinunter, um zu sehen, was unten vor sich ging.

Sie brauchte nicht weiter zu gehen als in die Küche, wo die Dienstboten sich versammelt hatten, um über die großen Ereignisse dieses Tages zu klatschen. In einem Türeingang verborgen, erfuhr Annie, daß Rafael der Prinzessin und ihrem Liebhaber Soldaten nachgeschickt hatte, doch niemand erwartete ernsthaft, daß sie gefunden werden würden.

Annie schloß die Augen und schickte ein stummes Stoßgebet zum Himmel, daß Phaedra und Mr. Barrett die Flucht gelingen möge. Denn immerhin liebten sie sich und gehörten zueinander.

»Das macht Mr. Barrett zu einem Verräter«, machte sich die Köchin wichtig. »Er ist fortgegangen und hat den Prinzen in der Stunde der Not in Stich gelassen. Selbst Liebe ist nicht Grund genug für so etwas.«

Ein unbehagliches Schweigen breitete sich in der Küche aus, und dann meldete Kathleen sich zu Wort. Falls sie Annie in der Tür gesehen hatte, ließ sie sich nichts anmerken.

»Der Prinz ist ein vernünftiger Mensch«, erklärte Kathleen. »Sobald er sich beruhigt hat, wird er einsehen, daß Mr. Barrett ihm keinen schlechten Dienst erweisen wollte.«

Annie hoffte, daß das stimmte, aber sie war nicht so sicher, wie Kathleen klang, und das Herz tat ihr weh für Rafael. Er war umgeben von Problemen, seine Feinde standen vor der Tür, und nun hatte er auch noch seinen besten Freund und Vertrauten verloren.

»Es ist ein schwarzer Tag für die St. James«, bemerkte die Köchin kopfschüttelnd.

»Das Ende ist nicht mehr weit entfernt«, stimmte jemand anderes zu. »Ich glaube, ich verschwinde lieber, bevor die Kämpfe anfangen.«

Zustimmendes Gemurmel erhob sich unter dem Gesinde.

In tiefster Niedergeschlagenheit wandte Annie sich ab und kehrte in ihr Zimmer zurück. Nach einer gründlichen Wäsche besaß ihr Haar fast wieder seinen normalen Farbton, und sie bürstete es auf der Terrasse trocken. Als das geschehen war, holte sie Koffer und Taschen aus dem Schrank und begann zu packen.

20

Chandler Haslett verließ mit seiner Gefolgschaft die Burg, noch bevor die Sonne an seinem vermeintlichen Hochzeitstag unterging.

Der versetzte Bräutigam, obwohl höflich darum gebeten, hatte sich strikt geweigert, Annie Trevarren mit seiner Gesellschaft reisen zu lassen.

Als er den Aufbruch von einer der Zinnen aus beobachtete, seufzte Rafael. Er konnte es Haslett nicht verübeln, daß er wütend war, denn der Mann hatte einen schweren Schlag erlitten, und sein Stolz lag jetzt in Scherben.

»Was für ein Tag«, bemerkte Lucian.

Rafael schaute seinen Bruder nicht an, und er war auch nicht überrascht. Ein Unglück, dachte er, kam schließlich selten allein. »Ja. Du hattest mich gewarnt hinsichtlich Phaedra und Barrett. Ich hätte auf dich hören sollen.«

Lucian trat neben ihn. »Das ist immerhin etwas«, erwiderte er gelassen. »Aber wenigstens hat sie Bavia verlassen, und bei Barrett ist sie in Sicherheit.«

Rafael stieß ein humorloses Lachen aus. »Ja«, stimmte er zu. »Aber ist Barrett auch bei unserer Schwester sicher?«

Lucian lächelte müde. »Was wirst du ohne ihn anfangen?«

Im ersten Moment wußte Rafael nichts darauf zu antworten. Ihm war, als ob er mit Barretts Verlust auch seinen rechten Arm verloren hätte, und doch war er jetzt, wo er Zeit gehabt hatte, darüber nachzudenken, schon nachsichtiger gestimmt. Barrett hatte versucht, ihm klarzumachen, daß er Phaedra liebte, doch er, Rafael, hatte ihn nicht ernst genommen. Er war so sicher gewesen, daß Barrett mit der Zeit einsehen würde, daß eine Verbindung zwischen einer Prinzessin und einem Soldaten ausgeschlossen war.

»Vielleicht ist es besser, daß er fort ist«, erwiderte der Prinz nach langem Schweigen. »Warum sollte Barrett neben mir am Galgen hängen? Bavia ist nicht sein Land.«

»Ja, warum?« stimmte Lucian zu. »Was hast du eigentlich mit Annie vor, falls du mir die Frage nicht übelnimmst?«

Rafael erwiderte den Blick seines Halbbruders. »Ich nehme sie übel«, erwiderte er. »Aber ich werde sie beantworten: Ich weiß es nicht. Hasletts verletzter Stolz hat verhindert, daß Annie in seiner Gefolgschaft reisen konnte. Es liegt ein Schiff an der Küste, aber ich würde niemand anderem als Edmund Barrett oder ihrem eigenen Vater zutrauen, sie sicher an Bord zu bringen, und ich selbst kann die Burg nicht lange genug verlassen, um es zu tun.«

»Das scheint tatsächlich ein Problem zu sein«, stimmte Lucian zu. »Ich nehme natürlich nicht an, daß du mich als Eskorte für die schöne Miss Trevarren vorgesehen hast?«

»Eher würde ich sie dem Anführer der Rebellen anvertrauen«, erwiderte Rafael zuvorkommend. »Was natürlich nicht heißt, daß du nicht besser auch abreisen würdest. Deine Abneigung gegen mich wird dich nicht vor ihnen retten, Lucian.«

»Ist es zu spät, mich als treuer und reumütiger Bruder zu erweisen?« Eine vertraute, weinerliche Note in Lucians Stimme schlug eine schmerzhafte Saite in Rafael an und erinnerte ihn an den kleinen Jungen, der Lucian einmal gewesen war. Rafael hatte das Kind sehr gern gehabt, obwohl er es, wie Phaedra, kaum gekannt hatte.

»Ja«, sagte Rafael, »es ist zu spät dafür.«

Lucian schwieg einen Moment und beobachtete die Sonnenstrahlen, die auf dem blauen Meer tanzten. »Dann sei es so«, sagte er schließlich, um sich dann abzuwenden und Rafael seiner einsamen Wache zu überlassen.

Annie wartete mit dem Gepäck in ihren Gemächern, daß sie gerufen wurde, aber niemand kam. Endlich, gegen acht Uhr abends, erschien Kathleen und brachte ihr etwas zu essen. Die junge Magd hielt den Blick gesenkt, als sie das Tablett auf den kleinen Tisch neben dem Kamin stellte.

»Ich nehme an, du bist jetzt auch auf mich wütend«, sagte Annie, die sich ganz ungewöhnlich einsam fühlte.

Kathleen schaute auf. »Wütend? O nein, Miss. Aber ich habe Angst um Sie, und das mit Recht. Die Rebellen werden nicht mehr viel länger warten, und sie sind keineswegs so schlechte Soldaten, wie Sie nach dem ersten Angriff vielleicht glauben mögen. Sie sind bereits innerhalb der Burgmauern, und in einer Anzahl, die Sie sehr erstaunen würde.«

Annie betrachtete das Essen, das Kathleen ihr gebracht hatte, ohne Appetit. Sie wußte, daß ihr wieder übel werden würde, aber sie mußte etwas zu sich nehmen, aus Rücksicht auf ihr Kind.

Sie setzte sich an den Tisch und forderte Kathleen auf, ihr Gesellschaft zu leisten.

»Haben sie nur abgewartet, bis die Hochzeit vorüber war?« fragte sie.

Kathleen zog sich einen zweiten Stuhl heran. »Einige von ihnen waren geladene Gäste, Miss«, sagte sie traurig. »Menschen, die der Prinz Freunde nennt oder Cousins.« Sie hielt inne. »Oder *Bruder*.«

Annie hatte sich Tee eingeschenkt, aber jetzt setzte sie die kleine Porzellankanne klappernd ab. »Glauben Sie, daß Lucian bei den …«

Kathleen legte eine feste Hand auf Annies Arm und hinderte sie daran, aufzuspringen. »Es besteht keine Eile, dem Prinzen die Nachricht zu überbringen«, sagte sie. »Seine Hoheit kennt die Wahrheit schon sehr lange.«

»Verfluchter Lucian«, flüsterte Annie und empfand seinen Verrat so schmerzlich, als ob er gegen sie selbst gerichtet wäre.

»Er ist ein fauler Apfel, das stimmt schon«, gab Kathleen zu, »aber Sie dürfen nicht die anderen Rebellen nach ihm beurteilen. Es sind ganz gewöhnliche Leute wie Tom Wallcreek.« Bei der bloßen Erwähnung des Namens errötete das Mädchen heftig.

Annies Herz machte einen Sprung und beruhigte sich dann wieder. Sie hatte recht gehabt, die junge Magd war in Tom verliebt. Aber war es möglich, daß noch mehr dahintersteckte?

»Kathleen, sind Sie eine von ihnen?«

»Nein«, war die aufrichtige Antwort, und Annie glaubte sie. »Aber sie werden siegen, Miss, und ihre Anführer haben einen Preis auf den Kopf des Prinzen ausgesetzt. Er wird hängen, sagen sie, noch bevor dieser Monat vorüber ist.«

In Gedanken sah Annie wieder Peter Maitland unter dem Galgen stehen und beobachtete, wie er durch die Falltür stürzte. Es war nur allzu leicht, sich vorzustellen, daß Rafael das gleiche Schicksal traf.

Sie schob ihren Stuhl zurück, ohne ihr Essen zu berühren, und bedeckte ihr Gesicht mit beiden Händen. »O Gott, Kathleen, was soll ich bloß tun?«

Kathleens Antwort klang sehr entschieden. »Sie müssen dem Prinzen sagen, daß Sie ein Kind erwarten. Ich weiß, daß Sie den richtigen Moment abwarten wollten, Miss, aber Tatsache ist doch, daß dieser Moment vielleicht niemals kommen wird.«

Annie erhob sich langsam und nickte. »Ja«, murmelte sie. »Ich werde es ihm sagen. Jetzt sofort.«

»Gott sei mit Ihnen«, meinte Kathleen liebevoll.

Nachdem Annie erfolglos im Inneren der Burg gesucht

hatte, ging sie auf den Hof hinaus und entdeckte Rafael auf dem Wehrgang. Noch immer in Hemd und Hosen, stieg sie auf müden Beinen die steinerne Treppe hinauf und ging über den überdachten Gang, bis sie an Rafaels Seite stand.

»Hat mein Schiff schon abgelegt?« fragte sie.

Er lächelte ein wenig bitter. »Ja. Aber ich habe noch nicht die Hoffnung aufgegeben, daß dein Vater erscheinen und dich von hier fortbringen wird.«

»Du dürftest mehr von Patrick Trevarren zu befürchten haben als von den Rebellen«, gab Annie mit zitternder Stimme zu bedenken. »Er wird verlangen, daß du die Ehre seiner Tochter wiederherstellst.«

Erst auf diese Worte hin wandte Rafael ihr das Gesicht zu, um sie anzuschauen. »Ich hege keinen Zweifel daran, daß Patrick sehr wütend sein wird, wenn er erfährt, daß ich seine kostbare Tochter entjungfert habe. Laß uns hoffen – dir zuliebe –, daß er mich eher erwischt als meine eigenen Landsleute.«

Annie biß sich auf die Lippen. »Ich habe Gerüchte gehört, daß die Rebellen sich bereits innerhalb der Burgmauern befinden«, sagte sie dann leise.

Rafael nickte. »Daran besteht kein Zweifel.«

»Und Lucian …«

Der Prinz hob eine Hand. »Ich weiß, daß mein Bruder ein Judas ist. Erspar mir bitte, es noch einmal zu hören.«

Ein weiteres Hinauszögern dessen, was sie ihm zu sagen hatte, war nicht mehr möglich, und es zerbrach sie fast, Rafael solch unter anderen Umständen wundervolle Nachrichten auf derart abrupte Weise beibringen zu müssen. Sie hielt für einen Moment den Atem an, wie ein Schwimmer, bevor er sich in eiskaltes Wasser stürzt, dann sagte sie. »Ich erwarte ein Kind.«

Im ersten Augenblick sah Rafael aus, als hätte Annie versucht, ihn vom Wehrgang in die Tiefe hinabzustoßen. Er schwieg eine unerträglich lange Zeit, und für Annie hörte die Welt auf, sich zu drehen, hörten die Sterne auf zu funkeln, und Sonne und Mond zerfielen zu Staub.

»Du mußt dich irren«, murmelte er schließlich.

Annie schüttelte den Kopf.

»Diese Ohnmachtsanfälle ...?«

Sie nickte. »Und andere Dinge. Es ist wahr, Rafael. Wie wirst du dich jetzt verhalten? Was beabsichtigst du zu tun?«

Rafaels Antwort verblüffte sie über alle Maßen. »Ich werde dich heiraten«, sagte er, nahm ihre Hand und zog sie auf die Treppe zu. »Such den Priester und schick ihn in die Kapelle«, rief er einem Soldaten in einiger Entfernung vor ihnen zu. Dann wandte er sich um und schaute Annie in die Augen. »Wenigstens hast du ein anständiges Kleid für die Trauung, und Wein und Kuchen sind auch genug da, falls die Gäste nicht bereits alles verspeist haben.«

»Rafael ...«

Doch er zog sie bereits die Treppe hinunter. »Ich will keinen Widerspruch hören«, rief er ihr über die Schulter zu. »Mein Kind wird einen Namen haben, wenn auch keinen Vater.«

Annie hielt abrupt in ihren Schritten inne und ließ sich nicht weiterziehen. »Was soll das heißen, *wenn auch keinen Vater*?«

Rafael zerrte sie weiter. »Darüber reden wir später, Miss Trevarren. Jetzt wird erst einmal geheiratet.« Danach geschah alles in fliegender Hast. Annie erhielt keine Gelegenheit zu protestieren, weil Rafael sie mitten auf dem Hof stehenließ und in der Kapelle verschwand. Nur wenige Minuten später schon begann die Glocke im Turm zu läuten, und die Bewohner der Burganlage erschienen in Türen, Fenstern und auf dem Hof, um festzustellen, was hier vorhing.

Einige von ihnen mußten glauben, der Prinz habe den Verstand verloren, als er den Kopf aus dem Schalloch steckte und schrie, daß nun doch eine fürstliche Hochzeit in der Burg stattfinden würde, und zwar in einer Stunde.

Annie wünschte sich die Heirat mehr als alles andere auf der Welt, aber sie hatte ein hohles Gefühl im Herzen, als sie hineinging, um Phaedras wunderschönes Kleid und den Schleier anzulegen. Es *war* etwas Wahnwitziges an Rafaels

Verhaltensweise, und letztendlich nahm er sie nur zur Frau des Kindes wegen.

Er hatte weder versprochen, mit ihr Bavia zu verlassen und sich in Frankreich in Sicherheit zu bringen, noch hatte er etwas von einer gemeinsamen Zukunft erwähnt.

Eine halbe Stunde später, in Phaedras Hochzeitskleid und Schleier, ließ Annie sich von Kathleen und zwei Soldaten die Treppe hinunter und durch die große Halle führen. In Hof und Kapelle drängten sich die Menschen, wie schon bei ihrem Auftritt früher an diesem Tag, und Annie fühlte sich auf merkwürdige Weise in der Zeit zurückversetzt.

Es war jedoch alles sehr real. Die Orgel erklang, und Rafael stand vor dem Altar neben dem Priester. Annie fing Lucians Blick auf, als sie auf der Schwelle zögerte, und sah eine derartige Niedertracht in seinen Augen, daß ein kalter Schauder sie durchzuckte.

»Geht zu ihm«, sagte Kathleen und versetzte ihr einen sanften Schubs.

Annie machte einen unsicheren Schritt auf ihren Bräutigam zu, erfüllt von Bestürzung und Ekstase, Furcht von der Zukunft und der Hoffnung auf ein Wunder. Rafael streckte die Hand nach ihr aus, und es war diese Geste, die sie den Rest des Wegs überstehen ließ.

Doch selbst als sie an Rafaels Seite stand und ihn neben sich spürte, stark und wahrhaftig, hegte Annie noch die Furcht zu träumen. *Wenn ich jetzt aufwache und feststelle, daß ich allein in meinem Zimmer bin*, dachte sie, *wird die Enttäuschung mich umbringen.*

Sie lauschte auf jedes Wort, das der Priester sagte, und warf Rafael immer wieder verstohlene Blicke aus dem Augenwinkel zu. Als der Geistliche die Frage stellte, ob irgend jemand einen guten Grund angeben könne, warum diese beiden Menschen nicht im heiligen Sakrament der Ehe verbunden werden dürften, hielt Annie ganz unbewußt den Atem an. Doch obwohl in diesem Augenblick hörbare Unruhe in den ersten Reihen entstand – genug, um Rafael zu veranlassen, sich umzudrehen und die Versammlung mit einem warnenden Blick zu messen –, meldete niemand sich zu Wort.

Annie antwortete, wenn eine Antwort von ihr verlangt wurde, und versuchte, nicht über den gegenwärtigen Moment hinauszudenken.

Endlich erklärte der Priester sie zu Mann und Frau und sagte: »Ihr dürft die Braut jetzt küssen, Hoheit.«

Rafael senkte den Kopf und wisperte ganz dicht an ihrem Mund: »Meine Prinzessin Annie.« Dann küßte er sie, jedoch mit solch keuscher Zurückhaltung, daß Annie die Augen öffnete und ihn verblüfft ansah.

Er lachte leise, zog ihre Hand unter seinen Arm und sagte in gedämpftem Ton: »Keine Angst, mein Liebling. Unsere Hochzeitsnacht wird dir unvergeßlich bleiben.«

Böse Vorahnungen durchzuckten Annie und strichen wie eine kalte Hand über ihren Rücken. Rafael klang, als ob er überzeugt sei, daß dies alles sein würde, was sie noch voneinander haben würden – diese einzige Nacht.

Eine solche Aussicht war Annie unerträglich. Rafael zu verlieren würde jetzt, wo er ihr Gatte war, noch unendlich viel härter sein, falls es zum Schlimmsten kommen sollte. Die Vorstellung, von ihm getrennt zu sein, war jedoch zu schmerzlich, um darüber nachzudenken, und deshalb beschloß Annie, zumindest den heutigen Tag lang so zu tun, als ob die Welt nicht jeden Augenblick enden könnte.

Nach der Trauungszeremonie wurde ein improvisierter Empfang in der großen Halle abgehalten. Rafael war fröhlich, sogar heiter, trank zu unzähligen Toasts und sang sogar mit Freunden und Soldaten derbe Lieder. Daß seine Feinde in beiden Gruppen vertreten waren, schien ihn nicht zu stören.

Was Annie betraf, so wollte sie nur allein mit ihrem frischgebackenen Gatten sein. Für sie war jeder Augenblick unendlich kostbar.

Das Trinken schien nicht aufhören zu wollen, und das Singen auch nicht. Annie lächelte und nahm Glückwünsche von Leuten entgegen, die eben noch in den düsteren Ecken der

Halle über sie geklatscht hatten. Als eine Zigeunerkapelle mit Fiedeln und Mundharmonikas zum Tanz aufspielte, schmiegte Annie sich in die Arme ihres Prinzen und schwebte mit ihm durch den großen Saal.

Es war schon kurz nach ein Uhr morgens, als Rafael Annie endlich bei der Hand nahm und sie zur Treppe führte. Stürmischer Applaus brauste auf, als er sie auf die Arme hob, um sie in sein Schlafzimmer zu tragen, und Annie errötete vor Verlegenheit. Sie war schon immer viel zu keck gewesen – oder zumindest behaupteten das die Nonnen in St. Apasia –, aber es beschämte sie, daß jeder in der Burg wußte, daß sie nun mit Rafael schlafen würde.

Zu ihrer Überraschung jedoch brachte er sie weder in sein Zimmer noch in ihr eigenes. Statt dessen schritt er mit ihr über den langen Korridor auf den hinteren Teil der Burg zu, und Annie merkte plötzlich, daß er nicht im mindesten betrunken war. Das Singen, die Trinksprüche und das lärmende Feiern waren nichts als eine Art Auftritt gewesen.

»Wohin bringst du mich?« fragte sie verwundert.

Rafael lächelte. »Fort von hier«, erwiderte er und stellte sie mit einem scherzhaften Stirnrunzeln auf die Beine. »Du hast in letzter Zeit anscheinend bereits für zwei gegessen.«

Annie lachte. »Du Rüpel! Ein Kavalier erwähnt das Gewicht einer Dame nicht.«

Er nahm ihre Hand begann weiterzugehen. »Auf diese Bemerkung antworte ich wohl besser nicht.«

Irgendwann erreichten sie eine der vielen Hintertreppen der Burg und begannen sie hinabzusteigen. Sie gelangten in einen Garten, und Annie stellte erfreut fest, daß ein sanfter Regen ihre Haut benetzte. Nach der Hitze der überfüllten Halle und der Anstrengung des Tanzens empfand sie die kühle Nässe als sehr angenehm.

Am Ende des Gartens wartete ein flotter Einspänner. Der Stallknecht, der danebenstand, tippte sich in einem stummen Gruß an seine Mütze.

Rafael hob Annie auf den Sitz, stieg dann neben sie und nahm die Zügel. »Denk daran«, sagte er zu dem Stallknecht, während er ihm eine Münze reichte, »daß du uns nicht gesehen hast.«

Der junge Bursche lächelte und tippte sich noch einmal an die Mütze.

Bald holperte der Wagen über die unebenen Wege des Obstgartens. Vor ihnen konnte Annie die Umrisse des Walds erkennen und einen Teil des Sees. Sie hatte bereits erraten, daß Rafael sie in das kleine Haus bringen würde, wo er ihr ihren ersten Unterricht in Leidenschaft erteilt hatte.

Mit einem glücklichen Seufzen legte sie den Kopf an seine Schulter.

Das Haus war bereit für sie; es brannten Lampen, das Bett war frisch bezogen, die Decken waren zurückgeschlagen, und ein munteres Feuer brannte im Kamin.

Rafael hatte Annie über die Schwelle getragen, wie es die Tradition erforderte, und ihr Herz lief über vor Glück, als sie sich in ihrem ganz privaten Versteck umschaute.

»Ich wünschte, wir könnten für immer hierbleiben«, sagte sie, bevor sie es verhindern konnte.

Rafael, der hinter ihr stand, küßte ihre bloße Schulter. »Für immer ist ein bißchen zuviel verlangt«, erwiderte er.

Annie fuhr zusammen bei der Erinnerung und drehte sich in seinen Armen. »Warum hast du mich geheiratet?«

Er beugte den Kopf und streifte ihre Lippen mit den seinen. »Keine Fragen, Prinzessin. Ich liebe dich, und da die heutige Nacht alles sein wird, was uns die Ewigkeit zu bieten hat, sollten wir uns bemühen, etwas Wunderschönes daraus zu machen.«

Annie vermochte nichts zu sagen, aber ihre Augen füllten sich mit Tränen, und ihr Herz quoll über von bittersüßen Gefühlen, wie sie sie noch nie zuvor empfunden hatte und die sie auch nicht benennen konnte. Sie zitterte, als Rafael sie in seinen Armen umdrehte und langsam die winzigen Knöpfe an ihrem Rücken zu öffnen begann.

Als diese Aufgabe beendet war, streifte er den herrlichen Stoff von ihren Schultern, dann über ihre Taille und ihre Hüfte. Das Kleid bauschte sich in einer schimmernden weißen Wolke um ihre Beine, und Annie drehte sich langsam zu Rafael um, bevor sie die Füße hob und das Kleid vollends abstreifte.

Rafaels Blick verzehrte sie, als der Feuerschein ihr Mieder und ihre Unterröcke mit einem rötlichen Schimmer überzog; Annie sah einen Muskel an Rafaels Wange zucken und stellte sich auf die Zehenspitzen, um ihm einen unendlich sanften Kuß zu geben.

Der Prinz stöhnte, als sie mit geschickten Händen seinen Rock und seine Krawatte entfernte und dann seinen steifen Kragen löste und ihn ebenfalls beiseite warf. Als sie anfing, sein Hemd zu öffnen, ergriff er ihre Hände und drückte sie an seine Brust.

»Annie ...« begann er rauh.

Sie schüttelte den Kopf. »Nicht, Rafael. Sprich nicht von morgen, nächster Woche oder nächstem Jahr!«

Rafael zog eine ihrer Hände an seine Lippen und hauchte einen Kuß darauf, was ein kühles Feuer durch ihre Adern rauschen ließ. Er sprach nicht, sondern ließ seine Lippen einen prickelnden Pfad über die Innenseite ihres Armes beschreiben. Als er die seidige Haut in der Beuge ihres Ellbogens erreichte, vermochte Annie ihr Zittern nicht mehr zu unterdrücken.

Außer Atem vor Erregung, flüsterte sie bittend seinen Namen.

Doch Rafael versagte ihr die rasche, stürmische Eroberung, die sie herbeisehnte, und fuhr fort, die empfindsamsten Stellen ihres Körpers zu erforschen und zu reizen. Als er sie endlich auf dem Bett niederlegte, tat er das nur, um seine entnervend aufreizenden Zärtlichkeiten fortzusetzen.

Er löste die Bänder an Annies Unterröcken, zog ihr die spitzenbesetzten *pantalettes* aus und öffnete das Mieder, doch all das so unendlich langsam, daß Annie zu fiebern glaubte, als es endlich geschehen war, und kaum noch still liegen konnte.

Endlich entledigte sich der Prinz auch seiner Kleider und sah im flackernden Feuerschein wie ein heidnischer Gott aus. Annie griff nach ihm, und er beugte sich über sie und barg sein Gesicht an ihrer Schulter, als wollte er tief ihren Duft einatmen und ihn in seinem Gedächtnis speichern. Dann, mit einem erstickten Ton, der tief aus seiner Brust kam, glitt er tiefer, um Annies Brüste zu liebkosen.

Mit einem lustvollen kleinen Schrei hieß Annie ihn willkommen und krümmte den Rücken in einer stummen Einladung, doch Rafael schien noch immer keine Eile zu haben, ihre Ehe zu vollziehen.

Während er mit einer Hand über ihre schlanken Hüften und Schenkel strich, trieben seine Lippen ein wahnwitziges Spiel mit einer ihrer zarten Brustspitzen, das sie halb besinnungslos vor Begierde machte.

Annie warf sich hin und her, sehnte sich nach Erlösung, doch Rafael konzentrierte sich nun auf die andere Brust und liebkoste sie in der gleichen qualvoll-zärtlichen Weise.

Als Rafaels Lippen schließlich über Annies Rippen und ihren Bauch zu ihrem Schoß hinunterglitten, verlor sie fast den Verstand vor Verlangen und Erregung, bäumte sich auf wie ein wildes Tier und verschränkte ihre Hände um Rafaels Kopf, um ihn noch fester an sich zu ziehen, als sein Mund die empfindsamste Stelle ihres Körpers berührte.

Einen Moment, bevor das Universum für sie in tausend Teile explodierte, zog er sich jedoch zurück und betrachtete sie mit einem unergründlichen Ausdruck in seinen schiefergrauen Augen.

»Rafael«, keuchte sie, erstaunt, daß sie noch fähig war, zu sprechen, »ich liebe dich. Und ich brauche dich … so sehr.«

Und da endlich legte er sich auf sie, so behutsam, daß sie nichts von seinem Gewicht spürte, und küßte sie. Obwohl der Kuß zunächst eher zurückhaltend war, verwandelte er sich schon bald in eine wilde Schlacht der Sinne, ein Duell, das keinen klaren Sieger hervorbrachte.

Mit einem Keuchen löste er sich von ihr und schaute tief in ihre Augen. Sie spürte seine männliche Erregung, hart und pulsierend.

»Annie?« fragte Rafael.

»Ja«, antwortete sie, warf den Kopf zurück und hob ihre Hüften, um ihren Mann in sich aufzunehmen. »O ja!«

Rafael stieß in sie hinein, groß, heiß und ungestüm, und Annie nahm ihn mit einem heiseren Willkommensschrei auf und umklammerte seinen festen Po, um ihn noch tiefer und fester in sich zu spüren.

Der Vollzug der fürstlichen Ehe war ein glorreiches, temperamentvolles Ereignis, von einer solch ungebändigten Wildheit wie die Paarung zweier schlanker junger Panther. Ihre Körper verschmolzen von neuem, und bald waren Rafael und Annie schweißüberströmt. Endlich, endlich waren sie ein Fleisch und eine Seele, und der Höhepunkt ihrer Ekstase erschütterte sie beide bis ins Innerste.

Sie schliefen, als es vorüber war, Arme und Beine verschränkt, und ihre Erschöpfung war so vollkommen, daß sie sie weit über einen normalen Schlaf hinaustrug, in eine viel tiefere Dunkelheit noch. Als sie erwachten, liebten sie sich von neuem, schnell, heftig, als befürchtete jeder, der andere könnte ihm gestohlen werden, um danach wieder in die gleiche schwarze Leere zurückzusinken, die sie schon zuvor verschluckt hatte.

Der Regen hörte während der Nacht auf und begann wieder im Morgengrauen. Rafael schürte das Feuer und kehrte ins Bett zurück, wo er Annie in die Arme zog.

Den ganzen Tag liebten sie sich und schliefen, als existierte keine andere Welt außer jenem verzauberten kleinen Fischerhaus.

Sie redeten, aßen etwas von den Mahlzeiten, die für sie gebracht wurden, und vertrauten einander die verborgensten Geheimnisse ihrer Herzen an.

Jene gefährliche, magische Zeit war für Annie alles, was sie je über das Paradies zu wissen brauchte. Sie waren gerade eingeschlafen in der zweiten Nacht, trunken vom Wein ihrer Leidenschaft, als plötzlich eine Faust gegen die Eingangstür des Hauses hämmerte.

Annie richtete sich mit einem erschrockenen Ausruf auf, und Rafael griff unter das Bett und zog eine Pistole hervor.

Im nächsten Augenblick zersplitterte Holz, und die Tür krachte gegen die Innenwand.

Mondschein erhellte das zornige Gesicht von Patrick Trevarren.

»Bei Gott!« donnerte er. »Es ist also wahr!«

Rafael legte die Pistole auf die Matratze und riß ein Streichholz an, um die Lampe neben dem Bett anzuzünden. »Nimm dich zusammen, Trevarren, bevor du etwas aussprichst, was dich für immer von deinem Kind entfernen könnte! Annie ist meine Frau.«

Annie vermochte nur zu nicken, während sie, halb unter den Laken versteckt, zu ihrem Vater hinüberschaute. Er war eine beeindruckende Erscheinung, ein großer, breitschultriger Mann mit tintenblauen Augen und ebenmäßigen weißen Zähnen. Sein dunkles Haar, das an den Schläfen schon silbern schimmerte, war ziemlich lang und wurde im Nacken von einem Lederriemen zusammengehalten.

»Deine Frau, hm?« fragte Patrick und schloß die Tür vor den anderen Männern seiner Gruppe, die, wie Annie vermutete, neugierig ins Haus geströmt wären, wenn er es zugelassen hätte. »Ist das wahr, Annie? Und ich will keinen Unsinn hören!«

»Es ist wahr, Papa«, bestätigte Annie mit ganz ungewöhnlicher Beklommenheit. »Rafael und ich haben vorgestern geheiratet. Du kannst den Priester fragen, falls du mir nicht glaubst.«

»Den Priester fragen!« versetzte Patrick ärgerlich. »Als ob sie in der Burg nichts Wichtigeres zu bedenken hätten, wo die Rebellen schon im Begriff sind, einzufallen!«

Rafael sprang auf und begann sich hastig anzuziehen. »Was ist passiert?« fragte er erregt.

»Sie sind auf dem Marsch zur Burg. Morgen früh hast du sie schon vor den Toren, Rafael.«

»Mach, daß du aus Bavia fortkommst, Patrick«, sagte Rafael und stopfte sein Hemd in die Hose, während er sprach. »Jetzt sofort – noch heute abend!«

Patrick bedachte seine Tochter mit einem strengen Blick

und kehrte ihr dann den Rücken zu. »Zieh dich an, Tochter. Ich will dich an Bord der *Enchantress* haben, bevor die Sonne aufgeht.«

Annie gehorchte, zog sich mit ungeschickten Fingern an und versuchte, die Panik zu bezwingen, die in ihr aufstieg.

»Warum hat mich niemand davon unterrichtet?« fragte Rafael sich selbst, Patrick und das Schicksal, als er die Pistole aufhob, mit der er fast seinen Schwiegervater erschossen hätte.

Patrick wirkte entschieden unbehaglich; er räusperte sich schroff, und eine leise Röte stieg in seinen Nacken. »Es war eure Hochzeitsnacht«, erinnerte er den Prinzen. »Außerdem brauchten sie wahrscheinlich Zeit, sich von der Hochzeitsfeier zu erholen.«

Annie hatte inzwischen ihre Unterwäsche und das schlichte Baumwollkleid angezogen, das irgend jemand, wahrscheinlich Kathleen, mit den Nahrungsmitteln und der sauberen Bettwäsche ins Haus gebracht hatte. Sie war zu keiner Bewegung fähig, als Rafael zu ihr herüberkam, ihre Oberarme ergriff und sie hart auf den Mund küßte.

»Ich liebe dich, Annie Trevarren-St. James«, sagte er. »Paß gut auf mein Kind auf.«

Dann wandte er sich ab und ging hinaus, und Annie wäre ihm wohl nachgestürzt, wenn ihr Vater sie nicht mit sanfter Kraft zurückgehalten hätte.

Sie wehrte sich schluchzend, und Patrick zog sie fest an seine Brust. »Beruhige dich, Liebes. Ich weiß, wie du dich fühlst, aber ich kann nicht dulden, daß du dich kopfüber in die Höhle des Löwen stürzt.«

Annie heulte vor Verzweiflung auf und versuchte noch einmal, sich loszureißen, aber Patrick hob sie auf seine Arme und trug sie hinaus. Der Einspänner stand im Hof, doch das Pferd war fort und mit ihm Rafael.

Unter den Bäumen warteten andere Pferde und eine Gruppe schweigender Männer.

»Papa«, flehte Annie, als ihr Vater sie in den Sattel hob und hinter ihr aufsaß, »du mußt Rafael zurückhalten – bitte! Sie werden ihn umbringen!«

»Ich werde zurückkehren und sehen, was ich für ihn tun kann«, versprach Patrick, während er das Pferd antrieb. »Aber das Wichtigste für mich ist zunächst einmal, dich in Sicherheit zu bringen, und je heftiger du dich zur Wehr setzt, desto länger wird es dauern.«

Daraufhin gab Annie ihren Widerstand auf, legte den Kopf an die breite Brust ihres Vaters und weinte.

Die Gruppe von Männern hatte die Burganlage durch die Höhle betreten, die Annie selbst entdeckt hatte, und verließ die Burg auch wieder auf demselben Weg. Als sie den Hügel hinabgaloppierten, begegnete ihnen ein einsamer Reiter.

Mit einem scharfen Ruck an den Zügeln wendete Patrick sein Pferd, so daß sein Körper Annie jetzt vor dem Fremden schützte. »Wer nähert sich dort?« rief er, in einem Ton, der Gehorsam verlangte. »Nennen Sie uns Ihren Namen.«

»Edmund Barrett«, erwiderte eine vertraute Stimme. »Ich diene dem Prinzen, und falls Sie Feinde sind, sollten Sie mich besser gleich umbringen, denn ich werde nicht umkehren.«

Hoffnung erwachte in Annie, und sie sagte rasch: »Mr. Barrett ist Rafaels bester Freund, Papa. Mein Mann braucht ihn.«

»Dann reiten Sie weiter«, sagte Patrick. »aber seien Sie auf der Hut. Heute abend wird es Ärger in der Burg geben.«

»Das ist nichts Neues«, erwiderte Barrett mit wehmütiger Resignation.

»Warten Sie«, bat Annie, als der Kommandant der königlichen Leibgarde an ihnen vorbeireiten wollte. »Wie geht es der Prinzessin? Ist sie in Sicherheit?«

Annie hatte den Eindruck, daß Mr. Barrett lächelte, obwohl es zu dunkel war, um sein Gesicht zu sehen.

»Sie ist in Sicherheit, wohlauf und furchtbar wütend«, erwiderte Phaedras Gatte. »Meine Frau ist in Paris bei Freunden, wo sie lernen wird, sich zu gedulden.«

Annie nickte belustigt – trotz allem – angesichts der Bilder, die Mr. Barretts Worte in ihr heraufbeschworen. »Dann viel Glück, Sir, und danke, daß Sie zurückgekommen sind.«

»Daran bestand für mich niemals ein Zweifel«, entgegnete Barrett, hob eine Hand zum Gruß und ritt dann weiter.

Annie bezog Trost aus der Gewißheit, daß Rafael nun doch nicht ganz ohne Freunde war. Natürlich war Barrett nur ein einzelner Mann, und es war eher anzunehmen, daß er mit dem Prinzen sterben würde, als ihn zu retten …

Patricks starke Arme hielten seine Tochter fest umfangen, als sie den Hang hinunterritten und auf die Küstenstraße einbogen. Kurz vor Sonnenaufgang erreichten sie einen Strand, wo Matrosen sie mit einem kleinen Ruderboot erwarteten.

Annie, die vor lauter Erschöpfung und Niedergeschlagenheit vollkommen gefühllos war, wehrte sich nicht, als sie in das Boot gehoben wurde. Nachdem er seinen Männern befohlen hatte, auf ihn zu warten und auf die Pferde aufzupassen, als wären sie das kostbarste Gut, das sie je besitzen würden, schob Patrick das leichte Beiboot aus dem Sand ins Wasser, stieg ein und nahm die Ruder.

Annie Trevarren ließ sich retten, doch in jenen furchtbaren, verzweifelten Augenblicken war Rettung das Allerletzte, was sie jetzt ersehnte.

»Du erwartest ein Kind«, ermahnte Patrick sie sanft, aber nicht ohne Strenge, nachdem sie sich ein wenig vom Strand entfernt hatten. »Grund genug, dich mit beiden Händen, mit dem Herzen und den Zähnen an deiner Courage festzuklammern, denke ich.«

21

Selbst in seinen düstersten Überlegungen hatte Rafael sich nie das ganze Ausmaß des wahren Horrors des Krieges bewußt gemacht. Der Angriff erfolgte kurz nach Tagesanbruch, und die Zahl der Feinde schien unbegrenzt zu sein, Legionen von Männern, die hier die Mauern erklommen, sie dort mit Kanonen in Trümmer schossen und sich an wieder anderen Stellen wie Maulwürfe unter ihnen hindurchwühlten. Sie strömten aus den Kellern, eine Armee von Dämonen, und obwohl die Männer des Prinzen tapfer kämpften, kam die Niederlage beschämend schnell. Nach einer knappen Stunde schon – um zu verhindern, daß auch nur noch ein einziger Soldat sein Leben der verlorenen Sache opferte – gab Rafael den Befehl zur Kapitulation.

Widerstrebend legten die Truppen Schwerter und Flinten nieder und traten – die Hände hinter dem Rücken verschränkt, die Köpfe erhoben und wütend dreinblickend – von den überhitzten Kanonen zurück.

Rafael war stolz auf ihre Würde und ihre eiserne Treue,

aber er wußte, daß ihm keine Gelegenheit gelassen werden würde, sie dafür zu loben. Der Anführer der Rebellen, ein imponierender Barbar aus einer nördlichen Provinz des Landes, ritt über die Zugbrücke und unter dem Fallgitter hindurch, das von seinen eigenen Männern unter Triumphgeschrei hochgezogen worden war.

Er schien Rafael zu kennen, genau wie Rafael ihn kannte, und ritt unverzüglich zu dem Prinzen hin, der neben dem Springbrunnen im Burghof stand.

Rafaels Kleider waren zerrissen und durchtränkt von seinem eigenen und dem Blut mehrerer Angreifer. Vier Rebellen lagen tot oder sterbend zu seinen Füßen, und er stützte sich auf sein blutbeflecktes Schwert, als ob es sich dabei um einen Spazierstock handelte, womit er ganz unbewußt die tiefe Wunde in seiner Seite schützte.

»Rafael St. James, Prinz von Bavia?« fragte der General der Aufständischen. Er mochte etwa fünfunddreißig sein, hatte dichtes, goldbraunes Haar und blaue Augen, die sowohl Intelligenz wie auch Humor verrieten.

Rafael beschränkte sich darauf, zustimmend den Kopf zu neigen.

»Ich bin Simon Carpenter«, erklärte der Rebellenführer stolz, bevor er vom Rücken seines herrlichen grauen Hengstes glitt. Seine Kleidung war schlicht und schmucklos; er trug weite Hosen zu einem wollenen Hemd, und seine Stulpenstiefel waren alt und abgetragen.

Mit einem zuvorkommenden Lächeln streifte Carpenter die ledernen Reithandschuhe ab, steckte sie unter seinen Gürtel und streckte eine Hand nach dem blutbefleckten Schwert aus. »Eure Soldaten werden gerecht behandelt werden«, sagte er. »Immerhin sind sie Bavianer und können nicht für das getadelt werden, was sie für ihre Pflicht hielten.«

Rafael sagte nichts; seine Kehle war gefüllt mit bitterer Galle. Er hatte natürlich gewußt, daß dieser Moment kommen würde – selbst als kleiner Junge schon, in den Tagen vor seinem Exil in England, hatte er seine Kinderfrau vom Ende der St. James' sprechen hören und sie weinen sehen über das Schicksal, das ihren Schutzbefohlenen erwartete. Es war ihm von Anfang an bestimmt gewesen, für die zahlreichen, grausamen Sünden seiner Vorväter zu büßen. Und doch, seit er Annie kannte und sie liebte, wie er noch nie eine Frau geliebt hatte, nicht einmal Georgiana, war Rafael auf schmerzliche Weise bewußt, was er verloren hatte.

Schlösser, Burgen und Paläste, Macht und Prestige waren das Unwichtigste dabei.

»Das Schwert, Eure Hoheit«, beharrte Carpenter mit kühler Höflichkeit und ausgestreckter Hand.

Rafael übergab ihm die Waffe mit dem Griff voran, ungeachtet der Tatsache, daß die rasiermesserscharfe Klinge in seine Finger schnitt.

Carpenter nahm das Schwert entgegen, ohne es durch Rafaels Hand zu ziehen, wie viele Feinde es getan hätten. Keiner der beiden Männer löste den Blick vom anderen, als Carpenter wieder das Wort ergriff. »Es tut mir leid, daß wir Euch aufhängen müssen«, sagte er. »Ihr habt ungewöhnlichen Mut bewiesen.«

»Ich bin auch ein ungewöhnlicher Mann«, erwiderte Rafael, der soviel Blut verloren hatte, daß ihm schwindelte. Er schwankte leicht und fing sich dann wieder, einen Arm gegen das zerrissene Fleisch an seiner Taille gepreßt.

»Holt den Arzt«, befahl Carpenter einem seiner Männer, als Rafaels Knie nachgaben und schwarze Finsternis ihn einhüllte.

Als der Prinz wieder zu sich kam, lag er auf fauligem Stroh in einem der unterirdischen Verliese. Seine Verletzung war grob vernäht und verbunden worden, und der Schmerz war wie ein glühendheißer Schürhaken, der unter seinen Rippen bohrte. Er spürte, daß sich Fieber in seinem Blut zusammenbraute, aber sein erster Gedanke war eine wilde, überwältigende Dankbarkeit.

Annie war in Sicherheit bei Patrick. Mehr konnte er vom Schicksal nicht verlangen.

Rafael blieb lange reglos liegen und kämpfte gegen eine

weitere drohende Ohnmacht an. Als er sie überwunden glaubte, umklammerte er die Gitterstäbe seiner Zelle und zog sich daran hoch, was so heftig schmerzte, daß aus jeder Pore seines Körpers Schweiß ausbrach. Ein hohes, schmales Fenster erhob sich hinter ihm, in schwaches Sonnenlicht getaucht, und durch diese Öffnung hörte er das beständige Pochen eines Hammers.

Er seufzte und lehnte die Stirn gegen die kühlen Gitterstäbe. Zweifellos bauten die Rebellen das Schafott wieder auf, auf dem Peter Maitland erhängt worden war.

Annie, dachte Rafael, aber er trauerte nicht um sich selbst, sondern um seine schöne, temperamentvolle Braut und um ihr Kind. Wie schrecklich unfair er gewesen war, wie unendlich selbstsüchtig, als er seinem Verlangen nachgegeben und ein Kind gezeugt hatte, das niemals seinen Vater kennenlernen würde.

Da seine Kraft beständig nachließ, sank Rafael auf die Knie, die Finger noch immer um die Eisenstäbe, und betete, daß Patricks Schiff Annie sicher von der Küste von Bavia fortbringen möge.

Als Patrick Trevarren seine Tochter in seiner eigenen Kabine untergebracht und dafür gesorgt hatte, daß seine Sachen in eine andere gebracht wurden, befand Annie sich in einem Zustand des Schocks und der Verzweiflung. Er legte sie sanft aufs Bett, zog ihr die Schuhe aus und breitete eine Decke über sie. Nachdem er ihre Stirn geküßt und ihr versichert hatte, daß jetzt alles gut werden würde, ließ er sie allein.

Annie zog die Knie an und verkroch sich unter den Decken, als er fort war, so aufgelöst und betäubt in ihrem Unglück, daß sie weder denken, fühlen noch weinen konnte. Das leichte Schaukeln des Schiffs schläferte sie ein, schenkte ihr eine gnädige Ruhepause vor der Wirklichkeit.

Nach einer Weile jedoch trieben schreckliche Träume sie wieder an die Oberfläche des Bewußtseins, und sie richtete sich abrupt auf, keuchend und aus allen Poren schwitzend.

Der Raum war dunkel, und Annie sprang auf und hastete zur Tür, wo sie mit zitternden Fingern nach dem Riegel tastete.

Einen Moment lang hielt sie den Atem an, dann versuchte sie, den Türknauf zu bewegen. Er gab nach und drehte sich.

Ganz schwach vor Erleichterung und am ganzen Körper zitternd, lehnte sie sich an die schwere Tür. Als sie wieder etwas ruhiger war, kehrte sie zum Bett zurück, fand eine Lampe auf dem Nachttisch und hielt ein brennendes Streichholz an den Docht. Schwaches Licht erhellte nun die kleine, saubere Kabine, und beklommen starrte Annie auf ihr Kleid. Es würde unmöglich sein, in einem solchen Kleidungsstück zu klettern, schwimmen oder kriechen, und ihr Hemd und ihre Hosen waren in der Burg zurückgeblieben.

Ihr Blick fiel auf eine Truhe aus Rosenholz, die in einer Ecke stand, und eine wilde Hoffnung durchzuckte Annie und weckte neue Energie in ihr. Ihre Mutter, Charlotte, die sehr häufig an Bord der *Enchantress* reiste, teilte die Vorliebe ihrer Tochter für unkonventionelle Kleidung.

Innerhalb von Sekunden kniete Annie vor der Truhe und hob den schweren Deckel. Kleider; tiefausgeschnittene, hauchzarte Nachthemden; Unterwäsche; Schuhe und – Gott sei's gedankt! – Reithosen und schlichte Männerhemden. Annie zog sie bedenkenlos heraus, streifte rasch ihr Kleid ab und zog die Sachen ihrer Mutter an.

Sie paßten wie angegossen.

Annie lächelte grimmig über ihre Erscheinung in dem hohen Spiegel an der Wand. Jetzt brauchte sie nur noch eine Mütze oder eine Kappe, um ihr Haar darunter zu verbergen …

Sie spähte vorsichtig auf den Gang hinaus und sah, daß ihre Kabinentür unbewacht war. Angesichts des Zustands seiner Tochter hatte Patrick es anscheinend nicht für nötig gehalten, Wachen aufzustellen.

Annie lächelte unwillkürlich und schlich durch den Gang zur Treppe, die auf das Hauptdeck führte. Das Schiff lag noch vor Anker und war, wie sie sehr schnell merkte, praktisch unbemannt. Ihr Vater war nach St. James zurückgekehrt, wie er ihr versprochen hatte, und hatte den größten Teil der Besatzung mitgenommen.

Es war ein Leichtes für Annie, die einen Großteil ihrer Kindheit an Bord dieses Schiffs verbracht hatte, eins der Beiboote zu Wasser zu lassen und sich dann an einem Tau hineinzuhangeln. Bevor ein Alarm ertönen konnte, ruderte Annie bereits auf die Küste zu, über tiefschwarzes Wasser, in dem sich die Sterne spiegelten.

Trotz ihrer seemännischen Fähigkeiten jedoch dauerte es über eine Viertelstunde, bis sie flaches Wasser erreichte, und es war mindestens ebenso schwierig, die Küstenstraße im Dunkeln ausfindig zu machen. Mehrmals hörte Annie Reiter sich nähern und verbarg sich in einem Graben, um sich nicht von Rebellen einfangen zu lassen oder von den Leuten ihres Vaters.

Der Tag brach schon an, als Annie das einst geheime Tor in der Burgmauer erreichte und es rasch passierte. Die Burg ragte düster in den Himmel auf, stolz und gebrochen. Die königliche Flagge, die gewöhnlich von einem der Türme flatterte, war eingeholt worden.

Eisige Furcht drohte Annie zu überwältigen. Es war möglich, daß Rafael schon tot war, und ihr Vater vielleicht auch. Doch selbst wenn es nicht der Fall war, was konnte sie schon tun, um sie zu retten?

Obwohl Annie nicht die geringste Ahnung hatte, wie sie nun vorgehen sollte, ließ ihr Herz nicht zu, daß sie das Land verließ, ohne einen Versuch zu machen, Rafael zu retten. Er war ihr Mann, der Vater ihres Kindes, und Patrick Trevarren der ihre. Sie durfte keinen dieser beiden Männer im Stich lassen.

Vorsichtig, um nicht gesehen zu werden, schlich Annie auf den bewohnten Teil der Burg zu. Doch hier war alles unheimlich still, verlassen fast.

Als sie einen der von Unkraut und Gestrüpp überwucherten Gärten durchquerte, runzelte Annie die Stirn, weil sie sich plötzlich an die Tunnel erinnerte, die Lucian ihr einmal gezeigt hatte. Sie würde einen dieser geheimen Gänge finden, nahm sie sich vor, hineinkriechen und Rafael in den Gewölben finden.

Als sie stehenblieb, um sich umzuschauen, entdeckte sie ein flaches, steinernes Gebäude hinter einer dichten Brombeerhecke. Dornen rissen den Stoff ihrer Hosen auf, als sie auf das Häuschen zueilte.

Die Tür war schwer, und als Annie daran zog, ächzten laut die Scharniere. Mit klopfendem Herzen und angehaltenem Atem drang sie geduckt in das Innere des Hauses ein – nur um augenblicklich von zwei stahlharten Armen umfaßt zu werden. Eine Hand preßte sich auf ihren Mund, und obwohl sie sich heftig wehrte, wurde ihr bald klar, daß es kein Entkommen gab.

Ihr unsichtbarer Angreifer schloß die Tür und verriegelte sie, bevor er Annie heftig von sich stieß. Bevor sie noch das Gleichgewicht wiedergefunden hatte, flackerte Licht in dem winzigen, schmutzigen Raum auf, und sie erkannte das grimmige Gesicht von Edmund Barrett im Schein einer Petroleumlampe.

»Sie!« rief er erstaunt, aber auch eine Spur verärgert. »Das ist doch nicht zu fassen!«

Annie war fast übel vor Erleichterung, und sie sah keinen Grund, ihre Rückkehr zu rechtfertigen. »Wo ist Rafael?«

»In einem der Verliese«, antwortete Barrett. »Sie wollen ihn morgen früh aufhängen.«

Annies Magen rebellierte, und ihre Knie drohten unter ihr nachzugeben. An die Wand gelehnt, kämpfte sie um Haltung. »Haben Sie meinen Vater gesehen?«

»Nein«, sagte Barrett, »aber die Burg ist groß. Er könnte überall sein.«

»Woher wissen Sie, daß die Rebellen Rafael morgen ... töten wollen?«

»Sie haben einen Galgen auf dem Hof errichtet«, erwiderte er mit abgewandtem Blick. Eine Ewigkeit schien zu vergehen, bevor er fortfuhr: »Lucian haben sie bereits hingerichtet.«

Annie schluckte angesichts des Entsetzens, das in ihr aufstieg. »Mein Gott. Warum?« flüsterte sie. »Er war doch einer der ihren, oder etwa nicht?«

»Niemand hat etwas für Verräter übrig«, antwortete Mr. Barrett, und obwohl er sich keine Gefühle anmerken ließ, wußte Annie, daß er Lucians tragischen Tod bedauerte.

Und da erst, in ihrem verzweifelten Bedürfnis, irgendwo anders hinzuschauen als in Barretts Gesicht, sah Annie das gähnende Loch in dem morschen Schuppenboden.

»Ein Tunnel«, sagte sie ruhig und empfand sogar einen gewissen Stolz darüber, daß sie richtig geraten hatte. »Reicht er bis in die unterirdischen Gewölbe?«

Barrett stieß einen schweren Seufzer aus und fuhr sich mit einer schmutzigen Hand durchs Haar. »Ich weiß es nicht«, gestand er. »Ich habe versucht, hineinzukriechen, aber der Gang ist viel zu eng.«

»Für Sie«, meinte Annie und trat an den Rand des Lochs, bereit, sich ohne das geringste Zögern hinunterzulassen, trotz Ratten, Spinnen und anderem Getier, das dort hausen mochte.

Rafaels Freund hielt sie jedoch zurück. »Nein, Annie. Rafael würde es mir nie verzeihen, wenn Ihnen etwas zustieße.«

Annie riß sich von ihm los, und in ihrer drängenden Verzweiflung konnte sie nur noch beschwörend flüstern: »Rafael wird nicht lange genug *leben*, um Ihnen zu verzeihen, wenn wir nicht bald etwas unternehmen!«

Barrett schluckte sichtlich und stieß einen leisen Fluch aus. »Seien Sie vorsichtig«, sagte er schließlich.

Voller Eifer ließ Annie sich in das Loch hinab und sank auf Knie und Hände. Sie konnte nichts sehen, es war stockfinster in dem Gang, aber es roch nach Moder, Schmutz und Nagetieren.

»Ich meine es ernst, Annie«, klang Barretts Stimme hinter ihr. »Gehen sie kein unnötiges Risiko ein!«

Annie bewegte sich bereits in Richtung Burg, so schnell sie es wagte, und würdigte Barrett keiner Antwort. Während sie dahinkroch und versuchte, nicht an die Tiere zu denken, die in der Finsternis um sich herumhuschten, weinte sie um Lucian St. James. Er hätte ein so viel besserer Mensch sein können, wenn sein eifersüchtiger, hinterhältiger Charakter nicht gewesen wäre. Er war so jung gestorben, und wenn er am Leben geblieben wäre, hätte er seine Irrtümer vielleicht irgendwann einmal bereuen können.

Annie war schon eine beträchtliches Stück weit gekommen, als sie ein Tunnelstück erreichte, das teilweise eingestürzt war. Das Atmen fiel ihr schwer, es war entsetzlich heiß, und sie begann allmählich zu fürchten, daß ihre Chancen, Erfolg zu haben, nur sehr gering waren. In Ermangelung einer besseren Idee räumte sie den Gang so gut wie möglich und kroch weiter.

An einigen Stellen lagen die uralten Mauern aus gestampfter Erde so dicht nebeneinander, daß sie Angst hatte, dazwischen steckenzubleiben. Mit ihrer lebhaften Phantasie fiel es ihr nicht schwer, sich vorzustellen, wie ihre Knochen vielleicht ein Jahrhundert später ausgegraben werden würden …

Der Gedanke an ihre Mutter, die einmal in einem ähnlichen Tunnel aus dem Sultanspalast in Riz entkommen war, gab Annie die Kraft, ihren beschwerlichen Weg fortzusetzen. Charlotte Trevarren hatte ihr Abenteuer überlebt, und bei ihrer Tochter würde es nicht anders sein.

Es war immerhin so etwas wie eine Familientradition.

Eine lange Zeit war schon verstrichen, als Annie mit dem Kopf an etwas Hartes, Solides stieß. Nach einem unterdrückten Fluch hob sie beide Hände und drückte mit aller Kraft gegen das, was sie für eine Tür hielt, während sie gleichzeitig ein Stoßgebet zum Himmel schickte, keinen Trupp Rebellen auf der anderen Seite vorzufinden.

Etwas Riesiges stürzte in den Tunnel, und soviel Staub wirbelte um Annie herum auf, daß sie einen Moment geblendet war. Sie kroch hustend auf das Licht zu, das aus einem hohen Fenster fiel, und stellte fest, daß sie sich in einem leeren Keller befand. Der schwere Schrank, den sie umgestürzt hatte, lag zertrümmert vor ihr.

Sie wartete, schon halb darauf gefaßt, daß ein feindlicher Posten hereinstürmen und sie gefangennehmen würde, aber niemand kam. Annie ging zur Tür und preßte horchend das Ohr dagegen, lauschte auf Stimmen oder Schritte, aber wieder war nicht das geringste zu vernehmen. Obwohl sie nicht sicher sein konnte, in welchem unterirdischen Teil der Burg sie sich befand, hoffte sie, in der Nähe der Verliese angelangt zu sein.

Es war offensichtlich, als Annie versuchte, dic Außentür zu öffnen, daß diese Kammer seit vielen Jahren nicht benutzt wurde. Endlich, als sie schon glaubte, ihre gesamte Kraft verbraucht zu haben, kreischten die Scharniere, und die Tür gab nach.

Der Gang war dunkel, da er keine Fenster hatte, und Annie hätte jetzt gern eine Kerze gehabt oder wenigstens ein Streichholz. Sie ertastete sich ihren Weg an der Wand entlang und zuckte zusammen, als sich ein Spinnennetz wie ein seidener Umhang um ihre Schultern legte. Endlich gab es wieder ein schwaches Licht, und sie erkannte, wo sie war. Sie und Lucian waren hier vorbeigekommen, als sie das Gewölbe erforschten, da war sie völlig sicher, und die Verliese mußten ganz in der Nähe sein.

Resolut, aber mit größter Vorsicht ging Annie weiter. Inzwischen hatte sie ihre Mütze verloren, und ihr Haar fiel ihr in einem wirren Durcheinander bis auf die Taille. Sie konnte sich nicht entsinnen, wann sie jemals dringender ein Bad benötigt hätte, wahrscheinlich nicht einmal während ihrer unrühmlichen Laufbahn als Wildfang.

Das Geräusch von Stimmen ließ sie innehalten und den Atem anhalten. Sie hätte auch ihren Herzschlag angehalten, wenn das möglich gewesen wäre.

»Wozu sich die Mühe machen, ihn aufzuhängen?« fragte ein Mann. »Bei seinem Fieber merkt er ohnehin nicht, was mit ihm geschieht.«

Annie unterdrückte einen Schrei der Panik und hielt sich in den Schatten.

»Es ist eine Frage der Prinzipien«, antwortete eine andere

Männerstimme. »Jemand muß für die Verbrechen der St. James büßen.«

»Nun ja«, kam die Antwort, »dann werden wir sehen, ob er lange genug lebt, um das Schafott zu besteigen.«

Annie drückte sich flach mit dem Rücken an die Wand und wartete. Die Männer redeten weiter, die Schatten vertieften sich, und noch immer war kein Ende des Wartens abzusehen.

Als die Wachtposten endlich davonschlenderten, um etwas zu essen, hätte Annie nicht sagen können, wieviel Zeit vergangen war. Sobald sie jedoch fort waren, verließ sie hastig ihr Versteck und versuchte, Rafaels Zellentür zu öffnen. Doch sie war verschlossen, und ein Schüssel war nirgendwo zu sehen.

Der Prinz war nichts als ein regloser Schatten in einer Ecke.

»Rafael«, wisperte Annie verzweifelt, »wo ist der Schlüssel?«

Er bewegte sich nicht und antwortet auch nicht.

»Rafael!«

Der Prinz stöhnte, und Annie hätte ihn so gern berührt und getröstet, daß sie einen Arm durch die Gitterstäbe steckte und versuchte, ihn zu erreichen. In ihrer schrecklichen Angst brauchte sie mehrere Sekunden, um zu begreifen, daß die Mühe vergeblich war.

Hastig suchte sie den Tisch der Wächter nach dem Schlüssel ab, aber er war nicht aufzufinden. Als sie die Stimmen sich nähernder Männer hörte, war sie gezwungen, wieder in den unbenutzten Gang zurückzuhuschen und sich in den Schatten zu verbergen.

Zwei andere Wärter waren erschienen, um die anderen zu ersetzen. Sie machten es sich an dem rohen Holztisch bequem, ohne Rafael auch nur eines Blicks zu würdigen, und spielten Karten.

Annie wartete unendlich lange, aber sie bekam keine zweite Chance mehr, sich Rafael zu nähern. Zum Schluß war sie gezwungen, wieder zum Tunnel zurückzukehren und zum Schuppen zurückzukriechen, wo Mr. Barrett wartete. Vielleicht, dachte sie bedrückt, gelingt es uns ja mit vereinten Kräften, meinen Vater zu finden, und dann wird er uns helfen …

Annie hatte jedoch den Schuppen noch nicht erreicht, als sie diese Idee schon wieder verwarf. Falls Patrick Trevarren erfuhr, daß seine Tochter innerhalb der Burganlage war, würde er sämtliche Pläne aufgeben, die er geschmiedet haben mochte, um Rafael zu retten, und Annie sofort aufs Schiff zurückbringen. In der Zwischenzeit würden die Rebellen Rafael zum Galgen zerren, eine Schlinge um seinen Hals legen und ihn aufhängen.

»Ist es Ihnen gelungen, hineinzukommen?« fragte Mr. Barrett, kaum daß Annie den Kopf aus dem Loch gesteckt hatte.

Sie drängte Tränen der Hoffnungslosigkeit und Furcht zurück. »Ja«, sagte sie. »Sie hatten recht – Rafael ist im Verlies.« Mr. Barrett hob sie aus der Tunnelöffnung und hörte schweigend zu, als sie fortfuhr. »Er ist entweder krank oder verletzt – ich habe seinen Namen gerufen, und er hat sich nicht einmal bewegt.«

»Ich gehe hinein«, sagte Barrett entschieden und ging auf das Loch im Boden zu.

Annie hielt ihn zurück. »Sie würden nie durchkommen«, sagte sie. »Ich habe es selbst kaum geschafft.«

Barrett war einen Moment ganz still. »Dann werde ich einen anderen Weg finden, sobald es dunkel wird. Bleiben Sie hier, wo niemand Sie sehen wird, und ich bringe Ihnen etwas zu essen und Wasser, sobald ich kann.«

Annie erhob keinen Widerspruch, denn es blieb ihr tatsächlich nichts anderes übrig, als zu warten. Sie setzte sich auf den bloßen Boden, weil sie ohnehin nicht schmutziger werden konnte, als sie bereits war, faltete die Arme um die Knie und legte ihren Kopf darauf.

Barrett räusperte sich. »Ich glaube nicht, daß es unter den gegebenen Umständen viel zu bedeuten hat, aber ich muß es sagen, Annie. Sie sind die mutigste, eigensinnigste Frau, der ich je begegnet bin.«

Sie lächelte, obwohl sie den Tränen nahe war. »Die Welt gehört den Mutigen«, antwortete sie mit erstickter Stimme.

Mr. Barrett ging hinaus, ohne etwas zu erwidern, und schloß leise die Schuppentür hinter sich.

Erschöpft von den Anstrengungen ihrer Tunnelexpedition, sank Annie in einen unruhigen Schlaf, und als sie erwachte, war Mr. Barrett schon zurück. Eine Kerze brannte auf einer umgestürzten Holzkiste, und daneben standen zwei Blechteller und ein Becher.

Annie fragte nicht, woher er das Dörrfleisch und das Brot hatte, das er aus einem Leinensack zog. Er trank Wein aus einer verstaubten Flasche, während sie Wasser aus dem einzigen Becher trank.

»Ich habe Ihren Vater gesehen«, sagte er nach langem Schweigen.

»Wo?« fragte Annie scharf. »War er wohlauf?«

»Eine Frage nach der anderen«, rügte Barrett mit einem müden Lächeln in der Stimme. »Er sah wie ein echter Barbar aus, obwohl wir natürlich nicht miteinander gesprochen haben. Er tut so, als ob er einer der ärmeren Dorfbewohner wäre.«

Annie mußte trotz allem lachen. »Sind Sie sicher, daß es Patrick Trevarren war, den Sie da gesehen haben? Er ist ein notorischer Dandy. Seine Hemden werden speziell für ihn in Paris angefertigt, und er trägt nur die feinsten italienischen Stiefel.«

Auch Barrett lachte. »Dann würden seine Freunde ihn nicht erkennen. Mir ist er wahrscheinlich auch nur aufgefallen, weil ich alle Dorfbewohner kenne.«

»Ich frage mich, was er vorhat«, sagte Annie nachdenklich.

Mr. Barrett lächelndes Gesicht war ernst geworden, und er nahm einen großen Schluck aus der Weinflasche. »Was immer Ihr Vater beabsichtigen mag, Miss Trevarren, ich kann nur hoffen, daß es ein brillanter Plan ist. Rafaels Leben könnte davon abhängen.«

Annies Kehle wurde eng vor Tränen, aber sie ließ ihnen

keinen freien Lauf. »Ja«, meinte sie und fügte ein stummes Stoßgebet hinzu, daß Rafael nicht an seinem Fieber starb, bevor er gerettet werden konnte.

Als sie gegessen hatten, ging Mr. Barrett wieder hinaus, vermutlich, um einen Weg in die Burg zu suchen. Annie widerstrebte es, den Schuppen zu verlassen, nicht, weil sie die Rebellen fürchtete – obwohl es natürlich so war –, sondern weil sie nicht riskieren wollte, ihrem Vater zu begegnen.

Sie wartete mehrere Stunden, wurde immer rastloser und ungeduldiger dabei, bis sie es nicht mehr aushielt und den Schuppen verließ, um einer dringenden Angelegenheit in den Büschen nachzugehen. Danach stieg sie wieder in den Tunnel hinunter, weil sie Rafael nahe sein wollte, selbst wenn sie nicht an ihn herankam, aber sie hatte erst knapp etwas über die Hälfte des langen Ganges hinter sich zurückgelegt, als er vor ihr einstürzte.

Sie erstarrte in jäher Panik, während nur wenige Schritte von ihr entfernt jemand fluchte und sagte: »Diese verdammten Tunnel. Wenn's nach mir ginge, würde ich die ganze Burg niederbrennen.«

Du Barbar, dachte Annie und wagte nicht einmal zu atmen.

Als jedoch Erde auf sie herniederprasselte und sie sich vorstellte, lebendig begraben zu werden, zwang Annie sich, umzukehren. Im Schuppen schlief sie wieder eine Weile, und als sie erwachte, geschah es mit einem grauenerregend intensiven Gefühl der Dringlichkeit.

Die Nacht wich langsam zurück, und Rafael sollte beim ersten Tageslicht gehängt werden.

Vielleicht, dachte Rafael in seinem Fieberwahn, als er auf die Beine gerissen und halb aus seiner Zelle getragen, halb herausgezerrt wurde, *wäre es gar nicht so schlecht, zu sterben.* Er war ohnehin fast tot, soweit er das beurteilen konnte, und obwohl er zutiefst bedauerte, Annie verlassen zu müssen, war keine Angst in ihm.

Annie. Er lächelte, ein wenig verzerrt vielleicht, und wehrte sich nicht, als seine Hände hinter seinen Rücken gezogen und an den Gelenken zusammengebunden wurden. Ein- oder zweimal hatte er geglaubt, Annie seinen Namen rufen zu hören. Es war natürlich nur ein Traum gewesen, weil sie inzwischen weit, weit fort war – Gott sei es gedankt.

Sie passierten irgendwie die unterirdischen Gängen, stiegen eine Treppe hinauf, und dann waren sie im Burghof. Fackeln loderten im frühmorgendlichen Dämmerlicht, und es waren überraschend wenige Zuschauer zu sehen. Rafael wußte nicht, ob er darüber erfreut oder gekränkt sein sollte.

Jetzt, wo die Burg eingenommen war, vermutete er, würden die aufständischen Truppen irgendwo anders im Einsatz sein.

Ein Mädchen, das er als Annies Zofe Kathleen erkannte, näherte sich ihm mit blassem Gesicht und einem Becher Wasser. Sie hob ihn sanft an seine Lippen, und er nippte an dem kühlen Naß.

»Gott sei mit Euch, Hoheit«, wisperte sie, bevor seine Wächter ihn die erste Stufe zum Schafott hinaufstießen.

Der Galgen ragte hoch über ihm auf, doch Rafael setzte unerbittlich einen Fuß vor den anderen. Er erinnerte sich an Bruchstücke eines Liedchens, das seine Gouvernante ihn als Kind gelehrt hatte, irgend etwas über Jakobs Leiter, die es zu besteigen galt.

Am Fuß des Galgens wartete ein Priester, aber er war nicht derselbe Mann, der Rafael und Annie getraut hatte. Tatsächlich hatte Rafael diesen untersetzten, stiernackigen Kerl noch nie gesehen. Er runzelte schon die Stirn, um seinen Namen zu erfragen, doch ein warnender Blick des Priesters hielt ihn davon ab.

Rafael zuckte die Schultern und begann zu summen. *Wir besteigen … Jakobs Leiter …*

Ein Klappern auf den hölzernen Stufen hinter ihm lenkte ihn einen Moment lang ab, und als Rafael sich umdrehte, ebenso wie der Henker und der Priester, sah er Annie auf sich zustürzen, von Kopf bis Fuß mit Schmutz und Staub bedeckt

Er sagte sich, es müsse eine Halluzination sein, doch sie umarmte ihn schluchzend, und da begriff er, daß sie Wirklichkeit war. Annie in Sicherheit zu wissen war sein einziger Trost gewesen, und der war ihm nun auch noch genommen worden.

Rafael hörte einen Schuß und sank augenblicklich in die Knie, in der festen Überzeugung, daß er getroffen worden war. Bevor er Annie jedoch zurufen konnte zu fliehen, merkte er, daß das Seil, das ihn gehalten hatte, durchschossen worden war. Ein heftiger Aufruhr entstand, und das noch grüne Holz des Schafotts knirschte, als sich noch mehr Kugeln hineingruben.

Er schrie gellend Annies Namen und stürzte dann nach vorn auf sein Gesicht, durch einen Schlag auf seinen Hinterkopf in tiefste Bewußtlosigkeit versetzt.

»Lauf, du kleine Närrin!« brüllte der Priester, der sich gebückt hatte, um Rafaels reglosen Körper über seine mächtige Schulter zu werfen.

Annie, die endlich den ersten Maat ihres Vaters in ihm erkannte hatte, gehorchte und rannte die Stufen des Schafotts hinab. Doch unten stieß sie auf Josiah Vaughn, der ihr mit grimmiger Miene und gezogenem Schwert den Weg vertrat.

Überall herrschte Chaos, denn einige von Rafaels Männern hatten ihre Waffen aufgenommen, um bei der Rettungsaktion zu helfen, und Annie war sehr wohl bewußt, daß ihnen nur wenige Minuten Zeit für ihre Flucht zur Verfügung standen.

»Nur zu, Josiah«, sagte sie. »Durchbohr mich ruhig mit deinem Schwert.«

Er starrte sie einen endlosen, gespannten Moment lang an, während der Priester hinter ihr stand und durch die Last, die er trug, machtlos war, zu helfen. Dann, endlich, machte Josiah widerstrebend Platz.

Plötzlich waren sie umringt von Pferden, und Annie

wurde grob auf den Rücken eines Tieres gezerrt. Sie war zu benommen, um viel zu sehen, aber sie bemerkte Mr. Barrett in der Nähe und hörte an ihrem Ohr die Stimme ihres Vaters.

»Dafür wirst du mir eine Erklärung geben, Annie!«

Es kümmerte sie nicht. »Rafael!« schrie sie und zappelte im Sattel, um sich nach ihm umzusehen.

Patricks Arm verstärkte seinen Druck um sie, und das Pferd galoppierte auf das Burgtor zu, wo das Fallgitter bereits hochgezogen war. »Er ist hinter uns, Liebes«, sagte er, und dann peitschte ihnen der Wind ins Gesicht, und die Hufe der Pferde donnerten in einem ohrenbetäubenden Geklapper über die Zugbrücke. Es erklangen auch noch Schüsse, überall, aber das lauteste Geräusch von allen war das Dröhnen von Annies eigenem Herz.

Sechs kleine Boote erwarteten sie in Strandnähe. Patrick ritt geradewegs in die Brandung und hob Annie in eins der Boote, bevor er absaß und selbst einstieg. Sie sah, wie Rafael – tot oder bewußtlos – in ein anderes Boot geworfen wurde, in dem schon Mr. Barrett saß, die Ruder in der Hand, und versuchte vergeblich, zu ihrem Gatten zu gelangen. Die erfahrene Besatzung der *Enchantress* brachte die Boote in perfekter Zusammenarbeit in Bewegung, und die Kugeln der verfolgenden Rebellen trafen nur noch die aufgewühlten Wellen hinter ihnen.

Erst als sie das wartende Schiff erreicht hatten und Strickleitern hinuntergelassen wurden, löste Annie ihren Blick von Rafael, um sich nach St. James umzuschauen.

Es erhob sich vor dem Himmel wie ein majestätisches Grabmal, ein passendes Monument der alten Lebensweisen, und Annie weinte Tränen der Trauer und Erleichterung.

»Zeit, Abschied zu nehmen«, sagte Patrick sanft und hob sie auf die erste Sprosse einer der Strickleitern.

Annie schaute sich nach Rafael um, sah, daß er sicher war, und begann zu klettern.

Südfrankreich, sechs Wochen später …

Komplett genesen fast, wenn auch noch immer hager von seinen Prüfungen in Bavia, beobachtete Rafael den Sonnenuntergang über den Weinbergen. Annie stand an seiner Seite, ihren Arm in seinem, und hinter ihnen ragte das riesige Gutshaus aus roten Backsteinen auf, das von nun an ihr Zuhause sein würde. Das Haus gehörte Rafael seit Jahren, obwohl er es noch nie zuvor besucht hatte, bevor er einen Monat zuvor seine Braut hierhergebracht hatte.

»Wirst du hier glücklich sein?« fragte Annie, obwohl sie die Antwort bereits kannte. »Als Winzer?«

Er lächelte auf sie herab, drückte ihren Arm an seinen Körper und schloß seine Finger um ihre. »Wirst du glücklich sein als Frau eines Winzers?«

»Ja«, antwortete Annie. »Ich brauche dazu nichts als den Winzer.«

Rafael lachte und küßte ihre Stirn, aber eine gewisse Trauer blieb auch jetzt in seinen Augen. Hinter den Weinbergen und dem niedrigen Steingebäude, in dem sich die Pressen und Fässer befanden, und weit hinter dem Horizont lag Bavia, geschlagen und aus allen Wunden blutend. Es würde eine lange Zeit erfordern, bis diese Wunden heilten – Generationen vielleicht sogar –, und Rafael trauerte um alles, was sein Volk bereits erlitten hatte und noch erleiden würde. Annie, die spürte, daß er in diesem Augenblick an seine verlorene Heimat dachte, zog seine Hand an ihre Lippen und küßte sie.

»Eines Tages werden wir vielleicht zurückkehren können, Rafael«, sagte sie, in der Hoffnung, ihn damit zu trösten.

Doch er schüttelte den Kopf, und als er Annie anschaute, waren seine Augen wieder klar. »Nein, Liebling. Wir können nur nach vorne schauen, das weißt du. Das Bavia, das ich einst liebte, ist nicht mehr, so, als ob es niemals existiert hätte.«

Sie wandten sich ab und gingen zusammen über die grobe, erst kürzlich bearbeitete Erde, durch ein Zwielicht roter, purpurfarbener und goldener Lichtstreifen. Annie freute sich schon auf die Nacht, in der sie sich lieben würden, auf den Morgen und auf all die andern glücklichen Tage, die ihnen ihre Liebe schenken würde.

»Ich habe mir heute im Dorf aus der Hand lesen lassen«, erzählte Annie, als sie sich dem Haus näherten. »Von der Zigeunerin Rifka. Der Fleischer behauptet, daß sie dreihundert Jahre alt ist.«

Rafael lächelte und gab vor, fasziniert zu sein. »Tatsächlich? Und was hat sie gesagt?«

Annie stieß einen tiefempfundenen Seufzer aus und legte liebevoll die Hand auf ihren flachen Bauch. »Daß dieses Kind – unsere Tochter – das erste von sechs gesunden Kindern ist.«

Sie hatten den Eingang zur Küche erreicht, und Rafael blieb stehen, um Annie einen Kuß zu geben. »Das ist eine Prophezeiung, die ich gern glauben werde«, sagte er. »Und wie wird ihrer Ansicht nach unser Märchen enden, Prinzessin Annie?«

»Um das zu beantworten, brauche ich keine Zigeunerin«, erwiderte Annie lachend. *»Und sie lebten glücklich und zufrieden bis an das Ende ihrer Tage …«*

ENDE